Ulrich Maier

Flucht aus dem Neckartal

Historischer Roman

wellhöfer VERLAG

Wellhöfer Verlag

Ulrich Wellhöfer
Weinbergstraße 26
68259 Mannheim
Tel. 0621/7188167

info@wellhoefer-verlag.de
www.wellhoefer-verlag.de

Titelgestaltung: Uwe Schnieders, Fa. Pixelhall, Mühlhausen
Satz: ffp-Verlagsdienstleistungen, Mannheim

Der Roman ist frei erfunden. Ähnlichkeiten mit wirklichen Personen oder tatsächlichen Ereignissen sind nicht beabsichtigt und somit rein zufällig.

ISBN 978-3-95428-211-1

Inhalt

Aus Deutschland zieht nach allen Wegen
Von stolzen Bettlern eine Schar;
Ihr bleiches Antlitz schlägt der Regen,
Der Sturmwind wühlt in ihrem Haar.
Sie tragen ihres Volkes Qualen
Im Herzen tief, ein traurig Bild;
Doch ihre hohen Stirnen strahlen –
O seid den deutschen Bettlern mild!

Aus: Ludwig Pfau, Die deutschen Flüchtlinge

Insgesamt kehrten an die 125 000 Badener und Württemberger in den Jahren unmittelbar nach der Niederwerfung der Revolution von 1848/49 ihrer Heimat den Rücken. Sie konnten nicht mehr in einem Land leben, dessen Herrschaftssystem ihre Freiheitsideale mit Füßen trat und seine Bürger gnadenlos ausbeutete. Viele trieb die blanke Not aus dem Land.

Ludwig Pfau, geboren 1821 in Heilbronn, war einer der führenden württembergischen Demokraten und kämpfte in der »Schwäbischen Legion« gegen den Einmarsch der Preußen nach Baden. Über die Schweiz floh er nach Frankreich ins Exil. Ein württembergisches Gericht verurteilte ihn wegen seiner Beteiligung an der Revolution in Abwesenheit zu 21 Jahren Zuchthaus.

Gegen Demokraten
helfen nur Soldaten.

Wilhelm von Merckel, 1848

Katzenmusik

Heilbronn, 8. und 9. Mai 1849

»Das ist ja nicht auszuhalten!« Er riss das Fenster auf und versuchte gegen den Lärm anzubrüllen, den an die hundert Demonstranten in der Sülmerstraße lautstark veranstalteten. *Katzenmusik* nannte man scherzhaft solche abendlichen Ständchen, die wütende Heilbronner mit allem, was Krach machen konnte, nachts vor den Häusern unliebsamer Politiker veranstalteten. Mit schauerlich falschen Tönen, Topfdeckelgeschepper und Trompetenstößen, Schellen und Rätschen hatten die Vermummten vor dem Haus eines konservativen Stadtrats in der Nachbarschaft Aufstellung genommen. Er hatte sich unlängst in einer Rede für das Ende der demokratischen Umtriebe und für den Einsatz der Bürgerwehr gegen solche nächtlichen Umzüge stark gemacht.

Seine Frau Barbara erschien in ihrem geblümten Morgenmantel mit aufgelösten Haaren und versuchte mit aller Kraft ihren Mann vom Fenster wegzuziehen. Das fehlte noch, dass die aufgebrachte Menge mit faulen Eiern, Rossbollen oder gar Steinen auf ihre frisch geputzten Fensterscheiben warf!

»Misch dich nicht ein, oder willst du morgen Nacht eine eigene Katzenmusik vor unserem Haus?«

Wütend schloss der angesehene Heilbronner Kaufmann Georg Schmidt das Fenster, zog die schweren Vorhänge zu und ließ sich entnervt in einen Lehnstuhl neben dem gusseisernen Ofen fallen. Das ganz plötzlich einsetzende Getöse hatte ihn jäh aus dem Schlaf gerissen. In aller Eile hatte er den Hausmantel über sein Nachthemd gezogen und war aus seinem Bett hinüber ins Wohnzimmer gestürzt.

Es war zum Verzweifeln! Seit Langem hatte er einmal wieder tief und fest schlafen können – bis zu dem entsetzlichen Klamauk. Jetzt war er hellwach und die Wut auf die Krachmacher da unten saß tief in seinem Bauch, aber auch der

Zorn auf diesen kreuzkonservativen Stadtrat, der sie zu ihrer Aktion veranlasst hatte.

»Dabei hast du dich über seine Forderungen gestern noch selbst geärgert und jetzt gönnst du ihm nicht mal sein Abendständchen?«, versuchte ihn seine Frau liebevoll und ein wenig spöttisch zu beruhigen, als sie ihm sanft übers Haar strich.

Mit einem Mal war seine Wut verflogen. »Ach, Barbara«, murmelte er wehmütig und lächelte ihr dankbar zu, denn er begann einzusehen, dass sie ihn gerade vor weiterem Ärger bewahrt hatte. Dann hob er seine Stimme leicht an: »Du hast ja recht! Weißt du, tief im Herzen fühle ich mich sogar an der Seite dieser Radaubrüder.« Er stand auf und begann unruhig im Zimmer auf und ab zu gehen. »Sie wollen ja das Richtige und ich verstehe ihre Ungeduld. Wir brauchen endlich die Reichsverfassung mit den Grundrechten für alle Menschen in diesem Land, wir brauchen ein einiges und freies Deutschland, auch wenn 35 deutsche Fürsten das immer noch nicht einsehen wollen.« Er blieb stehen, sah seiner Frau in die Augen und klagte wie ein Kind, dem sein Spielzeug abhandengekommen war: »Aber warum müssen die da draußen denn so laut sein?«

Auf der Straße verebbte allmählich der Lärm. Die Demonstranten zogen weiter. Aus der Ferne war aber noch mancher Tusch und Trompetenstoß zu vernehmen. Wieder einmal hatte es die Heilbronner Bürgerwehr vorgezogen, nicht einzuschreiten, obwohl es zu ihren Pflichten gehörte, für die Einhaltung der nächtlichen Ruhe zu sorgen. Aber die meisten Wehrmänner standen, wenn sie ehrlich waren, wie Schmidt auf der Seite der Demonstranten, und diese wussten das.

Barbara ordnete flüchtig ihre Haare und zog den Gürtel über ihrer Taille enger. Sie nahm ihren Georg an den Schultern und drückte ihn sanft auf seinen Lehnstuhl zurück. Dann rückte sie einen Stuhl heran, setzte sich neben ihren Mann und griff nach seiner Hand.

Sie liebte ihn noch immer aus vollem Herzen, gerade jetzt, wo er so niedergeschlagen neben ihr saß. Dabei hatte er dazu eigentlich gar keinen Grund, das Geschäft lief gut, zu Hause waren alle gesund und die unruhige Zeit streifte sie, wenn man es genauer betrachtete, nur am Rande.

Sie redete ihm gut zu, streichelte seinen Arm: »Beruhig dich und denk daran, wie gut wir zwei es getroffen haben.« Sie drückte seine Hand. »Einunddreißig Jahre sind wir nun verheiratet, haben zwei prächtige Söhne, leben in einem schönen Haus und unsere Firma blüht und gedeiht. Wir mussten schon Schlimmeres durchstehen als diesen Krach, mitten in der Nacht, zwei Häuser weiter.«

Um ihn auf andere Gedanken zu bringen, fragte sie, wobei sie ihn mit ihrer Schulter leicht anstieß: »Erinnerst du dich noch an unser erstes Zusammentreffen im Auswandererlager, drunten am Neckar?«

»Als ich dir den Ball deines kleinen Cousins zuwarf?«, lachte Georg und zog sie am Ohrläppchen. »Wir zwei völlig verzweifelten Flüchtlinge, die Hunger und Not außer Landes trieb. Und doch haben wir ausgerechnet bei den Ausgestoßenen im Lager beim Heilbronner Kranen zueinandergefunden.«

Der drahtige Fünfzigjährige mit dem grauen Schnurrbart und dem vollen Haar, das sich nur an den Schläfen leicht zu lichten begann, legte seinen Arm um seine Frau und zog sie an sich. Er schmunzelte versonnen, nahm eine Strähne ihrer noch immer tiefschwarzen Haare und drehte sie spielerisch um seinen Zeigefinger: »Jetzt schaust du mich an wie damals, als wir am Lagerfeuer auf der Neckarwiese saßen, Lieder sangen und Pläne für die Zukunft schmiedeten. Als ob die Zeit stehen geblieben wäre. Dieselben fröhlichen blauen Augen. Wenn wir damals schon gewusst hätten …«

Sie drückte ihm einen Kuss auf den Mund und schmiegte sich an ihn. Für einen Augenblick dachten sie beide an die schwere Zeit – sie drüben in Amerika, er auf der Suche nach den Mördern seines Vaters in der alten Heimat – als sie wochenlang über Tausende von Kilometern und ein tiefes Meer getrennt waren, an die unerwartete Wende, ihr Wiedersehen in diesem Gasthof mit dem merkwürdigen Namen *König von Preußen*, drüben in Pennsylvanien, und bald darauf die gemeinsame Rückkehr nach Heilbronn.

Mit der Morgenpost kam ein Brief von Christoph an. Barbara stürmte wie ein junges Mädchen die Treppe hoch, riss die Tür zum Salon auf und winkte schon mit dem Umschlag ihrem Mann auffordernd zu, der – neugierig geworden – das Heilbronner Tagblatt zur Seite legte und sich erwartungsvoll vom Sofa erhob.

Sie streckte ihm den Brief entgegen. »Hoffentlich gute Nachrichten aus Heidelberg. Vielleicht kommt er bald wieder nach Heilbronn? Mach doch endlich auf!«

Schmidt löste in aller Ruhe das Siegel und faltete den Brief seines Jüngsten auseinander. Er griff nach seiner Brille auf dem Tischchen neben dem Sofa, setzte sich wieder und las Barbara vor:

Liebe Eltern,
hier in Heidelberg ist mächtig viel los. Nachdem der König von Preußen die Kaiserkrone für ganz Deutschland nun doch abgelehnt hat, gewinnen die Demokraten hier mehr und mehr die Oberhand. Selbst das Haus von Professor Gervinus wurde nächtens belagert und sogar der Abgeordnete Welcker musste Heidelberg fluchtartig verlassen. Die Heidelberger Bürgerwehr ist mit über tausend Mann auf dem Universitätsplatz angetreten und will „mit Gut und Blut" für die Verteidigung der Reichsverfassung eintreten. Aber das wird alles nichts nützen. Nur die Revolution kann uns noch retten. Seit vorgestern haben wir eine neue Zeitung in Heidelberg, die »Demokratische Republik«, bei der ich auch mitarbeite.

Schmidt unterbrach seinen Vortrag, ließ das Blatt sinken und blickte besorgt über den Rand seiner Nickelbrille zu Barbara hinüber.

»Der soll sich lieber auf sein Fortkommen als Jurist konzentrieren«, polterte er los. »Gerade erst hat er sein Examen gemacht. Die Republik wird nicht kommen, das habe ich ihm immer wieder gesagt, die Fürsten werden stärker sein und dann schaden ihm diese Eskapaden bei seiner Laufbahn.«

»Sieh mal einer an«, lachte ihn seine Frau aus. »Selbst demokratische Reden schwingen und dann dem eigenen Sohn den Mund verbieten wollen. Sei doch froh, dass er sich für Freiheit und Gerechtigkeit in einem einigen Deutschland einsetzen will! Erst heute Nacht hast du mir wieder einmal deutlich gemacht, dass das auch deine eigenen Ziele sind!«

Schmidt drohte ihr mit dem Finger. »Du willst mir doch nicht Feigheit vorwerfen, nur weil ich mir um die Zukunft von Christoph Sorgen mache? Das darf ich doch als Vater!«

»Du hast in seinem Alter auch nicht auf andere gehört, nicht auf deine Mutter, nicht auf deinen Vater und schon gar nicht auf mich«, schmollte sie und strich ihm über die Wange. Er seufzte, nahm sie in den Arm, tröstete sie und fragte dann mit einem entwaffnenden Lächeln: »Wie hast du es nur all die Jahre mit einem so störrischen Esel aushalten können?«

Auf dem Weg zu seinem Kontor schaute er in der Mayer'schen Apotheke *Zur Rose* vorbei. Das imposante mehrstöckige Geschäftshaus am Heilbronner Marktplatz grenzte an das Rathaus und das Gasthaus *Zur Rose*, nach dem es seinen Namen trug. Schmidt betrat das geräumige Etablissement, wo sich so früh am Morgen noch keine Kunden eingefunden hatten.

In dem hohen Saal mit den Wandregalen, die sich bis an die Decke streckten, duftete es nach exotischen Gewürzen, nach Anis, Kümmel und Koriander. Die weißen Porzellantöpfe mit den leuchtend blauen Beschriftungen stachen hell von den fast schwarz gewordenen blanken Holzbalken ab und schienen den Besuchern der Apotheke zu versprechen, dass gegen alle Übel ein Kraut gewachsen sei.

Längst schon war das feine Klingeln des Türglöckchens verklungen, als Georg Schmidt versuchte, sich mit einem geräuschvollen Räuspern bemerkbar zu machen – ohne Erfolg. »Fritz, bist du zu Hause?«, rief er dann laut.

Wenig später hörte er schlurfende Schritte in der angrenzenden Offizin und bald stand der Apotheker Friedrich Mayer vor ihm. Dem Mittvierziger mit dem dunklen, gewellten Haar, das sich an der Stirn bereits zu Geheimratsecken zurückzuziehen begann, und dem kurz gehaltenen Kinnbart, der sich langsam grau färbte, war seine schmale Nickelbrille auf die Nasenspitze gerutscht. Über ihren Rand blickte er Georg verwundert an und begrüßte ihn besorgt: »Guten Morgen, Schorsch. Was machst du denn schon so früh bei mir? Es ist doch niemand ernsthaft krank bei euch?«

Georg Schmidt schüttelte den Kopf und kam gleich zur Sache. Er zog die Augenbrauen hoch und erhob den Zeigefinger seiner Rechten, den er mit einer spöttischen Gebärde auf die Brust seines Freundes senkte.

»Fritz, ich muss mit dir wegen der Katzenmusik gestern Nacht ein Hühnchen rupfen. Du bist doch immer noch Kommandant bei der Bürgerwehr?« Ohne eine Antwort auf diese rhetorische Frage abzuwarten, fuhr er fort: »Wieder sind deine Leute nicht eingeschritten und haben dem Spuk ein Ende gemacht, wie es ja eigentlich ihre Aufgabe gewesen wäre.« Mit Nachdruck verstärkte er den Druck seines Fingers, bevor er ihn zurückzog.

Friedrich Mayer blickte ihn belustigt an. »Soll ich dir ein Schlafmittel mitgeben?« Dann wurde er ernst. »Die jungen Leute lassen sich von uns nicht aufhalten und – ehrlich gesagt – ich will das auch gar nicht. Ich kann ihre Enttäuschung gut verstehen. In Österreich und Preußen ist die Revolution längst schon vorbei. Die Fürsten haben die Macht wieder an sich gerissen. Bei uns wird's auch nicht mehr lang dauern, wenn nicht endlich was geschieht.«

Er redete sich in Rage. »Der König sucht schon nach einem Anlass, die Bürgerwehren auflösen zu lassen. Das hab ich mit eigenen Ohren in Stuttgart gehört. Sie sind ihm ein Dorn im Auge.« Dann nahm seine Stimme einen ironischen Klang an. »Bewaffnete Bürger! Viel zu gefährlich – meinen Ihre Majestät. Wo kommen wir denn da hin?«

Mit leisem Bedauern schloss er seine Rede: »Die Revolution bräuchte wieder neuen Schwung. Eine Volkserhebung müsste her wie letztes Jahr im März!«

Georg winkte ab. »Dieses Gerede von Volkserhebung und Republik ist doch nur schädlich und gefährdet unsere gerade erst mühsam erkämpften Freiheiten. Die Fürsten werden das Ruder nicht mehr herumreißen können.« Er streckte seine erhobene rechte Hand seitwärts von sich und schränkte ein: »Ja, vielleicht werden sie noch einmal kräftig ihre Muskeln spielen lassen.« Dann formte er sie zur Faust und hieb auf den Ladentisch: »Wir Bürger sind mündig geworden und werden uns nicht mehr alles gefallen lassen, und die meisten deutschen Fürsten haben die Reichsverfassung inzwischen doch anerkannt. Es wird eben noch ein Weilchen dauern, bis auch Preußen mitzieht. Doch ich sage dir: Der Wandel wird kommen – unaufhaltsam, wir müssen uns halt ein bisschen in Geduld üben.«

»Ob der politische Wandel tatsächlich kommt, ohne dass wir ein bisschen nachhelfen?«, stellte Friedrich Mayer zweifelnd in Frage und wiegte seinen Kopf. »Und ob das unaufhaltbar sein wird?« Nun tippte er seinerseits seinen Zeigefinger auf die Brust seines Freundes. »Da sind manche unserer lieben Heilbronner Honoratioren aber anderer Meinung! Sie haben längst Angst vor ihrer eigenen Courage bekommen, und manchen von ihnen wäre es am liebsten, König Wilhelm würde einiges von dem, was wir seit letztem Jahr mühsam erreicht haben, so schnell wie möglich wieder rückgängig machen. Selbst mein Bruder Robert stöhnt über unsere demokratischen Vorstellungen von Freiheit und Volksherrschaft.«

»In diese Ecke darfst du mich nicht drängen«, wehrte Georg energisch ab. »Nichts gegen deinen Bruder. Ich schätze ihn sehr als Arzt, und als Wissenschaftler sogar noch mehr. Aber von Politik haben manche Physiker einfach keine Ahnung – selbst ein Robert Mayer nicht. Zurück in die Zeit vor der Märzrevolution? – Das wäre verheerend! Wir müssen die Freiheit, die Bürgerrechte und das Ende der Pressezensur in unserem Land energisch verteidigen und vor allem brauchen wir ein Land ohne Zollgrenzen!«

Er verzog seinen Mund und blickte seinen Freund mit kläglicher Miene an: »Aber das können wir doch nicht mit dieser grauenhaften Katzenmusik bewerkstelligen!«

Er wandte sich zum Gehen, zögerte einen Moment und drehte sich noch einmal nach dem Apotheker um. »Was macht eigentlich dein anderer Bruder, der Gustav?«

Mayer sah ihn mit vorgebeugtem Kopf nachdenklich durch seine dicken Brillengläser an, schien einen Augenblick zu überlegen und seufzte. »Du erinnerst dich sicher noch daran. Es stand ja groß in allen Zeitungen. Vor einem Jahr hat er in Sinsheim drüben die Republik ausgerufen. Alles war mit Hecker und Struve abgesprochen, die in Konstanz ebenfalls die Republik verkündet hatten. Aber sein anschließender Marsch nach Heidelberg ist ebenso schiefgegangen wie Heckers Zug über den Schwarzwald nach Freiburg. Jetzt sitzt Gustav noch im Exil in Straßburg.«

»Und seine Apotheke in Sinsheim? Hat man sein Vermögen eingezogen?«, fragte Schmidt erschrocken.

Friedrich Mayer schüttelte den Kopf und zwinkerte seinem Freund verschwörerisch zu: »Das konnten wir – Gott sei Dank! – verhindern. Ob du's glaubst oder nicht: Ich hab ihm sogar persönlich dabei geholfen, sein Geld zu retten.«

»Wie hast du das denn angestellt?«

Der Apotheker stemmte seine Hände auf die polierte Holzplatte der Theke und beugte sich vor. Mit gedämpfter Stimme erklärte er, als ob er befürchtete, dass ein dritter Zuhörer sein Geheimnis aufschnappen könnte.

»Das hat vor allem seine Frau Amalie äußerst geschickt eingefädelt: Sie ließ mich fingierte Darlehensrückforderungen über mehrere tausend Gulden an meinen Bruder aufstellen, obwohl der mir noch nie was schuldig war. Ihren Vater in Großgartach hat sie in dieselbe Richtung bearbeitet. Dann hat sie uns in kürzester Zeit die Summen ausbezahlt – aus dem Erlös, den sie eben für die Apotheke in Sinsheim bekommen hatte. Das Geld ist seitdem in sicheren Händen und der badische Staat ging leer aus.«

Er machte eine Pause, sah seinen Freund erwartungsvoll an, dann richtete er sich wieder auf und sprach in gewohnter Lautstärke: »Wir waren beide skeptisch und konnten es uns kaum vorstellen, aber es hat funktioniert. Sein Schwiegervater verwaltet jetzt das Vermögen für die beiden. Hoffen wir, dass Gustav bald wieder nach Sinsheim zurück kann.«

Wieder beugte er sich über den Ladentisch und raunte: »Wer weiß, vielleicht dauert es gar nicht mehr lange. In Baden spitzt sich die Sache zu. Ich habe gehört, dass es Meutereien bei den Truppen gegeben haben soll.«

Dann fragte er laut: »Und was macht dein Christoph? Der hält sich doch gerade im badischen Ausland auf! Hat er euch geschrieben, was in Heidelberg los ist, in dieser unruhigen Zeit?«

»Der hat gerade Examen gemacht und sollte sich jetzt eigentlich in Württemberg nach einem Referendariat umsehen«, antwortete Georg trocken. Dann rollte er die Augen und rief: »Dafür schreibt er seit Neuestem Artikel in der *Demokratischen Republik*.«

Friedrich Mayer grinste ihn an, als ob er sich über die Empörung seines Freundes lustig machen wollte. Dann tippte er ihm wieder mit dem Zeigefinger auf die Brust. »Ich hab's dir ja immer gesagt, der Junge hat das Herz auf dem rechten Fleck. Grüß ihn von mir. Er soll bei mir in der Apotheke vorbeischauen, wenn er wieder mal in Heilbronn ist.«

Kaum hatte er die Apotheke verlassen, wurde Schmidt Zeuge einer erregten Szene, die sich auf dem Marktplatz vor seinen Augen abspielte. Die Polizei hatte einen Zug von Bauernwagen aufgehalten, die voll bepackt mit Kisten und Säcken von einer neugierigen Menge umstellt waren. Eine Frau in bäuerlicher Tracht redete in verzweifeltem Zorn auf einen vielleicht zwölfjährigen Jungen ein, während ein Polizeiwachtmeister lautstark mit einem Mann verhandelte, der schreckensbleich vor ihm stand.

»Was ist denn hier los?«, fragte Georg einen Handwerker, der mit seinem Leiterwagen neben ihm stand.

»Gebettelt hat das Pack, obwohl das streng verboten ist. Zigeuner, Auswanderer – beim Hafen lagert wieder eine ganze Menge von ihnen.«

Georg wies ihn mit einem scharfen Blick zurecht. Wie ihn diese feindseligen Worte gegen die Ärmsten der Armen anekelten! Dann schritt er zu dem Wachtmeister hinüber.

»Warum halten Sie diese Menschen auf?«

Der Polizist fuhr herum und stierte ihn an. Als er bemerkte, dass ein elegant gekleideter Bürger vor ihm stand, zögerte er einen Augenblick, schlug die Hacken zusammen und gab grimmig und knapp die gewünschte Auskunft.

»Mit Verlaub: Wir haben Kinder dieser Leute beim Betteln erwischt. Jetzt wollen sie die Strafe nicht bezahlen. Dafür werde ich den Vater wohl mitnehmen müssen.«

»Gar nichts werden Sie«, herrschte ihn Georg an und konnte seine Erregung kaum noch im Zaum halten. Mit einem Mal hatte er wieder die Bilder vor Augen, als er selbst vor dreißig Jahren als junger Mann mit seinem Vater aus einem kleinen Dorf im Weinsberger Tal mit dem geliehenen Leiterwagen seines Onkels zur Schifflände nach Heilbronn gefahren war – bitterarm und ohne zu wissen, wie sie das Reisegeld für die Familie zusammenbringen sollten.

»Wie hoch ist die Strafe?«, fragte er – wieder etwas ruhiger geworden – und zog entschlossen sein Portemonnaie aus der Tasche. Der Wachtmeister verfolgte erstaunt seine Geste, zuckte die Schultern, nannte den Betrag, nahm gleichmütig das Geld entgegen und machte sich davon. Für ihn war der Fall nun erledigt.

Fassungslos hatten die Eltern der zu Tode erschrockenen Kinder dieser kurzen Auseinandersetzung zugesehen. Der Familienvater verbeugte sich ungelenk vor Georg und stotterte einen Dank. Doch der achtete nicht darauf und drückte jedem der Kinder ein paar Kreuzer in die Hand.

Langsam setzte sich der Wagenzug wieder in Bewegung und Georg begleitete den Mann ein Stück. Der Auswanderer ging neben seinem Wagen her und führte eine magere Kuh am Riemen, die den Wagen geduldig fortzog.

Sie kämen aus dem Wald, hinter Mainhardt, beantwortete er seine Fragen. Schon vor drei Jahren hätten sie fort sollen, seufzte er. Damals sei die ganze Kartoffelernte ausgefallen. Im nächsten Frühjahr hätte es dann keine Kartoffeln mehr zum Stecken gegeben. Seither sei es immer schlimmer geworden.

Letztes Jahr hätten sie etwas Hoffnung geschöpft, als die Revolution begann. Endlich müssten sie ihren Standesherren nicht mehr fronen und keine zusätzlichen Abgaben mehr entrichten, hätte es geheißen.

Vor den Ämtern in Maienfels, Weiler, Löwenstein und Neuhütten hätten sie protestiert, einige seien in die Räume eingedrungen und hätten die Lagerbücher zum Fenster hinausgeworfen. Auf der Straße seien ganze Scheiterhaufen aufgerichtet worden. Dann seien die Soldaten zu ihnen geschickt worden, die Rädelsführer seien ins Gefängnis auf den Hohenasperg gekommen, und jetzt sollten sie den Standesherren hohe Ablösungen für die Fronen und Zehnten zahlen, das könnten sie nicht mehr aufbringen. »Wir müssen weg, sonst überleben wir den nächsten Winter nicht.«

Georg erinnerte sich an die Meldungen in den Zeitungen, dass württembergische und badische Gemeinden sogar Vorbereitungen trafen, ihre Ortsarmen einfach abzuschieben. Sie wollten lieber dafür die Fahrtkosten nach Amerika bezahlen, als sie weiter durchzufüttern.

Beim Brückentor verabschiedete er sich von den Auswanderern und wünschte ihnen Glück für ihre Reise.

Ganz in Gedanken machte er sich auf den Weg zu seinem Kontor. Er dachte an die Rückwandererfamilie aus Schwaigern, die er während seiner eigenen Auswanderung kennengelernt hatte. In Amsterdam war ihnen das Geld ausgegangen. Ein mitleidiger Rheinschiffer hatte sie auf dem Schiff wieder zurück nach Mannheim gebracht, wo Georg ihnen zufällig begegnet war. Dafür hatten sie dem Schiffsmeister bei der Arbeit an Bord ein bisschen zur Hand gehen müssen.

Anfangs schien die Familie Glück zu haben. Vater und Tochter fanden Arbeit bei der Silberwarenfabrik Bruckmann in Heilbronn. Dann wurde zuerst die Mutter todkrank. Die Tochter blieb zu Hause und pflegte sie. Kurz darauf erlitt der Vater einen Unfall in der Fabrik, und plötzlich stand sie alleine da. Die Verwandtschaft in Schwaigern konnte sie nicht aufnehmen, da sie selbst ums Überleben kämpfte. Georg hatte ihr das Fahrtgeld für die Überfahrt nach Philadelphia bezahlt. Wie mochte es ihr jetzt wohl gehen?

Das ist die Republik!

»Hinauf, Patrioten, zum Schloss, zum Schloss! Hoch flattern die deutschen Farben!« Christoph Schmidt ließ seinen klangvollen Bariton erklingen und wies vom Schiff aus zum Dilsberg hinauf, dessen Festung hoch über dem Neckar das Städtchen Neckarsteinach auf dem gegenüberliegenden und bereits hessischen Ufer weit überragte. Hier sollte heute die große Volksversammlung stattfinden.

Die Heidelberger Studenten um ihn herum zogen ihre Mützen und schwenkten sie übermütig. Fast auf den Tag genau vor 17 Jahren hatte das große Hambacher Fest drüben in der Pfalz stattgefunden, hatten Tausende dort dieses Lied angestimmt und waren den Berg hinauf zum Hambacher Schloss gezogen, um für Einheit und Freiheit zu demonstrieren, und seit einem Jahr wehten in Frankfurt, Mannheim, Heidelberg und Heilbronn wie in vielen anderen deutschen Städten wieder die schwarz-rot-goldenen Fahnen.

In Offenburg hatten sich vorgestern viele Tausende Vaterlandsfreunde getroffen, angeführt von den Deputierten der badischen Volksvereine. Sie hatten der Regierung in Karlsruhe ein Ultimatum gestellt und lautstark gefordert, sie solle zurücktreten und die politischen Gefangenen frei lassen. Badisches Militär war auf die Seite des Volkes übergetreten, und heute sollten die Beschlüsse der Offenburger Versammlung überall im ganzen Land verkündet werden.

Die meisten der Heidelberger Studenten waren schon früh am Morgen mit der Eisenbahn nach Mannheim gefahren, wo ebenfalls eine große Volksmenge zusammenströmte, um die neuesten Ereignisse zu erfahren. Christoph aber hatte den Auftrag übernommen, der Volksversammlung auf dem Dilsberg die Grüße der demokratischen Studentenschaft Heidelbergs zu überbringen, und wurde von einer kleinen Gruppe seiner Kommilitonen begleitet.

»Weißt du, was du von uns verlangst?«, hatte sein Freund und Studienkollege Karl Sänger gescherzt, als Christoph ihn gebeten hatte, doch auch mitzukommen. »Früher wurden auf dem Dilsberg die aufmüpfigen Studenten eingesperrt. Dort befand sich der Karzer der Universität! Und jetzt sollen wir freiwillig dahin ziehen?«

»Die Zeiten haben sich eben geändert«, hatte Karls jüngerer Bruder Ludwig geantwortet. »Es gibt bald gar keine Zwingburgen mehr, das Volk nimmt nun seine Geschicke selbst in die Hand!«

Als sie das Dampfboot verlassen hatten, reihten sich die Heidelberger Studenten in den Menschenstrom ein, der sich wie eine riesige Prozession von Neckargemünd bis zur Schlossruine hinaufbewegte.

Ludwig Sänger mit seinem fröhlichen Lachen, das oft gurgelnd aus seiner Kehle drang, war in seinem Freundeskreis wegen seines offenen Wesens überall beliebt und stand häufig im Mittelpunkt der Gesellschaft. Seine rotblonden Locken stachen eigentümlich von seinem dunklen Teint ab. Gerade mal zwanzig Jahre alt geworden, engagierte sich der begeisterte Student der Philosophie und Geschichtswissenschaft in einer der studentischen demokratischen Verbindungen und hatte sogar bereits seine Professoren durch seine klugen Beiträge zu akademischen Debatten auf sich aufmerksam gemacht.

Er hatte seine Freundin Fanny mitgebracht, die von Annette Lußhardt begleitet wurde. Die beiden Mädchen kannten sich seit ihrer Schulzeit auf dem privaten Heidelberger Mädchenpensionat und teilten ihre Leidenschaft für das Zeichnen und Aquarellieren.

Karl, der ältere der Sängerbrüder, schien der Vernünftigste unter ihnen. Fast einen Kopf kleiner als sein jüngerer Bruder Ludwig mit seinen glatten halblangen braunen Haaren und einer eher blassen Gesichtsfarbe, hätte niemand die beiden für Brüder gehalten. Er führte die kleine Gesellschaft der Heidelberger Studenten an.

Die Menge drängte sich durch das Tor in das enge Bergstädtchen, ergoss sich in seine verwinkelten Gassen und strömte in Richtung Burgruine mit ihrer mächtigen halbrunden Schildmauer wieder zusammen. Seit über fünfundzwanzig Jahren war die Burg zum Abriss freigegeben und verfiel seitdem zusehends. Die Mauern wurden nach Bedarf abgebrochen, die Steine abgeführt und anderswo verbaut. Aber noch immer ragten die gewaltigen Wände aus dem roten Odenwaldsandstein hoch zum Himmel hinauf und kündeten von der einstigen Größe und Stärke dieser Bergfeste, die Jahrhunderte lang als uneinnehmbar gegolten hatte.

»Das Alte fällt zusammen und neues Leben ersteht aus den Ruinen«, verkündete Ludwig und zeigte auf die Ruinenwände.

»Dort geht's lang«, dirigierte Annette Lußhardt ihre Freunde, als sich Karl Sänger auf dem Platz hinter dem Tor etwas ratlos umschaute, und wenig später standen sie auf dem Versammlungsplatz.

In Gruppen lagerten die Menschen aus den umliegenden Ortschaften auf dem ehemaligen Burggelände und warteten gespannt auf die Redner des Neckargemünder Volksvereins. Lebhaft diskutierten sie die jüngsten Gerüchte.

Ministerpräsident Bekk habe die Forderungen der badischen Volksvereine abgelehnt, wussten einige zu berichten. Anscheinend sei er abgesetzt worden. Jetzt übernähmen die Leute vom Ausschuss der Volksvereine in Baden die Regierung. In Karlsruhe habe es Schießereien gegeben.

»Das bedeutet Revolution, Anarchie, Chaos!«, klagte Karl Sänger.

Sein Bruder Ludwig lachte ihn aus: »Du wirst sehen, die Revolution wird siegen! Die Republik wird kommen und die Blutsauger werden endlich zum Lande hinausgejagt!«

Die johlende Zustimmung der Studenten ließ Karl verstummen.

Als die Grußworte der benachbarten Volksvereine verlesen waren, stand Christoph auf und bahnte sich einen Weg zum Rednerpodest. Jetzt war er dran. Nach einem kurzen Wortwechsel mit dem Veranstaltungsleiter betrat er die Bühne.

Erst vor wenigen Wochen hatte er sein juristisches Examen abgelegt und wusste noch nicht so recht, wie er sich weiter orientieren sollte. Am liebsten wäre er, seiner journalistischen Neigung entsprechend, als Redakteur in eine der großen politischen Tageszeitungen eingestiegen oder juristischer Berater einer der Abgeordneten der Nationalversammlung oder eines Länderparlaments geworden.

Unter den Studenten der Heidelberger juristischen Fakultät galt er als Wortführer, obwohl er aus dem württembergischen Heilbronn stammte.

Mit seiner wohlklingenden Stimme rief er der Menge zu: »Liebe Freunde, vor einem Jahr sind die Heidelberger Studenten aus der Universität nach Neustadt hinausgezogen, weil die Obrigkeit den demokratischen Studentenverein auflösen wollte. Die Bürgervereine aus der Umgebung haben damals zu uns gehalten. Das haben wir nicht vergessen und deshalb stehen wir, die demokratisch gesinnten Studenten der Universität in Heidelberg, heute an der Seite aller badischen Volksvereine und Bürgerwehren, die jetzt endlich das Heft in die Hand genommen haben. Ein Hoch auf die badische Revolution!«

Die Menge klatschte Beifall, jauchzte. Der mittelgroße, eher hager wirkende Studentenführer mit dem schwarzen, gelockten Haar und dem sorgsam gepflegten Schnurrbart schwenkte seinen Hut, verbeugte sich und nahm den Beifall mit fröhlicher Miene entgegen.

Karl dagegen vergrub sein Gesicht in beiden Händen. »Jetzt jubelt ihr noch«, stöhnte er, »spätestens in ein paar Wochen werden die Preußen da sein und dem Spuk ein Ende machen.«

Ludwig schaute seinen Bruder nur verächtlich an. Der legte spontan seinen Arm um Annette, zog sie an sich und sagte zu ihr mit leichtem Spott in der Stimme: »Lass doch den Christoph ziehen, der hat dich nicht verdient. Was sollen wir hier unter diesen Chaoten, wollen wir nicht schon mal vorausgehen?«

»Finger weg!«, zischte Annette und drückte Karls Hand unsanft von ihrer Taille. »Was erlaubst du dir!«

Sie fühlte, wie ihr Herz schneller schlug. Erst vor wenigen Tagen war sie Christoph Schmidt etwas nähergekommen, aber das sollte noch niemand wissen! Jetzt tat Karl so, als ob sie schon Christophs feste Freundin sei! War sie schon mit ihm ins Gerede gekommen?

Und wie sollte sie Karls Annäherungsversuch deuten? Wollte er etwas von ihr, oder war das eben nur ein harmloses Herumalbern unter Freunden? Sie bewunderte ihre Freundin Fanny, die sich so sicher in den Kreisen der Studenten und der Heidelberger Gesellschaft bewegte, während sie sich bei Empfängen, Feiern und selbst bei zwanglosen Festen unter Freunden immer noch nicht frei fühlte. Dabei war sie mit ihren 22 Jahren ein Jahr älter als Fanny.

Ludwig hatte von ihrer Auseinandersetzung mit seinem Bruder nichts mitbekommen. Er war bereits aufgestanden, um Christoph entgegenzugehen. Aber seine Freundin Fanny warf Karl einen erbosten Blick zu.

»War doch nur Spaß«, lachte Karl, breitete entschuldigend die Arme aus und blickte leicht verunsichert in die Runde, die das Geschehen neugierig verfolgt hatte. Fanny beachtete ihn nicht weiter, half Annette hoch, und beide wandten sich Christoph zu, der mit Ludwig zu ihnen herüberkam.

»Wisst ihr schon das Neueste?«, fragte er aufgeregt. »Der Vorsitzende des Neckargemünder Volksvereins hat es mir gerade zugesteckt. Heute Nacht ist der Großherzog außer Landes geflohen!«

»Hat man ihn sogar in seinem eigenen Schloss in Karlsruhe bedroht?«, fragte Karl und war mit einem Satz auf den

Beinen. Dann rief er zornig: »So weit ist es also schon gekommen! Dabei hat unser Großherzog doch als einer der ersten deutschen Fürsten die Reichsverfassung anerkannt!«

Ein Herr mittleren Alters hatte wohl ihr Gespräch mit angehört und war zu ihnen getreten.

»Ich habe sichere Nachricht aus Karlsruhe. Großherzog Leopold hat sich aus dem Staub gemacht und ist längst außer Landes. Auch Prinz Friedrich ist geflohen. Mit dem Kriegsminister, der Kriegskasse und einigen Geschützen versucht er ebenfalls aus Baden herauszukommen. Bürgerwehrleute sind hinter ihnen her und wollen das verhindern.« Er schüttelte den Kopf und fügte zornig hinzu: »Offenbar geht es dem Großherzog und dem Prinzen nur darum, ihre eigene Haut zu retten. Dabei hätten wir sie jetzt dringender gebraucht als je. Statt Hals über Kopf aus dem Land zu fliehen, hätte der Großherzog versuchen sollen, zusammen mit den Volksvereinen einen Weg aus der Krise zu finden.«

»Ja, soll er sich denn von den meuternden Soldaten einfach abmurksen lassen?«, schrie Karl aufgebracht und breitete seine Arme aus.

Ludwig rüttelte seinen Bruder an den Schultern und versuchte ihn zu beruhigen. Doch der Herr blickte nur verständnislos zu Karl hinüber und sprach unberührt weiter.

»Die Karlsruher Bürgerwehr hätte ihn doch geschützt! Sie hat ihm sogar bei der Flucht geholfen. Nein, er hat einfach die Nerven verloren, weil es in der Stadt Unruhen gab – wohlgemerkt, nicht gegen den Großherzog selbst, sondern zunächst nur gegen Ministerpräsident Bekk, der die Forderungen aus Offenburg abgelehnt hatte. Jetzt lässt der Großherzog sein Land im Stich wie ein Kapitän, der als erster von Bord geht, wenn das Schiff in Seenot geraten ist.«

»Oder er holt die Preußen, damit sie gegen Baden ziehen«, polterte Christoph los. »Das wäre auch eine Art von Hochverrat – gegen das eigene Land!«

Unterdessen hatte sich ein Kreis aufgeregt diskutierender Versammlungsbesucher um sie gebildet.

»Ich bin Ludwig Bronner, Apotheker in Neckargemünd«, stellte sich ein weiterer Gesprächspartner vor und wandte sich Christoph zu. Er fuchtelte mit dem Zeigefinger seiner rechten Hand vor seinem Gesicht herum und rief:»Bürgermeister Pabst ist auch unter uns, Sie haben ja vorhin kurz mit ihm gesprochen. Er wird uns in seiner Rede gleich noch Genaueres berichten. Aber eines lässt sich jetzt schon sagen: Die Sache spitzt sich immer mehr zu. Jetzt geht es um alles oder nichts!«

Ein Trompetenstoß schnitt ihm die Rede ab und verkündete, dass die Veranstaltung ihren Fortgang nehmen sollte. Karl hatte sich wieder einigermaßen beruhigt.

»Jetzt müssen die Vernünftigen zusammenhalten, hörst du?«, sagte er eindringlich zu Christoph. »Wenn wir nicht alles gefährden wollen, was wir im letzten Jahr erreicht haben, dürfen wir nichts der aufgebrachten Menge überlassen. Denk daran, vor fast sechzig Jahren – zu Zeiten der Französischen Revolution – da haben die jakobinischen Terroristen das Ruder in die Hand bekommen, und was dann kam, das sollte uns lieber erspart bleiben!«

Christoph legte ihm beschwichtigend die Hand auf den Arm. »Wir sind hier aber nicht in Frankreich, sondern im braven Baden«, lachte er. Doch seine Stimme klang nicht sehr überzeugt.

Fanny und Annette tuschelten unterdessen erregt miteinander und warfen Blicke zu Karl hinüber.

»Also, ich sag's Ludwig«, zischelte Fanny und ihre braunen gedrehten Locken, die ihr immer mal wieder ins Gesicht fielen, zitterten. »Wenn du Christoph nichts davon berichten willst, wie sich sein Freund an dich ranmacht, ist das deine Sache. Aber Ludwig soll seinem Bruder einmal ordentlich die Meinung sagen.«

»Das hab' ich doch schon getan«, versuchte Annette sie zu beruhigen. »Außerdem hat er es bestimmt nicht ernst gemeint!«

»Du glaubst doch nicht, dass ihn deine Zurechtweisung eben beeindruckt hat!«, gab Fanny zurück. Sie warf einen spöttischen Blick auf ihre Freundin. »Aber vielleicht gefällt es dir ja, gleichzeitig von zwei Verehrern umworben zu werden.«

»Du weißt genau, dass das nicht stimmt«, wies sie Annette aufgebracht zurecht. »Und gegen seine Zudringlichkeit kann ich mich selbst wehren. Was mir mehr Sorgen macht, ist mein Vater, der mir den Umgang mit Christoph verbieten will.«

»Wieso denn das? Christoph hat doch ein gutes Examen gemacht. Hat er was gegen Württemberger?«, fragte Fanny erstaunt.

Annette verzichtete darauf, ihrer Freundin mehr darüber zu erzählen, und zuckte nur mit den Schultern. Sie war zu dem Schluss gekommen, dass es das Beste wäre, die ganze Angelegenheit auf sich beruhen zu lassen.

Eigentlich konnte sie Karl nicht böse sein. Sie kannte ihn schon länger als Christoph. Fanny hatte sie vor ein paar Wochen zu einem Fest auf dem Landgut von Ludwigs Eltern mitgenommen und dort hatte sich Ludwigs Bruder Karl sehr zuvorkommend um sie gekümmert. Das war ihr nicht unangenehm gewesen. Sie hatten sich auf Anhieb gut verstanden und sie hatte damals sogar das Gefühl gehabt, es könnte mehr daraus werden.

Auch Christoph war ihr dort vorgestellt worden, aber zueinandergefunden hatten sie erst auf dem Ball am letzten Wochenende im Hotel Prinz Carl, wo Christoph sein bestandenes Examen gefeiert hatte. Christoph hatte einen Walzer nach dem anderen mit ihr getanzt und sie hatte sich selig gefühlt. Dann hatte er sie nach Hause begleitet und zum Abschied hatte sie ihn geküsst. Vielleicht war Karl einfach nur eifersüchtig auf Christoph?

Inzwischen hatte Bürgermeister Pabst bereits die Versammlungsgäste begrüßt und mit seiner Rede begonnen. Allmählich verstummten die letzten Gespräche. Jeder war gespannt darauf zu erfahren, was sich in Offenburg und Karlsruhe gestern Abend und heute Nacht wirklich abgespielt hatte. Der beleibte Neckargemünder faltete umständlich einen Papierbogen auseinander, räusperte sich, blickte auffordernd in die Runde und begann mit seiner Rede.

»Bürger, Neckargemünder, liebe Gäste von Nah und Fern.« Er ließ das Blatt sinken und schaute schnaufend mit rotem Kopf um sich, bevor er mit seiner Verkündigung fortfuhr.

An die 30 000 badische Bürger hätten sich am Wochenende in Offenburg versammelt, um den Vorsitzenden der badischen Volksvereine zuzuhören, berichtete er mit ausladender Geste. In der Stadt herrsche Volksfeststimmung. Die Nachricht, dass sich in vielen badischen Garnisonsstädten immer mehr Soldaten den Forderungen des Volkes anschlössen, habe die Redner der Offenburger Versammlung ermutigt, ihren Forderungen Nachdruck zu verleihen.

Am Samstag sei beschlossen worden, eine Deputation unter Karl von Rotteck – dem Sohn des angesehenen Freiburger Staatsrechtlers – nach Karlsruhe zu schicken. Gestern Vormittag sei die Deputation bei Ministerpräsident Bekk vorgelassen worden und habe die Beschlüsse der Offenburger Versammlung vorgebracht: Einberufung einer verfassungsgebenden Landesversammlung und Auflösung des Ständehauses, Rücktritt der Regierung und Freilassung aller politischen Gefangenen. Bekk habe entrüstet abgelehnt.

Als die Deputation nach Offenburg zurückgekehrt sei und am Nachmittag darüber berichtet habe, habe die Offenburger Versammlung die Revolution ausgerufen. Das Volk handle jetzt in Notwehr gegen die Fürsten.

»Was ist mit dem Großherzog? Ist er tatsächlich geflüchtet?«, rief einer dazwischen.

Bürgermeister Pabst wischte sich mit einem Taschentuch den Schweiß von der Stirn. Man sah ihm an, dass ihm die Nachmittagshitze und die erregte Stimmung unter den vielen Teilnehmern der Versammlung gewaltig zusetzte. Mit hochrotem Kopf rief er ihm zu: »Da der Großherzog außer Landes geflohen ist, hat der Landesausschuss der badischen Volksvereine unter Lorenz Brentano provisorisch die Regierungsgewalt übernommen.«

»Das ist die Republik!«, jauchzte Ludwig Sänger und stieß Christoph mit dem Ellbogen in die Seite.

Christoph blieb stumm. Er konnte nicht in den Jubel seines Freundes einstimmen, obwohl ihn die Worte des Neckargemünder Bürgermeisters tief berührt hatten. Etwas Entscheidendes hatte sich verändert gegenüber den politischen Auseinandersetzungen der letzten Tage und Wochen. Bisher waren die erregten Diskussionen, ob die Revolution *mit* den Fürsten oder *gegen* sie durchgesetzt werden sollte, reine Theorie gewesen. Jetzt war das Tischtuch zwischen dem Großherzog und dem badischen Volk zerschnitten. *Er* hatte es zerschnitten, sich von seinem Volk losgesagt.

Entweder bedeuteten die Ereignisse gestern und heute den Beginn eines neuen Zeitalters der Freiheit und Volksherrschaft oder den Anfang vom Ende, wenn sich nämlich die anderen Fürsten in Deutschland zusammentaten und gemeinsam die letztes Jahr auf den Barrikaden erkämpfte Freiheit in einem Blutbad erstickten – wie es in Wien und Berlin bereits geschehen war. Dann gute Nacht, Baden!

Mit einem Mal wurde ihm deutlich, dass es jetzt darauf ankam, alle demokratischen Kräfte zu einem gewaltigen Aufstand des Volkes zu sammeln. Jetzt hieß es nicht mehr *fordern*, sondern *kämpfen*! Wenn sich das Volk in Baden und in seinem eigenen Heimatland Württemberg gemeinsam erhöbe, wenn auch in Württemberg, der Pfalz und in Hessen das Militär auf die Seite der Freiheitskämpfer wechselte, dann – und nur dann! – könnte es gelingen, von der Südwestecke aus der Revolution in ganz Deutschland neuen Schwung zu geben! Aber das würde verdammt schwer werden.

Auch Karl saß stumm da, völlig in sich versunken. Hatte er es nicht vorausgeahnt? Warum hatten es die verantwortlichen

Führer des Volkes nicht verstanden, die Errungenschaften der Märzrevolution vor einem Jahr zu sichern, mäßigend auf die radikalen Tollköpfe einzuwirken, die alles wieder aufs Spiel setzten! Die Volksvereine stellten der Regierung des Großherzogs ein Ultimatum – unfassbar! Das war ein glatter Bruch der badischen Verfassung! Was dachten die sich denn? Dass Ministerpräsident Bekk da mitmachte? Sie selbst hatten mit ihrem übereilten Schritt das Ende der Reformpolitik riskiert! Eine Republik in Baden zu errichten und vielleicht noch in der Rheinpfalz, die seit 34 Jahren zum Königreich Bayern gehörte? – Eine solche Republik würde sich niemals in einem nach wie vor mehrheitlich von Fürsten regierten Deutschland halten können! Hatten sie denn alle den Verstand verloren?

Ludwig dagegen war bester Stimmung: »Heute beginnt hier in Baden der Siegeszug der Freiheit! Ihr werdet sehen: Das ist ein Signal für eine Volkserhebung in allen deutschen Ländern! Bald wird Deutschland seine Tyrannen weggefegt haben! Einfach abgesetzt!«

Er ergriff die Schultern seines Bruders, der am Boden kauerte, und schüttelte ihn, als müsste er ihn aufwecken: »Philipp kann jetzt endlich aus dem Exil zurückkommen, verstehst du das denn nicht?«

Karl stierte ihn an, blanker Hass trat in seine Augen. »Soll Philipp etwa dabei zusehen, wie hier in Baden alles den Bach runtergeht?«

Er schüttelte Ludwigs Hände ab und sprang auf. »Kommt, wir haben genug gehört und gesehen. Wir sollten uns beeilen. In einer Stunde geht das Nachmittagsboot nach Heidelberg!«

Auf dem Weg den Dilsberg hinunter schwirrten die Gerüchte um die Flucht des Großherzogs aus Karlsruhe um sie herum wie die Wespen um den Honigtopf. Die fürstliche Familie hätte zunächst mit einem Sonderzug der Eisenbahn am frühen Morgen nach Frankfurt fahren wollen. Die badischen Bahnhöfe seien aber inzwischen von Soldaten besetzt, die sich der

Revolution angeschlossen hätten. Das habe der Großherzog von Karlsruher Bürgerwehrleuten erfahren, die ihm dringend von seinem Vorhaben abgeraten hätten. Dann sei er mit der Kutsche durch den Schlosspark und den Hardtwald nach Norden geflohen zum Rhein und hinüber zur Bundesfestung in Germersheim.

Da müsse er doch durch die Pfalz, wo ebenfalls Revolution sei! Nein, sagten andere, er sei gleich über den Rhein nach Frankreich, ins Elsass, nach Lauterburg gefahren.

Annette lief mit Ludwig und Fanny ein Stück voraus, während Christoph und Karl immer wieder stehen blieben und mit Leuten sprachen, die ebenfalls vom Dilsberg hinunter nach Neckargemünd strömten.

»Was ist eigentlich mit deinem Bruder Philipp«, fragte sie Ludwig. »Weshalb ist er im Exil? Wisst ihr denn überhaupt, wo er sich jetzt aufhält?

»Philipp ist letztes Jahr mit Hecker gezogen.«

»Friedrich Hecker, der den Volksaufstand, den Heckerzug angeführt hat? Von Konstanz über den Schwarzwald Richtung Freiburg?«, mischte sich Fanny ein.

Ludwig nickte. »Philipp hat oben auf der Scheidegg bei Kandern gegen die Reichstruppen mitgekämpft, die sich dem Zug des Volkes entgegengestellt hatten. Aber Hecker und seine Leute hatten keine Chance gegen die fürstlichen Armeen mit ihren besseren Waffen. Das Volksheer löste sich nach einem kurzen Schusswechsel bald auf. Wer konnte, lief auf und davon. Philipp ist dann mit Hecker zuerst in die Schweiz und dann nach Straßburg geflohen, gehetzt und gejagt von den Soldaten. Vergebens hatten sie bis zuletzt darauf gehofft, dass diese nicht auf ihre deutschen Brüder schießen würden. Georg Herwegh, dem Freiheitsdichter aus dem Württembergischen, ist es genauso gegangen. Seine Freischärlertruppe verlor bei Dossenbach gegen eine württembergische Einheit.«

Ludwig unterbrach seine Rede für einen Moment, schien nach den richtigen Worten zu suchen. »Anfangs wurde nach

Philipp steckbrieflich gefahndet, doch mein Vater hat mit Hilfe unseres Anwalts nach ein paar Wochen durchgesetzt, dass sein Verfahren niedergeschlagen wurde. Wir haben uns gleich bemüht, Philipp in Straßburg zu erreichen, aber unsere Briefe sind ohne Antwort geblieben.«

»Dann weiß er ja gar nicht, dass ihm gar keine Gefahr mehr droht!«, warf Annette ein. »Habt ihr nicht versucht, ihn in Straßburg irgendwie aufzutreiben?«

»Karl ist damals hingefahren, er hat sich bei den Flüchtlingen umgehört, aber ohne Erfolg. Wahrscheinlich hat sich Philipp zu diesem Zeitpunkt bereits mit Hecker nach Amerika aufgemacht.«

»Ohne sich vorher bei euch zu melden, wenigstens mit einem Brief? Und aus Amerika hat er euch auch nicht geschrieben?«

Ludwig zuckte die Schultern. »Meine Eltern waren nicht gerade begeistert, dass er sich Hecker angeschlossen hatte. Da hat es auch einige böse Worte gegeben. Er ist im Streit von daheim weggegangen. Besonders Karl hat ihm bittere Vorwürfe gemacht.«

Er blieb stehen und schaute sich nach seinem Bruder und Christoph um, die gerade dabei waren, zu ihnen aufzuschließen. Dann wandte er sich wieder den beiden Mädchen zu und raunte, als ob er nicht wollte, dass sein Bruder ihn verstünde: »Aber wenn jetzt in Baden die Republik ausgerufen wird und die politischen Gefangenen freigelassen werden, dann kommt Philipp vielleicht wieder aus Amerika zurück. Vielleicht zusammen mit Hecker!«

»Und wenn es dann Krieg gibt?«, fragte Fanny ängstlich.

»Dann melde ich mich freiwillig zu den badischen Fahnen und kämpfe mit Philipp gemeinsam an der Seite von Hecker gegen die Feinde der Freiheit!«, rief Ludwig euphorisch.

Fanny blieb stehen und griff nach seiner Hand. »Das wirst du nicht tun!«, rief sie erregt.

Ludwig versuchte sie zu beruhigen. »Es wird wohl nicht zum Krieg kommen. Dafür wird die neue badische Regierung schon sorgen. Aber wenn es darauf hinausliefe, bliebe uns gar keine andere Wahl!«

Annette schaute ihn entsetzt an. Alle jubelten über die Vorgänge in Karlsruhe und Offenburg. Überall herrschte die reinste Volksfeststimmung. Aber wenn das nur der Auftakt für einen Krieg war, der ihnen bevorstünde, für den Vormarsch der fürstlichen Armeen gegen das kleine, demokratisch gewordene Baden? Es war noch kein Jahr her, dass sie in Berlin und Wien die Revolution brutal niedergeworfen hatten!

Die Studenten feierten lautstark in der lauen Abendstimmung auf dem Dampfschiff, das sie zurück nach Heidelberg brachte, doch Annette wollte lieber mit Christoph allein sein und suchte nach einer Gelegenheit, mit ihm unter vier Augen zu sprechen. Als Ludwig, Fanny und Karl mit einigen anderen Heidelberger Studenten scherzten und die Redner auf dem Dilsberg nachahmten, besonders den gewichtigen Bürgermeister Pabst, zog sie Christoph einfach mit sich fort. Trotz der drangvollen Enge fanden beide ein Plätzchen vorne am Bug, wo sie einigermaßen ungestört waren, aber der Fahrtwind ihnen dafür kräftig ins Gesicht blies.

Christoph legte seinen Arm um ihre Schultern und sie schmiegte sich an ihn. Ihr war kalt geworden. Sie fröstelte. Da zog Christoph seine Jacke aus und schlug sie um ihre Schultern. Er drückte sie fest an sich, sodass sich ihre blonden Locken im Wind mit seinen Haaren mischten. Die enge Berührung tat ihr gut. Sie zog die Jacke auch um seine Schultern, legte ihren rechten Arm um seine Taille, griff mit der Linken nach dem Revers und zog es an sich heran. Eng eingehüllt trotzten sie dem Fahrtwind.

Christoph genoss ihre Nähe. Er spürte, wie sie von ihm beschützt sein wollte und wie sehr es ihn danach drängte, nur für sie da zu sein. Trotz der vielen Mitreisenden auf dem Boot nahm er nichts als ihre Zweisamkeit wahr, wünschte den Augenblick festzuhalten, nur sie beide, eng verschmolzen, und wenn sie in einer Welt voll Feinden wären!

Ihr Dampfboot wich einem Neckarfrachtschiff aus, das in der Strömung am Ufer flussabwärts steuerte, und überholte es langsam. Annette warf einen Blick hinüber. An Bord drängten sich Menschen eng aneinander, kauerten auf Kisten und schauten starr vor sich hin. Sie löste ihre Hand von seinem Revers und winkte einem kleinen Mädchen, das zu lächeln begann und ihr fröhlich zurückwinkte.

»Auswanderer«, sagte Christoph. »Immer mehr halten das Leben hier einfach nicht mehr aus. Meinen Eltern ist es vor dreißig Jahren genauso gegangen. Die Armut auf den Dörfern wächst ständig. Da heißt es bei vielen: Nichts wie raus aus diesem Elend und rüber nach Amerika. Wenn das so weitergeht, laufen den Fürsten mit der Zeit ihre Untertanen davon. Auch deshalb muss sich bald was ändern. Die Politik hat sich bisher nur um die Bürger gekümmert, die Kaufleute und die Unternehmer, die mit ihren Steuern den Staat finanzieren, aber denen geht es im Vergleich zu diesen armen Schluckern doch hervorragend. Jetzt muss eine zweite Revolution her, die sich auch um die soziale Gerechtigkeit kümmert!«

Annette dachte an Ludwigs Worte, sich zur Armee zu melden, wenn die badische Freiheit verteidigt werden müsse, und Fannys Entrüstung darüber. Zog nun auch Christoph ernsthaft in Betracht, sein Leben für die Freiheit aller Menschen, für Gerechtigkeit und Sicherheit einzusetzen?

So ehrenhaft das auch sein mochte, sie fühlte in ihrem Innern eine jähe Furcht aufsteigen, die sie in bange Unruhe versetzte. Mit einem Mal war das Glück des Augenblicks, das sie eben so nahe bei Christoph noch verspürt hatte, wie vom Winde weggeblasen, und sie spürte, wie sich lähmende Angst in ihr ausbreitete.

»Sei vorsichtig, Christoph«, begann sie zaghaft. »Geh nicht zu den Freischärlern.«

Christoph lachte kurz auf und versuchte sie zu trösten, aber seine Stimme klang, als ob er seine wahren Gedanken vor ihr verschleiern wollte.

»Du machst dir wohl Sorgen um mich? Ich zu den Freischärlern? Da kann ich dich beruhigen. Ich habe mich zwar seit einigen Jahren hier in Heidelberg gut eingelebt und bei meinem Studium eine Menge Freunde getroffen, aber immer noch bin ich Württemberger und als Ausländer halte ich sowieso lieber etwas Abstand.«

Nach einer kurzen Pause fügte er trotzig an: »Aber, offen gesagt, ich kann Ludwigs Freude über die badische Republik, die jetzt wohl kommen wird, gut verstehen und ich teile sie auch.«

Sie löste sich aus seiner Umarmung, schlüpfte unter seiner Jacke hervor. Mit beiden Händen stützte sie sich auf der Reling ab und starrte ins Wasser. Sie spürte, dass er nie im Leben daran denken würde, für sie seine Ideale aufzugeben. Und seine berufliche Zukunft? Begriff er nicht, dass er sie damit ernsthaft gefährdete?

»Mein Stiefvater hat sich dem Vaterländischen Verein für Ruhe und Ordnung in Heidelberg angeschlossen«, begann sie leise. »Neulich hat er deinen Artikel in der *Demokratischen Republik* gelesen und sich darüber aufgeregt, dass du die badische Regierung so scharf angegriffen hast. Er ist seitdem nicht gut auf dich zu sprechen. Was unseren Ausflug angeht, habe ich ihm nur erzählt, dass ich mit den Sängers und Fanny heute eine Bootstour nach Neckargemünd machen möchte. Wenn ich ihm gestanden hätte, dass auch du dabei bist und wir auf den Dilsberg zu einer Volksversammlung gingen, hätte er mich bestimmt nicht mitgelassen.«

»Der wird schon noch zur Vernunft kommen, wenn in Heidelberg die Demokraten an die Macht gekommen sind«, brummte Christoph, schlüpfte mit seinen Armen wieder in seine Jacke und knöpfte sie zu.

Annette richtete ihren Blick weiter auf die gekräuselten Wellen, die ihr Dampfer zerschnitt. Mit einem Mal fühlte sie sich einsam. War es richtig, dass sie sich auf Christoph einließ? Hatte Karl nicht viel vernünftiger über die Ereignisse in Karlsruhe und Offenburg gesprochen? Hatte ihr Vater nicht vielleicht doch recht, wenn er Christoph für einen unbeherrschten Feuerkopf hielt?

An der Neckarbrücke verabschiedeten sich die beiden von Karl, Ludwig und Fanny, die nach Dossenheim hinüberzogen.

»Dann bis Mittwochabend«, rief Karl Christoph fröhlich zu. »Vergiss dein Waschzeug nicht, du bleibst doch wieder über Nacht bei uns?«

Annette winkte Fanny, als sie sich auf der Neckarbrücke nochmal nach ihr umsah, und Fanny winkte zurück.

»Karl ist dein bester Freund?«, wollte Annette wissen.

Christoph schaute sie etwas befremdet an. Was sollte diese Frage? Und was sollte er ihr darauf antworten?

»Wir haben zusammen seit dem ersten Semester Jura studiert und ich bin oft bei ihnen drüben in Dossenheim eingeladen«, begann er zögernd. Dann überlegte er einen Augenblick und schob nach: »Eigentlich mag ich Ludwig lieber als Karl. Er ist so offenherzig, fröhlich und unkompliziert. Bei Karl weiß ich nie so genau, woran ich bei ihm bin.«

Annette blickte ihn nachdenklich an, eigentlich ging es ihr ähnlich. Wenn sie mit Christoph zusammen war, spürte sie, dass er es ehrlich mit ihr meinte. Karl dagegen war ein Schmeichler. Das mochte mitunter sehr angenehm sein, aber vertrauen konnte sie ihm nicht.

Sollte sie Christoph von dem Vorfall auf dem Dilsberg erzählen? Für einen Augenblick zögerte sie. Dann entschied sie sich, die Angelegenheit lieber für sich zu behalten. Wahrscheinlich war alles ganz harmlos gewesen.

Christoph schien von ihren Grübeleien nichts mitzubekommen und erzählte unbekümmert weiter: »Karls Eltern sind sehr freundliche Leute – du kennst sie ja – und ihr Gut drüben in Dossenheim an der Bergstraße, am Fuße des Oden-walds – da kann man schon neidisch werden.«

»Die Sängers müssen wohl reiche Leute sein«, sagte Annette, um das Gespräch mit dieser belanglosen Bemerkung aufrecht zu erhalten, aber ihre Gedanken drehten sich noch immer um Karl. Hatte er es vielleicht doch ernst gemeint und erst nach ihrer Zurückweisung so getan, als ob er einen Scherz hatte machen wollen?

»Sie besitzen noch ein weiteres schönes Haus in Mann-heim, dort ist auch das Kontor der Firma Sänger eingerich-tet«, bestätigte Christoph ihre Feststellung. »Aber meist lebt die Familie draußen in Dossenheim.«

Bei der Heiliggeistkirche erreichten sie die Hauptstraße. Von hier war es nur noch ein Katzensprung zum Hause Luß-hardt. Als sie den hohen Torbogen erreicht hatten, der zum Hinterhof führte, blieb er noch etwas bei ihr im Hauseingang stehen.

»Pass auf, wenn uns jemand sieht!«, bat sie.

»Wenn einer kommt, bin ich sofort weg«, flüsterte er ver-schwörerisch und zog sie an sich. »Ohne Pfand gebe ich dich aber nicht frei.«

Sie hauchte ihm einen Kuss auf die Stirn, löste sich aus seiner Umarmung und stürmte die Treppe hinauf.

Christoph schaute ihr wehmütig nach und machte sich dann auf den Weg ins *Bremeneck*, wo sich die demokratisch gesinnten Studenten trafen und auch Handwerksgesellen aus und ein gingen.

»Christoph! Komm rüber!« Am Tisch da drüben saßen seine Kommilitonen, hoben ihre Bierkrüge und winkten ihm zu. Er musste sich einen Weg durch die Menge bahnen, bis er die fröhliche Runde erreicht hatte.

»Hier geht's aber zu!«, sagte er und drückte sich in die Bank, auf der ihm zwei seiner Freunde ein kleines Stück frei-gerückt hatten.

»In Mannheim war der Teufel los!«, rief sein Nachbar zur Linken. Trotz der spürbaren Nähe seines Gesprächspartners hatte Christoph Mühe, ihn zu verstehen, so ein Lärm herrschte in der Gaststube.

»Wieso?«, fragte Christoph laut.

»Hast du noch nichts davon mitgekriegt?«, rief sein Freund mit ungläubiger Miene. Dann schlug er sich mit der flachen Hand auf die Stirn und lachte: »Freilich, du warst ja drüben auf dem Dilsberg!«

Neugierig folgte Christoph seinem Bericht. Zwischen Infanterie und Dragonern sei es in dieser Nacht bei den Kasernen in Mannheim zu einem offenen Kampf gekommen; bis gegen 3 Uhr morgens sei geschossen worden. Die Bürgerwehr sei dann ausgerückt und habe sich auf die Seite der Infanterie gestellt. Dann hätten sie die Republik hochleben lassen.

In der Nähe des *Rheinischen Hofes* seien die Schießereien am heftigsten gewesen. Anschließend sei das Zeughaus gestürmt worden, in dem die Waffen gelagert waren. Zehn Tote sollte es gegeben haben. Einige fürstentreue Offiziere seien geflohen, ansonsten stehe die Mannheimer Garnison jetzt auf der Seite der Revolution.

»Habt ihr das alles heute Morgen auf der Volksversammlung erfahren?«, fragte Christoph dazwischen. Ihm kam es vor, als hätte sein Ausflug nach Neckargemünd Tage gedauert. In so kurzer Zeit so viel geschehen! Es war kaum vorstellbar: Das Militär auch in Mannheim, der größten Stadt in Baden, auf der Seite der Aufständischen!

Sein Kommilitone war noch näher an ihn herangerückt. »Auf dem Marktplatz hat man über nichts anderes geredet. Dort waren Tausende versammelt, Bürger und Soldaten, traulich vereint! Die Offenburger Beschlüsse wurden feierlich anerkannt und ein Sicherheitsausschuss gewählt. Außerdem hat man beschlossen, Hecker aus Amerika zurückzurufen.«

»Der wird nicht kommen!«, schaltete sich sein Gegenüber ein, der den Bericht von den Vorgängen in Mannheim ebenso wie Christoph mit Spannung verfolgt hatte.

»Ich weiß von seinen Freunden in Mannheim, dass er sich drüben eben erst ein Gut von mehreren hundert Morgen gekauft hat und im Juni seine Frau und nahe Verwandte erwartet. Die sind gerade dabei, sich auf die Auswanderung nach Amerika vorzubereiten.«

»Ob mit Hecker oder ohne ihn«, antwortete ihm sein Kommilitone, »die Soldaten haben die Seiten gewechselt und so wird es bald überall in Deutschland sein!«

Die Sperrstunde war längst vorüber und der Schankwirt warf die letzten Zecher aus dem *Bremeneck*. Christoph zog durch die nächtlichen Gassen zu seiner Studentenbude unten am Neckar. Er konnte jetzt noch nicht schlafen. So zog er ein Bündel Schreibpapier aus seinem Fach im Schreibtisch, spitzte seine Feder und machte sich an einen Artikel für die Zeitung.

Der Großherzog ins Ausland geflohen! Er ließ noch einmal die vielen Gespräche auf dem Dilsberg vor seinem geistigen Auge vorüberziehen. Wie hatte diese Nachricht die Gemüter erregt! Wut und Enttäuschung bei den einen, Sorge und bange Fragen, wie es denn jetzt weitergehen sollte, bei den anderen. Nein, es war nicht die Verzweiflung gewesen, die Großherzog Leopold zu diesem Entschluss getrieben hatte. Noch weniger Todesangst vor den meuternden Soldaten in Karlsruhe. Dann hätte er sich auf eines seiner Schlösser in irgendeinem Winkel seines Landes zurückziehen können, grenznah, um dann, wenn wirklich Gefahr für ihn und seine Familie bestand, sich schnell absetzen zu können.

Diese Tat war wohlüberlegt. Sie sollte seine Untertanen ins Unrecht setzen. Wartete er etwa darauf, von ihnen beschämt zurückgerufen zu werden, um dann gnädig diesem Ruf zu folgen? Es sollte nach einem Putsch aussehen! Die badischen

Volksvertreter, Volksvereine und Bürgerwehren sollten vor der Welt und vor seinen treuen Badenern ins Unrecht gesetzt werden! Aber diesem Eindruck galt es, energisch entgegenzutreten.

Seine Feder flog über den Bogen und als er den Artikel zu Ende geschrieben hatte, atmete er erleichtert auf. Gleich morgen früh wollte er ihn bei der Redaktion abgeben.

Eine heiße Spur

Heidelberg, Dossenheim und Sinsheim, 16. und 17. Mai 1849

Christoph hatte seinen Tornister umgeschnallt und wanderte am frühen Mittwochabend durch blühende Wiesen und saftig grüne Felder auf der Landstraße durch das kleine Dörfchen Handschuhsheim zum Landgut der Sängers in Dossenheim. Von der Heidelberger Neckarbrücke aus gerechnet brauchte er dafür nur etwas mehr als eine Stunde.

Das Anwesen lag ein wenig außerhalb des Dorfes, mitten in den Weinbergen an den sonnigen Westhängen des Odenwalds in Richtung Schriesheim. Von den Bergeshöhen grüßte die nahe Ruine der Schauenburg. An klaren Tagen reichte der Blick über die Rheinebene hinweg bis zum Hambacher Schloss am Rande des Pfälzer Waldes.

Ganz in Gedanken schwenkte er von der Landstraße in den breiten Fahrweg ein, der zum Gut abzweigte. Er dachte an die Rückfahrt mit dem Dampfschiff nach Heidelberg – vorgestern Abend. Ganz nahe waren sie sich gewesen, als sie gemeinsam vorne im Bug beieinander standen. Wie hatte ihn dieser Augenblick berührt, aber das jähe Ende ihrer verschmolzenen Vertrautheit ebenso. Sie machte sich Sorgen – um ihn, vielleicht auch um ihre gemeinsame Zukunft? Sollte er nicht lieber auf sie und seine Eltern hören, die ihn davor warnten, sich mit seinen kritischen Artikeln in der neuen Heidelberger Demokratenzeitung so weit aus dem Fenster zu lehnen? Annettes Vater war stockkonservativ. Sie hatte ihm ja deutlich zu verstehen gegeben, was ihr Vater von ihm hielt.

Er liebte Annette mehr, als er bereit war, sich zuzugestehen, und wollte sich ein Leben ohne sie nicht mehr vorstellen. Aber dafür seine Überzeugungen verraten?

Nach der nächsten Biegung kam das Gutshaus in Sicht – ein friedliches Bild in diesen unruhigen Tagen. Die Zeit schien hier stehen geblieben zu sein. Was würde in den nächsten Wochen auf sie zukommen? Gab es doch noch Hoffnung auf eine Einigung mit dem Großherzog?

Er dachte an die Rede des neuen Regierungschefs Lorenz Brentano in Karlsruhe, von der er heute Morgen in der *Mannheimer Abendzeitung* gelesen hatte. Brentano hatte *nicht* die Republik ausgerufen, wie viele seiner Freunde erwartet hatten. Im Gegenteil, er hatte sein Bedauern darüber ausgesprochen, dass der Großherzog Karlsruhe verlassen hatte. Keinerlei Grund habe es dafür gegeben. Gegen ihn persönlich und seine Familie habe man ja gar nichts!

War das Taktik, um auch die Zögernden zu gewinnen, oder ein Signal für einen Ausgleich? Strebte Brentano vielleicht sogar Verhandlungen mit dem Großherzog an? Wollte er ihm eine Brücke bauen, einen Hinweis geben, dass dieser zurückkehren solle, um gemeinsam mit dem Landesausschuss der Volksvereine, der jetzt die Regierungsgeschäfte provisorisch übernommen hatte, einen Weg aus der Krise zu finden?

Nein, solche Gedanken waren abwegig. Die Weichen waren bereits gestellt – in die andere Richtung! Wenn der Großherzog zurückkäme, dann mit siegreichen Truppen, und das würde das Ende der badischen Freiheit bedeuten. Hatte Karl also mit seiner Befürchtung recht, eine badische und pfälzische Republik könne sich in einem weiterhin von Fürsten regierten Deutschland niemals halten? Aber so nahe am republikanischen Frankreich vielleicht doch!

Andererseits – wer von seinen Freunden würde es ihm denn verübeln, wenn er als Württemberger, wie geplant, nach Abschluss seines Studiums zurück nach Heilbronn ginge, um sich in aller Ruhe nach einem Platz in einem beschaulichen Königlichen Amtsgericht umzusehen? Vater Lußhardt ließe dann wohl seine Bedenken gegen ihn fallen und sähe in ihm vielleicht sogar eine gute Partie für seine Tochter.

Auf dem Kiesweg, der durch eine Allee von Obstbäumen zum Haus führte, sprang Sängers Hund Poldi auf ihn zu und begrüßte ihn schwanzwedelnd. Christoph beugte sich zu ihm hinunter und kraulte seinen Nacken. Drüben unter der uralten Linde, die einen großen Teil des Platzes vor den Wirtschaftsgebäuden überschattete, waren gerade die Pferde ausgeschirrt worden. Jetzt schob ein Knecht die Kutsche in die Remise. Heinrich Sänger, der wohlhabende Tuchhändler aus Mannheim, war gerade angekommen. Er stand noch im Hof, scherzte mit dem Kutscher und dem Pferdeknecht, da sah er Christoph, winkte ihm zu und schritt ihm entgegen.

»Herr Schmidt, wie schön, dass Sie uns besuchen kommen. Karl und Ludwig sind auch schon da. Wie geht es zu Hause, im schönen Heilbronn? Ich habe gehört, dass man dort jetzt auch beginnen will, Tabak anzubauen?«

Christoph drückte ihm die Hand. »Danke für den freundlichen Empfang. Meiner Familie geht es gut, die Firma gedeiht bestens und mein Vater lässt Sie grüßen. Aber auch in Heilbronn ist es etwas unruhig geworden – in diesen Zeiten. Was den Tabak betrifft: Der wird bei uns schon seit über hundert Jahren angebaut und seit etwa dreißig Jahren sogar ziemlich intensiv. Mein Vater will jetzt eigene Zigarren herstellen lassen, das hat er schon vor vielen Jahren drüben in Amerika gelernt.«

»Das ist ja interessant«, staunte Sänger. »Auch bei uns macht man sich darüber Gedanken. Wenn Sie wieder in Heilbronn sind, grüßen Sie doch Ihren Vater von mir. Vielleicht lernen wir uns mal persönlich kennen? Heilbronn und Heidelberg sind ja jetzt durch die regelmäßige Dampfschiffsverbindung direkt miteinander verbunden.«

Er runzelte die Stirn und fragte nach: »Ihr Vater hat drüben in den Staaten gelebt, sagten Sie? Das müssen Sie mir nachher ausführlicher erzählen!«

Der kräftige, große Fünfzigjährige mit dem dichten grauen Haar und den blitzenden blauen Augen unter den buschigen Brauen lächelte Christoph freundlich zu und lud ihn ein, ihm ins Haus zu folgen. Poldi, der erwartungsvoll zu seinem Herrn aufblickte, gab er einen Klaps und machte ihm damit deutlich, dass er sich jetzt nicht weiter um ihn kümmern würde, was der Hund in stoischer Gelassenheit aufnahm und sich anschließend in Richtung Stallungen trollte.

Sänger führte Christoph über die in der Mitte durch jahrzehntelangen Gebrauch leicht eingesenkten roten Sandsteinstufen zu dem kleinen, mit einem schmiedeeisernen Geländer umgebenen Podest und wies auf den Hauseingang, um dem Gast höflich den Vortritt zu gewähren.

Einer der beiden Flügel der schweren Eichentür stand offen und ließ in einen geräumigen Flur blicken, der schon eher einem kleinen Empfangssaal glich. Mit einem geschnitzten Schrank aus Nussbaumholz, einigen mit Gobelinstoff bezogenen Stühlen, einem großen Spiegel und zwei halbrunden Wandtischchen war das Entree des Gutshauses stilvoll möbliert.

Christoph schätzte die gediegene Atmosphäre dieses Landhauses, das behaglichen Wohlstand ausstrahlte, aber nicht aufdringlich oder gar protzig wirkte. Er genoss es, als Freund und Studienkollege der beiden Söhne des Tuchhändlers ganz selbstverständlich in das Leben der Familie Sänger einbezogen zu werden.

Nach dem Essen, als sich Frau Sänger zu den Mägden in die Küche zurückgezogen hatte, setzte sich Vater Sänger mit seinen beiden Söhnen und Christoph im Raucherzimmer an den offenen Kamin, in dem ein kleines Feuer flackerte.

»Es zieht den Tabakrauch aus dem Raum«, schien Sänger seinem Gast die Befeuerung erklären zu wollen, »obwohl wir heute eigentlich gar nicht heizen müssten, so warm, wie es geworden ist.«

Christoph bot von den mitgebrachten Zigarren seines Vaters aus der Heilbronner Manufaktur an, Ludwig und Heinrich Sänger bedienten sich, während Karl erklärte, er bevorzuge seine gute alte Studentenpfeife.

»Ihr Vater war also drüben in Amerika?«, begann Sänger das Gespräch.

Christoph erzählte von Georg Schmidt, der vor über dreißig Jahren aus einem Dorf, wenige Kilometer östlich von
Heilbronn, ausgewandert war. Bitter arm sei er gewesen, ein
arbeitsloser Handwerksgeselle ohne Aussicht auf ein bescheidenes Auskommen. Dann habe sich plötzlich herausgestellt,
dass er der unehelich geborene Sohn des wohlhabenden Heilbronner Kaufmanns Georg Manz sei. In Philadelphia sei er
bei Freunden seines plötzlich in sein Leben getretenen Vaters
eine Zeit lang im Tabakhandel tätig gewesen.

Christoph erzählte auch von der Lebens- und Liebesge-
schichte seiner Eltern, wie seine Mutter, die nicht einmal Geld
für die Überfahrt gehabt hatte, in das Netz der Seelenverkäufer und Deutschenhändler geraten war, sich drüben als
Serve – als rechtlose Magd – in ein Arbeitsverhältnis hatte
verdingen müssen, aus dem sein Vater sie schließlich freikau-
fen konnte.

»Eigentlich wollte er Baumeister werden, drüben in Philadelphia«, erklärte Christoph, »er ist gelernter Zimmermann.
Aber dann ist er doch in den Tabakhandel eingestiegen und
hat die Firma seines unerwartet aufgetauchten Vaters in Heilbronn übernommen.«

»Das ist ja eine tolle Geschichte«, staunte Sänger. »Haben
Sie niemals Lust verspürt, auch einmal rüber nach Philadelphia zu fahren, wo Ihre Eltern unter solch widrigen Umständen zusammengefunden haben?«

Christoph lachte, dann antwortete er nachdenklich und
mit ernstem Ton: »Ich bin froh, dass mir so eine Überfahrt,
wie sie meine Mutter und ihre Familie damals mitgemacht
haben, bisher erspart geblieben ist. Viele ihrer Reisegefährten sind schon auf See an der Schiffspest gestorben. Andererseits habe ich in Germantown, ganz in der Nähe von
Philadelphia, sogar Verwandtschaft. Mein Großonkel lebt
dort mit seiner Familie.« Er tat einen großen Zug aus seiner Zigarre und ließ die blauen Schwaden durch seine Nase
ziehen. »Freilich hätte ich Lust, meine beiden Cousins, mei-

nen Onkel und meine Tante einmal kennenzulernen. Mein Bruder Jakob war schon mal drüben, vor allem aber aus geschäftlichen Gründen. Er ist in die Firma eingestiegen und wird sie wohl auch mal weiterführen. Für einen Juristen wie mich wird sich dagegen kaum eine Gelegenheit zu einer so weiten Reise ergeben.«

Sänger sog genüsslich an seiner Zigarre und blickte versonnen den blauen Wolken nach, die zur Zimmerdecke emporstiegen. Die alten Eichenbalken hatten in dem bejahrten Haus, das noch aus dem letzten Jahrhundert stammte, eine fast schwarze Farbe angenommen. Sie standen in eigenartigem Kontrast zu der Wandvertäfelung aus warmem, leicht rötlich schimmerndem Kastanienholz.

»Sie sind in Heilbronn aufgewachsen?« Sängers Frage klang mehr als eine Bestätigung dessen, was er längst schon wusste. »Dann kennen Sie wohl auch die Mayer'sche Apotheke am Marktplatz?«

»Die Apotheke *Zur Rose* gleich neben dem Rathaus? Ja sicher, das ist ja nur ein Katzensprung von unserem Haus entfernt. Schon als Kind war ich oft dort. Ich kenne auch den Apotheker Fritz Mayer recht gut. Er ist einer der führenden Bürgerwehrmänner in Heilbronn. Erst vor ein paar Wochen habe ich ihn auf einer Versammlung in Heilbronn getroffen. Sind Sie mit ihm bekannt?«

Sänger schüttelte den Kopf. Ludwig schaute gespannt auf, während Karl die Stirn zu runzeln begann.

Christoph erzählte unbekümmert weiter: »Sein Bruder Robert Mayer ist Stadtarzt in Heilbronn und arbeitet auch wissenschaftlich als Physiker. Sein Haus am Kirchhöfle steht ganz nah bei unserem in der Sülmerstraße.« Dann stockte er: »Aber warum interessiert Sie das?«

Sänger atmete tief ein und seufzte, dann sog er wieder an seiner Zigarre. Nach einer kurzen Pause setzte er seine Befragung fort, ohne Christoph eine Antwort gegeben zu haben: »Kennen Sie auch den anderen Bruder, den Gustav Mayer?«

Ludwigs Augen begannen zu leuchten, während Karls Gesichtszüge sich weiter verdüsterten. Christoph blickte etwas verwirrt zu seinen Freunden hinüber und wieder zu Sänger. Warum wollte dieser Mannheimer Tuchhändler so viel über seine Beziehung zu der Heilbronner Apothekerfamilie wissen? Sänger schien seine Gedanken erraten zu haben. Er lächelte ihm entschuldigend zu.

»Sie müssen sich ja wie in einem Verhör vorkommen. Verzeihen Sie meine neugierigen Fragen, aber sie sind für mich sehr, sehr wichtig.«

Christoph konnte sich keinen Reim darauf machen, aber er antwortete – zunächst etwas stockend – doch dann legte er seine anfängliche Scheu ab und gab fließend weiter Auskunft: »Gustav Mayer – warten Sie, ja, den habe ich früher auch in der Mayer'schen Apotheke getroffen, und nicht nur da. Er hat vor ungefähr zehn, fünfzehn Jahren öfters meinen Vater besucht und meinem Bruder und mir Bonbons aus der Apotheke mitgebracht. Wir waren damals ja kleine Buben. Wenn ich mich recht erinnere, ist er bald nach seiner Hochzeit aus Heilbronn weggezogen.«

Sänger nickte zustimmend.

»Zuerst ins badische Meßkirch, wo er sich eine eigene Apotheke kaufte, dann nach Sinsheim, da hat er anschließend eine Apotheke übernommen. Vor einem Jahr hat er sich Hecker angeschlossen, hat in Heidelberg versucht, die Republik auszurufen, und ist nach dem Scheitern des Heckeraufstandes nach Straßburg geflohen. Viele Demokraten mussten damals Hals über Kopf Deutschland verlassen und ins Ausland fliehen. Sie müssten eigentlich davon gehört haben.«

»Schon«, meinte Christoph zögernd, »ich war zwar zu dieser Zeit sogar gerade in Heilbronn, aber mit dem Gustav Mayer aus der Rosenapotheke hatte ich die Vorgänge in Baden nicht in Verbindung gebracht. Ich glaube, man hat in Heilbronn damals mehr über den Heckerzug durch den Schwarzwald und die Ausrufung der badischen Republik in Konstanz gesprochen.« Er fügte leicht ironisch an: »Was die Verkündung der Republik in Heidelberg angeht und die traurige Rolle, welche die Studenten dabei gespielt haben – das haben wir inzwischen an der Uni etwas verdrängt.«

Ludwig hielt es nicht mehr aus. Er war aufgesprungen und schaltete sich ungeduldig in das Gespräch ein: »Unser Philipp war doch mit Gustav Mayer zusammen und ist dann mit ihm und Hecker außer Landes geflohen!«

Sein Vater schaute leicht missgestimmt über die vorlaute Unterbrechung zu ihm hinüber und übernahm wieder das Wort. »Jedenfalls habe ich heute Morgen in Mannheim gehört, dass Gustav Mayer aus Straßburg zurück und in Sinsheim als Zivilkommissär der neuen Regierung eingesetzt ist.«

Ludwig hieb mit der geballten Faust seiner Rechten in die offene linke Hand. »Ich wusste es! Dann wird Philipp auch bald zurückkommen!«

Sein Bruder Karl saß da mit versteinerten Gesichtszügen. Vater Sänger blieb stumm und blickte nachdenklich einer blauen Tabakwolke hinterher.

»Ich will nicht länger drum herumreden«, meinte er dann entschlossen und stippte die verglühte Asche seiner Zigarre in eine großen Schale aus blauem Porzellan. »Sie kennen die Familie Mayer aus Heilbronn, und Gustav Mayer ist mit ihrem Vater befreundet. Vielleicht kann er sich sogar noch an Sie erinnern. Sie könnten unserer Familie einen großen Dienst erweisen. Gehen Sie nach Sinsheim und erkundigen Sie sich bei ihm nach meinem Sohn Philipp.«

»Ich komme mit!«, rief Ludwig sofort, bevor Christoph antworten konnte, und auch Karl sagte gefasst: »Ich natürlich auch. Wenn wir die Pferde nehmen, dann sind wir in zwei, drei Stunden drüben in Sinsheim.« Dann blickte er zu Christoph hinüber: »Könntest du uns denn in den nächsten Tagen einmal nach Sinsheim begleiten?«

Vater Sänger sah ihn erwartungsvoll an. Da ergriff Christoph seine Hand. »Sehr gerne, morgen schon! Ich freue mich, wenn ich Ihnen helfen kann.«

Der Rest des Abends verging damit, die Reise nach Sinsheim zu planen. Sie überlegten, wie sie es anstellen könnten, zu Gustav Mayer vorgelassen zu werden. Sänger wollte ihnen einen Brief an den neuen Sinsheimer Zivilkommissär mitgeben.

Ludwig rief dazwischen: »Vielleicht ist Philipp ja schon in Sinsheim!«

Karl mahnte zur Besonnenheit. »Was glaubt ihr, was in Sinsheim jetzt los ist. Wir können froh sein, wenn es uns überhaupt gelingt, mit Mayer zusammenzutreffen.«

»Das schaffen wir schon«, meinte Christoph zuversichtlich und wunderte sich etwas über die Zurückhaltung seines Freundes Karl.

»Aber seid vorsichtig«, ermahnte sie Heinrich Sänger. »Heute Morgen habe ich in Mannheim gehört, dass die Reste der großherzoglichen Armee sich irgendwo zwischen Neckar und Odenwald herumtreiben und versuchen wollen, so bald wie möglich über die Grenze zu kommen. Sie sollen von badischen Bürgerwehren verfolgt werden.«

Kurz nach Sonnenaufgang trafen sie sich beim Pferdestall. Der Knecht wartete schon auf sie. Er hatte bereits die beiden Pferde von Ludwig und Karl herausgeführt und gesattelt. Während draußen in der Rheinebene längst die helle Sonne schien, dampfte hier, am Fuße der Odenwaldberge, die Morgenluft über den Feldern, und einzelne Nebelschwaden hingen noch zwischen den Baumwipfeln in den Wäldern.

»Bring uns den Braunen für Herrn Schmidt, die beiden kennen sich ja schon ganz gut«, wies Karl den Pferdeknecht an. Dann wandte er sich zu Christoph: »Ist dir das recht?«

Christoph nickte stumm, lächelte dem Pferdeknecht dankend zu und rieb kräftig seine Oberarme. Über Nacht hatte es deutlich abgekühlt.

»Beim Reiten wird's dir warm«, lachte Karl. »Bald steigt auch die Sonne über den Berg, dann werden wir uns nach etwas kühlerem Wind sehnen. Wir reiten am besten durch das Neckartal bis Neckargemünd und nehmen dann die Straße entlang der Elsenz über Mauer nach Sinsheim.«

Ludwig und Karl saßen auf und ritten langsam über den Hof, während Christoph noch auf den Pferdeknecht und seinen Braunen wartete. Er erinnerte sich an die vielen unbeschwerten Ausritte an den Rhein, die Bergstraße hinauf oder in den Odenwald, die er mit den beiden im letzten Sommer und im Herbst unternommen hatte. Jetzt waren sie in anderer Mission unterwegs und es würde auf ihn ankommen, ob sie zu Gustav Mayer vorgelassen würden. Er wünschte sich so sehr, mit einer guten Nachricht zum Sänger'schen Landgut zurückzukehren.

Er gab dem Braunen einen Klaps auf den Hals, schwang sich in den Sattel und trabte seinen Freunden hinterher. Auf der Allee, die vom Gut Richtung Landstraße führte, hatte er sie eingeholt.

Nach Heidelberg brauchten sie zu Pferd auf der Chaussee keine halbe Stunde. Sie ritten über die menschenleere Neckarbrücke in die Stadt hinein. Heute war Himmelfahrtstag und – anders als an einem gewöhnlichen Werktag – drängten sich so früh am Morgen keine Bauernkarren, die zum Markt zogen. Am heutigen Feiertag würden sich die Gassen der Stadt zwischen den Bergzügen des Odenwaldes erst allmählich beleben.

Sie ritten an der Universität vorbei, wo Karl und Ludwig morgen ihre Vorlesungen wohl ausfallen lassen mussten, und erreichten über die Hauptstraße das Karlstor, durch das sie die Stadt verließen.

Auf der Uferstraße längs des Neckars kamen sie zügig voran. In Neckargemünd schwenkten sie ins Tal der Elsenz ein, ritten flussaufwärts und sahen nach gut zwei Stunden Sinsheim vor sich liegen.

In der Stadt herrschte helle Aufregung. Überall an den Häusern hingen rote Fahnen aus den Fenstern, auf der Hauptstraße drängten sich die Menschen, sodass kaum ein Durchkommen war. Karl führte sie zum Gasthof *Zu den drei Königen*, wo sie die Pferde unterstellen und um ein Zimmer für die Nacht bitten wollten. Auch hier herrschte ein großes Gedränge und nur mit Mühe fanden sie den Weg zum Pferdestall.

»Was ist denn hier los?«, fragte Christoph den Pferdeknecht.

»Habt ihr es noch nicht gehört? Heute Nacht haben die Bürgerwehren von Heidelberg, Wiesloch und Sinsheim drüben im Württembergischen das Korps von Oberst Hinkeldey besiegt. Prinz Friedrich hat die Kriegskasse und die Kanonen der badischen Armee retten und ins Ausland wegschaffen wollen. Aber die Bürgerwehren haben das verhindert und sind nun mit unserem Apotheker Gustav Mayer an der Spitze und den gefangenen Soldaten im Anmarsch auf Sinsheim.«

»Deshalb das Gedränge auf den Straßen?«, fragte Christoph und drückte dem Pferdeknecht ein paar Kreuzer in die Hand.

Der bedankte sich mit einem kurzen Kopfnicken und berichtete aufgeregt: »Es soll heute eine große Volksversammlung geben. Apotheker Mayer wird sprechen. Unser neuer Kommissär.«

Im Gasthaus erfuhren sie mehr. Zwischen Bonfeld und Fürfeld hätten die Bürgerwehren, verstärkt durch die Haßmersheimer und Siegelsbacher, die badische Truppe stellen und einen Teil der Offiziere gleich gefangen nehmen können. Der Kriegsminister, General Friedrich Hoffmann, hätte sich dagegen mit den anderen Offizieren im Bonfelder Schloss verschanzt. Der Prinz sei entkommen. Einer der Offiziere im Bonfelder Schloss habe sich aus Verzweiflung lieber selbst erschossen, als sich gefangen nehmen zu lassen. Sonst gebe es keine Toten.

Dann sei die Bürgerwehr aus Heilbronn angerückt und habe darauf bestanden, dass ihnen die Offiziere übergeben würden, da sie sich ja schon auf württembergischen Gebiet befunden hätten. Die anderen Gefangenen und die Kanonen seien bereits mit den Bürgerwehrleuten auf dem Weg nach Sinsheim.

»Sie kommen, sie kommen«, erklangen da Rufe von draußen.

Christoph stürzte mit allen Gästen hinaus und schloss sich dem Zug zur Hauptstraße an. Mit Hoch-Rufen wurden die Bürgerwehrmänner empfangen und die zu Tode erschöpften Gefangenen mit Spottrufen überschüttet. Bei den Wiesen jenseits der Elsenz sollte Gustav Mayer sprechen, hörten sie.

Ludwig jubelte. »Da seht ihr's! Das ist endlich der lang ersehnte Befreiungsschlag. Die badischen Bürgerwehren haben die Reste der Truppen des Großherzogs besiegt! Jetzt gehört Baden ganz dem Volk.«

Karl brummte nur lakonisch: »Wart's ab. Noch ist gar nichts entschieden.«

»Aber den Gustav Mayer werden wir treffen. Das ist unsere Chance!«, rief Christoph. Sie ließen sich von der Menge mittreiben, die zur Elsenz strömte.

In der heißen Nachmittagssonne warteten sie, bis endlich eine Abteilung der Bürgerwehr mit Gustav Mayer einzog, dem Zivilkommissär der neuen revolutionären badischen Regierung. Auf einem Leiterwagen war eine provisorische Rednerbühne errichtet. Mayer stieg hinauf und sprach zu den Sinsheimern:

»In dieser großen Stunde wende ich mich an euch, liebe Mitbürger, um euch zu verkünden, dass die vereinten Bürgerwehren aus Sinsheim, Wiesloch und Ladenburg zusammen mit der Heidelberger Turnerwehr endlich die badischen Truppen, welche die Flucht des Großherzogs außer Landes gedeckt haben, an der Grenze zum Königreich Württemberg gestellt und besiegt haben. Das ist der erste große Sieg der Badischen Republik! 16 Kanonen haben wir erbeutet, an die 200 Dragoner gefangen genommen. Inzwischen haben sie sich zum großen Teil unserer Bewegung angeschlossen. Deutschland befindet sich im Zustande der Revolution! Aus Bayern und aus Hessen strömen uns täglich frische Truppen zu, heute hat sich die Rheinpfalz von Bayern offiziell losgesagt. Der Landesausschuss der pfälzischen Volksvereine hat wie in Baden eine eigene Regierung gebildet. In wenigen Tagen werden sich die württembergischen Volksvereine in Reutlingen treffen und darüber entscheiden, ob sie sich ebenfalls der Revolution anschließen.«

»Und was ist mit Prinz Friedrich?«, rief einer dazwischen.

Gustav Mayer wartete einen Augenblick, dann erklärte er, dass sich der badische Thronfolger nach Heilbronn habe durchschlagen können. Dort sei er verhaftet worden. Leider habe die Heilbronner Bürgerwehr auch darauf bestanden, General Hoffmann und weitere Offiziere in Haft zu nehmen. Man habe dagegen nichts unternehmen können, da man sich ja auf württembergischem Boden bewegte.

Nach Mayers Rede löste sich die Menge allmählich auf. Gustav Mayer zog inmitten der Sinsheimer Bürgerwehr in die Stadt zurück.

»Und jetzt?«, fragte Ludwig und schaute ihm entsetzt nach. »Wir müssen ihn doch fragen, wo Philipp steckt!«

Christoph wandte sich kurzentschlossen an einen Sinsheimer Bürger, der neben ihnen stand. »Können Sie uns bitte weiterhelfen? Wir sind von Heidelberg angereist und müssten dringend mit Gustav Mayer sprechen.«

Der Sinsheimer dachte kurz nach. »In seine Wohnung wird er heute wohl erst spät in der Nacht zurückkommen und sicher keine Besucher mehr empfangen. Meist trifft er sich mit seinen Leuten im *Schwarzen Bären*. Am besten versuchen Sie es heute Abend in der Gaststube.«

Die Zeit bis zum Abend durchstreiften sie das Städtchen, sprachen mit den Leuten, bestaunten die auf dem Marktplatz aufgereihten badischen Geschütze, welche die Bürgerwehr nach Sinsheim gebracht hatte, und sahen nach ihren Pferden im Gasthof. Dann machten sie sich auf in den *Schwarzen Bären*.

Sie hatten Glück. Gustav Mayer saß an einem Tisch vor einem Teller Suppe und scherzte mit einigen Freunden. Christoph bat Ludwig und Karl, im Hintergrund zu bleiben, und marschierte los. Beherzt trat er an den Tisch und begrüßte den neuen Sinsheimer Zivilkommissär.

»Guten Abend, Herr Mayer, Christoph Schmidt aus Heilbronn, erinnern Sie sich noch an mich?«

Gustav Mayer sah erstaunt auf, überlegte einen Augenblick: »Der kleine Hosenmatz aus der Sülmerstraße? Du bist aber gewachsen! Was machst du denn hier in Sinsheim?«

»Ich habe in Heidelberg vor wenigen Wochen mein Examen gemacht und bin heute, an diesem großen Tag für die Revolution, nach Sinsheim geritten. Den ersten Sieg der badischen Republik wollte ich doch nicht verpassen!«

»Sieh mal an, aus Kindern werden Leute!«, lachte Mayer. »Wie geht's denn zu Hause?«

»Meine Eltern sind wohlauf«, begann Christoph und versuchte mit der folgenden Bemerkung ein vorschnelles Ende des Gespräches zu verhindern: »Vor Kurzem habe ich auch lange mit Ihrem Bruder gesprochen.«

»Dem Robert oder dem Fritz?«, fragte Gustav Mayer und runzelte die Stirn.

»Mit Fritz, dem Apotheker, dem Bürgerwehrkommandanten und Demokraten«, versicherte Christoph rasch, denn er wusste, dass Gustav auf seinen jüngeren Bruder, den Heilbronner Arzt und Physiker Robert Mayer, der eher dem konservativen Lager angehörte, zur Zeit nicht gut zu sprechen war.

»Hol dir einen Stuhl und setz dich zu uns her«, forderte ihn Gustav Mayer auf, was sich Christoph nicht zweimal sagen ließ. Mayer rückte etwas zur Seite, schaute unentschlossen auf seine Suppe und Georg nutzte die Gelegenheit: »Ihre Suppe wird kalt. Jetzt essen Sie erst einmal nach diesem anstrengenden Tag. Darf ich Ihnen währenddessen etwas Gesellschaft leisten?«

Mayer nickte und Christoph begann von Heilbronn zu erzählen, von Heidelberg, von seinem Freund Karl Sänger und fragte schließlich: »Karl und Ludwig Sänger haben einen älteren Bruder, Philipp. Der musste letztes Jahr außer Landes fliehen. Die Familie hat seither nichts mehr von ihm gehört und macht sich große Sorgen. Haben Sie ihn vielleicht im Exil getroffen?«

Mayer war inzwischen fertig mit dem Essen und legte den Löffel beiseite. Er dachte kurz nach, wischte sich den Mund mit der Serviette ab. »Freilich, er ist ja mit Hecker und mir nach Straßburg gekommen. Dort war er oft mit Theobald Kerner zusammen. Der ist letztes Jahr im September zu uns Verbannten aus dem Neckartal gestoßen. Kurz vor seiner Verhaftung hatte Theobald bei Nacht und Nebel von Weinsberg über die badische Grenze und zwei Tage später nach Straßburg fliehen können. Er hatte rechtzeitig einen Hinweis bekommen, dass man nach ihm suchte.«

»Theobald Kerner aus Weinsberg?«, unterbrach ihn Christoph. »Den kenne ich gut. Meine Großmutter kommt aus Weinsberg und ich war öfters bei Kerners in ihrem schönen Haus unter der Weibertreu.«

»Theobald ist seit ein paar Wochen auch wieder zurück. Er hat sich noch in Straßburg von uns verabschiedet und will sich jetzt doch seinem Hochverratsprozess in Württemberg stellen. Aber vermutlich braucht er das gar nicht mehr, wenn sich jetzt die Demokraten durchsetzen.« Gustav Mayer lachte kurz auf. »Sag ihm, wenn du ihn wieder siehst, einen schönen Gruß vom Gustav und er soll endlich aus seinem Schneckenhaus herauskommen. Wir brauchen ihn und die württembergischen Demokraten. Kennst du auch den Ludwig Pfau?«

Christoph nickte. »Den Sohn des Heilbronner Landschafts- und Kunstgärtners? Der lebt jetzt in Stuttgart und gibt ein Karikaturenblatt heraus.«

»Den *Eulenspiegel*, ich weiß«, winkte Mayer ab. »Aber mit boshaften Witzen und scharfen Kommentaren kann man keine Revolution gewinnen. Wie ich gehört habe, sitzt er aber seit einiger Zeit im Ausschuss der württembergischen Volksvereine. Richte ihm aus, wenn du ihn in den nächsten Tagen in Heilbronn treffen solltest, dass wir alle unsere Hoffnung auf die große Pfingstversammlung in Reutlingen setzen. Sag ihm, der Hecker ist bereits schon auf dem Schiff von Amerika nach Frankreich unterwegs und wird die Revolution in Deutschland zum Sieg führen.«

Christoph wagte noch einen Vorstoß: »Und was ist mit Philipp Sänger?«

»Wart mal«, überlegte Mayer und blickte nach oben, »den habe ich noch im Oktober letzten Jahres in Straßburg gesehen, im *Rothen Männel*. Da gab es diesen Unterstützungsverein für uns ausgestoßene Demokraten. Dort wurden Kleider, Geld und, was man so zum Leben braucht, an die Flüchtlinge ausgegeben. Die kamen ja manchmal nur mit dem, was sie direkt am Leib trugen, nach Straßburg ins Exil.« Er dachte noch einmal kurz nach und schüttelte den Kopf. »Wo Philipp dann hin ist, weiß ich nicht. Vielleicht bringt ihn Hecker ja mit?« Er lachte, dann wurde er wieder ernst und sagte: »Wenn du mehr über Philipp Sänger erfahren willst, musst du den Theobald Kerner fragen. Die beiden steckten in Straßburg die ganze Zeit zusammen.«

Mayer stand auf und drückte Christoph die Hand: »Und grüß mir natürlich auch deinen Vater, den Ritter Schorsch vom blauen Dunst. Ich hoffe, ich kann bald mal wieder bei euch zu Hause vorbeischauen und mit ihm zusammen eine Pfeife rauchen.«

Gustav Mayer zog mit seiner Begleitung ab und Christoph ging zurück an den Tisch zu seinen Freunden, die ihm gespannt entgegenblickten.

Er atmete tief durch. »Also – Philipp ist anscheinend noch nicht zurück. Sonst hätte mir Mayer mehr sagen können. Aber ich habe wenigstens eine heiße Spur. Sie führt nach Weinsberg. In ein paar Tagen will ich sowieso nach Heilbronn fahren. Da kann ich mich mit einem Freund von Philipp treffen, der mehr über ihn weiß. Er wohnt in Weinsberg und das liegt nur eine gute Stunde zu Fuß von Heilbronn entfernt.«

Karl hörte ihm mit ausdrucksloser Miene zu, während Ludwigs Augen zu leuchten begannen. »Warum reiten wir nicht gleich alle drei nach Weinsberg?«

»Weil wir auch noch was anderes zu tun haben«, brummte Karl unwillig. »Wir sollten auch mal wieder an die Uni. Freu dich doch über unseren Erfolg in Sinsheim. Wir sind nicht umsonst hierher geritten und haben einen vielversprechenden Hinweis bekommen. Christoph wird ihm weiter nachgehen.«

»Karl hat recht«, stimmte ihm Christoph zu. »Mayer war bis vor wenigen Tagen in Straßburg. Also muss Philipp sich zurzeit anderswo aufhalten. Vermutlich ist er mit Hecker nach Amerika ausgewandert. Also kommt es auf ein paar Tage nicht an.«

Am nächsten Morgen machten sie sich zeitig auf den Weg zurück nach Dossenheim. Christoph blieb anfangs einige Pferdelängen hinter den Sängerbrüdern zurück und sah, wie sie erregt miteinander diskutierten. Wie unterschiedlich die beiden doch waren! Christoph konnte Ludwigs Ungeduld gut verstehen, auch seine Begeisterung für die Erfolge der Revolution. Endlich hatte das Volk – wie im März letzten Jahres – wieder die Initiative ergriffen und begann den Fürsten Dampf zu machen.

Im März 1848 hatten die Menschen in Deutschland liberale Regierungen durchsetzen können, im Mai war die Nationalversammlung in Frankfurt zusammengetreten, im Juni war der österreichische Erzherzog Johann zum Reichsverweser ernannt und eine Reichsregierung gebildet worden – innerhalb eines Vierteljahres schien die nationale Einheit herbeigeführt worden zu sein – jetzt, gut ein Jahr später, hatten die deutschen Fürsten ihre anfängliche Schwäche überwunden und begannen wieder die politische Entwicklung zu bestimmen.

Berlin und Wien, die beiden Hauptstädte der wichtigsten deutschen Bundesstaaten, waren von königs- und kaisertreuen Soldaten besetzt. Die Monarchen beider Länder saßen fester im Sattel denn je, die Demokraten waren dort in die Defensive gedrängt und blickten voller Hoffnung auf den deutschen Südwesten. Könnten die neuen Erhebungen dort doch noch dazu führen, dass die Fürsten Zugeständnisse machten, um für sie Schlimmeres, nämlich das Ende der Monarchien in Deutschland, zu verhindern? Könnte die zweite Welle der Revolution in Baden, die bereits die Pfalz erfasst hatte und auch in Württemberg, Bayern und Hessen immer mehr Anhänger fand, – könnte sie vielleicht die Fürsten zu diesem Schritt zwingen? Dann bestünde doch noch Hoffnung auf ein freies und geeintes Deutschland mit einer starken bürgerlichen Nationalversammlung, mit Grundrechten, einer von allen deutschen Fürsten anerkannten gemeinsamen Reichsverfassung, einer parlamentarisch kontrollierten Reichsregierung und, wenn es denn nicht anders sein sollte, dann eben mit dem preußischen König als Staatsoberhaupt.

Karls Pessimismus wollte er nicht teilen. Aber vor allem verstand er nicht, warum Karl so abweisend reagierte, wenn von einer möglichen Rückkehr seines Bruders Philipp die Rede war.

Er verstärkte den Druck seiner Fersen und ließ sein Pferd losgaloppieren. In wenigen Augenblicken hatte er zu den Sängerbrüdern aufgeschlossen.

Annette

Heidelberg, 19. Mai 1849

Annette hatte ihren Vater schließlich doch überreden können.

»Dann schauen wir uns den frischgebackenen Juristen aus dem Württembergischen halt mal an«, hatte er gebrummt, als Annette ihm mehrfach vorgeworfen hatte, er würde sich nicht für ihre Freunde interessieren.

»Der Karl Sänger wär mir lieber«, hatte er eingewandt, aber schnell eingesehen, dass er damit bei Annette auf taube Ohren stieß.

»Herr Schmidt kommt aus der alten Reichsstadt Heilbronn und sein Vater ist dort ein angesehener Kaufmann«, hatte ihre Mutter sie unterstützt. »Christoph hat sein Examen gerade mit Bravour bestanden.«

»Wenn Annette ihn mal heiratet, ist sie weg aus Heidelberg«, hatte Friedrich Lußhardt ihr vorgehalten und mit dem Zeigefinger auf seine Stieftochter gezeigt.

»Mit dem neuen Dampfschiff sind wir in ein paar Stunden in Heilbronn«, widersprach ihm seine Frau. Dann wandte sie sich an ihre Tochter: »Lass ihm ausrichten, dass er morgen zum Nachmittagskaffee bei uns eingeladen ist.«

Annette hatte gleich die Magd mit einem Briefchen zu Christophs Studentenbude geschickt, und nun stand der angehende Jurist aus Heilbronn vor dem Lußhardt'schen Haus in der Hauptstraße, nicht weit von der Heiliggeistkirche entfernt. Er hatte seinen guten Gehrock angezogen. Auf Weste und Zylinder hatte er verzichtet, dafür seine Studentenmütze aufgesetzt.

Etwas bang blickte er zu den Fenstern über dem Kolonialwarengeschäft hinauf. Wie sollte er nur den Alten für sich gewinnen? Und ihre Mutter? Würde sie sich auf die Seite ihrer Tochter schlagen, wenn er in schwieriges Fahrwasser geriete?

Er nahm sich vor, keinerlei Bemerkungen zur politischen Situation in Baden und Heidelberg zu machen, auch wenn das nicht einfach würde. Ob der alte Lußhardt ihn von sich aus auf seine politische Haltung anspräche? Wie sollte er dann reagieren? Er durfte sich nicht von ihm provozieren lassen.

Nachdem er noch einmal tief durchgeatmet hatte, nahm er all seinen Mut zusammen, schritt hinüber und zog die Glocke. Die Magd öffnete ihm – nach geraumer Zeit –, bat ihn, ein bisschen zu warten, bis sie ihn gemeldet habe, nahm schon mal seine Handschuhe und seine Mütze in Empfang und führte ihn schließlich in das Wohnzimmer der Familie.

Christoph ließ seine Augen schweifen. Das Zimmer war in biedermeierlichem Stil eingerichtet, an den Wänden blau gemusterte französische Tapeten, ein zierlicher Sekretär zwischen den großen Fenstern, die zur Straße gingen und mit den farblich auf die Tapete abgestimmten Vorhängen eingerahmt waren. Auf der gegenüberliegenden Seite ein geschwungenes Sofa, zwei Sessel, mit feinem Samt bezogen, und ein kleines Tischchen, um das sich bequeme Sitzmöbel gruppierten. Die Mitte des bürgerlichen Wohnzimmers beherrschte ein großer Esstisch aus rotem Kirschbaumholz mit gepolsterten Stühlen, auf dem bereits eine bauchige Kanne mit duftendem, frisch aufgebrühtem Kaffee und eine Kuchenplatte standen.

Bald traten Annette und ihre Mutter durch eine Seitentür ein, beide nach der neuesten Mode gekleidet, man hätte sie fast für Schwestern halten können. Frau Lußhardt hatte etwa dieselbe Figur wie Annette, allein die reiferen Gesichtszüge zeigten den Altersunterschied an.

Kurz nach ihnen erschien durch eine andere Tür Friedrich Lußhardt, der ihn aufmerksam, doch nicht unfreundlich musterte. Lußhardt war etwas kleiner als Christoph und trug schütteres graues Haar über einer niederen Stirn. In seinem kugelrunden Gesicht fielen vor allem die kleinen, leicht hervortretenden Augen auf, die ständig in Bewegung schienen.

Seine Weste unter der Jacke spannte sich über einen beachtlichen Bauch.

Christoph hatte für die Damen Schokolade, für Vater Lußhardt Schmidt-Zigarren aus Heilbronn mitgebracht. »Sie sind noch nicht offiziell im Handel«, erklärte er nicht ohne Stolz. »Mein Vater möchte sie aber demnächst auf den Markt bringen.« Lußhardt nahm das Kästchen und stellte es wortlos auf die Anrichte.

Während des Nachmittagskaffees erzählte Christoph von Heilbronn, das nun schon seit über vierzig Jahren zu Württemberg gehörte und als Industriestadt gerade einen gewaltigen Aufschwung nahm. Er berichtete vom Hafen beim Wilhelmskanal, der jetzt eine durchgängige Schifffahrt ins Württembergische hinein erlaubte. Seit letztes Jahr die Eisenbahnlinie zwischen Heilbronn und Stuttgart eröffnet worden sei, könne man nun mit Bahn und Dampfschiff an einem Tag von Stuttgart bis nach Heidelberg oder Mannheim reisen.

Lußhardt interessierte sich vor allem für den Handel mit Spezereien, Gewürzen, Kaffee, Tee und Schokolade und für die Handelsbeziehungen seines Vaters nach Amsterdam, denn er wolle seine Geschäftsbeziehungen in die Niederlande ebenfalls ausbauen. Heidelberg sei ja seit einigen Jahren mit der Bahn mit Mannheim verbunden und Mannheims Rheinhafen gewänne immer mehr an Bedeutung. »Hier in Mannheim geht die Großschifffahrt auf dem Rhein los, zu den Atlantikhäfen in Belgien und Holland«, sagte Lußhardt mit gewichtiger Stimme und Christoph nickte dazu andächtig.

Er scheint sich Mühe zu geben, dachte er sich und begann sich innerlich zu entspannen. So schwierig, wie Annette ihren Stiefvater dargestellt hatte, war der gar nicht. Er hatte sich sogar während ihrer Unterhaltung ab und an zu einem Lächeln durchgerungen.

Doch er hatte das Spiel noch nicht für sich entschieden. Denn während die Frauen das Geschirr abräumten, lenkte Lußhardt geschickt das Gespräch auf die gegenwärtige politische Lage.

»Morgen soll hier, mitten in Heidelberg, im Hotel *Prinz Carl* das Hauptquartier der Revolutionstruppen eingerichtet werden«, begann er vorsichtig und blickte lauernd zu Christoph hinüber. Dann wurde er lauter: »Aber der Spuk wird wohl nicht lange dauern. Wie ich hörte, hat der Großherzog bereits Reichstruppen beantragt, mit denen er nach Baden zurückkehren will. Die werden, wie letztes Jahr die Freischärler um Hecker, bald die meuternden Soldaten und die selbsternannten neuen Machthaber besiegt haben. Meinen Sie nicht auch?«

Wieder dieser lauernde Blick von der Seite.

Christoph hatte mit einem Mal das Bild vor Augen: Annette und er im Bug des Dampfschiffs, als sie ihm mit düsterer Miene von ihrem Stiefvater erzählt hatte, der sich über einen seiner Artikel in der *Demokratischen Republik* so sehr erregt hätte. Wollte er ihn nun auf die Probe stellen, seine politische Einstellung prüfen? Wollte er gar eine Auseinandersetzung vom Zaun brechen? Wie sollte er sich jetzt verhalten? Verstellen oder gar verbiegen konnte er sich nicht, andererseits wollte er Annettes Vater auch nicht brüskieren. Dann wäre alles verloren und genau darauf hatte es der Alte vermutlich abgesehen. Er versuchte auszuweichen, da fiel ihm der Brief ein, den er am Morgen aus Heilbronn erhalten hatte.

»Mein Vater hat mir heute geschrieben, Prinz Friedrich habe sich nach Heilbronn durchschlagen können«, berichtete er und hoffte, damit eine Brücke zur eher konservativen Haltung von Annettes Vater bauen zu können. »Die Heilbronner haben ihn mit der Bahn nach Stuttgart reisen lassen. Ich glaube allerdings, es wäre besser gewesen, er und sein Vater wären in Karlsruhe geblieben, anstatt Hals über Kopf Baden zu verlassen.«

Lußhardt hieb mit der flachen Hand auf den Tisch und polterte los: »Besser wäre es gewesen, wenn die Offenburger gar nicht erst die Revolution ausgerufen hätten!«

Er wollte es also tatsächlich auf einen Streit ankommen lassen, erkannte Christoph und überlegte in Windeseile, wie er sich aus der schwierigen Lage herauswinden könnte. Da erschienen Annette und ihre Mutter mit erschrockenen Mienen im Wohnzimmer. Sie hatten wohl die erregte Stimme von Vater Lußhardt gehört. Und nicht nur das. Sie mussten draußen ihr ganzes Gespräch mitverfolgt haben.

Beherzt ergriff Mathilde Lußhardt das Wort: »Ich denke, Herr Schmidt hat nicht ganz Unrecht«, versuchte sie zu vermitteln. »Als du von der Flucht des Großherzogs erfahren hast, hast du ganz Ähnliches gesagt.«

Lußhardt schien sich äußerlich wieder gefasst zu haben, aber Christoph spürte, dass er sich nur mit Mühe beherrschte.

»Die badische Verfassung gilt als mustergültig in ganz Deutschland«, erklärte er mit schneidender Stimme. »Das müsste sich eigentlich auch bis nach Württemberg durchgesprochen haben.«

»Sicher«, antwortete Christoph begütigend, konnte sich aber eine kleine Spitze nicht verkneifen, »gerade weil wir Württemberger auch stolz auf unsere eigene Verfassung sind, die im Unterschied zu denen der anderen deutschen Länder nicht vom Fürsten gnädig erlassen, sondern vom Parlament mit ihm auf Augenhöhe ausgehandelt wurde.«

Lußhardt zog die buschigen Brauen zusammen und blickte ihn mit einem ironischen Lächeln an. »Was wir jetzt brauchen, ist Recht und Ordnung, meinen Sie nicht auch?«

Christoph erkannte die erneute Gefahr, die in einer Antwort auf diese Frage lag, ganz gleich, was er nun sagen würde. Der Alte wollte ihn in eine Falle locken. Lußhardt meinte mit *Recht und Ordnung* die Wiederherstellung der alten Verhältnisse. Dem konnte Christoph nicht zustimmen, ohne unglaubwürdig zu wirken. Aber wenn er die Frage verneinte, würde ihn Lußhardt anschließend umso heftiger angehen.

Wieder versuchte er sich aus der verfänglichen Situation herauszuwinden.

»Kennen Sie die Verse des preußischen Professors Hoffmann von Fallersleben, die er vor acht Jahren gedichtet hat? *Einigkeit und Recht und Freiheit für das deutsche Vaterland* – ich wünschte, dass dies bald in Deutschland Wirklichkeit würde.«

»Wenn ich mich nicht irre, ist dieser Hoffmann inzwischen unehrenhaft aus dem preußischen Dienst entlassen worden«, konterte Lußhardt gereizt, schaute zur Standuhr hoch, erhob sich und erklärte in scheinbarer Ruhe: »Jetzt habe ich doch fast meine Sitzung im Vaterländischen Verein vergessen. Leider müssen Sie mich jetzt entschuldigen.«

Er stand auf und rang sich nach einem auffordernden Blick seiner Frau doch noch zu einer höflichen Abschiedsfloskel durch, aber seine Worte klangen kalt und distanziert: »Es hat mich gefreut, Ihre Bekanntschaft gemacht zu haben, Herr Schmidt. Ich empfehle mich.«

Dann verließ er rasch das Wohnzimmer.

Christoph wusste in diesem Moment, dass er verloren hatte. Lußhardt würde eine Beziehung zu Annette nicht unterstützen.

Annette schaute ihrem Stiefvater betroffen nach. Ihre Mutter aber schien vom Auftreten ihres Mannes wenig beeindruckt. Sie nickte Christoph aufmunternd zu und bat ihn, auf dem behaglichen Plüschsofa Platz zu nehmen, gab Annette einen Wink, sich neben ihn zu setzen, und ließ sich selbst auf dem Sessel gegenüber nieder.

»Sie haben alles richtig gemacht«, beruhigte sie Christoph und strich mit einer entschlossenen Handbewegung ihre Locken aus der Stirn. »Entschuldigen Sie die Erregung meines Mannes. Er ist etwas irritiert darüber, wie sich die Lage hier in Heidelberg in den letzten Tagen entwickelt hat, fürchtet auch um sein Geschäft, seit wir im Hinterhaus einen ganzen Trupp Soldaten einquartiert haben.«

Dann beugte sie sich vor und lächelte ihn an. »Auch ich habe übrigens Ihre Artikel in der *Demokratischen Republik* gelesen, und sie haben mir sehr gut gefallen. Ihre Aufforderung an die Fürsten, nun Verantwortung zu zeigen, die Grundrechte des deutschen Volkes und die Reichsverfassung anzuerkennen, damit wir endlich zu einem einigen und freien Deutschland kommen, hat mir aus dem Herzen gesprochen. Wie ich hörte, hat König Wilhelm in Württemberg die Verfassung bereits ebenfalls anerkannt?«

Christoph war erleichtert. Wenigstens bei ihr konnte er auf Unterstützung hoffen.

»Sie interessieren sich für Politik?«, fragte er erstaunt.

»Wir dürfen nicht alles den Männern überlassen«, antwortete Frau Lußhardt und ihre blauen Augen blitzten schelmisch. »Kennen Sie Bettine von Arnim?«

»Die Berliner Schriftstellerin?«, fragte Christoph verwundert.

»Ich habe ihr Buch gelesen, das sie an den preußischen König gerichtet hat«, antwortete sie. Besonders beeindruckt hat mich ihr Satz: *Wär ich auf dem Thron, so wollt ich die Welt mit lachendem Mut umwälzen.* Ihr unerschrockenes Eintreten für die Armen, die Ausgebeuteten, die in unserer Gesellschaft keine Aussicht auf ein Leben in Würde haben, sollte uns allen ein Beispiel sein.«

Christoph staunte immer mehr über diese außergewöhnliche Frau. »Sie kommen auch aus Heidelberg? Denken hier alle Damen der Gesellschaft so fortschrittlich?«, fragte er mit leiser Ironie.

Sie wunderte sich etwas über seine direkte Frage, verstand jedoch seine Absicht, ihr damit ein verstecktes Kompliment machen zu wollen, und ließ ein helles Lachen erklingen.

»Vermutlich nicht. Das dachten Sie sich gewiss schon, als Sie mir diese Frage stellten, nicht wahr? Was mich angeht – mein Vater lehrte hier an der Universität Philosophie. In erster Ehe war ich mit einem Karlsruher Buchhändler und

Verleger verheiratet. Er stammte übrigens auch aus dem Württembergischen und ist Annettes Vater. In dieser Zeit habe ich viel gelesen und noch mehr dazugelernt. Wir hatten viele Dichter und Schriftsteller zu Besuch in unserem Karlsruher Haus. Zwei Jahre nach seinem Tod habe ich dann Friedrich Lußhardt geheiratet, den ich noch aus meiner Jugend in Heidelberg kannte. Er ist eigentlich ein herzensguter Mann, aber die neuen Verhältnisse machen ihm schwer zu schaffen. Bitte sehen Sie ihm sein ungestümes Auftreten nach.«

Sie schaute ebenfalls zur Uhr hoch und erhob sich. »Nun müsst ihr beiden mich aber auch entschuldigen«, sagte sie und blickte augenzwinkernd zu ihrer Tochter. »Fast hätte ich die Aushilfe im Laden vergessen. Ich muss schleunigst runter und mit ihr die Abrechnung machen.«

Als sie das Zimmer verlassen hatte, ergriff Annette seine Hand und drückte sie leicht. »Mutter haben wir schon gewonnen. Bei Vater wird es ein bisschen schwieriger werden.«

»Du bist in Karlsruhe aufgewachsen?«, fragte Christoph, ohne darauf einzugehen.

»Und zur Schule gegangen«, erklärte Annette stolz, »in die neue höhere Töchterschule. Als wir dann nach Heidelberg umgezogen sind, kam ich auf ein privates Mädchenpensionat. Aber mein Stiefvater war dagegen.«

»Wieso denn das?«, ereiferte sich Christoph.

»Vermutlich war es ihm zu teuer.« Sie schaute Christoph verschmitzt an. »Ich sollte lieber in seinem Geschäft mithelfen und möglichst bald einen reichen Mann heiraten.«

»Stehe jederzeit zu Diensten«, flachste Christoph zurück.

»Ob ich jemals heiraten werde, weiß ich noch gar nicht – aber vielleicht komme ich einmal auf dein Angebot zurück«, antwortete sie spöttisch.

»Ins Kloster gehen kannst du nicht, du bist ja evangelisch«, stellte Christoph trocken fest.

»Vielleicht werde ich ja Kunstmalerin wie Maria Sibylla Merian. Sie hat hübsche Blumenbilder gemalt. Mein Vater in

Karlsruhe besaß eines ihrer Bücher, das *Neue Blumenbuch*. Schon als kleines Kind hat es mir als Vorlage für meine eigenen Bilder gedient.«

»Du malst?«, fragte Christoph erstaunt.

Annette deutete flüchtig auf drei Blumenbilder, die über dem Sekretär hingen.

»Die sind von dir?« Christoph stand auf und bestaunte die mit sicherer Hand geschmackvoll kolorierten Federzeichnungen.

Sie lachte, stand ebenfalls auf und drückte ihm einen Kuss auf die Stirn. »Ich glaube, wir sollten uns jetzt verabschieden, nicht dass wir noch ins Gerede kommen.«

Christoph blickte etwas enttäuscht zu ihr auf. »Aber es ist doch niemand außer uns im Zimmer!«

Annette lachte und sagte mit lauter Stimme, während sie Richtung Tür blickte: »Die Wände hier haben Ohren!«

Dann rief sie nach der Magd, die erstaunlich schnell erschien und Christoph eilfertig seine Mütze und seine Handschuhe brachte.

Wird es Krieg geben?

Mannheim, 20.5.1849

Über 5 000 Menschen drängten sich auf dem Mannheimer Marktplatz. Gustav Struve hatte gerade auf der eilig einberufenen Volksversammlung gesprochen. Monatelang hatte der Mannheimer Rechtsanwalt in Freiburg wegen Hochverrats im Gefängnis gesessen, nachdem er im September 1848 in Lörrach die Republik ausgerufen hatte. Erst vor wenigen Tagen war er befreit worden.

Christoph, Ludwig und Karl diskutierten nun mit ihren Heidelberger Freunden erregt über den Fortgang der Revolution.

»Die revolutionären Armeen der Pfalz und Badens haben vorgestern eine Militärunion gegründet, um sich gemeinsam gegen einen befürchteten Angriff der Truppen des Deutschen Bundes zu verteidigen!«, berichtete Ludwig.

Karl korrigierte ihn: »Dir als Student der Geschichtswissenschaften müsste eigentlich bewusst sein, dass der Deutsche Bund inzwischen aufgelöst ist. Es waren Truppen des Deutschen Reiches!«

»Von wegen!«, wies ihn sein Bruder zurecht. »Formal gesehen vielleicht. Aber was ist das für ein *Deutsches Reich* – ohne Staatsoberhaupt, nur mit einem sogenannten *Reichsverweser* an der Spitze?« Er stampfte mit dem Fuß auf und schimpfte: »Ich verstehe nicht, warum nicht spätestens jetzt die Republik ausgerufen wird. Struve ist dafür und der neue Kriegsminister Franz Sigel auch.«

»Brentano will den Krieg verhindern«, entgegnete ihm Christoph. »Er lässt dem Großherzog eine Hintertür offen, doch noch einzulenken.«

»Das macht der nie!«, spottete Karl. »Außerdem ist Preußen ganz froh, unter dem Vorwand, ihm wieder mit Gewalt auf seinen Thron zu helfen, seine eigene Hand über das aufmüpfige Baden auszustrecken.«

»Ich muss mit Struve sprechen!« Ludwig drehte sich um und bahnte sich einen Weg durch die Menge.

»Will der jetzt Struve vor Brentano warnen?«, grinste Karl, und Christoph spielte den Erschrockenen: »Ich werde ihm doch kein Staatsgeheimnis verraten haben?«

Christoph hatte die Lage richtig erkannt. Lorenz Brentano, der Präsident der *Provisorischen Regierung,* hatte Wahlen zu einer verfassungsgebenden Landesversammlung ausschreiben lassen. Bis zuletzt hatte er gezögert, den Schritt hin zu einer badischen Republik wirklich zu tun.

Der Großherzog war außer Landes geflohen. Damit hatte *er* die badische Verfassung außer Kraft gesetzt, nicht Brentano und nicht die badischen Volksvereine. Großherzog Leopold wartete nur darauf, dass in Baden jetzt die Revolution tatsächlich ausgerufen würde. Dann wäre seine Flucht nachträglich gerechtfertigt.

Die Einrichtung einer provisorischen Regierung und die Wahlen zu einer verfassungsgebenden Landesversammlung ließen Zeit für Verhandlungen. Wenn sich die gewählten Vertreter des Volkes dann für eine Republik entschieden, um so besser! Dann hätte alles eine rechtliche Grundlage. Wenn es aber so ginge, wie Struve wollte, dann würden die führenden Demokraten als Putschisten erscheinen.

Gustav Struve dagegen hielt dieses vorsichtige Taktieren für reinen Zeitverlust. Der Krieg würde kommen – so oder so. Jetzt müssten klare Verhältnisse geschaffen, sofort die badische Republik ausgerufen werden und eine entschlusskräftige Kriegsregierung her, die mit ihren Entscheidungen notfalls auch gegen das Parlament regieren konnte.

»Da ist ja der Studiosus Sänger aus Heidelberg«, begrüßte ein gut gekleideter Bürger um die sechzig Jahren schon von Weitem Karl und kam auf sie zu. Er trug graues, gelocktes Haar, seine grünlich schimmernden Augen standen auffällig weit auseinander und bildeten einen eigenartigen Kontrast zu dem kleinen Mund, über dem sich eine kurze, breite, leicht nach oben gebogene Nase erhob.

»Herr von Wollenberg«, rief Karl erfreut. »Was machen denn Sie hier auf der Volksversammlung? Sie sind doch bestimmt kein Freund der neuen Zeit, oder sollte ich mich irren?«

»Man muss sich immer auf dem Laufenden halten«, antwortete Wollenberg und blickte neugierig zu Christoph hinüber.

Karl verstand die Aufforderung. »Darf ich vorstellen, Franz von Wollenberg, ein guter Freund meines Vaters aus Mannheim, und das hier ist Christoph Schmidt, mein Studienkollege, Sohn des Heilbronner Tabakunternehmers Georg Schmidt.«

»Georg Schmidt?«, fragte Wollenberg nach und blickte Christoph grübelnd an. »Vor vielen Jahren habe ich mich einmal längere Zeit in Heilbronn aufgehalten und einen Georg Schmidt kennengelernt. Sein Vater war auch in der Tabakbranche tätig. Er war ein bisschen jünger als ich und ist dann nach Amerika ausgewandert, aber anscheinend bald darauf wieder zurückgekehrt.«

»Das muss dann wohl mein Vater gewesen sein«, erklärte Christoph lachend. »Sie kannten ihn? Waren sie denn mit ihm befreundet?«

Wollenberg lachte nun ebenfalls. »Kann man so sagen. Hat er seine Barbara geheiratet oder ist er allein nach Heilbronn zurückgekommen?«

»Barbara Schmidt ist meine Mutter«, beeilte sich Christoph zu versichern. »Sie sind jetzt seit über dreißig Jahren verheiratet und haben zwei Söhne, meinen Bruder Jakob und mich.«

»Dann ist er also doch in das Geschäft seines Vaters eingestiegen«, sagte Wollenberg mehr zu sich selbst als zu Christoph. »Grüßen Sie ihn von mir, wenn Sie ihn wiedersehen.«

Wollenberg legte seinen rechten Arm um Karl, seinen linken um Christoph und fragte sie freundschaftlich: »Darf ich die Herren Söhne meiner beiden alten Freunde zu einer kleinen Erfrischung in mein bescheidenes Haus einladen?«

Ludwig war nirgends zu sehen. Der würde auch allein heimfinden, meinte Karl, und da die Volksversammlung sowieso gerade beendet war, stimmten Karl und Christoph zu und folgten Herrn von Wollenberg in ein herrschaftliches Gebäude nicht weit vom Mannheimer Marktplatz entfernt.

»Vor über dreißig Jahren haben Ihr Vater und ich hier in Mannheim eine Seelenverkäuferbande auffliegen lassen«, erzählte Wollenberg, als sie die breite Treppe vom Entreebereich zu einer großzügig angelegten Galerie emporstiegen. »Sie wissen, was man darunter verstand? Menschenhändler, Schleuser, die arme Auswanderer um ihr letztes Geld brachten.«

Christoph erinnerte sich dunkel daran, von seinen Eltern davon gehört zu haben.

»Glücklicherweise sind heute die Verhältnisse anders«, fuhr Wollenberg fort. »Die schlimmsten Missstände sind abgestellt. Heute müssen die Auswandereragenten eine staatliche Konzession nachweisen und sich an Gesetze und Bestimmungen halten, aber schwarze Schafe gibt es immer noch unter ihnen. Bald werden sich auch die neuen Dampfschiffe auf der Atlantikroute durchgesetzt haben, da dauert die Überfahrt keine drei Wochen mehr!«

Wollenberg führte sie in einen vornehmen Salon und bat sie, in bequemen Sesseln um ein kleines Tischchen in der Nähe der Fensterfront Platz zu nehmen. Er besprach sich kurz mit seinem Hausdiener, der bald darauf mit einer Flasche Wein und einem silbernen Tablett mit Gläsern und allerlei Kuchengebäck zurückkam.

»Mit den Auswanderern ist es ein wahres Elend«, setzte Wollenberg das Gespräch fort. »Aber jetzt scheint die Nationalversammlung wenigstens die gröbsten Auswüchse verhindern zu wollen: Sie wird die Auswandereragenten streng kontrollieren und Bestimmungen erlassen, die völlig überfüllte Schiffe, wie bisher üblich, nicht mehr zulassen.«

»Hat sie nicht auch festgelegt, dass das Recht auf Auswanderung ein Grundrecht sein soll?«, fragte Christoph.

Wollenberg nickte. »Seit der Kartoffelkrankheit vor drei Jahren steigen die Auswandererzahlen wieder rapide an. Die Menschen fliehen in Scharen aus dem Land – mit oder ohne Grundrecht. Die Württemberger haben ja ohnehin seit Jahrhunderten das Recht auf Auswanderung und in Baden nützen Verbote auch nichts.«

Er wandte sich zu Karl Sänger und wechselte das Thema: »Wie geht es drüben in Dossenheim?«

Karl erzählte von seinen Eltern, die sich um seinen verschollenen Bruder Philipp Sorgen machten, von ihrem Ritt nach Sinsheim und dem Gespräch mit Gustav Mayer, und erwähnte auch – mit einem Seitenblick zu Christoph – , dass seit letztem Jahr, als Philipp nach Straßburg geflohen war, kein Brief mehr von ihm gekommen sei.

Wollenberg nickte ihm zu und lächelte wissend: »Jetzt hofft Ihr Vater, dass Philipp aus dem Exil zurückkommt.«

Er überlegte kurz: »Das muss aber nicht heißen, dass er sich dann gleich bei euch meldet. Ist er nicht im Streit von euch weggegangen?«

Karl nickte, warf wieder einen Seitenblick zu Christoph hinüber und antwortete gereizt: »Mein Vater hofft immer noch auf eine Versöhnung und will nicht begreifen, dass Philipp nicht daran interessiert sein kann.«

»Soll ich noch einmal mit ihm reden?«, fragte Wollenberg und beeilte sich nachzuschicken: »Nicht, dass er sich weiter falsche Hoffnungen macht.«

Karl lächelte ihm zu, nickte wieder.

Christoph war etwas befremdet über den Ton, mit welchem die beiden über Karls Bruder sprachen. Es kam ihm fast so vor, als befürchte Karl eine Rückkehr Philipps – und Wollenberg schien seine Befürchtung zu teilen oder zumindest zu verstehen. Ein ihm unerklärliches Einverständnis herrschte zwischen ihnen in dieser Angelegenheit.

Dass Karl seinen Bruder – im Gegensatz zu Ludwig – nicht besonders mochte, war Christoph schon früher aufgefallen. Nahm er Philipp seine Teilnahme am Heckerzug so sehr übel? Oder steckte möglicherweise etwas ganz anderes dahinter?

Allmählich begann er daran zu zweifeln, dass sich Karls Abneigung nur auf die unterschiedliche politische Einstellung der beiden bezog. Und was sollte die Bemerkung bedeuten, Philipp könne an einer Versöhnung mit seinen Eltern nicht interessiert sein?

Er gab sich einen Ruck, fragte ganz direkt: »Warum möchtest du denn nicht, dass Philipp nach Hause zurückkommt?«

Karl wurde blass, ballte seine Hände zu Fäusten, beherrschte sich mühsam, rang offensichtlich um Fassung, bevor er sich Mühe gab, wieder entspannt zu wirken. Wollenberg betrachtete seinen jungen Freund mit neugierigem Interesse.

Karl bebte noch immer. »Was unterstellst du mir?«, presste er zornig hervor.

Wollenberg legte seine Hand auf Karls Arm und versuchte zu vermitteln.

»Christoph hat es vielleicht etwas ungeschickt formuliert. Er meinte wohl, warum du seine Rückkehr in Frage stellst.«

»Danke, aber ich kann mich schon selbst verständlich ausdrücken«, wies Christoph Wollenberg zurecht. »Mich würde allerdings interessieren, weshalb Karl sich nicht wie sein Bruder Ludwig einfach darauf freuen kann, dass Philipp möglicherweise bald in sein Elternhaus zurückkehren kann.«

Karls Nasenflügel begannen zu beben. Bevor er etwas antworten konnte, schaltete sich Wollenberg wieder ein.

»Vielleicht möchte Karl darüber nicht sprechen? Wechseln wir doch das Thema. Ich habe Ihren letzten Artikel in der *Demokratischen Republik* gelesen. Hat mir eingeleuchtet, was Sie da über die Reichsverfassung und die Verantwortlichkeit der Fürsten geschrieben haben. Wie hat Ihnen denn Struves Rede heute gefallen?«

Christoph musste wohl akzeptieren, dass Wollenberg in seinem Hause das Gespräch in eine andere Richtung lenken wollte, fühlte sich in seinem Verdacht aber bestätigt. Er überlegte kurz und suchte nach einer Antwort.

»Einerseits«, begann er, »hat Struve recht, wenn er sagt, dass die Revolution konsequent vorgehen muss und sich keine Lauheiten leisten kann. Andererseits …«, er machte eine Pause.

»Andererseits?«, fragte Wollenberg lauernd.

»Andererseits stehen die meisten Bürger Badens und wohl auch das badische Militär, das sich der Revolution angeschlossen hat, eher auf der Seite Brentanos, der sein Vorgehen vom Volke legitimieren lassen will, und dieser Ansicht neige ich mehr zu.«

»Ob Struve oder Brentano«, donnerte Karl los, »Baden geht dem Untergang entgegen. Wir können keine Revolution gegen die Fürsten in ganz Deutschland machen und den einzig gangbaren Weg, Reformen gemeinsam mit den Fürsten vorzubereiten, haben diese Tollköpfe vor einer Woche in Offenburg verspielt.«

Wollenberg nickte zustimmend. »Das scheint mir leider auch so. Die Revolution mag heute noch triumphieren. Eine Zukunft hat sie nicht.«

Christoph verzichtete darauf zu widersprechen. Er wollte nicht noch einen Streit vom Zaun brechen. Sie plauderten weiter über Unverfängliches, den raschen Aufschwung der badischen Industrie im Mannheimer Raum, die neuen Pläne der Dampfschleppschifffahrtsgesellschaft, den Ausbau des Rheinhafens und über den Erfinder des Laufrads, den Freiherrn von Drais, der vor wenigen Tagen wegen seiner demokratischen Überzeugung seinen Adelstitel abgelegt hatte, genauso wie Gustav von Struve.

Auf dem Rückweg blieb Karl einsilbig, bis Christoph ihn direkt aufforderte, doch endlich offen mit ihm zu sprechen.

»Deine Haltung gefällt mir immer weniger«, platzte nun Karl gallig heraus. »Du rückst immer weiter nach links zu den Radikalen. Das ist verantwortungslos. Was machst du, wenn die Revolution sich nicht durchsetzen kann? Denk doch an deine Familie, deine Freunde. Denk an Annette Lußhardt. Die hat das nicht verdient!« Er blieb stehen und blickte Christoph ins Gesicht. »Ich weiß übrigens, was ihr Vater von dir hält«, erklärte er mit boshaftem Grinsen.

Nach einer Pause fügte er hinzu: »Außerdem hast du keinen guten Einfluss auf Ludwig. Du ziehst ihn rüber zu den Anarchisten! Er redet nur noch von Volksherrschaft und Revolution. Auch meinen Eltern gefällt das ganz und gar nicht. Ludwig ist auf dem besten Wege, dieselben Fehler zu machen wie Philipp.«

»Lass Annette aus dem Spiel«, entgegnete Christoph scharf. Karls Worte hatten ihn tief getroffen. Gönnte er ihm Annette nicht? Machte er sich etwa selbst Hoffnungen auf sie? Hatte er vielleicht darüber bereits mit dem alten Lußhardt gesprochen?

Schroff wies er Karl zurecht: »Und was Ludwig angeht, der ist alt genug, für sich selbst Entscheidungen zu treffen.«

Im Streit gingen sie auseinander.

Überfall

Heidelberg, 23. bis 25. Mai 1849

Kurz vor der Aula stießen sie aufeinander. Karl grinste Christoph zu und streckte ihm versöhnlich seine Hand entgegen. »Trotz unserer Meinungsverschiedenheiten zur badischen Revolution können wir doch weiter Freunde bleiben!«

Christoph war erleichtert über das Angebot seines Kommilitonen und schlug ein. »Schwamm drüber. Wenn wir unsere unterschiedlichen Ansichten gegenseitig tolerieren, mag es zwar heiße Diskussionen in der Sache geben, aber unsere Freundschaft wird das aushalten.«

Karl warf ihm einen ernsten Blick zu, dann bemühte er sich um ein gewinnendes Lächeln und schlug einen lockeren Ton an. »Wir müssen ja nicht dauernd über Politik reden. Übrigens – wie weit bist du denn mit Annette? Hat Vater Lußhardt dich inzwischen akzeptiert?«

Christoph wusste nicht, was er ihm darauf entgegnen sollte. Immer noch saß Karls Bemerkung von gestern über seine Beziehung zu Annette wie ein Stachel in seinem Herzen.

»Wir sind uns jedenfalls einig – Annette und ich«, wich er aus, »und die fortschrittlichen Ansichten von Frau Lußhardt haben mich ehrlich gesagt positiv überrascht.«

Karl blickte ihn schräg von der Seite an, mit verzerrtem Gesicht, das wohl ein Lächeln andeuten sollte, und meinte lakonisch: »Gratuliere, dann hast du die Festung ja fast schon genommen.«

Am Abend traf er sich mit Ludwig im *Bremeneck*. Die Wogen gingen hoch. Seit gestern befand sich die Zentrale der badischen Revolutionsarmee im *Hotel Prinz Carl*, mitten in Heidelberg. Ludwig hatte gehört, dass Gustav Mayer inzwischen im Odenwald dabei war, eine deutsch-polnische Legion aufzubauen.

»Wieso polnisch?«, fragte Christoph leicht irritiert und nahm einen großen Schluck aus seinem Bierkrug.

Ludwig wusste bestens Bescheid: »Polnische Freischärler wollen hier in Baden mit uns für die Republik kämpfen. Du weißt ja, das, was von Polen noch übrig geblieben ist, steht unter russischer Oberhoheit, und in Posen haben die Preußen letztes Jahr einen polnischen Aufstand unter Ludwik Mieroslawski niedergeschlagen. Der sitzt seitdem in Frankreich im Exil und soll, wie durchgesickert ist, mit Franz Sigel zusammen die badische Revolutionsarmee gegen die Preußen führen. Angeblich hat er schon zugesagt.«

»Von Philipp habt ihr noch nichts gehört?«, fragte Christoph.

»Wenn er überhaupt noch lebt, müsste er sich jetzt ja bald melden«, sinnierte Ludwig. »In Amerika weiß man doch, was bei uns zurzeit los ist! Mit den neuen Dampfseglern ist die Post in wenigen Wochen drüben. Aber wir wissen ja nicht einmal, ob er überhaupt ausgewandert ist. Seltsam ist es schon. Freilich, mit Karl und Vater hat es damals handfeste Auseinandersetzungen gegeben. Aber dass Mutter und ich auf seiner Seite stehen, das müsste er doch wissen! Wenigstens ihr hätte er ein Lebenszeichen schicken können!«

Er verfiel ins Grübeln und nach einer Weile fuhr er fort. »Vor einem Jahr dachte ich schon, ein Brief von ihm sei angekommen. Der Postbote hatte mit bedeutender Miene davon gesprochen, dass bei der Post, die er brachte, auch ein Brief aus Amerika sei. Karl hat die Sendungen in Empfang genommen. Als ich ihn später fragte, sagte er, es wäre nur ein Geschäftsbrief an Vater gewesen. Aus der Traum.«

Christoph tröstete ihn. »Lass den Mut nicht sinken. Nach Pfingsten bin ich in Heilbronn und treffe Theobald Kerner in Weinsberg. Vielleicht weiß er, warum Philipp den Kontakt zu euch abgebrochen hat.«

Ludwig nickte und fragte nach einer Weile: »Hast du heute Karl getroffen?«

»Wir haben Frieden geschlossen, heute Morgen«, grinste Christoph.

Ludwig hob die Augenbrauen. »Wirklich? Das wundert mich. Gestern Abend sah es noch ganz anders aus, aber umso besser.«

Christoph drängte ihn, sich deutlicher auszudrücken.

Zögernd schob Ludwig nach: »Eigentlich wollte ich dich damit nicht belasten. Aber vielleicht ist es besser, du weißt Bescheid. Karl hat dich gestern Abend bei Vater ziemlich übel angeschwärzt. Du seist einer der radikalsten Studenten und mit dir sei überhaupt nicht mehr zu reden. Ich hab' versucht, dazwischenzugehen, dann hat er auf mir herumgehackt, dass ich drauf und dran sei, in Philipps Fußstapfen zu treten. Vater hat dann ein Machtwort gesprochen und Karl zurechtgewiesen. Vielleicht ist er über Nacht in sich gegangen. Ich wünschte, es wäre so.«

Auf dem Heimweg kam er am Haus der Lußhardts vorbei. Im Wohnzimmer brannte noch Licht. Er dachte an den erregten Disput mit Annettes Vater, an das freundliche anschließende Gespräch mit ihrer Mutter. Ob Annette sehr an ihrem Stiefvater hing? Vermutlich nicht. Dazu war sie den Gedanken der neuen Zeit gegenüber zu aufgeschlossen, zu kritisch, vielleicht auch zu selbständig wie ihre belesene Mutter, die Tochter eines Heidelberger Professors und Witwe eines Buchhändlers und Verlegers aus dem Württembergischen. Er lächelte. Annette war auf ihre Art ebenso klug wie ihre Mutter. Würden sich die beiden Frauen bei dem alten Lußhardt durchsetzen können, wenn es um ihre Liebe ging?

Da kam in schnellen Schritten aus dem dunklen Hauseingang eine vermummte Gestalt direkt auf ihn zu. In der Dunkelheit konnte er nur schemenhaft ihren Umriss ausmachen.

Auf seinen spontanen Ausruf: »Wer sind Sie? Was wollen Sie?« reagierte der Vermummte nicht. Das sah nach einem Überfall aus!

Christoph blieb stehen, ballte seine Fäuste und wollte gerade in Abwehrhaltung gehen, da wurden seine Arme nach hinten gerissen und eisern festgehalten. Ein zweiter Angreifer, hinter ihm! Der vermummte Kerl vor ihm neigte sich zurück und ballte seine Faust, um ihm mitten ins Gesicht zu schlagen.

Christoph schaltete blitzschnell. Er konnte sich nur mit seinen Beinen verteidigen. Mit einem gezielten Fußtritt nach vorne wehrte er den ersten Angreifer ab, der stöhnend zurücktaumelte, strauchelte und zu Boden ging. Dann schlug er mit der vollen Wucht seines Stiefelabsatzes nach hinten aus, traf das Schienbein des zweiten, nützte dessen Überraschung über den plötzlichen Schmerz und riss sich los.

Während er sich zu ihm umdrehte, holte Christoph schon mit seiner Rechten aus und platzierte einen Haken auf dessen Unterkiefer, sodass er zu Boden ging.

Da spürte Christoph die Hand des ersten Angreifers, der wieder auf die Beine gekommen war, von hinten auf seiner Schulter. Er stemmte sich gegen den Druck, mit dem dieser ihn mit aller Wucht herumreißen wollte. Christoph griff mit beiden Händen nach der Hand seines Gegners, bog dessen Mittelfinger rücksichtslos nach oben, sodass der Bursche vom Schmerz überwältigt aufschrie und seine Schulter loslassen musste. Nun drehte sich Christoph mit einem Ruck um, griff mit beiden Händen um dessen Nacken, zog ihn mit ganzer Kraft nach unten und stieß ihm sein Knie unters Kinn. Mit letzter Kraft riss der Kerl seinen Kopf aus Christophs Umklammerung los, stolperte zwei Schritte nach hinten und fiel zu Boden.

Während der eine sich mühsam aufgerichtet hatte und schon davonstürzte, lag der andere noch ächzend vor ihm auf dem Boden. Christoph wollte ihm hochhelfen, nachsehen, ob er ihn ernstlich verletzt hätte, da rappelte der Vermummte sich von selbst auf, schlug kurz wild um sich und machte sich nun ebenfalls eilig davon.

Vor ihm auf der Straße lag ein dunkler Seidenschal, den sich sein Angreifer wohl über seine untere Gesichtshälfte gebunden hatte. Christoph hob ihn auf und steckte ihn ein. Er massierte kurz seine schmerzenden Handgelenke und machte sich auf den Weg nach Hause.

Der Angriff hatte keine Minute gedauert. Keine Worte waren gefallen. Alles hatte sich fast geräuschlos abgespielt. Vermutlich hatte niemand den Zwischenfall wahrgenommen.

Wer wollte ihn da mitten in der Nacht verprügeln? Hatten ihm die beiden hier aufgelauert? Sollte er ausgeraubt werden oder wollte ihm jemand eine Abreibung verpassen, auf so jämmerlich feige Art?

Waren es zwei der bei Lußhardt einquartierten Freischärler gewesen? Niemals!, sagte er sich. Wer sich zu den Truppen meldet, um für Deutschlands Einheit und Freiheit zu kämpfen, macht keine Raubüberfälle!

Zu Hause betrachtete er den Schal, ein teures Stück, dunkelgrau mit eingewobenen schwarzen Streifen, jeweils an den Enden. Hatte er diesen Schal nicht schon einmal gesehen? An einem Ende entdeckte er die eingestickten Initialen: K.S.

Tags darauf hatte er sich mit Annette verabredet. Ihn drängte zu wissen, was und wie ihre Eltern nach seinem Besuch über ihn redeten. Atemlos keuchte er den *Kurzen Buckel* hoch, und als er beim vereinbarten Ort kurz vor dem Heidelberger Schloss eintraf, wartete sie schon mit Fanny auf ihn.

Beide trugen lange Kleider, die hinten etwas gerafft waren, und über ihren Frisuren eine Schute, eine haubenartige Kopfbedeckung mit einer breiten Hutkrempe über der Stirn, wie es zurzeit Mode war. Sie habe zu Hause gesagt, sie träfe sich mit ihrer Freundin, erklärte Annette.

»Dann will ich mal nicht länger stören«, meinte Fanny, lächelte verschwörerisch unter ihrem Sonnenschirmchen und zog in den nahen Schlossgarten ab.

»Mutter weiß Bescheid«, raunte Annette, »sie hatte sogar die Idee mit Fanny.«

Sie spazierten ein Stück auf dem Promenadenweg unterhalb des Königstuhls, schwelgten in ihrem Zusammensein, freuten sich an dem warmen Frühsommertag, dem Sonnenlicht, das durch die mit hellem Grün belaubten Zweige der Kastanien flutete, und vergaßen darüber beinahe die Zeit. Zwanglos plauderten sie über dies und jenes, auch darüber, dass ihre Mutter ihre Beziehung gegen ihren Vater verteidigte und Annette sogar darin bestätigte, zu ihren Gefühlen zu stehen.

Christoph genoss jedes Wort Annettes. Viel mehr als der Inhalt ihrer Worte faszinierte ihn ihre Stimme, ihr kurzes Auflachen, wenn sie von den unbeholfenen Versuchen ihres Vaters erzählte, ihr Karl als viel geeigneteren Freund einreden zu wollen.

Auf dem Rückweg griff Christoph nach ihrer Hand. Sie erwiderte leicht seinen Händedruck. Dann fragte sie scheinbar leichthin, aber Christoph spürte deutlich ihre Sorge, die sie vergeblich zu unterdrücken versuchte: »Weißt du schon, was du jetzt nach dem Examen anfangen willst? Wirst du wieder nach Heilbronn gehen?«

Christoph blieb stehen und sah in ihre Augen, die ihn prüfend anblickten. Was sollte er ihr darauf antworten? Etwa, dass er am liebsten in Karlsruhe oder Frankfurt bei der Durchsetzung einer neuen demokratischen Gesetzesordnung mitarbeiten wollte? Nein, das wären jetzt gewiss nicht die richtigen Worte.

Er drehte sich ganz zu ihr, sodass sie sich gegenüber standen, ergriff auch ihre andere Hand und sagte verlegen und etwas ungelenk: »In diesen unruhigen Zeiten kann ich dir kaum sagen, welche Möglichkeiten sich einem frisch examinierten Juristen wie mir bieten.«

Er löste seine Rechte aus ihrer Hand und strich ihr übers Haar. »Ich weiß nur eines, dass ich mir nichts mehr wünsche, als mit dir gemeinsam mein neues Leben zu beginnen.«

Sie schlug die Augen nieder. Christoph zog sie an sich und sie legte ihren Kopf an seine Schulter.

»Heißt das, du stimmst mir zu?«, fragte er leise.

»Ach, Christoph«, antwortete sie ausweichend, »du weißt ja selbst, wie es um uns steht. Ohne Vaters Zustimmung wird das nicht gehen.«

»Hab ich denn einen so schlechten Eindruck auf ihn gemacht?«

Sie löste sich von ihm.

»Vielleicht wird es auch darauf ankommen, ob sich die Demokraten durchsetzen und Vater sich mit der neuen Zeit abfinden muss. Wenn nicht ...«

Er legte ihr seinen Zeigefinger auf den Mund und gab ihr einen Kuss auf die Stirn.

Ihre Gedanken überschlugen sich. Hatte ihr Christoph eben einen Antrag gemacht? Und hatte sie diesen mit ihrer ausweichenden Antwort zurückgewiesen? Ihr Vater hielt nichts von Christoph. Karl dagegen schätzte er, zumindest seine reiche Familie.

Zweifel kamen in ihr hoch. Wäre alles nicht viel einfacher, wenn auch sie sich für Karl entschied? In wenigen Wochen hätte auch er sein Examen in der Tasche und Angst müsste sie nicht haben, dass er sich zu den Freischärlern oder zur badischen Revolutionsarmee melden würde. Sie schämte sich gleich wieder für diese Gedanken. Sie liebte Christoph, das spürte sie jetzt mehr denn je. Aber was würde auf sie zukommen, wenn sie sich ganz für ihn entschied?

Schweigend spazierten sie zurück zum Schlossgarten, wo Fanny bereits auf sie wartete. Christophs Herz wollte jubeln, aber ein flaues Gefühl ließ keine wirkliche Freude aufkommen. Sicher, Annette liebte ihn. Aber ebenso sicher zweifelte sie an ihrer gemeinsamen Zukunft.

Karl war am nächsten Morgen nicht in der Universität erschienen. Dafür traf Christoph Ludwig in der Mittagspause. »Karl hat sich in unserem Haus in Mannheim verbarrikadiert. Er will von niemandem gestört werden. Endlich fängt er an, sich auf seine Prüfungen vorzubereiten.«

Sie saßen auf einer Bank unter den Bäumen vor dem kastenartigen Gebäude der Universität und streckten die Beine von sich. Ludwig erklärte, Karl hätte da ja einiges aufzuholen, ganz so zielstrebig wie Christoph sei er wohl nicht gewesen.

»Die letzten Semester hatten wir gemeinsam gebüffelt«, wunderte sich Christoph. »Da war er noch froh, wenn ich ihm das eine oder andere erklären konnte.«

Ludwig meinte ausweichend: »Schon seit ein paar Tagen kapselt er sich mehr und mehr ab. Ich glaube, die anstehenden Prüfungen beginnen langsam, auf seine Nerven zu schlagen. Seine Examenstermine hat er auf den Herbst verschoben und mit seiner schriftlichen Ausarbeitung ist er auch noch nicht fertig. Jetzt drängt sich alles. Vermutlich gerät er langsam in Panik und ist deshalb manchmal so unausstehlich. Du weißt ja, mit dem Lateinischen hat er so seine Schwierigkeiten.«

»Eben«, antwortete Christoph, »da konnte ich ihm ganz gut helfen. Die ältere Fachliteratur ist fast durchweg auf Latein verfasst.«

»Er ist zurzeit so reizbar, wahrscheinlich will er einfach seine Ruhe haben«, meinte Ludwig zum Abschluss.

In Christoph keimte ein anderer Verdacht auf. Verhielt sich Karl nicht erst seit dem gemeinsamen Ritt nach Sinsheim so merkwürdig? Hing seine innere Unausgeglichenheit vielleicht mit den erneuten Nachforschungen über Philipps Schicksal nach dessen Flucht aus Deutschland zusammen, die sein Vater anzustellen begonnen hatte?

Immer wenn sie über Philipp gesprochen hatten, war er auf Abwehr gegangen, hatte versucht, seinen Bruder in ein schlechtes Licht zu rücken. Und hatte Ludwig nicht auf dem Ritt von Sinsheim zurück nach Heidelberg erregt mit seinem

Bruder diskutiert? Ging es etwa auch da um sein gespanntes Verhältnis zu Philipp? Und dann das merkwürdige Gespräch in Mannheim bei Herrn von Wollenberg!

Er musste jetzt Klarheit haben, deshalb fragte er Ludwig direkt: »Vielleicht ist mein Verdacht ja unbegründet, aber irgendetwas muss zwischen Philipp und Karl vorgefallen sein, etwas, das weit über ihre politischen Differenzen hinausgeht. Warum rastet Karl jedes Mal aus, wenn von Philipp die Rede ist?«

Ludwig blickte ihn erstaunt an: »Was willst du denn wissen?«

»Wenn ich mit Theobald Kerner in Weinsberg über Philipp reden soll, geht es ja vor allem um die Frage, warum er sich aus dem Ausland nicht mehr bei euch gemeldet hat. Da sollte ich schon ein bisschen über sein Verhältnis zu Karl und zu deinem Vater informiert sein.«

Ludwig zögerte einen Augenblick, dann nickte er zustimmend: »Also gut, dann fange ich mal an. Du kannst ja dazwischenfragen, wenn ich weiter ausholen soll. Philipp ist der Älteste von uns und sollte eigentlich das Geschäft meines Vaters übernehmen. Das wussten wir schon immer und das wurde auch nie in Zweifel gezogen, auch nicht von Karl. Philipp arbeitete bereits mit Vater im Kontor und es war nur eine Frage der Zeit, bis sich Vater endgültig auf unser Gut in Dossenheim zurückziehen würde.

Auch in ihrer direkten Beziehung zueinander gab es nie einen größeren Streit, klar, einige Auseinandersetzungen in der Sache, aber Philipp und Karl waren eigentlich unzertrennlich, immer miteinander unterwegs. Ihre besondere Leidenschaft waren die Jagd und weite Ausritte in die Umgebung. Du hast uns ja einige Male begleitet.«

»Aber es musste doch irgendwann etwas geschehen sein, das die beiden auseinander brachte«, hakte Christoph nach.

Ludwig überlegte und meinte dann zögernd: »Ja, du hast recht. Es gab da einen Vorfall, aber ob der dafür eine Rolle gespielt haben könnte, weiß ich nicht.«

»Erzähl!«, forderte ihn Christoph ungeduldig auf.

»Also gut«, seufzte Ludwig. »Vor etwa anderthalb Jahren, kurz bevor die Revolution begann – es muss Ende Februar gewesen sein, oben in den Bergen lag noch Schnee –, hat es ein schlimmes Unglück gegeben. Philipp und Karl waren wieder auf einem Jagdausritt in den Odenwald, zusammen mit einem unserer Stallburschen. Als sie zurückkamen, lag der Knecht tot über seinem Pferd. Es sei ein Jagdunfall gewesen, berichtete Karl. Auf einem Weg, nahe am Abgrund, hätte dessen Pferd gescheut und den Stallburschen abgeworfen, der dann einige Meter abgerutscht sei und sich gerade noch auf einem Felsüberhang hätte auffangen können, um nicht abzustürzen.«

Ludwig unterbrach seinen Bericht, schaute Christoph fragend an, als wolle er sich vergewissern, dass er ihm bis dahin gefolgt sei. Als Christoph kurz nickte und mit einer Handbewegung andeutete, dass er fortfahren solle, erklärte Ludwig weiter: »Aber der Fels gab nach und der Knecht versuchte in panischer Angst nach oben zu kommen. Philipp hat dann versucht, ihm mit seinem Zügel, den er in aller Eile seinem Pferd abgenommen hatte, Halt zu geben und ihn über den Abhang emporzuziehen, aber unser Knecht hat in wilder Verzweiflung mit beiden Händen nach Philipp gegriffen und ihn fast mit in die Tiefe gerissen. Wenn Karl nicht im letzten Moment Philipp an den Beinen festgehalten hätte, wären sie beide im Abgrund zerschmettert worden. Beim Nachgreifen hat der Stallbursche, der fast schon in Sicherheit war, den Halt verloren und ist dann doch noch abgestürzt.«

Er machte eine Pause, wischte sich über die Stirn, als wollte er die düsteren Bilder vertreiben. Die Wochen danach seien beide recht verschlossen gewesen, die Geschichte sei ihnen wohl sehr nahegegangen. Immer wieder hätten die beiden erregt über den Unfall miteinander gesprochen, aber jedes Mal geschwiegen, wenn Ludwig dazugekommen sei und nachgefragt habe.

»Dann kam die Revolution und Philipp war bis zu seinem endgültigen Abschied kaum noch zu Hause.«

Er blickte auf, als wollte er fragen, ob Christoph nun zufrieden sei oder noch weitere Auskünfte erwartete.

»Karl hat also Philipp das Leben gerettet«, stellte Christoph nachdenklich fest. »Und hat ihm dann übel genommen, dass er trotzdem die Familie und das Geschäft seines Vaters für die Revolution verlassen hat.«

Ludwig nickte zustimmend. »So sehe ich das auch. Karl hält seitdem Philipp für undankbar und leichtsinnig.«

Christoph hatte den Schal in seiner Tasche dabei. Sein dunkler Verdacht ließ ihn nicht los. Eigentlich hätte er heute Karl selbst damit konfrontieren wollen. Aber er war ja nicht in der Uni erschienen. So zog er den Schal aus seiner Tasche und legte ihn vor Ludwig auf den Tisch.

»Das habe ich vorgestern Nacht auf meinem Rückweg nach Hause auf der Straße gefunden.«

Den Angriff der beiden Vermummten verschwieg er.

Ludwig schaute erstaunt auf.

»Der gehört Karl. Philipp hatte auch so einen. Den hat er wohl verloren. Seltsam, dass ausgerechnet du ihn gefunden hast.«

Er griff spontan nach dem Schal, um ihn an sich zu nehmen

»Moment,« sagte Christoph und zog den Schal zurück. »Hattest du nicht erwähnt, dass sich Karl zurzeit in Mannheim aufhält und auf sein Examen büffelt?«

»Was weiß ich, was er abends und nachts treibt«, meinte Ludwig gleichgültig. »Du kannst den Schal auch gerne behalten und ihm dann selbst zurückgeben.«

Die Mittagspause ging ihrem Ende zu. Bevor sie aufbrachen, fragte Christoph: »Kennst du eigentlich Franz von Wollenberg?«

Ludwig schaute ihn verwundert an: »Wie kommst du denn jetzt auf den? Freilich kenne ich ihn, schon seit meiner Kindheit. Bis vor Kurzem hat er uns immer wieder mal besucht, in Mannheim oder in Dossenheim.«

»Bis vor Kurzem?«, fragte Christoph erstaunt nach.

»Mein Vater und er sind etwas aneinandergeraten«, meinte Ludwig verärgert, »das muss so um die Zeit gewesen sein, als Philipp nach Straßburg geflüchtet war. Wieso fragst du?«

»Vor ein paar Tagen habe ich ihn in Mannheim getroffen, zusammen mit Karl. Karl scheint sehr vertraut mit ihm zu sein.«

»Was sagst du da?«

Ludwigs Augen weiteten sich und für einen Augenblick sah es so aus, als ob er zutiefst erschrocken sei. Dann fasste er sich und sagte: »Ich kann den Wollenberg nicht ausstehen, habe ihn noch nie gemocht. Immer, wenn ich mit ihm zusammen war, hatte ich den Eindruck, er spielte uns seine Freundlichkeit nur vor. Pass auf, wenn du mit ihm zu tun hast. Ihm geht es immer nur um seinen eigenen Vorteil.«

Christoph horchte auf.

»So schwer kann das Zerwürfnis zwischen ihm und deinem Vater nicht sein«, gab er Ludwig zu verstehen. »Wollenberg bezeichnete ihn immer noch als seinen Freund.«

Ludwig lachte hämisch.

»Das könnte ihm so passen!« Er schlug seine rechte Faust in die geöffnete Linke und legte los. »Das ist mal wieder typisch für ihn. Weißt du, was er meinem Vater vorgeschlagen hat?«

Er schaute Christoph herausfordernd an.

»Er hat ihm geraten, Philipp zu enterben, da er sich durch sein Verhalten als Nachfolger im Geschäft unmöglich gemacht hätte. Er hat sogar versucht, Vater unter Druck zu setzen, und angedeutet, sonst könnte er nicht garantieren, seine Einlagen in unserem Geschäft zu belassen.«

»Das ist allerdings ein starkes Stück!«, brauste Christoph auf, dann überlegte er.

»Das könnte aber seine Vertraulichkeit mit Karl erklären, die offensichtlich heute noch besteht.«

Ludwig ging nicht darauf ein.

»Vater hat Wollenberg gebeten, sein Haus zu verlassen. Nur mit Mühe hat er sich zurückhalten können, ihn hochkant hinauszuwerfen. Seither ist er nicht mehr bei uns erschienen. Wenn es geschäftlich etwas zu regeln gibt, bespricht er sich mit Wollenberg in unserem Kontor in Mannheim.«

Ludwig stand auf, drehte sich aber noch einmal kurz zu Christoph um.

»Und wenn sich Karl auf den Kopf stellt: Ich jedenfalls werde mich zu den Freischärlern melden!«

Dann stürmte er auf das Universitätsgebäude zu.

Christoph schüttelte den Kopf. Das Verhältnis zwischen den Brüdern Sänger schien schwieriger, als denen wohl selbst bewusst war. Aber Wollenbergs Parteinahme für Karl, wenn es um das geschäftliche Erbe ging, machte ihn nachdenklich. Er hielt es für äußerst unwahrscheinlich, dass Wollenbergs Vorstoß bei Heinrich Sänger nicht mit Karl abgesprochen war. Karl wollte seinen Bruder Philipp aus dem Weg haben und dessen Flucht letztes Jahr nach Amerika schien ihm dafür in die Hände gespielt zu haben. Mochte er auch Philipp damals auf diesem Jagdausflug in den Odenwald das Leben gerettet haben, Karl war eifersüchtig auf ihn und fürchtete seine Rückkehr.

Clara

Heidelberg, Heilbronn, 1. Juni bis 14. Juni 1849

Am Abend hatten sie sich zu einem Abschiedstreffen verabredet. Sie bummelten ziellos durch die Altstadt von Heidelberg und versuchten die Zeit hinauszudehnen. Überall vor den Häusern standen Gruppen von Soldaten und Freischärlern zusammen, lachten und scherzten. Viele Häuser waren mit schwarz-rot-goldenen Fahnen geschmückt.

Sie erreichten die Neckarbrücke, blieben in der Mitte stehen und schauten in Gedanken versunken hinunter in den Strom, der gemächlich und stetig in Richtung Rhein zog. Alles ist im Fluss, verändert sich, strebt seiner Vollendung entgegen, überlegte Christoph. Wie lange würde es dauern, bis dieses Wasser, das gerade unter der Brücke hindurchfloss, den Rhein erreicht hätte und dann die Nordsee? Tage? Sicher Wochen!

Wie würde es dann in Baden aussehen? Er dachte an die Trennung, die ihnen bevorstand. Höchstens für eine Woche, hatte er Annette gegenüber beteuert. Gleich nach seinem Examen hatte er schon vorgehabt, seine Eltern in Heilbronn zu besuchen. Nun war es bereits Pfingsten und es wurde höchste Zeit dafür. Seine Eltern warteten auf ihn.

Annette hatte ihm zu verstehen gegeben, sie sei ganz froh, wenn er aus dem unruhigen Heidelberg ein paar Tage herauskomme. Aber er sah ihr an, dass sie das nur sagte, um ihnen den Abschied leichter zu machen.

Der Krieg rückte näher. Erst gestern waren die badischen Revolutionstruppen bei ihrem Versuch, nach Darmstadt vorzudringen, von hessischem Militär bei Heppenheim besiegt und zurückgeschlagen worden. Preußische Einheiten und Verbände anderer deutscher Fürsten wurden mit Eisenbahnzügen an Badens Grenze transportiert und warteten nur auf den Befehl einzumarschieren. Man schätzte ihre Zahl auf 130 000

Mann – erfahrene Soldaten, die auf vielleicht 30 000 Mann badisches Militär stoßen würden, verstärkt durch einige Tausend Freischärler, die aber kaum militärisch ausgebildet waren.

Christoph versuchte Annette Mut zu machen: »General Sigel wird sie alle zurückwerfen. Wenn wir auch jetzt noch in der Unterzahl sind: Jeden Tag bekommen die Revolutionstruppen neuen Zulauf. Und wir kämpfen für die Freiheit! Wenn die hessischen und die preußischen Soldaten das endlich begreifen, werden sie die Seiten wechseln! Jeden Tag stoßen Hunderte Freiwillige zur badischen Armee. Du siehst sie ja hier, überall auf den Straßen. Wenn das so weitergeht, wird man bald nicht mehr wissen, wo man sie unterbringen kann.«

Nach einer kurzen Pause fügte er leise hinzu: »Ludwig hat sich übrigens jetzt doch entschieden, sich freiwillig zu melden.«

Annette blickte ihn bestürzt an. Um seinen Optimismus zu dämpfen, antwortete sie ihm kühl: »Fast überall in Deutschland ist die Revolution zu Ende. Die Abgeordneten der Nationalversammlung sind nach Hause gefahren bis auf die wenigen Unerschrockenen, aber auch die müssen jetzt Frankfurt verlassen. Sie haben inzwischen eingesehen, dass die Fürsten stärker sind. Wer die militärische Macht hat, setzt sich durch.« Dann ergriff sie seine Hand und rief zornig: »Begreif das doch endlich!«

»Nein, die eigentliche Revolution beginnt jetzt erst!«, widersprach ihr Christoph. »Nicht alle sind nach Hause gefahren. Die demokratischen Abgeordneten tagen bald in Stuttgart. Württemberg hat die Reichsverfassung anerkannt. Vom Südwesten her wird Deutschland befreit werden.«

»Ach, Christoph«, schmetterte Annette seinen Einwurf ab, »das sind doch alles Träume – und wenn du ehrlich zu dir selbst bist, weißt du das auch. Mach dir lieber darüber Gedanken, wie es dann weitergehen wird, mit dir und mit uns, wenn die Fürsten die Macht auch in Baden und der Pfalz wieder an sich genommen haben, wenn der Großherzog zurück ist und die Demokraten aus dem Land gejagt werden.«

»So weit wird es nicht kommen«, entgegnete Christoph energisch. »Du wirst sehen, in einer Woche bin ich zurück und die badische Revolution ist dann stärker denn je.«

Sie hatten das Haus der Lußhardts erreicht. In der Nische des Hauseingangs standen sie noch ein Weilchen zusammen und suchten nach den richtigen Worten. Sie ahnten, dass es mehr war als ein kurzes Abschiednehmen wie sonst, wenn sie hier voneinander gingen.

»Schreib mir, gleich wenn du in Heilbronn bist«, bat sie.

»Da bin ich ja fast schneller wieder da als der Brief«, spottete Christoph und versuchte ihrem Gespräch eine fröhliche Wendung zu geben.

Sie aber blickte ihn traurig an.

»Ich wünschte, ich könnte mit dir aus dieser Welt fliehen, irgendwohin, wo es keine böse Politik, keine irrsinnigen Kriege und nur friedliche und freundliche Menschen gibt.«

Sie drückte ihm einen Kuss auf die Stirn. »Pass gut auf dich auf. Ich werde jeden Tag an dich denken.«

Er küsste sie auf den Mund und es war ihm gleich, ob es jemand sähe. Dann trennten sie sich ohne ein weiteres Wort.

Am nächsten Morgen stand er an der Schifflände vor dem Dampfboot, das ihn nach Heilbronn bringen sollte. Ludwig war zur Abfahrt des Dampfers gekommen und hatte ihm einen Brief von seinem Vater mitgebracht. Christoph steckte ihn ein. Auf der Fahrt würde er genügend Zeit haben, ihn zu lesen.

»Hast du dich schon zum Waffendienst einschreiben lassen?«

Ludwig schüttelte den Kopf. »Fanny ist strikt dagegen und hat mir sogar gedroht, sich von mir zu trennen, dabei will sie sich selbst zum Lazarettdienst melden, wenn mit den ersten Verwundeten zu rechnen ist.«

»Und du? Wirst du auf sie hören?«

Ludwig zuckte die Schultern. »Ich weiß nicht.« Er grübelte. »Würde es überhaupt einen Sinn haben? Haben wir nicht jetzt schon verloren?«

Dann straffte sich seine Miene und er rief entschlossen: »Aber wenn alle so dächten, würde sich nie was ändern! Wer hätte damals vor 70 Jahren einen Kreuzer darauf gewettet, dass sich die Siedler drüben in Amerika gegen ihre Kolonialherren durchsetzen könnten? Oder wer hätte vor 50 Jahren sich vorstellen können, dass die Revolutionäre in Frankreich sich gegen die verbündeten Kaiser und Könige Europas behaupten würden?«

Christoph umarmte ihn und klopfte ihm auf die Schulter. »Vielleicht wäre es besser, auf Fanny zu hören. Denk an deinen Bruder Philipp. Wer soll ihn denn nach Hause holen, wenn wir endlich seine Spur gefunden haben? Karl wohl kaum.«

Ludwig löste sich von ihm und sah ihn erstaunt an. »Das aus deinem Mund?«

»Sieh es mal so«, antwortete Christoph, »ob die Revolution siegt oder niedergeschlagen wird – wir brauchen danach Männer, die den Kampf für die Freiheit weiterführen – und zwar hier in Württemberg und Baden, nicht drüben in Amerika!«

Er nahm seine Reisetasche und ging an Bord. Als sich das Schiff vom Ufer löste, war Ludwig schon verschwunden. Er hatte ihm noch einmal kurz zugewinkt und war dann mit eiligen Schritten der Stadt zugeeilt.

Würde er seinen Freund wiedersehen, wenn er von Heilbronn zurück war? Oder kämpfte der dann schon irgendwo am Neckar gegen die Preußen und ihre Verbündeten?

Vor ihm kam der Dilsberg über Neckargemünd in Sicht. Voller Hoffnung waren sie vor knapp drei Wochen dort hinaufgezogen. Was war das für eine frohe und freudige Stimmung gewesen! Dann die Nachricht von der Flucht des Großherzogs und die sich ständig verfestigende Einsicht, dass es ein fataler Schachzug von ihm war, Baden zu verlassen.

Den Weg für weitere Reformen ohne Gewalt und Krieg hatte der Großherzog dadurch verbaut. Dabei waren sie ihrem Ziel so nahe gewesen! Wie König Wilhelm von Württemberg hatte Leopold die Reichsverfassung ja bereits anerkannt! Hatte die französische Revolution nicht auch deshalb gesiegt, weil die Revolutionäre im letzten Augenblick verhindert hatten, dass der König außer Landes fliehen konnte? Solange der Fürst im Land war, war er Teil des politischen Systems. Hier hätte man ansetzen müssen. Vielleicht hätte es einen friedlichen Weg gegeben, Einheit und Freiheit in Deutschland doch noch durchzusetzen. Dann eben ein paar Jahre noch mit den Fürsten als Repräsentanten der deutschen Staaten und nach und nach hätten sich demokratische Strukturen durchgesetzt.

Mit seiner Flucht hatte der Großherzog auf Konfrontation gesetzt. Jetzt mussten die badischen Demokraten mit einer neuen republikanischen Verfassung den Weg für einen gerechteren Staat freimachen und das würde nicht ohne kriegerische Auseinandersetzungen abgehen. Was noch schlimmer war: Dieser Krieg würde wohl im Lande Baden selbst geführt werden.

Auf Annette hatte er vergeblich gewartet. Sie hatte so niedergeschlagen gewirkt, als sie gestern Abend auseinandergegangen waren. Auf dem Weg zurück zu seinem Zimmer hatte er ständig einen Kloß im Hals verspürt, hatte sich noch mit einem Artikel abgemüht, den er heute Morgen bei der Redaktion vorbeigebracht hatte und als er endlich zu Bett gegangen war, hatte er lange nicht einschlafen können und wirres Zeug geträumt.

Dabei hatte er fest darauf gehofft, sie würde zu seiner Abfahrt mit dem Schiff kommen und ihm fröhlich zuwinken. Hatte er sie schon verloren? Er verscheuchte die dunklen Gedanken, zog den Brief Heinrich Sängers aus der Jackentasche und öffnete ihn.

Lieber Herr Schmidt,

wie sehr wir Ihnen dankbar dafür sind, dass Sie es auf sich nehmen wollen, der Spur zu unserem Sohn Philipp, die sie in Sinsheim aufgetan haben, in Weinsberg nachzugehen, lässt sich in Worten kaum ausdrücken.

Sehen Sie es meinem Sohn Karl nach, wenn er es in diesen schweren Zeiten an der nötigen Höflichkeit Ihnen gegenüber mangeln lässt. Er befürchtet, nachdem er seinen Bruder Philipp verloren hat, dass nun auch sein Bruder Ludwig drauf und dran ist, in den Krieg zu ziehen und vielleicht nie wieder nach Hause kommen wird. Ich teile im Übrigen seine Befürchtungen nicht und bete täglich dafür, dass sich die politische Lage bald beruhigt haben wird.

Mit ganzem Herzen hoffen wir, dass Philipp noch lebt und wir mit ihm Kontakt aufnehmen können. Seien Sie versichert, dass Sie nach Ihrer von uns ersehnten gesunden Rückkehr von Ihrer Reise in Dossenheim uns sehr willkommen sein werden, ganz gleich, was Sie in Weinsberg in Erfahrung gebracht haben. Grüßen Sie Ihre Familie ganz herzlich von uns!

Mit aufrichtigem Dank
Ihr ergebener
Heinrich Sänger

Christoph schüttelte den Kopf. Auch Sänger sprach von einem gespannten Verhältnis zwischen ihm und Karl. Ludwig hatte also nicht übertrieben, als er von Karls Wutausbruch berichtet hatte. Weshalb dann aber diese Versöhnungsgeste vor wenigen Tagen in der Uni?

Dass Karl ihn in der Nacht vor Lußhardts Haus überfallen hatte, dass er selbst der Vermummte gewesen sein könnte, wollte er einfach nicht wahrhaben, obwohl Karls Schal das ja nahelegte. Er hatte ihm doch nichts getan!

Als das Dampfschiff in den Heilbronner Hafen einfuhr, sah er sie schon stehen und winken. Seine Mutter schwenkte ihren Arm, als ob sie das Schiff anhalten wollte. Sie hatten es sich also nicht nehmen lassen, ihn persönlich an der Schifflände abzuholen!

Der Kutscher nahm seine Reisetasche und verstaute sie auf dem Wagen, Christoph umarmte seine Eltern und war richtig froh, dem Heidelberger Trubel entkommen zu sein, ein paar Tage zu entspannen, sich zu Hause verwöhnen zu lassen, um wieder zu sich zu finden. Mit der Kutsche ging es über die Neckarbrücke durch die vertrauten Straßen und Gassen zum Marktplatz und über den Kieselmarkt zu ihrem Haus in der Sülmerstraße.

Schon während der Fahrt überhäufte ihn sein Vater mit Fragen. Ob denn das Leben in Heidelberg noch sicher sei, wie sich der politische Wechsel auf den Handel und das tägliche Leben auswirke, ob es bald Krieg gebe, denn – wie man in Heilbronn gehört habe – habe der Großherzog inzwischen ja Reichstruppen angefordert.

»Gegen sein eigenes Land!«, lachte Christoph bitter. »Ihn hat niemand abgesetzt, niemand vertrieben. Lorenz Brentano, der jetzt die provisorische Regierung führt, wäre lieber unter dem Großherzog Regierungschef geworden.«

Schmidt lehnte sich etwas zurück und sah seinen Sohn stirnrunzelnd an. »Aber es herrscht doch Revolution in Baden!«

»Das tägliche Leben geht weiter, obwohl sich in Heidelberg gerade die badischen Truppen sammeln«, beruhigte ihn Christoph. »Ich glaube fast, in Heilbronn ist mehr los, wenn ich daran denke, was du in deinen letzten Briefen geschrieben hast.«

Sein Vater griff nach dem *Heilbronner Tagblatt*, das neben ihm auf der gepolsterten Bank der Kutsche lag. Er blätterte kurz, dann hielt er Christoph einen Bericht hin.

»Was hier in der Zeitung über die Zustände in Heidelberg steht, klingt aber anders!«

Christoph las: *Um sich eine Vorstellung machen zu können, welche Truppenmasse in Heidelberg angehäuft ist, betrachte man die Quartierlasten. So ist z.B. das Handelshaus L. mit 86, andere mit 60, 40 und die einfachsten bürgerlichen Familien mit 15-20 Mann und das schon seit 2-3 Wochen bedacht. Es sind daher jetzt infolge fortwährenden Zuzugs Zelte auf den Straßen errichtet, wo die neu Ankommenden biwakieren müssen.*

Wortlos gab er seinem Vater die Zeitung zurück.

Barbara schaltete sich ein: »Müsst ihr denn immer über Politik reden, erzähl doch mal von deinen Freunden und deiner Annette!«

Christoph richtete die Grüße von Heinrich Sänger aus, schilderte seinen Besuch bei der Familie Lußhardt, wobei er vor allem die aufgeschlossenen Ideen von Mathilde Lußhardt hervorhob, die schönen Blumenbilder von Annette lobte und das Interesse ihres Stiefvaters an den Handelsbeziehungen der Firma Schmidt betonte. Nebenbei erwähnte er auch seine Reise mit den Sänger-Brüdern nach Sinsheim, das Schicksal von Philipp Sänger und sein Zusammentreffen mit Gustav Mayer.

»Jetzt seid ihr schon wieder bei der Politik!«, schimpfte Barbara und bat ihn, doch endlich mehr von Annette zu erzählen.

Am Abend traf er mit seinem Bruder Jakob zusammen, der zur Zeit die Geschäfte im Kontor hauptsächlich führte. Er war zwei Jahre älter als Christoph und sah seinem Vater sehr ähnlich. Dieselben energischen Augen, das kräftige Kinn und das volle dunkle Haar, das sich kaum bändigen ließ. Für sein jugendliches Alter wirkte er schon sehr gesetzt, was mit seiner kaufmännischen Tätigkeit im Kontor seines Vaters und seinen vielen Handelsreisen sowie den Verhandlungen mit den Geschäftspartnern zusammenhängen mochte.

Als sie einen Augenblick allein waren, fragte Jakob besorgt nach Christophs Artikeln in der *Demokratischen Republik.*

»Ich hab' noch keinen davon gelesen, aber meinst du nicht, dass es deiner Karriere als angehendem Juristen schaden kann, wenn du für die Demokraten schreibst?«

»Oder auch nützen!«, konterte Christoph trotzig. »Niemand weiß, wie die Entwicklung weiter verläuft!«

Jakob atmete tief durch und sah seinen Bruder mitleidig an. »Die Fürsten sitzen doch immer noch am Schalthebel. Vor einem Jahr im März hat Deutschland den Atem angehalten, weil die Fürsten überrascht waren über die Wucht der freiheitlichen Forderungen. Jetzt sind sie gerüstet, glaub mir, sie werden nicht lange fackeln und verhandeln und Zugeständnisse machen. Halt dich zurück, warte wenigstens die nächsten Wochen ab, bis klar ist, wie stark eure Revolution drüben in Baden wirklich ist.«

Jakob bestätigte seine eigenen Zweifel, aber Christoph wollte das nicht unwidersprochen so im Raum stehen lassen, vielleicht konnte er sich auch Jakobs eindeutige Einschätzung der Lage selbst nicht eingestehen. Trotzig antwortete er seinem Bruder: »Ob die Fürsten wirklich stark genug sein werden, wird davon abhängen, wie sich die Soldaten verhalten. Ich denke dabei weniger an die Offiziere, sondern an die Mannschaften! In Offenburg, Rastatt, Karlsruhe und Mannheim haben die Mannschaften ihre Offiziere einfach abgesetzt! Auch die einfachen Soldaten aus Hessen, Bayern, Württemberg und Preußen werden schnell begreifen, dass wir die Reichsverfassung verteidigen. Wenn sie sich auf unsere Seite schlagen, kann es gelingen.«

Jakob schüttelte den Kopf.

»Das wird ebenso wenig kommen wie eine zweite große Volkserhebung in Deutschland, von der die Demokraten so gerne reden. Ich geb dir einen guten Rat, bleib die nächsten Wochen in Heilbronn, deine Prüfungen hast du ja alle in der Tasche. Hör dich in Ruhe um und such dir in Württemberg eine Referendariatsstelle an irgendeinem beschaulichen Amtsgericht.«

Da kam Barbara in den Salon zurück, mit einem jungen Mädchen an der Hand, das ihn neugierig und etwas verwundert anblickte. Sie trug über ihrem langen blauen Kleid eine modische Stola, auf dem Kopf die Schute, die ihre lockigen blonden Haare nur zu einem kleinen Teil versteckte. Ihr zierliches rundes Kinn, die Grübchen neben den Mundwinkeln und die leicht nach oben weisende Nasenspitze gaben ihrem Gesicht einen fröhlichen, aufgeweckten, leicht spöttischen Eindruck.

»Erkennst du die Clara Albrecht nicht mehr?«, lachte Barbara, als Christoph sie wie vom Donner gerührt anstarrte.

»Alte Liebe rostet nicht – oder etwa doch?«, spottete Jakob und fing sich einen zornigen Blick von seiner Mutter ein.

Clara überspielte die spitze Bemerkung, die Jakob über Christoph, ihren ersten großen Jugendschwarm, gemacht hatte. Vielleicht wollte sie diesem auch einen Augenblick Zeit verschaffen, sich zu fassen. Deshalb erklärte sie zu Barbara gewandt: »Jakob hat mich schon vor Jahren nicht ausstehen können, wenn Christoph mal lieber mit mir spazieren gegangen ist, als mit ihm draußen rumzutollen. Vermutlich war er eifersüchtig und ist es vielleicht immer noch.«

Jakob lachte nur.

»Mademoiselle Albrecht, an gesundem Selbstvertrauen mangelt es Ihnen gewiss nicht, aber haben Sie einmal bedacht, dass ein loses Mundwerk auch verhindern könnte, Ihren zweifellos vorhandenen Liebreiz zur Geltung zu bringen?«

Clara drohte ihm mit dem Finger und zog einen Schmollmund.

»Wer einer Dame solch zweifelhafte Komplimente macht, sollte es lieber ganz lassen oder noch ein bisschen üben!«

Christoph war immer noch nicht im Stande, sich locker in das Wortgeplänkel einzumischen, wie das wohl spätestens jetzt von ihm erwartet wurde. Zu groß war seine Verwunderung darüber, was die Begegnung mit Clara gerade in ihm auslöste. Das war nicht mehr das kleine, lustige Nachbarsmädel, mit dem er als Pennäler Händchen gehalten hatte.

Schließlich gab er sich einen Ruck, ging auf sie zu, drückte beherzt ihre Hand und entschuldigte sich.

»Nimm's mir nicht übel, ich habe etwas gebraucht, bis ich es fassen konnte, aber jetzt habe ich es begriffen, du bist zwar inzwischen eine vollendete junge Dame, aber immer noch genauso schlagfertig, wenn es darum geht, ordentlich zurückzugeben.«

Clara blickte ihn einen Moment erstaunt und dann ein wenig enttäuscht an, als ob sie sagen wollte: Ist das alles? Mehr fällt dir zu mir, zu uns, nicht ein? Sie sagte aber kein Wort, ließ ihn einfach stehen, wandte sich wieder Barbara zu und begann mit ihr über Nebensächlichkeiten zu plaudern. Jakob zwinkerte Christoph zu, verabschiedete sich mit einem »Bis heut Abend!« in die Firma und verließ das Zimmer.

»Ich soll dir von einem Herrn namens Franz von Wollenberg Grüße ausrichten. Er scheint euch beide ganz gut zu kennen?«, fragte Christoph am Abend seinen Vater.

Der runzelte die Stirn, dann rief er erregt mit funkelnden Augen: »Den kenne ich allerdings. Was hattest du denn mit dem zu schaffen?«

Christoph wunderte sich über die aufgebrachte Reaktion seines Vaters und erklärte: »Er ist mit der Familie Sänger befreundet, von der ich dir berichtet hatte, und dich hat er auch als einen früheren Freund aus der Zeit deiner Auswanderung bezeichnet.«

»Ein falscher Freund!«, ereiferte sich sein Vater, stand auf und lief zum Fenster. Er öffnete es weit, als ob er die Erinnerung an diesen Namen aus dem Zimmer haben wollte. Ein kühler Wind blies in den Raum und bauschte die Vorhänge auf.

»Lass dich bloß nicht mit ihm ein!«, warnte er seinen Sohn, als er wieder zurückkam und sich setzte.

Christoph blickte seinen Vater verwundert an.

»Er hat erzählt, dass er mit dir zusammen in Mannheim eine Schleuserbande überführt hätte.«

»Das ist dreist!«, rief sein Vater und seine Stimme überschlug sich. »Er selbst hat dieser Bande angehört, sie vermutlich sogar geleitet. Aber die Polizei konnte ihm das nie nachweisen!«

Er setzte sich wieder und gewann allmählich seine Fassung zurück.

»Den Namen Franz von Wollenberg hat er sich übrigens selbst zugelegt, dieser Hochstapler! Eigentlich heißt er Franz Wilhelm, stammt aus Heilbronn und war schon in seiner Jugend in einige Betrügereien verwickelt. Was macht der denn jetzt in Heidelberg?«

»In Mannheim«, stellte Christoph richtig. »Er muss inzwischen sehr reich geworden sein, lebt in einem großen Haus, hat Diener, ist elegant gekleidet und hat uns zu einem Glas Wein eingeladen.«

»Hast du ihm von mir erzählt?«

»Eigentlich nicht«, antwortete Christoph zögernd, immer noch ein wenig erstaunt über den Wutausbruch seines Vaters, »musste ich auch gar nicht. Er wusste gleich Bescheid, als er meinen Namen hörte und ich ihm sagte, ich käme aus Heilbronn.«

»Jetzt hör mir mal gut zu!«, rief sein Vater bestimmt. »Mach einen Bogen um ihn und sei auch vorsichtig mit seinen Freunden.«

»Hat er dich damals bedroht?«, fragte Christoph. »Gibt es einen Grund, dass du Angst vor ihm hast?«

»Angst, ich vor ihm?«, lachte sein Vater kalt. »Eher umgekehrt! Als ich auswanderte, saß er in Untersuchungshaft und wartete auf seinen Prozess. Dein Großvater hat mir das nach Amerika geschrieben. Durch sein geschicktes Agieren konnte er damals nicht überführt werden, er wurde aus Mangel an Beweisen freigesprochen und ist dann untergetaucht. Mir hat er einen langen Brief geschrieben und alle Schuld abgestritten.«

»Vielleicht war er ja wirklich unschuldig?«

»Dieser Schuft bestimmt nicht!«, schimpfte Schmidt. »Dein Großvater hat damals dafür gesorgt, dass er verhaftet wurde und alle in Heilbronn wussten, dass er der heimliche Kopf der Menschenhändler war. Mag sein, dass er sich inzwischen geändert hat, aber es kann auch sein, dass er noch Rachegefühle gegenüber unserer Familie hat. Tu mir bitte den Gefallen und halte dich von ihm fern.«

Er stand wieder auf und schloss das Fenster.

Christoph gab sich fürs Erste zufrieden und nickte, aber seine Neugier war geweckt.

Theobald Kerner

Heilbronn, Weinsberg, Anfang Juni 1849

Schon am nächsten Tag machte er sich auf nach Weinsberg. Er wanderte auf der neu angelegten, deutlich breiter gewordenen Chaussee am Heilbronner Friedhof vorbei durch die Gärten vor der Stadt, dann hinauf zu den Weinbergen, bis er den Weinsberger Sattel erreicht hatte und die Weibertreu vor sich liegen sah. Der kleine Bergkegel mit dem Kranz der alten verfallenen Mauern seiner einstigen Burg saß wie ein kleiner Vulkan mitten im Weinsberger Tal, das sich das Sulmtal aufwärts bis Löwenstein hinzog. In der Ferne grüßten die Höhenrücken der Löwensteiner Berge.

Auf einer steinernen Bank vor einer Weinbergmauer legte er eine Rast ein und schaute zurück nach Heilbronn. Die ehemalige Reichsstadt lag vor ihm in der leicht dunstigen Nachmittagssonne. Hohe Schlote wiesen darauf hin, dass sich die Stadt in den letzten beiden Jahrzehnten mächtig entwickelt hatte. Neue Straßen und Gebäude waren gebaut, wo die Stadtmauer noch vor vierzig Jahren einen engen Ring um die Stadt gebildet hatte. Christoph kannte die Ansicht der ummauerten Stadt mit Türmen und Wassergräben von alten Stichen und Gemälden.

Hinter der Kilianskirche machte er den neuen Bahnhof der Stadt aus, daneben den Wilhelmskanal und die Gebäude des Hafens, wo er gestern angekommen war.

Die kurze Begegnung mit Clara ging ihm nicht aus dem Kopf. Was hatte er für einen Unsinn an sie hingeredet. Kein Wunder, dass sie ihn fast unbeachtet stehen gelassen und kein Wort mit ihm gewechselt hatte.

Wie lange hatte er sie nicht mehr gesehen? Es waren seither wohl einige Jahre vergangen. Von Tübingen aus, wo er die ersten Semester verbracht hatte, war er kaum nach Heilbronn gekommen, und erst, seit er nach Heidelberg gewechselt war, konnte er die neue bequeme Dampfschiffverbindung nutzen. Ob sie enttäuscht von ihrer Begegnung war, eine herzlichere Begrüßung erwartet hätte? Er konnte sich seine Befangenheit von gestern Abend nicht erklären und ärgerte sich auch ein wenig darüber. Entschlossen stand er von der Bank auf, um den restlichen Weg hinunter nach Weinsberg zu wandern.

Das Haus Justinus Kerners, in dem seit einiger Zeit auch die Familie seines Sohnes Theobald lebte, kannte er gut. Wie oft war er als Kind drüben in Weinsberg gewesen, bei seiner Großmutter Marie und seiner Tante Anna, die nach dem Tod seines Großvaters wieder zurück nach Weinsberg in ihr früheres Elternhaus gezogen waren.

Sein Vater hatte ihm das Haus des berühmten schwäbischen Dichters gezeigt und ihn zu Besuchen bei ihm mitgenommen. Und doch kam ihm jetzt, kurz vor dem Ziel seiner Wanderung, seine Unbedachtsamkeit, einfach mal dort vorbeizuschauen, als nicht besonders klug vor. Sicher, er würde herzlich begrüßt werden, aber dass Theobald Kerner am hellen Nachmittag sich in seinem Haus aufhielt, war ungewiss. Seit seiner Rückkehr unterstützte er wieder seinen Vater Justinus Kerner in der Arztpraxis. Vielleicht war er unterwegs und machte Krankenbesuche? Er musste damit rechnen, sich ein weiteres Mal nach Weinsberg aufmachen zu müssen.

Sein Vater hatte ihn gestern Abend noch mit Einzelheiten vertraut gemacht. Anfang April war Theobald Kerner, der demokratische Stadtrat in Weinsberg und Hauptmann einer eigenen Bürgerwehrkompanie, nach langem Drängen seines Vaters aus seinem Straßburger Exil zurückgekommen und hatte sich dem Königlichen Gerichtshof in Esslingen gestellt.

Nun wartete er auf seinen Hochverratsprozess. Zur Last gelegt wurden ihm Reden vor Volksversammlungen in Heilbronn, Schwäbisch Hall und Weinsberg, wo er zum Freiheitskampf gegen die Fürsten aufgerufen und sich zu Friedrich Hecker bekannt hatte. Seiner drohenden Festnahme hatte er sich im September letzten Jahres im letzten Augenblick durch eine abenteuerliche Flucht nach Straßburg entziehen können. Jetzt hoffte er auf ein ähnlich mildes Urteil, wie es im Fall seines Freundes August Bruckmann ergangen war. Der war vor ein paar Wochen vom Vorwurf des Hochverrats freigesprochen worden.

Christoph betrat an der Linde beim Unteren Tor die alte Weingärtnerstadt, ging durch die Fluchten der ehrwürdigen Fachwerkhäuser über die Hauptstraße bis zum Oberen Tor, bog dann zum Grasigen Hag hin ab und erreichte nach wenigen Schritten das Kernerhaus.

Es lag vor der alten Stadtmauer und sein Garten grenzte dicht daran. Aber anstatt an der schweren Eingangstür aus Eichenholz zu klopfen, ging er, einer plötzlichen Eingebung folgend, um das Haus herum und schaute über den Gartenzaun.

Er konnte sein Glück kaum fassen. Unter dem alten Turm der Stadtmauer, der in den Garten des Kernerhauses einbezogen war, saßen zwei Herren an einem Gartentisch und diskutierten lebhaft miteinander. Beide waren um die dreißig, der eine hatte halblanges braunes Haar und feine Gesichtszüge, der andere trug einen Vollbart, langes lockiges Haar, und seine ausdrucksvollen Augen blickten kurz zu ihm hinüber.

Christophs Herz schlug einen Takt schneller: Das war Ludwig Pfau und neben ihm saß Theobald Kerner. Pfau kannte er noch vom Heilbronner Gymnasium her. Er war nur wenige Jahre älter als er und gab schon in Stuttgart eine eigene Zeitung heraus, den *Eulenspiegel*, ein Blatt mit beißenden politischen Karikaturen, das sogar in Heidelberg kursierte.

Er fasste Mut und rief den beiden über den Gartenzaun zu: »Einen schönen guten Abend die Herren! Ich komme gerade aus Heidelberg und soll Ihnen einen Gruß von Gustav Mayer ausrichten.«

Die beiden horchten auf. Theobald Kerner erhob sich von seinem Stuhl und trat neugierig zu ihm hin.

»Wir sind uns vor Jahren einige Male begegnet. Ich bin Christoph Schmidt«, stellte er sich vor, »mein Vater hat ein Tabakgeschäft in Heilbronn, ich habe gerade in Heidelberg meinen Abschluss als Jurist gemacht.«

»Der kleine Christoph aus der Sülmerstraße!«, lachte Theobald Kerner und begrüßte ihn herzlich.

Jetzt kam auch Ludwig Pfau herüber, strich über seinen Bart und betrachtete ihn neugierig. »Sind Sie der Christoph Schmidt, der in der Heidelberger *Demokratischen Republik* Artikel veröffentlicht hat?«

Christoph nickte und Theobald lud ihn ein, in den Garten zu kommen und sich zu ihnen zu setzen.

»Ihr Artikel über die Flucht des Großherzogs hat mir sehr gut gefallen«, lobte ihn Pfau, »besonders die Stelle, wo Sie geschrieben haben, dass er sein Volk gerade jetzt, in einem entscheidenden Augenblick, einfach im Stich lässt. So sind sie, unsere Fürsten!«

»Pfau ist auf dem Weg nach Heidelberg«, erklärte ihm Theobald. »Er will sich der badischen Revolution anschließen.« Er schaute zu Pfau und sagte dann zu Christoph: »Ich glaube, wir bleiben beim *Du*, so viele Jahre sind wir ja nicht auseinander und scheinen auch für die selben politischen Ziele einzutreten. Du hast also Gustav Mayer getroffen?«

Christoph berichtete den beiden vom Tag der großen Volksversammlung in Sinsheim nach dem Triumph über die Reste der badischen Truppeneinheit, die den Großherzog außer Landes geleitet hatte, berichtete von Mayers Hoffnung auf die Reutlinger Pfingstversammlung, dass Württemberg drauf und dran sei, sich dem badischen Aufstand anzuschließen.

»Das ist gründlich schiefgegangen«, unterbrach ihn Pfau zerknirscht, »zu einem solchen Entschluss konnten sich die württembergischen Volksvereine leider nicht durchringen. König Wilhelm, der sich zu seinen Soldaten in die Garnisonsstadt Ludwigsburg geflüchtet hatte, sitzt wieder fest im Sattel.

Inzwischen werden diejenigen gerichtlich verfolgt, die sich –
wie ich selbst – für den Anschluss an Baden eingesetzt hatten,
und deshalb bin ich jetzt auf dem Weg nach Heidelberg.«

Er stutzte. »Schon merkwürdig: Du kommst gerade aus
Heidelberg, ich bin auf dem Weg dorthin und bei Kerners in
Weinsberg treffen wir zusammen!« Dann nahm seine Stimme einen nachdenklichen Klang an: »Wir müssen nun auf die
Bürgerwehren in Württemberg setzen, wenn die Deputierten
der Volksvereine sich vor der württembergischen Regierung
ducken. Die haben hoffentlich mehr Mumm in den Knochen.
In Heidelberg will ich mich mit Franz Sigel treffen, um eben
das vorzubereiten. Die württembergischen Bürgerwehren
müssen mit badischer Hilfe die Revolution bei uns entfachen.
Noch heute Abend will ich über der Grenze in Wimpfen sein.«

»Hat Gustav mir auch was ausrichten lassen?«, fragte
Theobald beiläufig.

Christoph wurde etwas verlegen, wand sich bei der Antwort, suchte nach den richtigen Worten und murmelte
schließlich: »Er sagte was von einem Schneckenhaus und
dass es jetzt an der Zeit sei, sich zu engagieren.«

Pfau lachte schallend. »Das sage ich dem Theobald schon
seit Tagen, aber er ist in Straßburg ganz brav geworden und
hier in Weinsberg passt seine Frau Marie gut auf ihn auf,
ebenso wie sein Vater, der gute alte Justinus. Die lassen ihn
nicht mehr allein auf die Straße!«

Theobald funkelte ihn an. »Spotte du nur! Mein Kampf ist
vielleicht wirksamer als euer Dreinschlagen!«

Zu Christoph gewandt erklärte er: »Ich kandidiere für die
Landtagswahlen im Sommer, wohlgemerkt, auf Seiten der
Demokraten! Jetzt gilt es, zu retten, was noch zu retten ist.«

Dass er darauf hoffte, im Falle eines Wahlsieges als Abgeordneter würde sein Prozess eingestellt, erwähnte er nicht.

Schließlich berichtete Christoph von seinem eigentlichen
Auftrag im Namen der Familie Sänger. Theobald Kerner
horchte auf, als er Philipps Namen hörte.

»Philipp Sänger«, überlegte er, »der war schon in Straßburg, als ich ankam. Ich bin ihm im Haus des Dichters August Lamey begegnet, einem Freund meines Vaters, wo ich mit meiner Frau gewohnt habe, und natürlich oft im *Rothen Männel* - das ist eine Gastwirtschaft, wo sich die vertriebenen Demokraten treffen.«

»Ich weiß«, antwortete Christoph. Gustav Mayer hatte auch davon gesprochen.

»Lamey hatte öfters Flüchtlinge aus Deutschland zu Besuch bei sich«, fuhr Kerner fort. »Bis Philipp dann ausgewandert ist, haben wir uns regelmäßig bei ihm getroffen. Die letzten Tage hat er auch bei uns gewohnt.«

»Er ist ausgewandert?«, fragte Christoph dazwischen und seine Spannung wuchs. Ungeduldig fragte er weiter, ohne eine Antwort auf seine ersten Fragen abzuwarten: »Weißt du wohin? Hast du eine Adresse?«

Theobald Kerner blickte ihn erstaunt an. »Wieso interessiert sich seine Familie jetzt plötzlich doch für ihn?«

Nun war es an Christoph, sich zu wundern. »Sein Vater, Heinrich Sänger, hat ihm immer wieder Briefe nach Straßburg geschrieben, ihn gefragt, wie er ihn unterstützen könne, ihn gebeten zurückzukommen. Aber nie hat ihm Philipp geantwortet.«

Theobald schnaubte vor Wut: »Wer hat denn diesen Unsinn verzapft? Gerade umgekehrt war's! Die ganze Familie hat ihn verstoßen. Einen einzigen Brief hat er bekommen, nicht von seinem Vater, sondern von seinem sauberen Herrn Bruder, der ihn im Auftrag seines Vaters geschrieben hat. Er hat ihn mir sogar zu lesen gegeben. Da war kein gutes Wort dabei. Er solle ja nie wieder zu Hause auftauchen, am besten sich weit weg davonmachen, auswandern nach Amerika und nie erwähnen, dass er der Sohn des Mannheimer Tuchhändlers Heinrich Sänger sei.«

Er machte eine Pause und nach einem Moment betroffener Stille fügte er hinzu: »Philipp war außer sich. Jede Woche hatte er nach Mannheim geschrieben, immer gehofft, nie eine Antwort erhalten und dann dieser bitterböse Brief! Er war völlig am Boden zerstört. Meine Frau und ich haben uns dann um ihn gekümmert, bis er alles für seine Auswanderung zusammenhatte.«

Christoph war baff. Was hatte das zu bedeuten? Karl hatte seinen eigenen Bruder in die Verzweiflung getrieben, eine Aussöhnung mit seinem Vater verhindert, aber warum denn? Obwohl er die Zusammenhänge noch nicht durchschaute, musste er jetzt die Gelegenheit nutzen, mehr über Philipps Verbleib zu erfahren. Doch wie sollte er das Theobald Kerner begreiflich machen, der keinen Zweifel daran gelassen hatte, wie er Philipps Familie einschätzte?

»Davon weiß ich nichts«, begann er zunächst zögernd, »ich weiß nur, dass seine Eltern sich große Sorgen um ihn machen und gebeten haben, mich bei früheren Bekannten von ihm zu erkundigen. Deshalb bin ich auch nach Sinsheim geritten, um mit Gustav Mayer zu sprechen, der mich dann an dich verwiesen hat. Von einem Brief seines Bruders an Philipp war nie die Rede!«

»Das erinnert mich an Schillers Räuber«, schaltete sich Ludwig Pfau ein, »zwei zerstrittene Brüder und ein gefälschter Brief!«

»Das hilft uns jetzt nicht weiter«, wies ihn Theobald Kerner zurecht. »Hier geht es um kein Theaterstück, sondern um eine wirkliche, böse Geschichte, um einen jungen Menschen, dessen Herz beinahe zersprungen ist vor Verzweiflung.«

Christoph bemühte sich, ruhig zu bleiben.

»Ich kann diese seltsame Wendung jetzt nicht nachvollziehen und erst recht nicht erklären, aber ich werde Heinrich Sänger und seiner Frau Rede und Antwort stehen müssen, wenn ich wieder in Heidelberg bin, und ich kann dir versichern, ihre Sorgen um ihren Sohn sind aufrichtig. Sie wünschen sich nichts mehr, als dass er noch am Leben ist und sie Verbindung zu ihm aufnehmen können.«

Theobald wiegte nachdenklich seinen Kopf und schien zu überlegen, ob er Christophs Bitte nachkommen sollte. Dann sagte er zögernd: »Ich vertraue dir, aber sei vorsichtig, besonders gegenüber diesem seltsamen Bruder. Pass gut auf, was ich dir jetzt sage, und geh damit verantwortungsvoll um: Philipp ist vermutlich gerade auf dem Weg zurück nach Deutschland. Er war mit Friedrich Hecker und einigen anderen zusammen nach Illinois in die USA ausgewandert, und mit ihm kehrt er in diesen Tagen zurück. Sie werden in Straßburg schon erwartet und haben dann vor, nach Baden zu gehen, wenn sich dort die Revolution halten kann.«

»Dafür wollen wir schon sorgen«, warf Ludwig Pfau mit grimmiger Stimme ein.

Vom Turm der nahen Johanneskirche begannen die Glocken zu schlagen. Theobald Kerner stand auf. »Ihr müsst mich jetzt entschuldigen. Meine Abendsprechstunde beginnt und meine Patienten warten vermutlich schon.«

Dann wandte er sich noch einmal an Christoph: »Sag ihnen, am besten wäre es, bei August Lamey in Straßburg nachzufragen, wenn ihnen wirklich daran liegt, sich mit Philipp auszusöhnen, ansonsten können sie sich auch im *Rheinischen Hof* und im *Rothen Männel* erkundigen, wo sie immer einige politische Flüchtlinge aus Deutschland antreffen. Auch der Wirt des *Rothen Männel* müsste Bescheid wissen.«

Er zog einen Rezeptblock aus der Tasche und kritzelte einige Adressen drauf, löste das Blatt und reichte es Christoph. Dann ging er durch den Garten zu der eindrucksvoll gestalteten Rückfront des Hauses hinüber, dem sogenannten Schweizerhaus, und verschwand in seiner Praxis.

Christoph blieb noch etwas bei Ludwig Pfau sitzen und erkundigte sich nach dessen Plänen. Pfau blickte ihn mit ernstem Gesicht an, seufzte und begann stockend zu berichten: »Mein Vater ist drauf und dran, nach Amerika auszuwandern. Er will sich in Ohio niederlassen. Morgen will ich ihn in Wimpfen treffen. Vielleicht sehe ich ihn zum letzten Mal in meinem Leben.«

»Philipp Pfau?«, fragte Christoph nach, als hätte er nicht richtig gehört. »Seine Gärtnerei mit den Gewächshäusern ist doch die größte in Heilbronn! Wie kommt denn ein so angesehener Heilbronner Bürger auf diese Gedanken?«

Pfau blickte ihn mit trauriger Miene an.

»Er ist gerade dabei, in Wimpfen die Parkanlagen des Mathildenbades umzugestalten – eigentlich ein beachtlicher Großauftrag. So gesehen ist deine Frage schon gerechtfertigt. Aber die Geschäftslage ist gegenwärtig durch die Revolutionsereignisse immer schwieriger geworden. Außerdem müsste er sowieso in den nächsten Jahren aus Altersgründen die Gärtnerei verkaufen.«

»Aber das ist doch kein Grund auszuwandern! Er könnte sich doch mit dem Erlös der Gärtnerei hier in Heilbronn zur Ruhe setzen. Warum will er in diesem Alter noch auswandern?«

Pfau ging auf seinen Einwand nicht ein. Er schaute an ihm vorbei und trommelte mit den Fingern auf den Gartentisch.

»Bis zuletzt hatte er darauf gehofft, dass ich die Gärtnerei weiterführe.«

»Aber du gibst doch den *Eulenspiegel* in Stuttgart heraus!«

»Ich habe mich nach meinem Studium in Tübingen auch in Paris in einer Großgärtnerei umgesehen. Das ist noch gar nicht so lange her. Da war ich mir noch nicht so sicher, ob ich nicht doch bei meinem Vater in der Gärtnerei weitermache. Geruhsamer wäre es jedenfalls. Aber jetzt habe ich mich entschieden. Vermutlich wird Wimpfen sein letzter großer Auftrag sein.«

Er seufzte.

»Dass er von hier wegwill, hat aber noch einen anderen Grund. Letztes Jahr hat er voller Hoffnung mit anderen Heilbronner Bürgern den Vaterländischen Verein gegründet. Jetzt ist er grenzenlos enttäuscht über das Wiedererstarken der

Fürstenmacht in Deutschland. Er hat es einfach satt. Er will nicht mehr immer und immer wieder enttäuscht werden – und ich kann ihn sogar verstehen.«

»Und du?«, fragte ihn Christoph, »warum schließt du dich ihm nicht einfach an und begleitest ihn in die Vereinigten Staaten?«

Pfau hieb mit der Faust auf den Tisch und seine Augen funkelten. »Wir haben den Kampf für die Reichsverfassung gerade erst begonnen. Solange noch ein Fünkchen Hoffnung besteht, müssen wir durchhalten – und wir werden alles dransetzen, dass sich das Volk auch hier in Württemberg erhebt und die Fürsten zur Einsicht zwingt, dass sie diesmal nachgeben müssen!«

Rebellische Fürsten und verräterische Regierungen

Vor der Nikolaikirche traf er auf Clara Albrecht. Er begleitete sie ein Stück bis zum Haus ihrer Eltern, erzählte von seiner Wanderung nach Weinsberg, ohne näher auf das Gespräch im Kernerhaus mit Theobald Kerner und Ludwig Pfau einzugehen. Mit einem Mal war die alte Vertrautheit wieder da. Wie früher so häufig, blieb er vor ihrem Haus noch ein bisschen stehen und sie plauderten über dies und das.

Clara lächelte ihn mit blitzenden Augen an.

»Deine Sprachlosigkeit hat sich ja – Gott sei Dank! – gelegt, das beruhigt mich. Ich dachte schon, der Heidelberger Student versteht unsere Heilbronner Mundart nicht mehr.«

Christoph konterte: »An meiner Verblüffung warst du nicht ganz unschuldig. Der Heidelberger Student war gestern völlig überrascht, zu sehen, was aus dem Kind mit den fröhlichen Zöpfen geworden ist.«

»Fröhlich bin ich immer noch, auch wenn ich keine Zöpfe mehr trage, meistens jedenfalls«, schränkte sie ein, zögerte einen Augenblick, dann blickte sie ihn auffordernd an: »Morgen gibt es ein Fest auf dem Wartberg, hast du nicht Lust, mich zu begleiten? Du würdest viele Freunde und Bekannte von früher treffen.«

Christoph dachte an Annette, wollte Clara aber nicht schon wieder enttäuschen. Deshalb spielte er den freudig Überraschten.

»Wenn du mich mitnimmst, gerne.«

»Meine Eltern werden auch dabei sein«, kündigte sie an. »Wir fahren mit unserem Zweispänner um fünf Uhr abends los! Sei pünktlich da!«

Grußlos drehte sie sich um und verschwand einfach im Hauseingang, wie sie es früher immer getan hatte, wenn sie der Meinung war, ihr Gespräch sei nun beendet.

Ganz in Gedanken machte er sich auf den Weg über die Straße nach Hause. Kaum hatte er die Haustüre geöffnet, vernahm er laute Stimmen.

»Richte ihm einen Gruß von mir aus«, rief sein Vater, während eine kräftige Gestalt in dunklem Mantel auf die Treppe zuschritt und zornig knurrte: »Der hört schon lange nicht mehr auf mich. Ich muss mich jetzt um meine eigenen Leute kümmern.«

Fast hätte er ihn umgerannt. Im letzten Augenblick blieb er stehen und schaute Christoph erstaunt an.

»Ja, wen haben wir denn da? Ist der verlorene Sohn nun endlich heimgekehrt? Der Hölle der badischen Revolution entronnen? Willkommen in Heilbronn. Ich hoffe, du bist nicht vom Regen in die Traufe geraten. Auch bei uns geht es seit einiger Zeit hoch her.«

Das helle Lachen, mit dem er seine Rede schloss, war Christoph wohlvertraut. Gerade wollte er zu einer Antwort ansetzen, doch sein Gegenüber kam ihm zuvor:

»Wie geht's dir denn? Wie ich gehört habe, bist du unter die Zeitungsfritzen gegangen?«

»Guten Abend, Herr Mayer«, begrüßte ihn Christoph und fragte neugierig: »Über wen haben Sie denn gerade gesprochen?«

Der Apotheker nahm ihn am Arm, blickte kurz nach oben, als wollte er sich vergewissern, dass sie ungestört reden könnten. Dann ließ er seinen Arm wieder los und sagte leise: »Wir sollten uns mal in aller Ruhe unterhalten. Jetzt habe ich leider keine Zeit – oder du begleitest mich ein Stück.«

Christoph war einverstanden und draußen auf der Straße erklärte ihm der Freund seines Vaters: »Bei den Heilbronner Bürgerwehren geht es drunter und drüber. Immer mehr wollen sich direkt der badischen Revolution anschließen. Morgen früh rückt die Turnerwehr aus, ins badische Sinsheim. August Bruckmann führt sie an, den müsstest du eigentlich noch von früher kennen. Was sie dort wollen, kannst du dir wohl vorstellen!«

Das hatte also Ludwig Pfau drüben in Weinsberg gemeint, als er sagte, er setze nun auf die württembergischen Bürgerwehren.

Friedrich Mayer fuhr fort: »Es ist durchgesickert, dass in Württemberg die Bürgerwehren aufgelöst werden sollen. Der König fühlt sich wieder sicherer, nachdem es bei der großen Volksversammlung in Reutlingen so glimpflich für ihn ausgegangen ist. Außerdem gefällt ihm die Entwicklung bei den Bürgerwehren ganz und gar nicht: Die Mannschaften fordern jetzt, auf die Reichsverfassung vereidigt zu werden.«

»Das verschafft doch der Nationalversammlung eine viel bessere Position, genau das muss jetzt geschehen, in Württemberg, in Hessen, in Bayern und schließlich überall in Deutschland: ein bürgerliches Gegengewicht gegen die Fürsten!«, rief Christoph begeistert.

Mayer blieb stehen und schlug ihm auf die Schulter.

»Gut erkannt!«

Er schaute Christoph prüfend ins Gesicht, seine Augen hinter den dicken Brillengläsern hatten sich zu zwei Schlitzen verengt.

»Aber wie wird nun unser König Wilhelm reagieren?«

»Er wird das zu verhindern suchen!«

»Und wie?«, fragte Mayer lauernd.

»Sie meinen mit württembergischen Truppen?«

Mayer nickte und wirkte mit einem Mal entspannt.

»Und das wird unsere Chance!«

Christoph blickte ihn erstaunt an.

»Wenn wir Glück haben, läuft es wie im Mai in Offenburg«, erklärte Mayer und fixierte ihn mit einem auffordernden Blick.

Christoph antwortete: »Das badische Militär ist zu den Revolutionären übergelaufen und das gab die Entscheidung.«

»Du bist zur rechten Zeit nach Heilbronn gekommen«, sagte Mayer darauf zufrieden. »Jetzt wird's auch hier bald losgehen. Du musst mich aber jetzt entschuldigen, gleich beginnt die Sitzung der Bürgerwehroffiziere im Rathaus. Komm doch einfach in den nächsten Tagen in meiner Apotheke vorbei, am besten vormittags, wenn noch nicht so viel los ist! Dann können wir einmal die Lage miteinander durchgehen. Du musst mir von der Stimmung in Heidelberg und in Mannheim berichten.«

»Eine Frage hätte ich noch«, hielt ihn Christoph zurück. »Wenn in Heilbronn alles so kommen soll, wie Sie glauben, warum will dann die Turnerwehr morgen nach Baden ausrücken?«

Mayer blickte ihn wehmütig an.

»Nicht alle sind so zuversichtlich. Genau darüber werden wir jetzt gleich heiß diskutieren.«

Er wandte sich um und ließ Christoph einfach stehen.

Nach dem Abendessen saß er noch lange mit seinem Vater und seinem Bruder Jakob zusammen, berichtete ihnen von seinem Besuch im Weinsberger Kernerhaus, von Ludwig Pfau und Theobald Kerner.

Georg Schmidt nickte zustimmend, als Christoph erwähnte, Theobald wollte für die Landtagswahlen in ein paar Wochen kandidieren. Über Pfaus Vorstellung, die württembergischen Bürgerwehren sollten mit badischer Hilfe die Revolution in das Königreich Württemberg hineintragen, schüttelte er dagegen nur den Kopf.

»Kerner hat die Zeichen der Zeit richtig erkannt«, meinte er dann. »Die politische Arbeit muss in den Parlamenten weitergehen. Dort muss das Bürgertum so stark werden, dass es seine Entscheidungen auch durchsetzen kann. Auf diesem Wege haben wir bereits bleibende Erfolge erzielt: die Verfassungen in den deutschen Ländern, die Reichsverfassung, den Zollverein, der die deutschen Staaten zu einem einheitlichen Wirtschaftsraum zusammenfasst. Über diesen Zollverein muss es uns auch gelingen, ein gemeinsames Parlament für ganz Deutschland durchzusetzen.«

»Aber das haben wir doch in Frankfurt – oder jetzt seit einigen Tagen in Stuttgart!«

Jakob sah ihn mitleidig an.

»Eben, da liegt ja der Hase im Pfeffer. Das Paulskirchenparlament in Frankfurt ist gescheitert. Das ist nun mal so. Das kann man drehen und wenden, wie man will. Preußen und Österreich haben ihre Abgeordneten zurückgerufen, andere deutsche Länder auch, und was noch viel schlimmer ist, die sind dann auch tatsächlich aus Frankfurt abgefahren. Damit haben sie deutlich gemacht, dass sie ihren Fürsten mehr Respekt zollen als den deutschen Bürgern, die sie vor einem Jahr gewählt hatten. Jetzt tagen noch die letzten aufrechten Demokraten im sogenannten *Rumpfparlament* in Stuttgart, wo sie sich sicher wähnen.«

Er faltete seine Hände und führte sie unter die Nase.

»Das ist aber nicht mehr die Vertretung des ganzen Volkes wie letztes Jahr im Mai, als die Nationalversammlung in der Frankfurter Paulskirche zusammentrat. Die Beschlüsse dieses *Rumpfparlaments*, wie es spöttisch genannt wird, werden nicht mehr anerkannt werden. Und es ist nur noch eine Frage der Zeit, bis König Wilhelm von Württemberg die letzten Abgeordneten dieser zusammengeschrumpften Nationalversammlung einfach aus dem Lande weist.«

»Vater hat doch gerade auch von einem Parlament für ganz Deutschland gesprochen, dem Zollparlament!«, widersprach ihm Christoph.

Jakob nickte: »Wir müssen in kleineren Schritten denken. Zunächst sollten wir ein frei gewähltes Parlament für den Deutschen Zollverein anstreben, das hat Vater gemeint.«

»Aber wir haben doch die Reichsverfassung!«, ereiferte sich Christoph, »und König Wilhelm von Württemberg hat sie auch anerkannt, wie dreißig andere deutsche Fürsten auch!«

»Gezwungenermaßen«, seufzte sein Vater, »in einer Phase seiner eigenen Schwäche. Glaub mir, die Reichsverfassung

115

wird bald nur noch ein Stück Papier sein. Was hatten wir vor 35 Jahren nach dem Sieg über Napoleon für Hoffnungen gehabt! Ein einiges und freies Deutschland würde nun errichtet werden! Damals war es wie heute: Wir wurden bitter enttäuscht. Kaum saßen die Fürsten wieder fest im Sattel, nahmen sie Stück für Stück die Reformen wieder zurück.«

»Wird das denn ewig so gehen?«, rief Christoph verzweifelt.

»Nein«, lächelte sein Vater, »nicht, wenn wir mit geduldiger politischer Arbeit ein neues Fundament für Deutschland bauen. Dann werden die Fürsten irgendwann merken, dass sie der Schnee von gestern sind, überholt, Relikte einer vergangenen Zeit; man wird sie nicht mehr brauchen, weil sie nicht mehr die entscheidenden Machtträger sind, aber so weit sind wir leider noch nicht.«

»Das werden wir nicht mehr erleben, du nicht und ich auch nicht!«, schnaubte Christoph.

»Es ist spät geworden«, seufzte Jakob. »Ich muss morgen früh raus, mit der Kutsche nach Schwäbisch Hall, Geschäftsfreunde besuchen, dann nach Ellwangen, Heidenheim und Ulm, unsere Partner mit den neuen Tabakmischungen vertraut machen. Da werde ich gut zwei Wochen unterwegs sein.«

Georg Schmidt klopfte seinem Ältesten ermunternd auf den Rücken. »Danke, dass du mir die beschwerliche Reise abnimmst.«

Es war ein lauer Frühsommerabend, als sie mit dem offenen Zweispänner der Albrechts durch die Gärten vor der Stadt Richtung Wartberg fuhren. Bald hatten sie die Rebhügel erreicht und fuhren von nun an über breite Weinbergwege in Schlingen und Kurven bergauf.

»Kann man euch beide nebeneinander setzen?«, hatte Claras Vater schmunzelnd gefragt und ihre Mutter hatte für sie lachend geantwortet: »Ich pass schon auf!«

Kilian Albrecht hatte selbst die Zügel übernommen und deutete von Zeit zu Zeit nach links oder rechts, wenn er an einem Weinberg vorbeikam, der ihm selbst gehörte. Der reiche Heilbronner Kaufmann war stolz darauf, eigene Weinberge zu besitzen, die er freilich nicht selbst bewirtschaftete, sondern von Weingärtnern gegen Lohn bearbeiten ließ.

Clara erinnerte Christoph an die Zeiten im Herbst, wo sie zusammen in den Weinbergen der Albrechts zur Traubenlese gewesen waren. Die ganze Familie, Freunde und Verwandte waren dabei. Mittags wurden Würste gebraten und immer wieder kleine Knaller gezündet, um die Stare zu verjagen. Auch große Rätschen aus Holz wurden geschwungen, was einen Heidenlärm machte, und vor allem wurden viele Lieder gesungen. Die Kinder stopften sich mit Trauben voll, bis sie nicht mehr konnten.

Christoph erzählte die Geschichte, als sich Clara unter einer Butte versteckte und ihre Eltern verzweifelt überall nach ihr suchten. Erst als Christoph grinsend auf die Butte zeigte, wurde sie gefunden.

»Verräter!«, schimpfte Clara und schlug ihn mit ihrem Fächer an die Wange.

Auf dem kleinen Platz vor dem Wirtschaftsgebäude drängten sich schon einige Kutschen. Albrecht übergab Kutsche und Pferde einem Knecht und half den Damen aus dem Wagen. Georg kannte die Warte hoch über Heilbronn gut. Seinen Namen hatte der Wartberg von einem hohen Aussichtsturm, auf dem ein großer Ballon an einer Stange befestigt war. Dieser konnte hochgezogen und herabgelassen werden. Wenn Gefahr drohte, etwa durch anrückende feindliche Heere, konnte der Türmer mit diesem Ballon seinem Kollegen auf dem Turm der Kilianskirche drunten in der Stadt ein Zeichen geben, damit die Tore rechtzeitig geschlossen wurden.

Wie oft war er mit seinen Eltern schon hier oben gewesen, hatte von der Terrasse der Gaststätte hinunter in die Stadt geschaut und versucht, ihr Haus zu entdecken. Als erstes musste der Kiliansturm gefunden werden, dann der Hafenmarktturm, die Nikolaikirche und dann, ganz klein – vielleicht – das Dach ihres Hauses.

Wie oft hatte er als Kind von einem ihrer Dachfenster aus hinauf zum Wartbergturm geschaut und sich nicht erklären können, warum der von hier so gut zu erkennen, ihr Haus dagegen vom Wartberg aus nur mit Mühe zu finden war.

Freunde und Bekannte von früher begrüßten ihn fröhlich, fragten nach dem Fortgang seines Studiums, erkundigten sich auch nach den Verhältnissen drüben im revolutionären Baden, und im Gefolge einer Schar junger Leute betrat er den Tanzsaal.

Wie schnell die alte Vertrautheit mit den Plätzen seiner Kindheit und Jugend, mit den Nachbarn und Freunden seiner Eltern wieder von ihm Besitz ergriffen hatte, als ob er nur wenige Tage von zu Hause weg gewesen wäre! Er tauchte in eine Welt ein, die ihn selbstverständlich aufnahm und in die er irgendwie doch nicht mehr hineingehörte. Viele Freunde aus seiner Schulzeit winkten ihm zu, er tanzte mit Mädchen, mit denen er als Kind in den Gassen der Stadt zum Neckar hinunter herumgetollt war, auch mit Clara, die ihn den ganzen Abend nicht aus den Augen ließ.

Kurz vor ihrer Rückfahrt stand er mit ihr allein auf der Terrasse und blickte auf die Stadt hinunter, die im Dämmer vor ihnen lag.

»Ich habe in Heidelberg ein Mädchen kennengelernt, das ich sehr liebe. Ich wollte dir das schon früher sagen, aber es bot sich bisher keine rechte Gelegenheit dazu.«

Sie blickte ihn nicht an, stützte beide Hände auf das Geländer und schaute in die Ferne.

»Ich hatte das schon vermutet«, sagte sie dann leise und drehte sich zu ihm um. »Schon bei unserem ersten Zusammentreffen vor ein paar Tagen habe ich gespürt, dass etwas zwischen uns nicht mehr so ist wie früher einmal. Auch hat deine Mutter eine Andeutung in diese Richtung gemacht. Aber ich danke dir für deine Offenheit.«

Dann ließ sie ihn allein und ging in den Saal zurück. Christoph blieb noch eine Weile auf der Terrasse und verfolgte, wie sich der Himmel über der Stadt allmählich von einem dunklen Gelb zu einem zarten Rot verfärbte. Jakobs Worte fielen ihm ein. Er solle sich eine Referendariatsstelle in der Nähe von Heilbronn suchen und Heidelberg vergessen. Nie hätte er sich vorstellen können, so schnell wieder an sein früheres Leben in Heilbronn anknüpfen zu können.

Die gemeinsamen Stunden mit Clara hatten ihm gutgetan. War es richtig gewesen, ihr von Annette zu erzählen? Mit einem Schmunzeln dachte er an ihr verkorkstes erstes Zusammentreffen vor ein paar Tagen, als er sie fast nicht erkannt hatte. Falsch! Erkannt hatte er sie schon, aber wie Clara auf ihn in diesem Augenblick gewirkt hatte, das hatte ihn tief in seinem Innern verunsichert.

Bei einbrechender Dämmerung machten sie sich auf den Heimweg. Clara saß wieder neben ihm und plauderte und scherzte unablässig. Christoph war froh darüber und ließ sich gerne auf die Wortgeplänkel ein.

»Ich frage dich als frisch examinierten Juristen: Wenn ich dich jetzt umarmen würde und dir dabei dein Portemonnaie aus der Tasche zöge, wäre das dann ein Diebstahl oder ein Raubüberfall?«

Christoph konterte: »Das wäre vor allem eine herbe Enttäuschung – für dich! Ein Student hat nämlich nie viel Geld in der Tasche!«

Claras Eltern lachten und schüttelten den Kopf über den Übermut ihrer Tochter, doch diese ließ sich davon nicht einschüchtern.

»Und wenn ich es versuchen würde, du aber gar kein Portemonnaie in der Jackentasche hättest?«

»Dann hättest du großes Glück gehabt!«, antwortete Christoph mit ernster Miene.

119

»Wieso?«, fragte Clara und schaute ihn verdutzt an.

»Dann wäre dir die Enttäuschung erspart geblieben.«

Sie schlug wieder mit ihrem Fächer nach ihm und zog eine Schnute.

Bei der Nikolaikirche verabschiedete sich Christoph von den Eltern Albrecht, bedankte sich für den schönen Abend und half Clara aus der Kutsche. Während ihre Eltern schon über den Hof schritten und der Knecht mit dem Ausschirren begann, verbeugte er sich mit einem leicht schelmischen Lächeln vor Clara, nahm ihre Hand, setzte zu einem formvollendeten Handkuss an, um diesen dann mit einem geräuschvollen Schmatz zu beenden. Sie hielt seine Hand fest, ging auf seinen Scherz nicht ein und flüsterte: »Ich geb so schnell nicht auf!«

Dann lief sie ihren Eltern hinterher, drehte sich aber noch einmal kurz um und winkte ihm fröhlich zu.

In den folgenden Tagen wuchs die Unruhe in der Heilbronner Bürgerschaft von Tag zu Tag. Jeden Abend versammelte sich auf dem Marktplatz eine riesige Menschenmenge und wartete auf den Boten, der mit dem letzten Zug aus Stuttgart kam und von der großen Treppe des Rathauses herab die jüngsten Neuigkeiten aus der Landeshauptstadt verkündete.

Christoph begleitete regelmäßig Friedrich Mayer zu diesen Massenversammlungen, um die neuesten Entwicklungen nicht zu versäumen.

Es gab keine guten Nachrichten: Die württembergische Regierung hatte die Beschlüsse der Reutlinger Volksversammlung samt und sonders verworfen.

»Dabei haben die Deputierten in Reutlingen in allen Punkten Rücksicht auf die Regierung genommen und nur gefordert, was die Reichsverfassung vorsieht«, tobte Friedrich Mayer. »Da hätten sie lieber die Regierung gehörig unter Druck setzen sollen, die neue provisorische Regierung in Baden anzuerkennen!«

Auch aus dem sogenannten Rumpfparlament kamen keine guten Nachrichten: Die Nationalversammlung in Stuttgart hatte eine Reichsregentschaft aus ihren eigenen Abgeordneten eingesetzt, nachdem kein deutscher Fürst dazu bereit gewesen war, das Amt eines Reichsregenten nach der in Frankfurt beschlossenen Verfassung anzunehmen.

Die Menge auf dem Heilbronner Marktplatz johlte und schimpfte auf die Fürsten, die sich nicht an die Verfassung halten wollten, obwohl sie diese ja zum Großteil selbst anerkannt hatten.

An einem dieser Abende, als es wieder recht spät geworden war, zog sich Christoph in sein Zimmer zurück und schrieb einen Brief an Annette. Er musste endlich sein Versprechen einlösen, vor allem auch deshalb, weil es nun doch zu einem längeren Aufenthalt in Heilbronn kommen würde, als er zunächst vorgehabt hatte.

Er schilderte ihr seine Fahrt mit dem Dampfschiff durch den Odenwald flussaufwärts, in den der Neckar ein tiefes Tal mit steilen Ufern eingeschnitten hatte, bis zum Ufer hinunter bewaldet. Immer wieder hatte aus dem tiefgrünen Laub eine Burg nach der anderen aus rotem Sandstein hervor geschimmert, gleich vier bei Neckarsteinach, dann Zwingenberg bei Neckargerach mit der Wolfsschlucht, schließlich Burg Hornberg bei Gundelsheim, wo sich das Tal weitete und langsam schon die Höhenzüge bei Heilbronn sichtbar wurden.

Er schrieb ihr von seinen Eltern, die ihn im Heilbronner Hafen abgeholt hatten, von seiner Wanderung nach Weinsberg zum Kernerhaus, seinem Zusammentreffen mit Ludwig Pfau und Theobald Kerner, von seinem Ausflug mit der Nachbarsfamilie auf den Wartberg und erwähnte auch kurz sein unerwartetes Zusammentreffen mit seiner Jugendfreundin Clara. Dann berichtete er ihr von der Versammlung der Heilbronner Bürgerwehren beim Heilbronner Schießhaus vor der Stadt:

Über tausend bewaffnete Bürgerwehrmänner in ihren Uniformen zogen durch die Stadt, die Scharfschützen, die Wehrmänner, die Pompiers und Turner, soweit sie nicht schon nach Baden ausmarschiert waren, die reitende Stadtgarde, alle nahmen Aufstellung beim Schießhaus, und eine kaum zu zählende Zuschauermenge drängte sich an die Absperrungen des Exerzierplatzes. Apotheker Friedrich Mayer sprach zu den Menschen und forderte die Bürgerwehr auf, sich zur Nationalversammlung mit feierlichem Eidschwur zu bekennen.

Nur eine kleine Gruppe von Scharfschützen weigerte sich. Ihr Sprecher verwies auf die Proklamation der württembergischen Regierung, die sich erstmals deutlich gegen die Nationalversammlung ausgesprochen hatte. Dann zogen sie ab, begleitet von Schmährufen wie: »Schlagt sie tot!« – „Schießt sie nieder!«

Anschließend wurde ein Brief an die »Hohe Nationalversammlung« *verlesen, den über tausend Heilbronner Wehrmänner eigenhändig unterzeichneten. Friedrich Mayer hat mir eine Abschrift besorgt, darin heißt es:*

»Nun aber, da die Vertreter der deutschen Nation, von Feiglingen und Verrätern gesäubert, im Herzen Schwabens den Tempel der Freiheit aufrichten und durch ihre ersten Beschlüsse, durch Einsetzung der deutschen Reichsregentschaft zeigen, dass sie ihre hohe Aufgabe, die Freiheit zu retten, verstehen, nun hat die süddeutsche Erhebung ihre gesetzliche Spitze erhalten und der Sieg wird sich an die gerechte Sache, an die Sache des Volkes knüpfen. Wir geloben mit feierlichem Eidschwur gegenüber rebellischen Fürsten und verräterischen Regierungen die Hohe Nationalversammlung zu beschützen, den Beschlüssen derselben wie den Befehlen der Reichsregentschaft Geltung zu verschaffen, und warten nur des Rufes, um den Ernst dieser Gelöbnisse zu bestätigen.«

Am Abend gab es laute Katzenmusiken vor den Häusern derer, die sich gegen den Brief ausgesprochen hatten.

Friedrich Mayer meint, jetzt müsse König Wilhelm württembergische Truppen nach Heilbronn schicken und wenn die sich dann den Bürgerwehren anschlössen, sei Württemberg für die Revolution gewonnen.

Liebe Annette, glaub mir, so spannend die Ereignisse hier in Heilbronn auch sind, ich vermisse dich und werde bald wieder zurück nach Heidelberg reisen. Ich hoffe, die politische Entwicklung wird es zulassen. Grüße deine Mutter von mir und je nachdem, wie es die Situation zulässt, auch deinen Vater!

In Liebe
Dein Christoph

Es war so gekommen, wie es der Apotheker vorhergesagt hatte: Württembergisches Militär rückte zwei Tage später in die Stadt ein. Die Bürgerwehren wurden per Erlass für aufgelöst erklärt und von den Wehrmännern wurde verlangt, ihre Waffen abzugeben. Aber kaum einer hielt sich dran.

Auch als Soldaten losgeschickt wurden, jedes Haus einzeln nach Gewehren zu durchsuchen, konnte der königliche Befehl nicht umgesetzt werden.

Die Überraschung der Soldaten war groß, als sie in den Häusern freundlich empfangen und von den Heilbronnerinnen mit Speis und Trank bewirtet wurden. Was allerdings die Gewehre anging – die Waffen seien außer Haus, irgendwo in einem Depot, darüber wüssten nur die Bürgerwehroffiziere Bescheid, hier sei bestimmt nichts zu finden – und nach Ablauf der behördlich angeordneten Frist war nicht einmal der zehnte Teil der gesuchten Gewehre sichergestellt.

Die Bürger auf den Straßen diskutierten mit den Soldaten über die Reichsverfassung und luden sie zu einem Glas Wein ein. Mit Hohn und Spott wurden dagegen die Offiziere der einmarschierten württembergischen Truppen und die städtischen Beamten bedacht, wenn sie in ihren immer drohender formulierten Aufrufen vom Rathausbalkon herunter auf die schlimmen Folgen weiteren Widerstandes hinwiesen.

Schließlich wurde die knisternde Spannung, die über der Stadt lag, dem Kommandanten zu heikel, denn die Stimmung in seiner Truppe drohte umzukippen. Immer mehr ließen sich auf die freundlichen Zurufe und Einladungen der Heilbronner ein und begannen sich mit ihnen zu verbrüdern. Gegen Abend befahl er deshalb seinen Mannschaften, die Stadt zu räumen, um in den umliegenden Dörfern Quartier zu nehmen.

Die Menge in den Straßen aber ließ die Soldaten hochleben, die da angeheitert und zum Teil sturzbetrunken an ihnen vorbeizogen und ihnen fröhlich zuwinkten.

Als der Vertreter der württembergischen Regierung, der die Militäraktion begleitete, die Stadt mit dem letzten Zug nach Stuttgart ebenfalls verlassen wollte, fand er den Heilbronner Bahnhof mit Bürgerwehrleuten besetzt, die seine Abfahrt mit Waffengewalt verhinderten. Erst weit nach Mitternacht gelang es ihm, aus Heilbronn zu entkommen.

Während die Bürger in den Straßen und auf den Plätzen Heilbronns ihren vermeintlichen Sieg über die abziehenden Soldaten ausgelassen feierten, berieten die Bürgerwehroffiziere im Rathaus, was nun geschehen sollte. Ihnen war klar, dass das Militär am anderen Tag mit Verstärkung in die Stadt zurückkommen und die Auflösung und Entwaffnung der Bürgerwehren mit Waffengewalt durchsetzen würde. Über Heilbronn war der Ausnahmezustand verhängt worden. Die Hoffnung der Demokraten um Friedrich Mayer, dass die Mannschaften sich offen gegen ihre Kommandeure auflehnten und sich der Revolution anschlössen, waren im letzten Augenblick doch noch enttäuscht worden.

»Wenn sie über Nacht nicht abgezogen worden wären, hätten wir es geschafft«, seufzte Mayer.

Auch eine weitere taktische Maßnahme Friedrich Mayers und seiner Freunde war ohne greifbaren Erfolg geblieben. Am

Morgen schon hatten sie Eilboten in die Dörfer und Städte der Umgebung geschickt, sie sollten ihre Bürgerwehren zu einem bewaffneten Sternmarsch nach Heilbronn schicken, um ihren Brüdern dort zu Hilfe zu eilen. Einige Boten waren inzwischen ohne feste Zusagen zurückgekommen.

»Warum begreifen sie denn nicht, dass unser Aufruf das Signal für die Erhebung der Bürgerwehren in Württemberg ist!«, rief Mayer aufgebracht.

Christoph versuchte seine Wut zu dämpfen.

»Das dauert doch seine Zeit. Die Sendboten mussten doch bis nach Reutlingen fahren. Bis dann überall die Bürgerwehren einberufen und Beschlüsse gefasst sind, das geht nicht in wenigen Stunden, das braucht Zeit!«

»Die haben wir aber nicht!«, brüllte Mayer und begann zu ahnen, dass die großen Pläne von ihm selbst, von Franz Sigel, von Ludwig Pfau, über einen Aufstand der Bürgerwehren eine zweite Welle der Revolution auch in Württemberg auszulösen, zu scheitern drohten.

Aber die Heilbronner Bürgerwehrmänner wollten sich der württembergischen Militärgewalt nicht einfach beugen. Noch in der Nacht zogen deshalb mehrere hundert von ihnen mit ihren Waffen aus der Stadt, nachdem sie sich im Rathaus weitere Gewehre mit der erforderlichen Munition besorgt hatten.

Ein Teil von ihnen wandte sich Richtung Wimpfen, um sich gleich der badischen Revolution anzuschließen, der andere nach Osten über Weinsberg nach Löwenstein, um die Bürgerwehren der Umgebung aufzufordern, mit ihnen zusammen nach Stuttgart zu marschieren. Sie wollten Zeit gewinnen und einen letzten Versuch wagen, die württembergischen Bürgerwehren doch noch zu mobilisieren. Sie sollten allmählich zu ihnen stoßen in einem Zug der Bürgerwehren in die neckaraufwärts gelegene Landeshauptstadt. Vor dem Tagungslokal der Nationalversammlung in Stuttgart wollten sie in einer Großdemonstration den Abgeordneten ihre Solidarität versichern und der württembergischen Regierung ihre Entschlossenheit deutlich machen.

Christoph begleitete Friedrich Mayer, der zusammen mit dem Zeitungsverleger August Ruoff das Ostkorps führte. Er hatte sich dazu spontan entschlossen und Mayer stellte ihn Ruoff und seinen Leuten als Journalisten aus Heidelberg vor, der in Baden über die Vorgänge im Württembergischen berichten wollte.

Kurz nach drei Uhr morgens machten sie Halt in Weinsberg. Bürgerwehrleute der dritten und vierten Weinsberger Bürgerwehrkompanie wollten sich den Heilbronnern anschließen.

»Wo ist denn euer Hauptmann?«, fragte Mayer die Leute von der dritten Kompanie.

»Der ist nicht zu Hause«, antwortete einer aus der Gruppe. »Aber wir haben die scharfen Patronen von seiner Frau erhalten.«

»Nicht zu Hause?«, spottete Ruoff. »Er hat es wohl vorgezogen, sich zu verdrücken!«

»Wer ist denn ihr Hauptmann?«, fragte Christoph.

Mayer ging mit ihm ein paar Schritte auf die Seite, dann antwortete er grimmig: »Der Hauptmann der dritten Kompanie ist kein anderer als der Weinsberger Stadtrat und Arzt Theobald Kerner. Du kennst ihn ja. Ich habe fest auf ihn gezählt, aber ehrlich gesagt, kann ich ihn schon verstehen, wenn er nicht mit uns ziehen will. Er wartet auf seinen Prozess wegen Aufrufs zum Hochverrat und außerdem will er seine Kandidatur für den Landtag nicht gefährden, wenn das hier den Bach runtergeht.«

Durch Ellhofen und Willsbach marschierten sie auf Löwenstein zu. Bürgerwehrleute aus den beiden Dörfern stießen zu ihnen. Friedrich Mayer erklärte Christoph trotzig, als ob er sich durch die Schilderung seines Planes selbst Mut machen wollte: »Wir haben unsere Leute auch nach Öhringen und Schwäbisch Hall geschickt, nach Neuenstein, Waldenburg und Künzelsau. Die dortigen Bürgerwehren sollen nach Löwenstein ausrücken. Dort wollen wir uns treffen und zu einem großen Zug vereinen. Und wenn wir dann weiterziehen, über Backnang und Waiblingen nach Stuttgart, werden wir zu einem großen Heer anwachsen und König Wilhelm gehörig Angst einjagen.«

Aber es sollte anders kommen: Kaum hatten sie Löwenstein erreicht, die Burg besetzt und in dem Städtchen Quartier gemacht, als eine Schar Heilbronner Frauen in das Bergstädtchen einzog. Friedrich Mayer war gerade dabei, auf einem wackeligen Tisch beim Torhaus der Burg ein Schreiben an das Heilbronner Oberamt zu verfassen, in dem er den Auszug der Bürgerwehr rechtfertigen wollte, als Christoph grinsend bei ihm eintraf.

»Stell dir vor, die Frauen sind unseren Bürgerwehrleuten nachgezogen und suchen sie überall im Städtchen. Die halten es wohl keinen halben Tag ohne ihre Ehemänner aus!«

Bevor Mayer ihm antworten konnte, stürmten zwei von ihnen auf das Torhaus zu und blickten sich suchend um.

»Was wollt ihr denn hier?«, fragte sie Mayer verwundert.

»Wir suchen unsere Männer!«, antwortete ihm eine forsche Dame und fuchtelte mit einem Knotenstock, »den Friedrich Bletzinger und den Gustav Hengerer.«

»Den Karl Gessinger und den Hans Fessler«, warf ihre Begleiterin ein.

Mayer lachte: »Warum denn das? Wollt ihr ihnen was zu essen bringen?«

»Sie sollen heimkommen«, brüllte ihn die Dame mit dem Knotenstock an. »In Heilbronn herrscht Standrecht. Wer nicht umgehend seine Waffen persönlich in Heilbronn abgibt, wird wegen Aufruhr und Hochverrat verfolgt!«

»Wer bis drei Uhr am Nachmittag sich in Heilbronn meldet, dem wird kein Prozess gemacht«, rief die andere. »Nehmt doch endlich Vernunft an und macht euch auf den Heimweg!«

Wütend zogen sie ab.

Friedrich Mayer war mit einem Mal leichenblass geworden, als ob ihm durch diesen kurzen Auftritt, der Komik und Tragik eigentümlich vereinte, bewusst geworden wäre, dass – wenn jetzt nichts Entscheidendes geschähe – die ganze Unternehmung kläglich zu scheitern drohte.

Wann kamen denn endlich die Bürgerwehren, die er heute Nacht per Sendboten aufgefordert hatte, nach Löwenstein zu ziehen? Was blieb ihm nun anderes übrig, als seine Männer auf dem Löwensteiner Marktplatz zusammenzurufen, bevor sie ihm alle davonliefen?

Das Ostkorps der Heilbronner Bürgerwehr war bereits merklich zusammengeschrumpft. In der eilig einberufenen Versammlung kam es zu hitzigen Diskussionen. August Ruoff warb dafür, den ursprünglichen Plan aufzugeben und in einem Bogen um Heilbronn herum durchs Badische ins hessische Wimpfen zu ziehen, dem Sammelort für die Freiwilligen, die sich der badischen Armee anschließen wollten. Dort würden sie vermutlich noch auf das Heilbronner Westkorps stoßen.

Mayer begriff: Sein Plan war schon in den Ansätzen gescheitert. Keine der Bürgerwehren aus dem Hohenlohischen oder dem Mainhardter Wald würde in Löwenstein eintreffen – und wenn doch, dann viel zu spät! Einen zweiten Heckerzug würde es nicht geben.

»Wir müssen noch zuwarten!«, versuchte Christoph ihn zu beruhigen, als er mit Mayer und einer Gruppe Wehrmänner wieder zur Burg zog. »Die Bürgerwehrleute in Mainhardt, Hall, Öhringen oder Künzelsau müssen sich doch zunächst beraten, sich ausrüsten und benötigen dann Stunden für den Marsch. Das alles braucht Zeit.«

»Und wenn ich mich wiederhole: Eben diese Zeit haben wir nicht«, antwortete Mayer resigniert.

Da meldete ein Bote, dass württembergische Reiterei durch das Weinsberger Tal auf Löwenstein zugaloppiere. »Sie machen Jagd auf die ausmarschierten Bürgerwehrleute!«

Keine Frage, dass die Reiter alles andere vorhatten, als sich ihnen anzuschließen.

»Willst du dich hier oben mit deinen Leuten verschanzen und die Burgruine gegen das Militär verteidigen?«, rief August Ruoff. »Deinen Marsch nach Stuttgart kannst du vergessen. Wir sollten machen, dass wir ins Badische hinüberkommen, bei Neuenstadt über die Grenze, das sind nur drei Stunden Fußmarsch!«

In aller Eile rückten die Bürgerwehrleute aus Löwenstein ab. Doch auf dem Weg Richtung badische Grenze löste sich das Ostkorps nach und nach auf. Immer mehr zogen es vor, sich durch die Wälder und Weinberge Richtung Heilbronn durchzuschlagen.

Als ihre Verfolger das Bergstädtchen erreicht hatten, fanden sie keinen einzigen Bürgerwehrmann mehr vor. Auf eine Verfolgung der Flüchtlinge nach Baden verzichteten sie, da sie davon ausgingen, sie nicht mehr vor ihrem Grenzübertritt schnappen zu können, aber sie begannen damit, die Weinberge Richtung Heilbronn zu durchstreifen.

Auf halbem Weg, in Waldbach, legte eine Gruppe versprengter Wehrmänner geschlossen ihre Waffen nieder und ließ sich dies vom Ortsvorsteher amtlich bestätigen. Nur wenige Kämpfer der einst so stolzen Heilbronner Bürgerwehr erreichten am Abend erschöpft die badische Grenze.

»Geh nach Hause, du hast nichts zu befürchten«, sagte Friedrich Mayer enttäuscht zu Christoph. »Richte meiner Frau aus, ich versuche mich zu meinem Bruder Gustav nach Sinsheim durchzuschlagen. Sie soll nachkommen und bei meiner Schwägerin auf mich warten. Mein Vater soll die Apotheke weiterführen, bis ich wieder zurückkommen kann. Vielleicht sehen wir uns ja bald wieder in Baden?«

Er zog ihn an sich und umarmte ihn.

»Schönen Gruß zu Hause!«

Christoph wanderte auf Feldwegen Neckarsulm zu, die Landstraße mied er lieber, solange es noch hell war, aus Angst vor württembergischen Streifscharen, und erst in der Dunkelheit wagte er sich auf die Chaussee, die von Neckarsulm nach Heilbronn führte. Beim Sülmertor betrat er die Stadt. Es war schon nach Mitternacht, als er sich ins Haus seiner Eltern schlich.

Der Krieg ist da!

Heidelberg, Mitte Juni 1849

Sie ließ den Brief sinken und hielt sich an einer Tischkante fest. Ihr wurde schwindlig und ihr Herz hämmerte, als wollte es zerspringen. Christoph hatte sie doch in Sicherheit geglaubt! Weit weg von den Unruhen der badischen Revolution, und jetzt saß er in diesem Heilbronn, mittendrin in einem Hexenkessel. »Spannend«, nannte er die Heilbronner Ereignisse, und erst ganz am Ende kam er auf seine Liebe zu ihr zu sprechen. Es schien ihr fast, als ob er sich nur dazu verpflichtet gefühlt hätte, bevor er den Brief unterzeichnete.

Und diese Jugendfreundin Clara, mit der er ein Fest besucht und bestimmt den ganzen Abend getanzt hatte? Hatte sie ihn schon verloren? Wortlos gab sie den Brief ihrer Mutter zu lesen. Die überflog ihn kurz, nickte immer wieder, als ob sie dem Schreiber der Zeilen zustimmen wollte, und gab ihn ihr dann lächelnd zurück.

»Dein Christoph ist schon in Ordnung!«, tröstete sie ihre Tochter, die sie bang ansah.

»Meinst du, er schließt sich in Heilbronn den Revolutionären an?«

Mathilde Lußhardt strich ihr sanft übers Haar. »Ich denke, er kann ganz gut selbst auf sich aufpassen, außerdem scheint er vernünftige Eltern zu haben, Kaufleute wie wir, die werden schon auf ihn achten.«

»Er hat sich mit einer früheren Freundin getroffen«, murmelte Annette.

»Wenn es was Ernstes wäre, hätte er sie nicht in seinem Brief erwähnt«, beruhigte sie ihre Mutter.

»Aber wenn er sie wieder und wieder trifft?«

»So lange will er ja gar nicht mehr in Heilbronn bleiben. Hat er nicht angedeutet, dass er bald wieder hier sein wird?«

Annette ließ mutlos die Hände in den Schoß sinken.

131

»Aber in Heidelberg werden wir bald Krieg haben. Drüben bei Ludwigshafen, am Rheinübergang, wird schon gekämpft und die Preußen haben bereits Frankenthal besetzt. Prinz Wilhelm hat für die Rheinpfalz den Kriegszustand erklärt!«

»So ist es«, rief Friedrich Lußhardt, der die letzten Worte seiner Stieftochter gehört hatte, die schnell den Brief unter die Tischdecke schob, um ihn vor ihrem Vater zu verstecken.

»Das hier habe ich eben auf der Straße in die Hand gedrückt bekommen.«

Er klopfte mit dem Handrücken auf ein Flugblatt und las noch im Stehen vor:

Bürger!
Das Dorf Käferthal ist soeben von den Unsrigen ohne Flintenschuss im Sturmschritt mit dem Bajonette genommen worden. Hätten wir mehr Kavallerie gehabt, so wäre kein Mann entkommen. Die Hessen werden von den Unsrigen verfolgt. Die Preußen sind durch Artilleriefeuer gezwungen worden, Ludwigshafen wieder zu räumen.
Sieg der gerechten Sache!
Es lebe die Einheit und Freiheit Deutschlands!
Mannheim, den 15. Juni 1849

Er warf das Blatt auf den Tisch.

»Da feiern diese Idioten ihren kleinen Erfolg als grandiosen Sieg! In Mannheim gibt es heute sogar eine Siegesfeier mit Festbeleuchtung der Stadt! Dabei ist es nur eine Frage der Zeit, bis die Armeen der Preußen und der anderen Länder des Deutschen Bundes bei uns einmarschieren.«

»Abwarten«, versuchte Mathilde Lußhardt ihren Mann zu beruhigen, der sie verständnislos anstierte.

»Abwarten? Ist das alles, was dir dazu einfällt?«

»Du kannst ja sowieso nichts dagegen machen«, antwortete ihm seine Frau gelassen. »Immerhin waren es die Preußen und ihre Verbündeten, die Baden angegriffen haben. Sollen wir uns da nicht wehren?«

Lußhardt war außer sich vor Zorn, seine Augen drohten ihm aus dem Gesicht zu fallen und seine Stimme überschlug sich.

»Wir uns wehren? Gegen wen denn? Weiber und Politik!« Er mäßigte sich, ließ sich in einen Sessel fallen.

»Ihr wisst ja gar nicht, was uns droht. Bisher konnte ich noch Einquartierungen von Freischärlern hier in unserer Wohnung verhindern, aber im Hinterhaus, in unserer alten Kutscherunterkunft und unserem früheren Magazin, da liegen schon an die hundert Kerle, bis an die Zähne bewaffnet, gehen ein und aus, als ob sie hier zu Hause wären.«

Er sprang auf, fuchtelte mit seiner Rechten in der Luft herum und brüllte: »Bald werden sie auch hier einziehen und womöglich unser Geschäft plündern!«

Dann stiefelte er die Treppe hinunter in seinen Laden.

Mathilde Lußhardt zog Georgs Brief unter der Tischdecke hervor.

»Den solltet du lieber verschwinden lassen, bevor Vater ihn findet. Nimm ihn mit auf dein Zimmer.«

Annette legte den Brief in ihr Tagebuch. Sie hatte Angst. Ein Krieg, so nahe bei Heidelberg, der Stadt, in der sie bisher so behütet gelebt hatte, das war für sie unvorstellbar. Ihre Eltern hatten manchmal über die Zeit der Franzosenkriege gesprochen, aber das war schon über vierzig Jahre her und selbst ihre Eltern hatten davon nur gehört. Viele Familien hatten damals Heidelberg verlassen, sich irgendwo bei Verwandten in den Dörfern des Odenwalds verkrochen.

Weshalb blieb ihre Mutter so ruhig? Glaubte sie, dass die badischen Truppen die Feinde an den Grenzen aufhalten konnten? Oder hatte ihr Stiefvater recht, wenn er auf die erdrückende Übermacht der Preußen hinwies? Freiheit und ein einiges Deutschland – waren diese Forderungen Grund genug, Krieg gegen ein ganzes Volk zu führen?

Sie dachte wieder an Christoph, der in Heilbronn das alles *spannend* fand – aber ihr selbst war zum Heulen zumute. Da schossen sie aufeinander, Soldaten auf beiden Seiten verloren ihr Leben, Städte und Dörfer wurden zerstört! Man hörte in der Ferne bereits den Donner der Kanonen!

Sie hielt es in ihrem Zimmer nicht mehr aus, stürmte die Treppe hinunter und lief auf die Straße. Bei der Heiliggeistkirche bemerkte sie einen Menschenauflauf. Sie bahnte sich einen Weg durch die Menge, bis sie die Worte des Redners verstehen konnte, der dort das Neueste vom Kriegsverlauf berichtete.

»Die Preußen haben versucht, über die Schiffsbrücke nach Mannheim vorzudringen, aber wir haben sie zurückgeworfen und Ludwigshafen, wo sie sich verschanzt hatten, in Brand geschossen. Auch bei Ladenburg versuchten sie durchzubrechen. Wir haben sie auch hier aufhalten können. Zivilkommissär von Trützschler wird gleich beim *Prinz Carl* am Kornmarkt eine Rede an das Volk halten.«

Annette ließ sich von der Menge mitreißen. Schon von Weitem hörte sie die Hochrufe auf die badische Revolution, auf Mieroslawski, den Führer der badischen Truppen, vereinzelt auch auf Hecker, den man sehnlichst aus Amerika zurückerwartete.

»Unsere Soldaten da draußen brauchen dringend Proviant! Bürger Heidelbergs, versorgt unsere Freiheitskämpfer, die Söhne unseres Landes, mit Brot, mit Fleisch und Wurst und mit Bier. Heute Abend werden mehrere Wagen von hier abgehen, direkt an die Front. Bringt herbei, was ihr entbehren könnt!«

Der stattliche Mann mit dem dunklen Haar, den ausdrucksvollen Augen und dem vollen Kinnbart, der da aus einem Fenster des Hotels *Prinz Carl* sprach, schwenkte seinen Hut, sprach von den Erfolgen der heldenhaft kämpfenden Soldaten, vom Zulauf der Revolutionsarmee aus dem pfälzischen Speyer, dem württembergischen Heilbronn, dem hessischen Hanau.

»Unsere Bewegung wird von Tag zu Tag, von Stunde zu Stunde immer größer, und es werden immer mehr, die sich gegen die Feinde der Nationalversammlung, gegen die Verleugner der Reichsverfassung, gegen die Volksfeinde zusammenschließen. Wir werden sie alle zurückwerfen und Deutschland wird frei werden! Geht nach Hause und holt, was ihr in Küche und Keller findet, dann könnt auch ihr etwas dazu beitragen, diesen gewaltigen Kampf für unsere Freiheit und die Freiheit unserer Kinder und Kindeskinder siegreich zu Ende zu bringen.«

Die Menge jubelte. Annette zog ihr Umhängetuch enger um ihre Schultern und machte sich auf den Heimweg. Sie hatte genug gehört.

Unter dem Torbogen, der zu ihrem Hauseingang führte, traf sie auf Karl Sänger. Sie blieb stehen, schaute ihn verwundert an, was wollte denn der in ihrem Haus? Er kam nicht aus ihrem Geschäft, sondern aus ihrer Wohnung! Sie grüßte flüchtig, wünschte ihm einen schönen Abend und ließ Grüße an Ludwig und Fanny ausrichten, dann wollte sie sich an ihm vorbeidrängen. Doch Karl blieb vor der Haustür stehen und versperrte ihr den Weg.

»Schön, dass wir uns endlich mal begegnen«, begrüßte er sie freundlich.

»Was willst du von mir?«, fragte sie leicht verwirrt.

»Hast du es so eilig, dass du nicht einmal ein wenig Zeit für einen guten Freund aufbringen kannst? Wie geht's Christoph? Erzähl doch mal! Was macht er so in Heilbronn? Hat er schon etwas herausgefunden? Du weißt ja, dass er sich nach meinem Bruder Philipp erkundigen wollte.«

Sie verstand ihn nicht gleich. Meinte er Christophs Gespräche in Weinsberg, die er in seinem Brief angedeutet hatte? Leicht gereizt fragte sie: »Ich weiß nicht, worauf du hinauswillst, könntest du dich nicht etwas deutlicher ausdrücken?«

Karl ging nicht darauf ein und trat etwas auf die Seite, um ihr Platz zu machen. Offenbar hatte ihn ihre abweisende Antwort getroffen. Seine Gesichtszüge verhärteten sich. Mit nicht zu überhörender Ironie erklärte er: »Es ist schon sehr merkwürdig, dass er so lange in Heilbronn bleibt. Er wollte doch eigentlich längst zurück sein! Vielleicht frischt er gerade alte Bekanntschaften auf?«

Ein Stich durchfuhr sie. Sie drängte sich an ihm vorbei, und als sie die Haustür erreicht und aufgeschlossen hatte, drehte sie sich um und rief ihm nach: »Seltsam finde ich, wie du über deinen Freund sprichst, aber wenn es dich interessiert, gestern habe ich einen Brief von ihm bekommen.«

Doch Karl war schon auf der Straße verschwunden. Mit klopfendem Herzen lief sie die Treppe hinauf und ließ sich in ihrem Zimmer auf ihr Bett fallen.

Ihre Mutter hatte sie kommen hören und sah nach ihr. Sie machte ein besorgtes Gesicht.

»Bist du Karl noch begegnet?«

Annette nickte stumm und blickte sie ein wenig furchtsam an. Was hatte Karl bei ihnen zu Hause gewollt?

Ihre Mutter setzte sich neben sie, nahm ihre Hand. Sie wusste, was in ihrer Tochter vorging, und beantwortete ihre Frage, die sie noch gar nicht ausgesprochen hatte.

»Er hat Vater besucht. Ich war draußen in der Küche. Doch ich habe mitbekommen, dass sie von dir gesprochen haben. Ich wollte mich dazusetzen, aber Vater hat mich einfach rausgeschickt. Ein Gespräch unter Männern, hat er gesagt.« Dann runzelte sie die Stirn und sah ihr streng in die Augen. »Hast du Karl Hoffnungen gemacht?«

»Im Gegenteil«, rief Annette zornig. Mit einem Mal war ihr die Situation klar. Karl wollte mit ihrem Vater über ihre Heirat sprechen, ohne dass er sich ihr vorher erklärt hätte, vermutlich, weil er befürchtete, sich von ihr eine Abfuhr einzuholen. Ihr Vater sollte sie wohl vor vollendete Tatsachen stellen.

Sie musste ihrer Wut Luft machen und begann zu schimpfen: »Ich habe ihn doch schon mehrfach zurückgewiesen. Was ist das nur für ein Mensch! Da behauptet er, Christophs Freund zu sein, und dann versucht er, über Vater an mich heranzukommen. Dieser Feigling!«

Die ernste Miene ihrer Mutter entspannte sich und sie lächelte mitfühlend.

»Und ich hatte schon geglaubt ...«

»Nie im Leben!«, flüsterte Annette und schüttelte den Kopf. »Hast du schon mit Vater gesprochen?«

»Karl hat sich gerade erst verabschiedet. Vater hat ihn hinunterbegleitet und ist dann gleich in seinen Laden gegangen.« Sie strich Annette übers Haar.

»Mach dir keine Sorgen, ich werde mich darum kümmern.«

»Jetzt brauchen sie auch noch die Heidelberger Frauen für ihren Krieg!«, polterte Lußhardt am nächsten Morgen beim Frühstück und warf die Zeitung auf den Tisch.

Annette und ihre Tochter griffen gleichzeitig danach und lasen gemeinsam den Artikel, der groß aufgemacht auf der ersten Seite der *Deutschen Zeitung* stand, dem liberalen Blatt, das Lußhardt abonniert hatte. Auf den Bericht von der Rede des Zivilkommissärs Wilhelm von Trützschler gestern Abend folgte der Aufruf der Militärverwaltung, dass sich die »edlen Frauen Heidelbergs« als Freiwillige für die Versorgung der Verwundeten in den Lazaretten melden sollten. Dann wurde von einem weiteren Sieg der badischen Truppen gegen die Preußen berichtet. Nach Käferthal sei jetzt auch Großsachsen zurückgewonnen und die Feinde hätten sich bis nach Weinheim zurückgezogen. Heute Abend würde der Sieg bei einer Illumination Heidelbergs gefeiert.

»Ich werde mich für den Lazarettdienst melden«, sagte Mathilde Lußhardt spontan.

Ihr Mann schaute sie entgeistert an. »Was willst du? Ja bist du denn von allen guten Geistern verlassen? Das verbiete ich dir«, brüllte er.

Mathilde Lußhardt blieb gelassen.

»Du hältst mich also nicht für eine edle Heidelbergerin?«, fragte sie spitz. Während der Alte schnaubte und nach Worten rang, fuhr sie fort: »Aber im Ernst, wäre es nicht gut für das Geschäft, wenn das Haus Lußhardt bei dieser Hilfsaktion beteiligt wäre? Nimm doch mal an, die Siegesmeldungen setzen sich fort und die Revolution wird doch ein Erfolg – möchtest du dann, dass unsere Kunden dich für einen unpatriotischen Reaktionär halten? Ich glaube sogar, es wäre sinnvoll, wenn du persönlich ein Paket für die Soldaten an der Front zum *Prinz Carl* bringen würdest. Vielleicht Kaffee?« Mit leichtem Spott fügte sie hinzu: »Du kannst ja unseren Firmenstempel auf die Packungen drücken, damit alle sehen, woher die edle Spende kommt.«

Der Alte rollte mit den Augen und lief rot an. Er rang nach einer Antwort, dann schrie er: »Mach doch, was du willst, aber Annette lässt du aus dem Spiel und über Karl Sänger haben wir noch nicht das letzte Wort gesprochen.«

Er stand vom Tisch auf und stürmte aus der Wohnung.

»Karl hat wohl ernsthafte Absichten«, seufzte ihre Mutter, als er draußen war, »und eine gute Partie wäre er auch, ohne Zweifel. Es wird nicht leicht werden, Vater das auszureden.«

Annette erbleichte und rannte in ihr Zimmer. In aller Eile nahm sie ihr Schreibzeug aus der Schublade ihres Sekretärs, suchte einen Briefbogen und ließ ihre Feder in rasender Eile über das Papier gleiten:

Lieber Christoph,
mir bleibt nur wenig Zeit, deshalb fasse ich mich kurz. Dein
Freund Karl hat bei meinem Vater um meine Hand angehalten. Meine Mutter versucht ihn noch umzustimmen. Wenn

Dir etwas an unserer Liebe liegt, dann komm jetzt nach Heidelberg.

In Liebe und großer Sorge
Deine Annette

Sie versiegelte den Brief und eilte aus dem Haus zur Universität. Hatte sie vor wenigen Tagen noch hin und wieder überlegt, ob sie nicht doch auf Karls Bemühungen eingehen, ihm wenigstens eine Chance geben sollte – nach seinem Auftritt gestern war ihr klar: Von Karl abhängig zu sein wie ihre Mutter von ihrem Stiefvater, das konnte und wollte sie nicht.

Bei Christoph dagegen hatte sie immer die Sicherheit verspürt, dass er sie liebte, ihr niemals weh tun wollte, dass er sie achtete, dass sie ihm vertrauen konnte. Und sie liebte ihn, wollte ihn nicht verlieren, hatte Angst um ihn. Karl hatte sich durch seinen hinterhältigen Auftritt bei ihrem Vater selbst entlarvt.

Ihr Plan war tollkühn und sie zweifelte an seinem Erfolg. Sie musste so schnell wie möglich mit Ludwig sprechen. Er war der Einzige, der ihr jetzt noch helfen konnte. Aber sie wusste weder, ob er in diesen wirren Tagen überhaupt an der Universität war, noch, ob sie ihn dazu überreden könnte, sich gegen seinen eigenen Bruder zu stellen. Sie kannte Ludwig ja kaum!

Sie klammerte sich an die Hoffnung, dass seine Freundschaft zu Christoph ihn dazu bewegen könnte, bei ihrem Plan mitzumachen. Hatte ihr Christoph nicht erzählt, dass er mit Ludwig viel offener und freier reden könne, dass er ihm eigentlich näher stünde als seinem Studienkollegen Karl? Dass Ludwig Ähnliches für Christoph empfände, darauf musste sie jetzt vertrauen.

Unter den Alleebäumen vor dem massigen Bau der Heidelberger Universität diskutierten viele Gruppen von Studenten lebhaft und lautstark über die neueste Entwicklung an der Neckarfront.

Sie lief auf ein paar von ihnen zu, fragte zaghaft nach Ludwig Sänger, erntete erstaunte Blicke, Schulterzucken und manche anzügliche Bemerkung. Schließlich wies einer auf eine Ansammlung vor dem Haupteingang und brüllte Ludwigs Namen.

Er lief ihr entgegen.

»Ist was mit Fanny?«, fragte er besorgt.

Sie schüttelte den Kopf, nahm ihn an der Hand und zog ihn mit sich fort, wo sie ungestört miteinander reden konnten. Das Lachen seiner Kollegen störte sie dabei nicht.

»Ludwig, du musst Christoph und mir helfen, wenn dir etwas an deiner Freundschaft zu ihm liegt.«

Er schaute sie erstaunt an und hörte ihr geduldig zu. Als sie ihm von Karls Besuch bei ihrem Vater erzählte, schüttelte er ungläubig den Kopf.

»Und du hast dich da nicht verhört, irgendetwas durcheinandergebracht?«, fragte er, als sie am Ende war.

»Er hat mehrere Anläufe genommen, schon damals auf dem Dilsberg«, sagte sie bestimmt.

Ludwig schaute zu Boden.

»Christoph macht diese Reise nach Heilbronn nicht zuletzt für unsere Familie, und dieser hinterhältige Mistkerl fällt seinem Freund in den Rücken und versucht, die Situation schamlos für sich auszunutzen. Dem werde ich was erzählen!«

»Aber erst, wenn du Christoph zurückgebracht hast, hörst du?!«, flehte ihn Annette an.

»Ich reite noch heute nach Heilbronn«, versicherte ihr Ludwig. »Mit dem Schiff ist es zu unsicher, die Front hat bei Hirschhorn und Eberbach bereits den Neckar erreicht. Ich nehme den Weg über Sinsheim und versuche, irgendwo über die grüne Grenze nach Württemberg zu kommen.«

Etwas ruhiger machte sie sich auf den Heimweg. Morgen schon, wenn alles gut ginge, könnte Christoph ihren Brief in

Händen halten. Wie würde er sich entscheiden? Aber, was noch viel fraglicher war, wie sollte er Karl von seinem Vorhaben abbringen, selbst wenn Christoph sofort nach Heidelberg käme? Was dachte sich dieser Kerl eigentlich und was dachte sich ihr Stiefvater? Sollte sie wie auf dem Viehmarkt per Handschlag den Besitzer wechseln und ohne ihre Einwilligung mit Karl Sänger verheiratet werden? In ihrer Wut und Verzweiflung keimte ein Fünkchen Hoffnung auf. Ihre Mutter würde das nie zulassen, und sie selbst würde sich schlicht weigern, bei einem solchen Handel mitzumachen.

Sie hatte sich dazu entschlossen, ihre Mutter zum Heidelberger Lazarett zu begleiten. Die meisten Verwundeten lägen in Mannheim, erfuhren sie dort. Die Preußen hätten Frankenthal und Oggersheim besetzt und versuchten wieder bei Ludwigshafen über den Rhein zu kommen, was bisher hätte verhindert werden können. Aber wenige Kilometer nördlich von Mannheim stünden Reichstruppen und drängten zum Neckar vor. Ein Dampfschiff sei vor wenigen Tagen von der badischen Heeresleitung zum Transport der Verwundeten von der Neckarfront beschlagnahmt worden.

Die Oberschwester, mit der sie sprachen, freute sich über ihre Bereitschaft, im Lazarett mitzuhelfen. Aber zur Versorgung der Verwundeten könnten sie noch nicht eingesetzt werden. Dazu sei Erfahrung nötig. Man hätte jedoch dringenden Bedarf an Wundverbänden und bräuchte jede Hand, um Leintuch zu waschen und anschließend zu Charpie zu zupfen.

Als sie ihre fragenden Blicke bemerkte, erklärte sie: »Das ist Mull, sauberes, weiches Gewebe, das auf die Wunde gelegt wird, bevor der Verband gemacht wird.«

Eine Krankenschwester nahm sie mit und begleitete sie durch einen langen Saal, in dem auf beiden Seiten des Mittelganges Betten aufgestellt waren, die etwa zur Hälfte mit verwundeten Soldaten belegt waren. Es roch nach Äther und

Schweiß und scharfen Arzneimitteln. Die Stille, die über dem Raum lastete, unterbrach nur ab und zu ein leises Stöhnen.

»Hier liegen die schwer Verwundeten«, erklärte ihnen die Schwester und legte ihre Finger auf die Lippen, bevor sie flüsterte: »Es sind – Gott sei Dank! – noch nicht so viele, es werden aber täglich immer mehr und bald wird der Platz nicht mehr ausreichen.«

Annette schaute verstohlen zu den Verletzten hinüber, als ob sie sich dafür schämte, dass diese jungen Männer, die ihr Leben für die Freiheit ihres Landes eingesetzt hatten, unter so unsäglichen Schmerzen litten.

Sie fühlte sich irgendwie verantwortlich für sie, obwohl sie selbst am wenigsten diesen Krieg gewollt hatte. Hier lagen die Opfer der Revolution, weit weg von ihren Familien zu Hause, die vielleicht noch nicht einmal von ihren Verletzungen wussten. Mit einem Mal spürte sie das Elend dieses Krieges am eigenen Leib.

Ihre Mutter hatte ihre Niedergeschlagenheit bemerkt und griff nach ihrem Arm, um sie zu stützen.

»Ich kann mir vorstellen, wie dir zumute ist. Diesen armen Menschen muss geholfen werden und genau deshalb sind wir hier«, versuchte sie ihrer Tochter Mut zu machen. »Wir werden dringend gebraucht und wir können bestimmt etwas dazu beitragen, dass sie bald wieder gesund werden.«

Doch Annette ließ sich nicht so einfach trösten.

»Ludwig will sich zu den Soldaten melden und Christoph überlegt es sich vielleicht auch noch. Stell dir vor, die beiden lägen hier!«

Die Krankenschwester eilte zu einem Verwundeten, der sich vor Schmerzen auf seiner Liege aufbäumte und stöhnte. Sie drückte ihn sacht auf die Kissen zurück, legte ihm ein kaltes, feuchtes Tuch auf die Stirn und flößte ihm eine Arznei ein. Der Mann griff nach ihrer Hand und wurde ruhiger.

Annette eilte zu ihr hin und schaute sie fragend an. Sie kam sich so hilflos vor. Die Schwester lächelte sie an, schüttelte leise den Kopf und brachte sie zu ihrer Mutter zurück. Dann schaute sie über die Schulter zu dem Verletzten hin und sagte traurig: »Diese Nacht wird er nicht überstehen.«

Sie führte sie in einen angrenzenden Raum, wo bereits an die dreißig Frauen aus Heidelberg damit beschäftigt waren, Charpie zu rupfen. Fanny hatte sie gleich erkannt und winkte ihnen, zu ihr herüberzukommen. Sie saß auf einer Bank neben anderen Frauen und löste Leinwand zu kleinen feinen Fädchen auf.

Die Schwester nickte den beiden zu.

»Sie werden wohl schon erwartet? Gehen Sie hinüber und lassen Sie sich die Arbeit erklären.«

Fannys Nachbarinnen rückten bereitwillig ein Stück zur Seite, und nachdem sie sich neben sie gesetzt hatten, erklärte ihnen Fanny: »In diesem Korb kommen die gerissenen Leinwandfetzen an. Seht ihr? Dort drüben werden die Leintücher auseinandergerissen. Wir ziehen nun die Fäden heraus, sodass ein lockeres Gewebe übrig bleibt. Das ist die rohe Charpie und die kommt in diesen Korb. Die Frauen auf der Bank unter dem Fenster formen daraus die Charpiebäusche oder den Charpiekuchen, der dann für den Wundverband verwendet werden kann.«

Unter dem Eindruck des eben Erlebten blieb Annette wortkarg, antwortete auf Fannys Fragen einsilbig und fühlte sich einfach nur elend. Schließlich fragte Fanny nach Christoph.

»Er wird bald wieder hier sein«, antwortete ihr Annette bestimmt. Ihre Mutter blickte verwundert auf.

Annette hatte ihr nichts von ihrem Auftrag an Ludwig berichtet. Sollte sie jetzt die beiden einweihen? Wusste Fanny vielleicht schon durch Ludwig Bescheid? Sie blickte zu ihr hinüber, aber Fanny zupfte geduldig an ihrer Charpie und wartete darauf, dass Annette weitererzählte.

»Ich habe ihm einen Brief geschrieben«, begann sie zögerlich.

»Hast du ihm von Karls Besuch bei uns berichtet?«, fragte ihre Mutter scharf nach.

143

»Karl war bei euch auf Besuch?«, schaltete sich Fanny neugierig in das Gespräch ein.

»Er hat Vater besucht und sich erkundigt, was er von einer Verbindung mit mir hielte«, antwortete Annette mit bemühter Gleichgültigkeit.

»Ist der noch ganz bei Trost?«, ereiferte sich Fanny.

»Christoph wird es nicht leicht haben«, seufzte ihre Mutter.

Annette warf ihr fertig gezupftes Leinwandstück ärgerlich in den Korb.

»Wieso nur Christoph?«, zischte sie wütend ihre Mutter an. »Wir alle werden es nicht leicht haben. Oder willst du einfach abwarten, wem mein verehrter Stiefvater schließlich den Vorzug gibt?«

Mathilde Lußhardt verzichtete darauf, ihre Tochter wegen dieser bitteren Worte zurechtzuweisen. Sie ahnte, was in ihr vorging, und sie fragte sich, ob sie sich den Plänen ihres Mannes beugen sollte. Aber welche Möglichkeiten hatte sie denn, sich ihm zu widersetzen?

Einmal mehr begann sie daran zu zweifeln, ob es richtig gewesen war, sich ein zweites Mal zu verheiraten, sich erneut in die Befehlsgewalt eines Ehemannes zu begeben. Hätte sie es als alleinstehende Witwe im Hause ihres Schwagers nicht besser getroffen? Hatte er ihr nicht damals – nach dem Tode ihres ersten Mannes – sogar angeboten, im Buch- und Verlagsgeschäft, das er von seinem Bruder übernommen hatte, weiter tätig zu bleiben?

In riskanter Mission

Dossenheim, Sinsheim, Heilbronn, 16. und 17. Juni 1849

Er hatte sich sofort auf den Weg nach Dossenheim gemacht, war gar nicht mehr in die Vorlesung zurückgegangen. Mehrmals begegneten ihm auf der kurzen Strecke Militärstreifen, gegenüber denen er sich ausweisen musste. Hier sei militärisches Sperrgebiet, wurde er gewarnt. Aber als er sagte, er müsse dringend zum Landgut seiner Eltern nach Dossenheim, ließ man ihn schließlich passieren. Auch Truppenverbände marschierten an ihm vorbei. Die badischen Soldaten hatten sich auf eine Linie zwischen dem Odenwald und Neckar bei Schriesheim und dem Neckar bei Ladenburg verschanzt, die Einheiten der Preußen und ihrer Verbündeten standen bei Weinheim. Kein Schuss war zu hören. Die Ruhe kam ihm fast schon gespenstisch vor. Es war wohl die Ruhe vor dem Sturm.

Er zog es vor, gar nicht erst im Wohnhaus ihres Landgutes aufzukreuzen. Womöglich wäre er geradewegs Karl in die Arme gelaufen. Es juckte ihn zwar in den Fingern, ihm gehörig die Meinung zu sagen, aber weder wollte er Zeit verlieren noch riskieren, dass Karl von seiner Mission erfuhr. Annette hatte recht. Jetzt kam es darauf an, Christoph so schnell wie möglich von dem, was Karl und der alte Lußhardt da miteinander aussheckten, in Kenntnis zu setzen. So ging er gleich zum Pferdestall hinüber.

Der Knecht war damit beschäftigt, ihre Pferde herauszuführen. Einige standen schon in der Koppel und äugten zu Ludwig hinüber. Was hatte das zu bedeuten?

»Ich soll sie auf die Wiese zum Eisbuckel bringen«, erklärte ihm der Stallbursche. »Ihr Herr Bruder meint, wir sollten uns auf den Durchbruch der Preußen an der Front einstellen. Die Soldaten werden dann wohl auch unserem Gut einen Besuch abstatten und die Pferde mitnehmen wollen. Hinten im Tal werden sie in Sicherheit sein.«

Der will nicht, dass die badischen Truppen die Pferde beschlagnahmen, dachte sich Ludwig, musste aber trotz seiner Wut auf ihn zugeben, dass er die Entscheidung seines Bruders richtig fand. Er hing an ihren Pferden, kannte jedes beim Namen, einige hatten ihn schon seit seiner Kindheit begleitet. Sollten sie von den Badenern oder den Preußen in den bevorstehenden Gefechten zuschanden geritten oder gar unter ihren Reitern totgeschossen werden?

»Ist er drüben im Gutshaus?«

»Er packt die Wertsachen zusammen, hat er gesagt, und will dann zur Hütte unter dem Wendenkopf nachkommen. Er rechnet damit, dass bald Soldaten im Gutshaus einquartiert werden.«

»Sag ihm, dass ich hier war und meinen Fuchs abgeholt habe, ich habe leider keine Zeit, mit ihm selbst zu sprechen, muss dringend weg.«

Ludwig legte in aller Eile seinem Pferd den Sattel auf, wünschte dem Knecht Erfolg bei seiner Unternehmung und ließ Karl einen Gruß ausrichten. Dann schwang er sich in den Sattel und galoppierte über Handschuhsheim auf Heidelberg zu. Er hatte sich nicht einmal Zeit dafür genommen, das Nötigste einzupacken. Heute Abend schon wollte er in Heilbronn sein und Christoph Annettes Brief übergeben.

Um nicht erneut in Militärkontrollen zu geraten, mied er die Landstraßen, bevorzugte kleine Waldwege über dem Elsenztal und machte um die Dörfer einen großen Bogen. Am frühen Nachmittag traf er in Sinsheim ein und gönnte sich und seinem Pferd eine kleine Verschnaufpause. Er kehrte wieder im *Schwarzen Bären* ein, überließ dem Knecht sein Pferd, gab ihm ein paar Kreuzer, damit er den Fuchs tüchtig abreibe, tränke und anschließend mit Hafer füttere, und setzte sich in die Wirtsstube.

Wo er denn heute noch hinwolle, fragte ihn der Wirt. Nach Heilbronn? Das sei ganz schlecht.

»Heilbronner Bürgerwehr ist seit gestern bei uns einquartiert. Sie sind drauf und dran, mit unseren Dragonern zusammen über die Grenze nach Württemberg zu marschieren, und die württembergischen Truppen dort wissen das vermutlich. Die Grenze ist zu!« Ob er den Gustav Mayer kenne?

»Euren Apotheker?« Ludwig erinnerte sich gut an ihr Zusammentreffen in ebendieser Wirtschaft.

»Der war doch Zivilkommissär hier in Sinsheim, und dann sollte er eine Freischärlertruppe zusammenstellen. Ist er noch hier in Sinsheim?«

»Seit ein paar Tagen nicht mehr«, winkte der Wirt ab.

»Inzwischen kommandiert er seine eigene deutsch-polnische Legion und kämpft gegen die Preußen an der Neckarfront«, erwähnte er mit gewichtiger Miene, während er die gespülten Gläser auf einem Tuch abstellte. Dann kam er zu Ludwigs Tisch und zwinkerte ihm leutselig zu.

»Vorgestern war sein Bruder da, der Heilbronner Arzt und Physikus Robert Mayer, den haben sie gleich eingelocht.«

»Wieso denn das?«, fragte Ludwig erstaunt.

Der Wirt genoss Ludwigs Überraschung sichtlich, zog sich einen Stuhl heran und setzte sich zu ihm. Während Ludwig seine Portion Salzfleisch mit Brot in Angriff nahm, begann er zu erzählen.

»Also das war so. Robert Mayer hat seine Schwägerin nach Sinsheim begleitet. Deren Mann, auch ein Apotheker, Friedrich Mayer, hat in Heilbronn die Bürgerwehr kommandiert und ist mit einigen seiner Leute über die Grenze nach Baden gezogen, um sich unseren Truppen anzuschließen. In Sinsheim wollte er mit seiner Frau zusammentreffen. Aber es ist wohl anders gelaufen, als es sich die beiden vorgestellt hatten.«

Er machte eine Pause, sah Ludwig neugierig an, als ob er sich versichern wollte, dass dieser seinen Ausführungen hatte folgen können. Als er bemerkte, dass Ludwig sein Besteck zur Seite gelegt hatte und ihm mit größtem Interesse zuhörte, fuhr er fort: »Seit ein paar Wochen werden bei uns alle Ausländer streng kontrolliert, müssen Sie wissen. Die Polizei hat Robert Mayer seine Geschichte, dass er nur seinen Bruder besuchen wollte, nicht abgenommen, und als er dann auf die Revolution zu schimpfen begann, hat sie ihn gleich in Haft genommen. Einige Freischärler aus Heilbronn haben ihn hier in meiner Wirtsstube erkannt und laut gerufen, das sei ein Spion, ein Konterrevolutionär! Sie haben gleich gefordert, Robert Mayer zu erschießen. Daraufhin hat seine Schwägerin einen Riesenaufstand gemacht, sie sei verwandt mit Gustav Mayer, einem guten Freund von General Sigel, ihr Mann kämpfe mit den Badenern gegen die Preußen, das würde für die Sinsheimer Polizei ein unerfreuliches Nachspiel haben, und sie gab keine Ruhe, bis sie mit ihrem Schwager zusammen nach Heidelberg zu General Sigel gebracht wurden. Der hat dann sofort angeordnet, Robert Mayer wieder frei zu lassen. Dann sind sie wieder zurück ins Württembergische gefahren. Ein Soldat, der dabei war, hat erzählt, Sigel hätte den Kopf geschüttelt und gesagt, alle Reaktionäre könne er doch nicht erschießen lassen.«

Ludwig lachte erleichtert: »Was wären wir ohne unsere Frauen!« Dann erwähnte er vorsichtig seinen Bruder Philipp. Der sei letztes Jahr mit Hecker gezogen, dann nach Amerika geflohen und kehre in diesen Tagen zurück. Vielleicht hätte der Wirt schon von Philipp Sänger oder von Heckers Rückkehr gehört?

Doch dieser schüttelte den Kopf.

»Wenn es dafür nur nicht zu spät ist! Was für eine wirre Zeit! Familien werden auseinandergerissen, Deutsche schießen auf Deutsche, dabei hatte man sich in Frankfurt doch bereits auf eine friedliche Zukunft in einem einigen Deutschland geeinigt!«

Ludwig gab ihm recht, bezahlte und erkundigte sich nach dem besten Weg nach Heilbronn. Der Wirt schüttelte mitleidig den Kopf. Er solle bloß aufpassen. Württembergisches

Militär beobachte die Grenze nach Baden inzwischen genau und in Heilbronn und seinem Umland herrsche noch Aufruhrzustand. Dann beschrieb er ihm einen Weg hinüber nach Württemberg, wo er – wenn er gut aufpasse – doch noch unbehelligt über die Grenze kommen könnte.

Ludwig ließ sich seinen Fuchs bringen und machte sich auf den Weg. Immer nach Westen solle er sich halten, hatte ihm der Wirt gesagt, von Rohrbach über den Eulenhof in Richtung Obergimpern, dann an Rappenau vorbei zum Zimmerhof, dann käme er von Norden ins hessische Wimpfen. Dort sei die Grenze vermutlich weniger bewacht. Ab Wimpfen solle er den Weg durchs Neckartal südwärts nehmen und auf der linken Uferseite bis nach Neckargartach, da sei er dann gleich in Heilbronn.

Solange er in Baden unterwegs war, kam er gut voran, traf auf keine Truppen oder Militärstreifen und überquerte hinter dem Zimmerhof die hessische Grenze. Wimpfen lag als hessische Insel zwischen Baden und Württemberg. Er ritt an der alten Kaiserpfalz vorbei, die steile Straße hinunter ins Neckartal, dann durch die Talstadt und über Feldwege südwärts Richtung Heilbronn. Jetzt musste er vorsichtig sein, denn hier verlief irgendwo die Grenze zum Königreich Württemberg.

Als er von ferne die ersten Häuser von Untereisesheim sah, fielen ihm Reiter auf, die auf ihn zu galoppierten. Die hatten es auf ihn abgesehen! Ohne auf ihre Zurufe zu reagieren, wendete er seinen Fuchs und preschte querfeldein auf ein Waldstück zu. Spätestens jetzt hatte er sich verdächtig gemacht, fuhr ihm durch den Kopf. Sie würden ihn verfolgen und alles versuchen, ihn zu stellen. Sollte er zurück nach Wimpfen?

Da traf er kurz vor dem Wald auf eine Wegkreuzung. Rechts ging es nach Bonfeld, links nach Biberach. Er drehte sich um. Seine Verfolger waren aus der Senke hinter ihm noch nicht aufgetaucht. Da sprang er vom Pferd und führte es am Halfter ein Stück ins Unterholz des Waldstücks. Um auf dem Weg möglichst wenig Spuren zu hinterlassen, versuchte er mit einem rasch abgerissenen Ast die Hufabdrücke seines Pferdes zu verwischen. Dann wandte er sich in Sichtweite des Weges unter dem Schutz des Waldes nach links in die Richtung, wo er Biberach vermutete. Wenn er Glück hatte, würde die Militärstreife den Weg nach Bonfeld nehmen. Dort verlief die badische Grenze. Wenn sie in ihm einen ertappten badischen Kundschafter vermuteten, der vor ihnen über die Grenze nach Baden zurück fliehen wollte, dann bogen sie wohl nach Bonfeld ab. Also auf – hinein nach Württemberg!

Behutsam führte er sein Pferd am Zügel durch den Wald, vermied, wo er konnte, lockeres Holz, tastete sich von Lichtung zu Lichtung und blieb sofort stehen, wenn sein Pferd doch einmal auf einen Ast getreten war. Dann lauschte er auf weitere Geräusche, aber schon nach wenigen Minuten wurde er zunehmend sicherer. Sie waren ihm nicht gefolgt, sonst hätte er sie längst hören müssen.

Als er den schmalen Waldweg wieder erreicht hatte, saß er auf und ritt im Bogen um Biberach und die Böllinger Höfe nach Neckargartach. Hier wagte er sich auf die belebte Chaussee, die am Neckar entlang nach Heilbronn führte, und erreichte am Abend endlich die Neckarbrücke. Wieder hatte er Glück. Die württembergischen Soldaten, welche die Brücke bewachten, kontrollierten ihn nicht. Er hätte kein gültiges Visum vorweisen können. Als er am Marktplatz angekommen war, fragte er sich nach dem Haus des Kaufmanns Georg Schmidt durch.

Er ließ sich als Freund von Christoph Schmidt aus Heidelberg melden und wurde von Barbara empfangen, die sich freilich etwas erstaunt über solch unerwarteten Besuch zeigte. Ihr Mann und ihr Sohn kämen erst am späten Abend wieder, ob sie denn etwas ausrichten könne.

Er stellte sich vor, erwähnte ihre gemeinsame Reise nach Sinsheim und Christophs Vorhaben, sich für seine Eltern in Weinsberg bei Theobald Kerner nach seinem Bruder Philipp zu erkundigen, und kam dann gleich auf Annette zu sprechen, die ihn heute Morgen gebeten hätte, sofort zu Christoph nach Heilbronn zu reiten.

»Ich habe eine dringende Nachricht für ihn und müsste ihn noch heute Abend sprechen.«

Aus Barbaras Gesichtsausdruck las Ludwig ängstliche Neugier, aber auch Wohlwollen.

»Bitte lassen Sie mich hier auf ihn warten«, bat Ludwig inständig und berichtete von seinem Ritt über Sinsheim nach Heilbronn, seinem illegalen Grenzübertritt bei Wimpfen, und wie er im letzten Augenblick den württembergischen Grenzsoldaten entkommen war. Er erwähnte Annettes Verzweiflung am Morgen, zeigte ihr den versiegelten Brief und betonte, dass er dringend mit Christoph persönlich zusammentreffen müsse.

Sie erklärte sich schließlich einverstanden, rief ihre Magd und den Knecht, der sich um Ludwigs Pferd kümmern sollte. Der Magd trug sie auf, einen Imbiss für Ludwig zu richten, und bat ihn ins Wohnzimmer.

»Man hört schreckliche Nachrichten aus der Gegend um Mannheim, dort soll es inzwischen einen regelrechten Krieg geben. Wie geht es Ihren Eltern?«

Ludwig erzählte ihr von den anfänglichen Siegesmeldungen der Revolutionstruppen und der drückenden Übermacht der Feinde, dass sein Bruder gerade dabei sei, ihr Landgut bei Dossenheim zu räumen, weil sie den baldigen feindlichen Einmarsch befürchteten.

»Es liegt nur wenige Kilometer von der Front entfernt. »Bayrische, hessische, preußische, sogar württembergische Soldaten kämpfen gegen uns, der Großherzog hat gegen sein eigenes Volk mobil gemacht! Freischärler aus ganz Deutschland stoßen zwar Tag für Tag zu unseren Truppen, aber die

Lage wird immer schwieriger. Meine Familie hat sich in ihr Stadthaus in Mannheim zurückgezogen und will erst mal abwarten.«

»Und da haben Sie diese gefährliche Reise nach Heilbronn riskiert?«

»Christoph hat schon so viel für uns getan. Ich freue mich, wenn ich ihm auch einen Dienst erweisen kann.«

Inzwischen war die Magd gekommen und brachte ihm ein Vesper – etwas Wurst, ein paar Scheiben Brot und eine Kanne heißen Kaffee. Christoph bedankte und erkundigte sich: »Und in Heilbronn ist alles ruhig?«

»Die Revolution bei uns ist zu Ende«, sagte Barbara, ohne ihre Erleichterung darüber verbergen zu können. Sie schenkte ihm Kaffee ein. »Die Bürgerwehr ist aufgelöst oder kämpft in Baden. Inzwischen beginnen schon die Untersuchungsverfahren; wie man sagt, soll es allein in Heilbronn an die Tausend Vernehmungen geben. Gott sei Dank ist Christoph wieder zurück, er hatte Friedrich Mayer, den Kommandeur der Heilbronner Bürgerwehr, und seine Leute auf ihrem Weg nach Baden ein Stück begleitet. Friedrich Mayer wird inzwischen steckbrieflich gesucht.«

»Friedrich Mayer?«, rief Ludwig. »Über den hat mit mir heute in Sinsheim der Wirt des *Schwarzen Bären* gesprochen, eigentlich eher von seiner Frau.«

Annette schlug das *Heilbronner Tagblatt* auf und deutete auf den dort veröffentlichten Steckbrief:

Friedrich Mayer
Alter: 43 Jahre
Haare: dunkelbraun
Stirn: nieder
Augen: grau, das linke fehlt
Augenbrauen: braun
Nase: spitzig
Mund: mittel

Zähne: gut
Kinn: oval
Bart: starker Kinn- und Schnurrbart
Gesicht: mager
Gesichtsfarbe: bleich
Statur: hager
Besondere Zeichen: trägt eine Brille, geht mit dem Kopf vorgebückt

Er schob die Zeitung zurück. »Widerlich, diese Menschenhatz! Wie Verbrecher werden wir behandelt und gejagt!«
Er griff zu Brot und Wurst und begann zu essen.
Barbara sah ihn erstaunt an.
»Habe ich Sie eben recht verstanden? Der Wirt in Sinsheim hat mit Ihnen über Friedrich Mayer und seine Frau gesprochen?«
Ludwig schluckte seinen ersten Bissen hinunter und erzählte ihr von Robert Mayer und Friedrich Mayers Frau und ihrem entschlossenen Auftreten bei der Polizei in Sinsheim und bei Kriegsminister Franz Sigel in Heidelberg.
»Sie müssten eigentlich schon wieder in Heilbronn sein.«
Barbara schmunzelte trotz aller Besorgnis, die sie wegen des Briefes an Christoph hegte.
»Jetzt essen Sie mal zuerst in aller Ruhe, nachher können Sie mir dann alles der Reihe nach erzählen.«

»Ludwig, was machst du in Heilbronn?«, rief Christoph freudig erregt, als er gegen zehn Uhr mit seinem Vater nach Hause kam und seinen Freund im Wohnzimmer sitzen sah.
Ludwig schaute ernst, erhob sich vom Sofa und umarmte seinen Freund kurz, ließ sich aber nicht auf lange Erklärungen ein. Sie würden noch den ganzen Abend Zeit haben, miteinander zu sprechen.
»Von Annette.«
Er hielt ihm den Brief hin.

Christoph nahm ihn stirnrunzelnd entgegen und riss ihn sofort auf. Beim Lesen wurde er blass und ließ sich in einen Sessel fallen.

»Also doch!«, stieß er hervor.

Seine Mutter hatte ihn besorgt betrachtet, während er Annettes Zeilen las. Obwohl sie ihre Neugier kaum bezwingen konnte, hielt sie sich zurück. Ihr war klar, dass Christoph das eben Erfahrene erst verarbeiten musste.

»Ich glaube, es ist besser, wir lassen euch beide mal allein.« Sie zog ihren Mann sanft mit sich fort. »Ich erkläre dir das nachher in Ruhe«, raunte sie ihm zu und sagte zu Ludwig gewandt: »Ich habe der Magd aufgetragen, das Gästezimmer zu richten. Christoph kann es Ihnen nachher zeigen.«

Als seine Eltern den Raum verlassen hatten, fragte Ludwig beinahe erschrocken: »Du hast mit einer solchen Gemeinheit meines Bruders gerechnet?«

Christoph zögerte einen Moment, dann begann er zu erklären: »Erinnerst du dich daran, dass ich dir Karls Schal gezeigt hatte, den ich vor Annettes Haus gefunden hatte? Dabei hatte ich dir etwas Wesentliches verschwiegen.«

Er schilderte den nächtlichen Überfall vor dem Hause Lußhardt. Während Ludwig seinem Bericht atemlos folgte, fiel es Christoph zunehmend schwer, dessen Bruder immer weiter zu beschuldigen. Aber jetzt musste Klartext geredet werden.

»Es handelt sich ja immer noch um einen Verdacht, aber eins passt zum anderen. Die Wut auf mich, sein Vorwurf, Annette hätte mich nicht verdient, und dass er mir seitdem aus dem Weg geht.«

»Du kannst auf meine Unterstützung zählen«, versicherte ihm Ludwig, als er sich wieder gefasst hatte, und fügte zähneknirschend hinzu: »Ich will auch gegenüber meinen Eltern nicht schweigen.«

»Als Erstes muss ich mir morgen ein Pferd besorgen und dann gleich nach Heidelberg«, murmelte Christoph, mehr zu

sich selbst. Dann legte er seine Hand auf Ludwigs Schulter.
»Diesen Freundschaftsdienst werde ich dir nie vergessen!«

Sein knappes Lächeln erstarb allerdings sofort wieder und machte einer besorgten Miene Platz.

»Meine Mission in Weinsberg hat übrigens einiges zutage gebracht, da wartet noch eine dicke Überraschung auf dich!«

Ludwig blickte erschrocken auf und Christoph überlegte, wie er ihm die Neuigkeiten schonend beibringen könnte.

»Setz dich«, sagte er, wies auf das Sofa und nahm auf einem Sessel gegenüber Platz.

»Zunächst die gute Nachricht: Philipp ist bereits auf dem Weg aus Amerika nach Deutschland. Er begleitet Friedrich Hecker und wird bereits in Straßburg erwartet.«

Ludwig sprang wieder vom Sofa auf.

»Woher weißt du das?«

»Von Theobald Kerner, der mir aber auch noch manches andere aufgedeckt hat, das dir kaum gefallen wird.«

Christoph berichtete ihm von Philipps Verzweiflung im Straßburger Exil, dass er keinerlei Briefe von seinen Eltern erhalten habe und seine eigenen Briefe an die Eltern alle ohne Antwort geblieben seien, und schließlich erwähnte er auch Karls Schreiben, in dem er Philipp mitgeteilt habe, dass sein Vater ihn verstoßen habe, und er solle nie wieder in Mannheim oder Dossenheim aufkreuzen.

»Das kann nicht sein!«, stieß Ludwig hervor. »Philipp und Karl! Bis vor einem Jahr waren sie ein Herz und eine Seele! Warum sollte Karl eine solche Schufterei ausgeheckt haben – und was wollte er damit bezwecken?«

Christoph zuckte die Schultern.

»Das wird dir vermutlich nur Philipp selbst beantworten können. Wir werden uns wohl in den nächsten Tagen nach Straßburg aufmachen müssen.«

»Du würdest mich begleiten?«, fragte Ludwig und seine Augen begannen zu leuchten.

Christophs dämpfte Ludwigs Begeisterung.

»Wie gesagt, Philipp begleitet Hecker auf seiner Reise nach Straßburg und beide sind wohl noch nicht dort eingetroffen. Also eilt es nicht so sehr. Zuerst muss ich nach Heidelberg zu Annette und dann werde ich mir Karl vorknöpfen.«

»Da bin ich dabei!«, rief Ludwig zornig.

»Außerdem sollten wir überlegen, ob wir nicht besser unsere Reise nach Straßburg einstweilen geheim halten, vor allem vor Karl.«

»Wenn er tatsächlich Philipps Briefe abgefangen hat, dann wohl auch noch seinen letzten, den er aus Amerika schickte und den der Postbote mir damals angekündigt hat«, murmelte Ludwig und überlegte. »Ob er seine Briefe gleich vernichtet oder irgendwo aufbewahrt hat?«

Sie diskutierten noch die halbe Nacht, besprachen die nächsten Schritte, die sie nun gemeinsam unternehmen wollten, und legten sich erst im Morgengrauen zur Ruhe, um vor der Reise noch ein paar Stunden zu schlafen.

»Du reitest aus?«

Clara war zu ihm getreten, als er mit dem Pferdeknecht der Albrechts und einem Rappen aus dem Stall kam.

»Dein Vater hat ihn mir geliehen.«

Christoph tätschelte den Hals des Pferdes. »Ich muss sofort in einer dringenden Angelegenheit nach Heidelberg.«

Sie blickte ihn prüfend an, dann legte sie ihre Hand auf seinen Arm.

»Pass auf dich auf, was immer dich auch nach Heidelberg treiben mag, ich möchte nicht, dass dir was passiert.«

Dann stellte sie sich auf die Zehenspitzen und küsste ihn auf die Stirn.

Er schloss kurz die Augen, als wollte er diese seltsame Abschiedsszene aus seinen Gedanken verdrängen, dann nahm er dem Pferdeknecht die Zügel aus der Hand, saß auf und ritt über den Hof. Erst als er das Tor zur Straße fast erreicht hatte, gab er sich einen Ruck.

»Leb wohl! Richte deinen Eltern einen Gruß aus und meinen herzlichen Dank!«, rief er ihr über die Schulter zu und ließ das Pferd antraben.

Sie schaute ihm nach, wie er auf die Straße hinausritt, und hoffte vergeblich, dass er sich noch einmal zu ihr umdrehen würde.

Ludwig wartete schon ungeduldig auf ihn. Im Schritttempo ging es durch die Straßenschluchten Heilbronns, die links und rechts gesäumt waren von hohen Fachwerkhäusern, die nach oben immer näher zusammenrückten. Die Geschosse waren eins ums andere leicht nach außen versetzt, bis man sich oben über die Straße fast die Hand reichen konnte. Allmählich füllte sich die Stadt mit morgendlichem Treiben.

Sie ritten an der Kilianskirche vorbei zum Marktplatz und über die Neckarbrücke zu den neuen Häusern der Vorstadt. Christoph zeigte Ludwig das vor Kurzem eingeweihte Bahnhofsgebäude der seit einem Jahr bestehenden Eisenbahnlinie nach Stuttgart, den neuen Hafen beim Wilhelmskanal, wo man direkt von der Eisenbahn ins Dampfschiff nach Heidelberg umsteigen konnte. Dann schlugen sie den Weg Richtung Böckingen ein. Nun konnten sie die Pferde laufen lassen.

Verfolgungsjagd auf der Neckarbrücke

Heidelberg, 17. Juni bis 20. Juni 1849

Am späten Nachmittag erreichten sie Heidelberg. Die grüne Grenze nach Baden hatten sie diesmal etwas weiter südlich, über den bereits badischen Ort Schluchtern, erreicht, der von württembergischem Gebiet umgeben war.

Christoph kannte die versteckten Wege in den Wäldern des Heuchelbergs von früheren Ausritten gut und fand einen Schleichweg hinüber ins Badische. Ludwig erinnerte sich an sein Erlebnis vom Vortag. Aber sie hatten auch diesmal Glück. Wieder hatten sie ohne gültige Papiere die Grenze passiert, was in diesen Zeiten sofort zu ihrer Verhaftung hätte führen können, wenn eine Militärstreife auf sie gestoßen wäre.

Über Gemmingen erreichten sie noch am Vormittag Sinsheim, wo ihnen bei ihrer kurzen Rast im *Schwarzen Bären* ein Exemplar der *Karlsruher Zeitung* in die Hände fiel, das ihnen bewusst machte, wie gefährlich ihre Reise war.

Ein Aufruf der provisorischen Regierung vom 16. Juni war hier veröffentlicht, in dem es hieß, dass in allen badischen Gemeinden Lebensmittel und Pferde für die Armee abzugeben seien. Bei der Beschlagnahmung sei den Anweisungen der Soldaten umgehend Folge zu leisten.

Durch die Zeitung hatten sie sich auch genauer über die gegenwärtige Kriegslage informieren können. An der Front, die sich nun südlich von Viernheim zum Odenwald zog, hatte es noch keinen Durchbruch gegeben. Heidelberg wurde also noch von badischen Truppen gehalten. Sie hielten sich wieder etwas abseits der großen Straßen und ritten am Nachmittag in Heidelberg ein.

Auf Höhe der Neckarbrücke verabschiedeten sie sich voneinander und verabredeten sich für den Abend im *Bremeneck*. Ludwig nahm Christophs Rappen mit, um ihn bei seinen Eltern in Mannheim unterzustellen, bis ihn Christoph wieder nach Heilbronn bringen könnte. Sein Vater hatte Kilian Albrecht eine Kaution von hundert Gulden angeboten, der das aber abgelehnt hatte. Er helfe gerne einem alten Freund.

Nun blieb ihnen nichts anderes übrig, als zu hoffen, dass Albrechts Pferd nicht von der badischen Armee requiriert wurde!

Endlich stand Christoph vor dem Lußhardt'schen Haus und schaute zu den Fenstern der Wohnung über dem Ladengeschäft hinauf. Sollte er sich einfach melden lassen und darauf hoffen, zu Annette vorgelassen zu werden? Sollte er hier auf der Straße warten, bis er sie zufällig antraf? Das konnte lange dauern!

Während er darüber nachdachte, trat Lußhardt aus seinem Geschäft, sah ihn fassungslos an und sein Gesicht verzog sich zu einer grimmigen Miene. Dann schritt der Alte entschlossen auf ihn zu.

»Was wollen Sie hier, junger Mann, hier vor meinem Haus?« Seine Stimme zitterte.

Christoph nahm all seinen Mut zusammen und versuchte seinen Gesprächston so locker und ungezwungen wie möglich zu halten.

»Einen schönen guten Tag, Herr Lußhardt. Verzeihen Sie mein unangemeldetes Erscheinen. Annette hat mir einen Brief nach Heilbronn geschrieben, dass ich nach Heidelberg kommen soll. Jetzt bin ich da. Könnte ich sie kurz sprechen?«

»So, hat sie das?«, rief Lußhardt erregt. »Davon weiß ich jedenfalls nichts und Ihnen rate ich, sich lieber Ihren Studien zu widmen als hier vor meinem Haus spazieren zu gehen. Hier möchte ich Sie jedenfalls nie wieder sehen.«

Er hob die Hand und fuchtelte mit erhobenem Zeigefinger, seine Stimme überschlug sich, als er schrie: »Diesen verdammten Krieg, den haben Sie und Ihresgleichen allein zu verantworten!«

»Friedrich! Wie sprichst du denn mit Annettes Freund«, ging ihn Mathilde Lußhardt energisch an, die aus dem Laden gestürzt kam, als sie die beiden von innen durch die Fenster gesehen hatte.

»Annette geht mir heute nicht aus dem Haus!«, befahl Lußhardt seiner Frau mit drohendem Blick. »Und was diesen, diesen Herrn Schmidt angeht, es ist bereits alles gesagt!« Dann drehte er sich um und stapfte davon.

Mathilde gab Christoph erst einmal die Hand.

»Verzeihen Sie die unfreundliche Begrüßung meines Mannes. Gut, dass Sie so schnell zurückgekommen sind. Annette wird erleichtert sein, ich rufe sie schnell, dann könnt ihr im Laden kurz miteinander sprechen.«

Er betrat mit ihr das Kolonialwarengeschäft der Lußhardts, in dem es verführerisch nach Kaffee, Schokolade und Gewürzen duftete. Annette flog ihm entgegen, er nahm sie in seine Arme und drückte sie an sich. Mathilde Lußhardt legte ihre Hand auf Annettes Schulter und zog ihre Tochter behutsam weg.

»Es sind derzeit zwar keine Kunden da, aber ihr solltet vorsichtig sein.«

Dann wandte sie sich an Christoph.

»Sie haben gesehen, wie mein Mann auf Sie zu sprechen ist. Ich werde versuchen, mich für euch einzusetzen, aber es wird nicht leicht werden.«

Mit leicht vorwurfsvollem Ton schob sie nach: »Macht es mir doch nicht noch schwerer! Und jetzt verabschiedet euch besser, Friedrich wird bald zurück sein.«

Sie ließ die beiden für einen Augenblick allein.

»Ich werde Karl zur Rede stellen. Ludwig ist auf unserer Seite«, versuchte Christoph Annette in aller Eile zu trösten. »Ich habe in Weinsberg erfahren, dass Karl sich noch ganz andere Dinge geleistet hat, wofür er sich bei seinen Eltern verantworten muss. Da wird er in nächster Zeit anderes zu tun haben, als dir nachzustellen.«

Annette drückte seine Hand.

»Sei vorsichtig, Christoph. Ich will keinen Streit. Vater kann mich nicht zwingen, Karl zu heiraten. Das würde meine Mutter auch nie zulassen.« Dann lächelte sie ihn hoffnungsvoll an: »Gut, dass du jetzt da bist.«

Sie schaute sich kurz um, dann gab sie Chistoph einen flüchtigen Kuss auf die Lippen und verschwand in den hinteren Räumen.

Zur vereinbarten Stunde traf er Ludwig, der keine guten Neuigkeiten mitbrachte, im *Bremeneck*.

»Mein Vater war außer sich, als ich ihm von Philipps Briefen erzählt habe. Noch heute Nachmittag ließ er sich nach Dossenheim fahren und hat mit Karl gesprochen. Vor zwei Stunden ist er zurückgekommen. Karl hat natürlich alles abgestritten und dich als Lügner, bösen Verleumder, als Jakobiner beschimpft. Er hat gedroht, dich wegen deiner Zeitungsartikel anzuzeigen, wenn die Revolution endlich niedergeschlagen sei. Und was noch schlimmer ist: Vater scheint ihm eher zu glauben. Von einer Reise nach Straßburg will er jedenfalls nichts wissen.«

Bevor Christoph diese schlechte Nachricht richtig verarbeiten konnte, wurden sie jäh aus ihrem Gespräch gerissen.

»Da sitzt ja mein Freund Christoph Schmidt, wieder zurück aus Heilbronn?«

Christoph sah auf und erkannte Herrn von Wollenberg, der sich unaufgefordert zu ihnen setzte und Ludwig auf die Schulter klopfte.

»Wie geht's zu Hause?«, fragte er ihn leutselig. »Macht sich dein Vater um sein Landgut Sorgen?« Er lachte. »So schnell werden die Preußen nicht kommen, heute hat die pfälzische Volksarmee über den Rhein gesetzt, um sich Mieroslawski anzuschließen, und die Neckarfront scheint noch eine Weile zu halten.«

Er beachtete Ludwigs wütende Blicke nicht, der ärgerlich Wollenbergs Hand von seiner Schulter abschüttelte. Christoph erinnerte sich, was ihm sein Vater über diesen feinen Herrn erzählt hatte. Er beschloss, den aufdringlichen Kerl, der sich als Freund seines Vaters aufgespielt hatte, etwas aus der Fassung zu bringen.

»Wann haben Sie sich denn Ihren jetzigen Namen *von Wollenberg* zugelegt, eigentlich heißen sie ja *Franz Wilhelm*?«

Ludwig schaute verwundert auf, Wollenberg ließ sich jedoch nicht aus der Ruhe bringen und lächelte beide an. Gelassen antwortete er: »Meine Mutter war eine gebürtige *von Wollenberg* und als ich mein mütterliches Erbe antrat, lag es nahe, auch ihren Namen anzunehmen.« Er blickte Christoph mit einem Anflug von Spott in den Augen an: »Sie haben also mit Ihrem Vater über mich gesprochen?«

Christoph zögerte. Auf einen wirklichen Streit mit Wollenberg wollte er es jetzt nicht auch noch ankommen lassen. Die Geschichte mit Karl und die Auseinandersetzungen mit Annettes Vater reichten ihm vollauf.

»Mein Vater hat die Geschichte Ihrer Freundschaft, wie Sie es nannten, etwas anders dargestellt«, wich er aus.

»Ich kann es ihm nicht verübeln«, seufzte Wollenberg, »aber er tut mir Unrecht, glauben Sie mir. Es handelt sich um ein großes Missverständnis.«

Er beugte sich leicht zu Christoph hinüber und griff nach seiner Hand.

»Dürfte ich Sie um einen Gefallen bitten? Setzen Sie sich doch bei Ihrem Vater für mich ein, dass ich ihm bald einmal in einem persönlichen Gespräch alles erklären kann. Dafür reise ich gerne nach Heilbronn, wenn es wieder etwas ruhiger geworden ist.«

Er drückte leicht Christophs Hand, der sie jedoch gleich zurückzog. Dann rief er die Bedienung, bestellte eine Runde für den Tisch und forderte Christoph auf: »Jetzt erzählen Sie doch von Ihrer Reise nach Heilbronn, wie Sie wissen, bin ich ja in der schönen alten Reichsstadt am Neckar aufgewachsen!«

Christoph überlegte, wie er Wollenberg schnell wieder loswerden könnte, und berichtete kurz vom Ausmarsch der Heilbronner Bürgerwehr nach Baden.

»Sie kämpfen jetzt an der Neckarfront«, erwähnte er abschließend.

»Wird ihnen auch nichts helfen«, meinte Wollenberg trocken und ließ offen, ob er dabei die Heilbronner oder die badischen Truppen meinte, die dort ihr Land verteidigten. Dann rieb er sich das Kinn und lehnte sich wieder auf seinem Stuhl zurück. »Haben Sie auch etwas über Philipp Sänger erfahren?«

Christoph blickte kurz zu Ludwig hinüber, um ihm zu verstehen zu geben, dass er dem Burschen nicht traute. Wollte der ihn aushorchen? Er antwortete ausweichend, dass Philipp Sänger wohl mit Hecker nach Amerika ausgewandert sei.

Wollenberg nickte zufrieden und ging nicht weiter darauf ein. Er knüpfte wieder an die Heilbronner Verhältnisse an, über die ihn Christoph eben kurz in Kenntnis gesetzt hatte, erkundigte sich nach diesem und jenem.

»Den Vater von Ludwig Pfau mit seiner großen Gärtnerei, auch die Apothekersbuben, den Friedrich, den Robert und den Gustav Mayer, kenne ich übrigens noch gut aus meiner Heilbronner Zeit. Vor Kurzem habe ich erst mit Franz Sigel über Pfau und Gustav Mayer gesprochen.«

»Sie kennen General Sigel?«, fragte Ludwig erstaunt.

Wollenberg nickte.

»Unter uns gesagt: Die badischen Truppen wären besser beraten, wenn sie den Mieroslawski nach Frankreich zurückschickten und den Sigel allein machen ließen. Er ist ohne Zweifel das größere militärische Talent« – er zögerte einen Moment, bevor er abwinkte – »aber bei der politischen Einschätzung der Situation liegt er genauso daneben.«

Dann wandte er sich Christoph zu.

»Was Sie von Heilbronn erzählt haben, macht deutlich, dass die einzige Chance, welche die Revolution hatte, ungenutzt vorübergezogen ist.«

»Und was wäre das Ihrer Meinung nach gewesen?«, fragte Christoph.

»Nehmen wir einmal an, die württembergischen Truppen hätten sich mit den Bürgerwehren in Heilbronn und den umliegenden Ortschaften tatsächlich zusammengeschlossen, wie es Friedrich Mayer und Ludwig Pfau erhofft und vergeblich einzufädeln versucht hatten. Nehmen wir weiter an, nicht nur die Mannschaften, sondern auch einige führende Offiziere hätten, wie in Baden geschehen, die Seiten gewechselt. Das wäre ein wirkliches Signal gewesen für die unglückliche Nationalversammlung in Stuttgart – und übrigens auch für die deutsche Öffentlichkeit.«

Wollenberg machte eine Pause und sah beide abwechselnd aus lauernden Katzenaugen an.

»Und warum ist es dazu nicht gekommen? Lediglich zu über fünfzig zwar leidenschaftlich verfassten, aber völlig wirkungslosen Solidaritätsadressen von Bürgerwehren aus württembergischen Städten an die Hohe Nationalversammlung?«

Christoph war erstaunt darüber, wie gut Wollenberg über die Einzelheiten der Vorgänge in Württemberg Bescheid wusste. Er räusperte sich.

»Dazu hat in Württemberg wohl ein politischer Kopf gefehlt, einer, der den Mut gehabt hätte, sich gegen die württembergische Regierung zu stellen, und der von allen Bürgerwehren als Führungsfigur anerkannt worden wäre.«

Wollenberg nickte und spielte weiter den Schulmeister.

»Und warum konnte sich keiner in Württemberg dazu aufraffen?«

Christoph zuckte ratlos die Schultern.

»Weil euer Justizminister Römer, der faktisch seit letztem Jahr die Regierungsgeschäfte allein führt, ein schlaues taktisches Spiel vorgeführt hat«, gab Wollenberg gleich darauf die Antwort auf seine eigene Frage. »Er selbst hat die Nationalversammlung ja nach Stuttgart geholt und war bis zu seinem Rückzug vor wenigen Wochen selbst Abgeordneter in diesem hohen Hause. Er allein hat König Wilhelm dazu gebracht, die Reichsverfassung anzuerkennen, und warum? Er hat mit diesem Schritt in seinem Lande Württemberg der Revolution den Wind aus den Segeln genommen. Das hat man deutlich bei der Pfingstversammlung in Reutlingen gesehen, und Ludwig Pfau, der Jungspund, konnte sich im Vorstand der Volksvereine mit seiner Forderung, sich Baden im Kampf für die Reichsverfassung anzuschließen, nicht durchsetzen. Die braven Württemberger setzten auf Legalität und hoffen wohl immer noch, dass Römer den Weg der Reformen weitergeht.«

»Sie meinen, Römer hat von Anfang an falsch gespielt?«, fragte Christoph erstaunt.

»Nicht von Anfang an«, berichtigte ihn Wollenberg, »aber spätestens seit er wusste, dass die Revolution verloren hatte.«

»Also nachdem der preußische König die Kaiserkrone abgelehnt hatte«, schlussfolgerte Christoph.

Wollenberg klatschte gemessen in die Hände, nickte ihm anerkennend zu, stand auf und verabschiedete sich. Im Stehen sagte er noch: »Heute hat Römer übrigens die letzten Abgeordneten der Nationalversammlung aus Stuttgart ausweisen lassen.«

Er wandte sich zum Gehen. »Auch die badische Revolution ist damit zu Ende, sie weiß es nur noch nicht«, fügte er geheimnisvoll an, als er sich noch einmal zu den beiden umdrehte und ihnen lächelnd zuwinkte.

»Er ist doch gegen die Revolution und spricht dann mit Kriegsminister Sigel?«, wunderte sich Christoph, als Wollenberg das *Bremeneck* verlassen hatte.

»Er sichert sich nach allen Seiten ab und zieht aus jeder Situation seinen Profit«, antwortete Ludwig verächtlich.

Kurz vor der Sperrstunde machte sich Christoph auf den Heimweg. Nach Wollenbergs Auftritt hatten sie noch lange über Karl und Philipp gesprochen, auch über Annette. Ludwig versuchte ihn zu trösten. Der Vater sei wohl mit den Nerven am Ende, aber Frau Lußhardt scheine eine patente Frau zu sein, und das Wichtigste sei doch, dass Annette eine klare Entscheidung getroffen habe – für ihn und gegen Karl.

Die Nacht war hell, der Mond stand hoch über dem Schloss und goss sein kaltes Licht über die Dächer Heidelbergs. Die Straßen waren menschenleer und dann – kurz vor der Neckarbrücke – traf er unvermittelt auf Karl, der ihm entgegentorkelte. Karl stierte ihn an, als ob er ein Gespenst vor sich sähe. Er schwankte, hielt sich an einem Baum fest, begann wie irre zu lachen. Offenbar war er stockbesoffen.

»Schon zurück aus Heilbronn?«, lallte er und blickte ihn böse an. »Hat dich der alte Lußhardt rausgeworfen? Wird wohl nix mit Annettchen.«

Wieder schüttelte er sich vor Lachen und stützte sich dabei an einer Hauswand ab.

Christoph bemühte sich, ruhig zu bleiben. Nichts als Verachtung empfand er für seinen ehemaligen Freund, der ihn da zu verspotten trachtete. Sein Auftritt widerte ihn an. Kalt blickte er ihm ins Gesicht.

»Ich habe in Weinsberg einiges erfahren, was dich interessieren könnte: Philipp ist auf dem Weg nach Deutschland. In einigen Tagen wird er in Straßburg erwartet.« Er schaute ihn prüfend an, bevor er andeutete: »Du wirst wohl ihm und deinen Eltern einiges zu erklären haben.«

Karls Züge verdüsterten sich. Seine Augen verengten sich zu schmalen Schlitzen. Mit einem Mal schien er wieder nüchtern zu sein und sprach nun klar und deutlich.

»Und ich sage dir, Philipp wird nicht nach Baden einreisen. Er glaubt immer noch, dass er steckbrieflich gesucht wird. Und selbst wenn er es wagen sollte – die Preußen stehen vor Landau, morgen setzen sie über den Rhein nach Baden und werden auf Karlsruhe zumarschieren.«

Er hielt seine rechte Hand flach auf Brusthöhe und führte sie mit einer raschen Geste seitwärts, als wolle er einen Schlussstrich ziehen.

»Dann ist der Weg von Straßburg nach Mannheim versperrt und der ganze Spuk wird in wenigen Tagen ein Ende haben.«

Er wandte sich ab und ging in schnellen Schritten auf die Brücke zu, Christoph folgte ihm, rief mehrfach laut seinen Namen, bat ihn, doch stehen zu bleiben. Doch Karl drehte sich nicht nach ihm um. Beim steinernen Standbild von Karl Theodor hatte ihn Christoph schließlich eingeholt.

»Weshalb hast du Philipp diesen Brief geschrieben?«, keuchte er, fasste ihn am Revers seiner Jacke und zog ihn zu sich heran.

Karl packte seine Hand und riss sie von seiner Jacke zurück.

»Darüber bin ich niemandem Rechenschaft schuldig, am wenigsten dir«, brüllte er ihn an und stieß ihn so heftig von sich, dass Christoph zurücktaumelte und sich gerade noch auffangen konnte, bevor er gegen die Brüstung des Brückengeländers prallte.

»Aber wenn es dich interessiert, ich kann den Kerl nicht ausstehen, und solange er in Amerika ist, kann er auch nichts ausplaudern.«

Christoph rief aufgebracht: »Was du deiner Mutter, deinem Vater und Ludwig damit angetan hast, das kümmert dich überhaupt nicht?«

Karl zog seinen Kopf ein und näherte sich ihm in geduckter Haltung wie ein Raubtier, das zum Angriff übergeht. In seiner Hand blitzte plötzlich ein metallischer Gegenstand auf. Als er knapp vor ihm stand, erkannte Christoph, dass er ein Messer auf ihn gerichtet hatte. Erschrocken wich er zur Seite aus, suchte hinter dem Sockel des Denkmals Deckung und wollte zurück in Richtung Brückentor loslaufen, um Karl zu entkommen, doch der schien sein Vorhaben durchschaut zu haben und schnitt ihm den Weg ab. Er hob den Arm mit dem Messer gegen ihn, holte aus – Christoph fing geistesgegenwärtig den Stoß mit beiden Händen in der Luft ab, indem er

Karls Unterarm fest umklammerte und ihm den Dolch aus der Hand wandt, der mit einem leisen Klacken auf dem Boden aufschlug.

»Bist du wahnsinnig?«, schrie er Karl an.

Der riss sich von ihm los, ergriff blitzschnell wieder das Messer und erklomm das Brückengeländer. Christoph hastete weiter zum dritten Brückenpfeiler.

Karl folgte ihm auf dem steinernen Sims und brüllte ihn an: »Du hergelaufener Verräter, du wirst mich nicht ans Messer liefern, dafür werde ich schon sorgen.«

Christoph fuhr herum und stand der schwarzen Gestalt auf dem Sims gegenüber, die dort oben gefährlich schwankend balancierte und nur eine Gelegenheit suchte, sich von oben auf ihn zu stürzen.

»Pass auf, komm runter, du bist doch völlig betrunken!«, rief ihm Christoph zu und sprang ein Stück zur Seite, um Karls bedrohlicher Geste auszuweichen.

Doch plötzlich ruderte dieser mit den Armen, verlor das Gleichgewicht, riss seine Augen entsetzt auf und fiel rücklings mit einem schrillen Schrei von der Brücke. Kurz darauf hörte Christoph seinen Körper auf der Wasseroberfläche aufklatschen.

Er stürzte zu den Balustraden, beugte sich darüber und rief nach Karl, aber der war nirgends zu sehen. Hektisch rannte er zurück zum Carl-Theodor-Denkmal, schaute wieder nach unten, zum Ufer hinüber, in der Hoffnung, irgendwo Karl zu sehen, wie er sich an einem der Stützpfeiler anklammerte. Nichts. Der Neckar floss in ruhigen Strömen durch die Brückenbögen, als ob nichts geschehen wäre.

»Was hast du getan?«, ertönte da ein klagender Ruf.

Christoph fuhr herum. Wollenberg stand plötzlich im Bogen des Brückentors, verharrte dort einen Augenblick und lief dann eilig auf ihn zu. Kurz vor ihm blieb er stehen, bückte sich rasch und hob den Dolch auf, der Karl bei seinem Sturz aus der Hand geglitten war.

»Er wollte sich auf mich stürzen und hat das Messer gezogen«, stammelte Christoph.

Wollenberg schaute ihn böse an und sagte kalt: »Das sieht aber ganz anders aus!«

Angelockt durch die Schreie und Rufe waren inzwischen Passanten und Anwohner aus den Häusern beim Tor auf die Brücke gelaufen und bald hatte sich um Christoph und Wollenberg ein undurchdringlicher Ring gebildet, der sich immer enger um die beiden zog.

»Du hast Karl umgebracht«, schrie ihn Wollenberg an. »Polizei, Polizei!«

Christoph sah nirgends eine Möglichkeit zu entkommen. Er blickte in eine feindselige Mauer von Gesichtern. Seine verzweifelten Beteuerungen, dass er unschuldig sei, dass Karl beim Versuch, sich auf ihn zu werfen, das Gleichgewicht verloren hätte, riefen nur Kopfschütteln, höhnisches Grinsen und böse Beschimpfungen hervor.

Als nach einiger Zeit die Polizei eintraf, erklärte Wollenberg in betont sachlichem Ton: »Ich war gerade auf dem Weg vom Kornmarkt zum Brückentor. Als ich von der Fischergasse zu den Neckarstaden einbog, hörte ich Schreie auf der Brücke. Auf der Höhe der Neckarschule habe ich gesehen, dass sich zwei Männer beim Carl-Theodor-Denkmal stritten.«

Dann wies er mit ausgestrecktem Arm auf Christoph und rief: »Dieses Subjekt, ein Ausländer, der mir namentlich bekannt ist, nämlich Christoph Schmidt aus Heilbronn, bis vor Kurzem Student hier in Heidelberg, hat das Opfer, Karl Sänger, ebenfalls Student und Sohn eines angesehenen Mannheimer Bürgers und Freundes von mir, mit dem Messer bedroht und im Handgemenge über die Balustraden geworfen.«

Christophs Versuche, sich zu rechtfertigen und Wollenbergs haltlosen Vorwürfen zu widersprechen, wurden nicht beachtet. Mit auf den Rücken gefesselten Händen führten ihn zwei Beamte ab.

Wollenberg sorgte persönlich dafür, dass schon am nächsten Tag die Meldung über den *Mord an der Neckarbrücke* in den Heidelberger Zeitungen stand. Noch in der Nacht hatte er Karls Eltern in Mannheim informiert.

Gegen neun Uhr morgens kam der Haftrichter in seine Zelle und vernahm ihn ausführlich. Dabei verschwieg Christoph den eigentlichen Grund ihres Streites, erwähnte nur Karls Eifersucht und dessen vergeblichen Versuch, ihm seine Freundin Annette auszuspannen.

»Ihre Aussage lässt sich nicht mit der des Zeugen Franz von Wollenberg vereinbaren«, stellte der Richter sachlich fest. Dann legte er ihm Karls Messer vor. »Gehört diese Waffe Ihnen?«

Christoph schüttelte den Kopf.

»Ich habe Ihnen doch erklärt, dass Karl Sänger mit diesem Dolch auf mich losgegangen ist«, sagte er mit mühsam unterdrückter Erregung. Dann hob er den Kopf und fragte: »Hat man Karl inzwischen gefunden?«

Der Richter schüttelte ebenfalls den Kopf.

»Seit heute früh sechs Uhr wird das Neckarufer auf beiden Seiten bis hinter Bergheim abgesucht, bisher ohne Erfolg.«

Der untersetzte Mann mit dem fleischigen Gesicht und den gütigen Augen schaute ihn besorgt an.

»Es sieht nicht gut für Sie aus, vermutlich wissen Sie das ja selbst, als angehender Jurist. Haben Sie denn schon einen Anwalt?«

»Ich werde mich selbst verteidigen«, antwortete Christoph trotzig. »Kann ich mit Karls Bruder Ludwig Sänger sprechen?«

»Wir werden ihn benachrichtigen«, versprach ihm der Richter. »Draußen wartet übrigens jemand anderes noch auf Sie.«

Er lächelte ihm aufmunternd zu, stand mühsam auf und gab ihm einen Klaps auf die Schulter.

»Warten Sie einen Augenblick.«

Er stapfte zur Tür, öffnete sie und rief nach einem Beamten. Dann drehte er sich um und winkte Christoph zum Abschied kurz mit erhobener Hand. Der Aufseher brachte Annette mit.

Sie trat auf ihn zu, strecke ihre Arme nach ihm aus, doch der Beamte wies sie schroff zurück.

»Keine Berührungen, wer weiß, was sie ihm alles zustecken könnten.«

Verlegen ließ sie ihre Arme sinken und erkundigte sich beklommen, wie es ihm ginge. Christoph verschränkte die Arme auf dem Rücken und sah sie traurig an.

»Ein schrecklicher Unfall. Karl war betrunken. Er ist auf die Brüstung geklettert und in den Neckar gestürzt, aber ich habe ihn nicht umgebracht.«

»Das weiß ich doch!«, sagte Annette sanft.

Ihre Antwort überraschte ihn. »Woher weißt du überhaupt, was geschehen ist?«

Annette zögerte etwas, dann sagte sie leise: »Das steht heute Morgen alles in der Zeitung, allerdings so, als ob du ihn ermordet hättest.«

Wieder schritt der Aufsichtsbeamte ein: »Keine Aussagen zum Verfahren, bitte. Nur Privatgespräche sind erlaubt und jetzt kommen Sie bitte zum Ende.«

Christoph versuchte seine wichtigsten Fragen knapp zusammenzufassen: »Wie haben deine Eltern die Nachricht aufgenommen? Hast du schon etwas von Ludwig gehört? Könntest du ihm Bescheid geben?«

Annette nickte.

»Was Vater gesagt hat, kannst du dir denken. Aber Mutter sieht das anders. Sie hat gleich deine Eltern benachrichtigen lassen, per Sonderkurier. Der Brief wird mit dem Dampfschiff noch heute Abend Heilbronn erreichen.«

Sie verabschiedeten sich mit einem stummen verlegenen Blick. Der Wärter führte sie hinaus. Christoph blieb an ihrer Seite.

»Halt durch, ich komme wieder«, versprach sie mit Tränen in den Augen unter der Tür und streichelte kurz seinen Arm.

Gegen Mittag besuchte ihn Ludwig. Der Polizeibeamte blickte grimmig, als er schon wieder einen Besucher in Georgs Zelle führen musste. Ludwig steckte ihm einen Gulden zu und seine Miene hellte sich deutlich auf.

»Ich habe gerade mit Annette gesprochen«, begann Ludwig und seine Stimme zitterte leicht. »Ich glaube dir, aber die Vorstellung, dass Karl der blanke Hass zu diesem erneuten Angriff auf dich angetrieben hat, fällt mir – ehrlich gesagt – schwer. Kann es nur Eifersucht gewesen sein? Oder steckt da nicht doch etwas anderes dahinter?«

Christoph schaute an ihm vorbei.

»Ich weiß es auch nicht. Er weiß doch seit Wochen, dass Annette mich liebt und er bei ihr keine Aussichten hat. Vielleicht hat es doch etwas mit meinen Nachforschungen nach Philipp zu tun. Er hat in seinem Suff gesagt, er könne ihn nicht ausstehen.« Christoph blickte ihn bang an: »Und deine Eltern?«

Ludwig seufzte: »Du kannst dir denken, dass sie völlig verzweifelt sind. Sie haben noch einmal das Ufer auf beiden Seiten bis nach Ladenburg absuchen lassen. Keine Spur von Karl! Wollenberg hat dich stark belastet. Er hat zwar keinen weiteren Augenzeugen auftreiben können, aber seine Aussage als angesehener Bürger Mannheims wird einiges Gewicht haben.«

»Das weiß ich selber«, sagte Christoph leise und blickte zum Polizeibeamten hinüber, der auf seinem Schemel saß und die Augen geschlossen hielt.

»Solange keine Spur von Karl auftaucht, wird es keine Mordanklage geben«, flüsterte Ludwig. Der Polizist blinzelte und räusperte sich. »Heute Nachmittag reite ich nach Dossenheim und suche noch einmal in Karls Zimmer. Vielleicht findet sich doch ein Hinweis auf Philipps Briefe.«

»Er wird sie wohl vernichtet haben!«, antwortete Christoph hoffnungslos. Dann fiel ihm Karls Bemerkung kurz vor ihrem Handgemenge ein.

»Karl sagte, dass Philipp, solange er in Amerika sei, nichts ausplaudern könne. Kannst du dir darauf einen Reim machen?«

Ludwig überlegte kurz, dann schüttelte er den Kopf.

»Wenn es zwischen den beiden ein dunkles Geheimnis gibt, könnte das allerdings erklären, warum Karl bisher alles drangesetzt hat, Philipps Rückkehr zu verhindern.«

Christoph schlief unruhig auf seiner Pritsche und träumte wirres Zeug. Karl beugte sich über ihn und hielt ihm triefend nasse Briefe unter die Nase.

»Das kann kein Mensch mehr lesen!«, lachte er böse.

Dann erschien plötzlich Ludwig hinter ihm, gekleidet wie ein Henker.

»Du hast meinen Bruder auf dem Gewissen«, klagte er Christoph an und richtete das Henkerbeil auf ihn.

Karl lachte böse und nahm Ludwig das Beil ab.

»Ich bin nicht tot. Ich warte auf meine Stunde und dann werdet ihr alle büßen!«

Er schwang das Beil in die Luft und holte zu einem tödlichen Hieb aus. Mit einem Schrei fuhr Georg auf.

Das Mondlicht zeichnete die Gitterstäbe auf die Wand gegenüber. Er stand auf, lief in der engen Zelle wie ein eingesperrtes Tier im Käfig hin und her, und erst langsam beruhigte er sich wieder. Mühsam zwang er sich dazu, seinen Fall nüchtern aus der Sicht des Juristen zu betrachten, und das gab ihm allmählich seine Sicherheit zurück. Ludwig hatte recht. Solange Karls Leiche nicht gefunden wurde, konnte keine Mordanklage erhoben werden. Auch wenn die These, Karl habe sich nach dem Fall aus über zehn Metern in den Neckar ans Ufer retten können und sei dann verschwunden oder geflohen, kaum glaubwürdig schien, auszuschließen war sie nicht.

Christoph spann den Faden weiter. Karl könnte sogar ein Motiv haben, als tot zu gelten, nämlich wenn er befürchtete, sein Betrug an Philipp und an seinen Eltern käme doch noch ans Tageslicht, wenn eben Philipp tatsächlich in den nächsten Tagen zu Hause auftauchen würde.

Sollte er seine Verteidigung darauf aufbauen? Oder war es nicht doch aussichtsreicher, alles als nächtlichen Streit unter angetrunkenen Studenten darzustellen, wie er häufig in Heidelberg vorkam? Als bedauerlichen tragischen Unfall – ohne nachgewiesene Todesfolge, nicht einmal Körperverletzung?

Die Tatwaffe!, das Messer!, fiel ihm plötzlich ein. Wenn Ludwig das Messer als Besitz seines Bruders identifizieren könnte und seine Eltern ebenfalls! Dann würde ein entscheidendes Indiz die Zeugenaussage von Wollenberg gehörig in Zweifel ziehen! Einigermaßen beruhigt legte er sich wieder auf seine Pritsche und schlief durch bis zum Morgen.

Den nächsten Tag wartete er vergeblich auf Annette und Ludwig. Um sich abzulenken, hatte er sich Papier und Bleistift geben lassen und damit begonnen, seine Verteidigung aufzusetzen, obwohl er dafür bis zu seinem Prozess wohl noch genügend Zeit hätte, wie er sich bitter eingestehen musste.

Zum Abendessen brachte ihm sein Wärter statt der dünnen Suppe und dem trockenen Brot ein ordentliches Vesper, sogar mit einem Humpen Bier.

»Ein Gönner hat die Kosten dafür übernommen«, brummte er missmutig, und als Christoph nachfragte, zuckte er nur mit den Schultern.

Die Arbeit tat ihm gut. Er schrieb die Ereignisse seit seinem Besuch in Dossenheim, als er den Auftrag bekommen hatte, sich nach Philipp zu erkundigen, minutiös auf, auch um nach versteckten Hinweisen in seiner Erinnerung zu suchen, die Karls Verhalten hätten erklären können.

Dabei fiel ihm die Geschichte mit dem Jagdunfall ein, die ihm Ludwig erzählt hatte. Der tote Knecht, den sie heimge-

174

bracht hatten, und die Auseinandersetzungen zwischen Karl und Philipp danach. Gab es einen Zusammenhang? Was hatte sich wirklich bei diesem Felsen im Odenwald abgespielt? Lag da der Schlüssel zu dem Geheimnis zwischen den beiden Brüdern, von dem Karl befürchtete, dass Philipp es ausplaudern könnte?

Es war zum Verzweifeln. Er müsste mit Philipp reden können, wenigstens mit Ludwig! Warum kam er nicht! Er versuchte den Hergang ihres Streits in allen Einzelheiten zu rekonstruieren und zermarterte sein Gehirn.

Wann war Wollenberg aufgetaucht? Nicht unmittelbar während ihres Streits, erst viel später, als er nach Karl gerufen hatte, der längst schon in den dunklen Fluten des Neckars verschwunden war! Er sah das Bild vor sich: Franz von Wollenberg im Bogen des Brückentors. Er sei vom Kornmarkt gekommen, hatte er ausgesagt, habe sie von der alten Neckarschule aus auf der Brücke gesehen, als sie im Streit aufeinander losgegangen waren. Aber die Türme des Brückentores hätten ihm doch die Sicht versperren müssen! Wie sollte er da ihren Streit verfolgt haben können?

Wieder hatte er schlecht geschlafen, aber wenigstens keine Albträume gehabt. Immer wieder war er aufgewacht, hatte über seinen Fall gegrübelt und sich die Frage gestellt, wie er ihn beurteilt hätte, wenn ihm als Prüfungsthema die Indizienlage vorgelegt worden wäre. Alles hing in seinem Fall von Wollenbergs Aussage ab. Wenn er die nicht erschüttern konnte, half alles nichts.

Am späten Vormittag kam ein Polizeibeamter in seine Zelle und meldete ihm Besuch an. Die Tür öffnete sich und sein Vater stand in der Zelle – ohne den Wärter.

Christoph stürzte auf ihn zu. Georg Schmidt nahm ihn in die Arme und drückte seinen Sohn an sich.

»Wirst du ordentlich behandelt?«, fragte er, als sie sich nebeneinander auf seine Pritsche gesetzt hatten. Dann überhäufte er ihn mit weiteren Fragen: »Fehlt es dir an etwas? Hast du einen guten Anwalt? Soll ich mit jemandem Kontakt aufnehmen?«

Christoph schüttelte nur den Kopf. Die Worte blieben ihm im Halse stecken. Jetzt wird alles gut, dachte er, um im nächsten Augenblick in unendliche Trauer zu versinken.

Sein Vater rüttelte ihn.

» Wir dürfen keine Zeit verlieren! Ich bin heute Nacht noch losgeritten, um so schnell wie möglich in Heidelberg zu sein. Meine Besuchszeit ist begrenzt, schildere mir möglichst ausführlich deinen Fall!«

»Das geht leider nicht, der Wärter würde etwas dagegen haben«, Christoph drehte sich suchend zur Tür. »Warum ist er eigentlich nicht dabei?«

»Ich habe ihn gebeten, uns ein paar Minuten allein sprechen zu lassen, und ihm dafür etwas zugesteckt.«

In einem spontanen Einfall griff Christoph nach den eng beschriebenen Papierbögen auf dem Tisch und hielt sie seinem Vater hin.

»Da steht alles drin!«

Geistesgegenwärtig nahm Schmidt die Bögen und schob sie ohne weitere Fragen unter seine Weste.

»Wie sieht es draußen aus?«, fragte Christoph, als der Beamte Sekunden später gelangweilt in die Zelle trat, seinen Platz auf dem Holzschemel einnahm, laut gähnte und die Augen geschlossen hielt.

»In Baden herrscht überall Kriegszustand«, antwortete sein Vater und blickte zur Zellentür, um sich zu vergewissern, dass der Wärter nicht zu ihnen herübersah. Dann fügte er leise hinzu: »Als ich über der Grenze war, musste ich höllisch achtgeben. Es war nicht leicht, den Militärpatrouillen auszuweichen.« Nun erhob er seine Stimme wieder und sprach lauter: »Oben am Neckar, bei Hirschhorn und Eberbach, wird heftig gekämpft, die Reichstruppen versuchen dort durchzubrechen, nachdem sie es nördlich von Mannheim nicht geschafft haben.«

»Und in Heilbronn?«

»Dort ist soweit alles ruhig.« Er grinste sarkastisch: »Es herrscht Friedhofsruhe. Deine demokratischen Freunde sind geflohen, Friedrich Mayer, Ludwig Pfau, August Bruckmann und viele, viele andere. Sie werden inzwischen mit Steckbriefen gesucht.« Wieder schaute er unruhig zur Tür, bevor er murmelte: »Die Mühlen des Gerichts beginnen zu mahlen. Über tausend Vorladungen und Untersuchungsverfahren wegen Hochverrats sind in Heilbronn eingeleitet. Fast jeder Bürgerwehrmann ist davon betroffen.«

»Und zu Hause?«, fragte Christoph mechanisch, während er überlegte, was sein Vater mit seinen Notizen anfangen könnte. Doch bevor er dazu eine Frage wagen konnte, trat der Wächter zu ihnen.

Sein Vater nickte ihm zu, als ob er ihn bitten wollte, ihnen noch etwas Zeit zu gewähren. Dann wandte er sich wieder Christoph zu.

»Barbara und Jakob lassen dich grüßen, Clara ebenfalls. Von deiner Verhaftung habe ich ihr nichts erzählt, musste aber ihrem Vater erklären, warum ich dringend nach Heidelberg reiten müsse. Ich habe die Revolutionsereignisse vorgeschoben.«

Der Wächter räusperte sich vernehmlich. Die Besuchszeit war um.

»Ich werde auch bei Familie Lußhardt vorbeischauen«, sagte sein Vater beim Abschied.

Georg Schmidt suchte unverzüglich einen der bekanntesten Anwälte in Heidelberg auf und setzte durch, dass er gleich zu ihm vorgelassen wurde.

»Christoph Schmidt?« Der Anwalt überlegte kurz. »Der Verfasser dieser Artikel in der *Demokratischen Zeitung*?«

Er befürchtete schon eine Abfuhr, aber der Anwalt lächelte ihm freundlich zu. »Ich habe seine Texte mit großem Interesse gelesen. Was ist ihm denn zugestoßen?«

Georg atmete auf und zog die Notizen unter der Weste hervor. Dass Christoph als frisch examinierter Jurist sich selbst vor Gericht verteidigen wollte, erwähnte er lieber nicht, bemerkte aber, wie er zu dem Gedächtnisprotokoll seines Sohnes gekommen war.

Neugierig griff der Anwalt zu dem Schriftstück und begann sich darin zu vertiefen. Immer wieder blitzten seine Augen auf, und als er durch war, reichte er es ihm lächelnd zurück.

»Saubere Arbeit, gute Beobachtungen. Ihr Sohn wird ein guter Jurist werden. Das wird uns weiterhelfen. Ich hätte da aber noch ein paar Fragen. Wenn Sie wollen, gehen wir die Papiere noch einmal gemeinsam durch.

»Sie kennen Herrn von Wollenberg?«, fragte der Anwalt, als sie bei der entsprechenden Passage waren.

Georg nickte. »Ich war vor vielen Jahren mit ihm befreundet, bis er mich bitter enttäuscht hat.«

Er berichtete dem Anwalt von der Menschenhändlerbande, die seinen Vater auf dem Gewissen hatte, und den Verbindungen dieser Leute zu Franz Wilhelm alias Franz von Wollenberg.

Mitfühlend hörte ihm der Anwalt zu und überraschte ihn mit einer nüchternen Feststellung.

»Wir fechten seine Aussage an.«

Dann erklärte er gelassen, ohne weiter auf Georgs Ausführungen einzugehen, dass Wollenbergs Ruf in Heidelberg und Mannheim nicht gerade der beste sei.

Auf den erstaunten Blick Georgs erklärte er abfällig: »Er ist ein häufiger Gast vor Gericht, um nicht zu sagen ein *Prozesshansel*. Sie wissen, was man darunter versteht?«

Als Georg stumm nickte, führte er aus: »Es war Nacht, als er die beiden beobachtet haben will. Der Unfall spielte sich weit hinter dem Carl-Theodor-Denkmal ab, schon fast auf der Brückenmitte. Ihr Sohn hat recht, das kann Wollenberg von der Neckarschule beim Brückentor aus gar nicht gesehen haben, wo er sich nach eigenen Angaben befand, dazu noch in der Dunkelheit. Wir streiten auch ab, dass Christoph dieses Messer dabeigehabt hätte, und verweisen darauf, dass es sich um die Waffe Karl Sängers handelte, die dieser im Streit auf Ihren Sohn gerichtet hat. Wir müssen alles dransetzen, das Geschehen als Unfall bei einem Händel angetrunkener Studenten erscheinen zu lassen. Aber zunächst sollten wir uns um diesen angeblichen Augenzeugen kümmern. Ich werde umgehend die sofortige Befragung des Herrn von Wollenberg beantragen.«

»Wie wollen Sie das anstellen?«, zweifelte Georg. »Haben Sie denn so viel Einfluss auf den Richter?«

Der Anwalt blickte ihn belustigt an.

»Das lassen Sie mal meine Sorge sein.«

Dann kniff er die Augen zusammen, nahm seine Brille ab, um sie ausgiebig zu putzen, und erklärte in aller Ruhe: »Der Richter hat ein Problem. Ohne triftigen Grund wird er Ihren Sohn nicht mehr lange in Haft behalten können und da dieser Karl Sänger nicht gefunden wurde, hängt alles an der zweifelhaften Aussage dieses Herren von Wollenberg. Das werde ich dem Richter vor Augen führen.«

Er zog seine Taschenuhr, warf einen kurzen Blick darauf und fragte: »Können Sie nach dem Mittagessen, so gegen zwei Uhr, noch mal vorbeikommen?«

Georg konnte sich kaum vorstellen, dass der Untersuchungsrichter so schnell dem Antrag des Anwalts folgen würde und bedankte sich freundlich, während der Anwalt ihn zur Tür brachte und ihm aufmunternd zunickte.

»Ich treffe mich gleich zum Essen mit einigen Kollegen und vermute, dass ich da auch dem Untersuchungsrichter Ihres Sohnes begegnen werde.«

Trotz dieser Ankündigung war Georg überrascht, als er bei seinem zweiten Besuch von ihm erfuhr, dass Wollenberg tatsächlich noch am Nachmittag im Polizeirevier vernommen werden sollte.

Inzwischen wartete Christoph ungeduldig in seiner Zelle. Unruhig wanderte er die wenigen Schritte vom Gitterfenster zur Tür hin und her. Warum kam Annette nicht? Auch Ludwig hatte sich seit vorgestern nicht mehr sehen lassen. Hatte er inzwischen Philipps Briefe gefunden? Gab es eine neue Spur von Karl?

Um sich abzulenken, machte er sich daran, aus der Erinnerung eine Skizze des Tatorts anzufertigen, in die er die Stelle, wo Karl in den Neckar gestürzt war, und seinen eigenen Standort einzeichnete, außerdem den Weg, den Wollenberg genommen haben wollte. Papier war noch ausreichend vorhanden.

Wieder brachte der Wärter ihm ein ordentliches Mittagessen und schmunzelte, als Christoph ihn fragend ansah.

»Sie haben charmante Freunde, besser gesagt Freundinnen, hier in Heidelberg. Dieses Mal wünscht Ihnen eine gewisse Fanny Winter einen guten Appetit.«

Seine Stimmung hatte sich nach dem Besuch seines Vaters und dessem großzügigen Trinkgeld sichtlich gebessert.

So sehr ihn die Aufmerksamkeit Fannys freute, war er doch etwas enttäuscht. Er hatte so darauf gehofft, dass Annette und ihre Mutter ihm die Sonderverpflegungen hätten zukommen lassen. Oder hatte Annette wegen ihres Stiefvaters ihre Freundin Fanny vorgeschickt?

Wo blieb sein Vater? Er beruhigte sich damit, dass dieser wohl erst einige Hebel in Bewegung setzen würde, um etwas in seinem Fall zu erreichen. Außerdem musste er seine Papiere erst einmal gründlich studieren. Ob es eine gute Idee von ihm war, bei Lußhardts vorsprechen zu wollen?

Er machte sich wieder an seine Skizzen, prüfte manches, was er spontan formuliert hatte, immer mit dem Ziel vor Augen, seinen Fall als angehender Jurist objektiv von außen zu betrachten.

Währenddessen ritt sein Vater nach Mannheim. In Christophs Papieren hatte er die Adresse von Ludwig gefunden und fragte sich in der Stadt nach dem Hause der Sängers in der Nähe des Schlosses durch.

Er ließ sich als Vater eines Freundes von Ludwig Sänger melden, und wenige Augenblicke später kam Ludwig selbst die Treppe herunter, um ihn zu empfangen.

»Sie kommen von Christoph?«, fragte er gleich und als Georg nickte, bat er ihn herein. Er folgte ihm die breite Treppe durch das stattliche Treppenhaus nach oben, Ludwig führte ihn in einen Salon und bat ihn Platz zu nehmen, während er selbst hinter der Tür zum Nebenzimmer verschwand, aus dem erregte Stimmen zu hören waren. Aus dem Wortwechsel hörte er die helle, klare Stimme Ludwigs heraus.

»Christoph sitzt seit Tagen unschuldig im Gefängnis!«

»Du verrätst deinen eigenen Bruder!«, klagte eine schluchzende Frauenstimme.

»Wer hier wen verraten hat, hast du noch immer nicht begriffen!«, donnerte der dunkle Bass von Heinrich Sänger.

Dann wurde die Tür aufgerissen, Georg Schmidt erhob sich und stand Heinrich Sänger gegenüber, der mit Mühe um seine Fassung rang.

»Sie müssen entschuldigen«, sprach er ihn mit hochrotem Kopf an, nachdem er ihn mit einer knappen Geste begrüßt hatte. »Das ist alles ein bisschen viel für uns. Wir haben in kurzer Zeit zwei unserer Söhne verloren.«

Georg drückte ihm etwas unbeholfen sein Beileid aus.

»Auch ich bin wegen meines Sohnes sehr beunruhigt«, fügte er an, konnte sich aber nicht verkneifen, auf Christophs Bemühungen für die Familie Sänger hinzuweisen.

»Wenn ich richtig unterrichtet bin, hat sich Christoph auf die Suche nach Ihrem ältesten Sohn Philipp gemacht und ist darüber mit Ihrem Sohn Karl in Streit geraten?«

Sänger nickte niedergeschlagen.

»Ich kann selbst noch nicht ganz einschätzen, was geschehen ist, aber alles deutet darauf hin, dass es so gewesen ist. Entschuldigen Sie, bitte setzen Sie sich doch.«

Beide Väter nahmen in den mit blauem Samt bezogenen Lehnstühlen Platz, die sich um ein Biedermeiertischchen gruppierten. Im Nebenraum hörte man noch verhaltenes Schluchzen, dann öffnete sich die Tür und Ludwig betrat den Raum, um sich zu ihnen zu setzen.

Sänger ergriff das Wort.

»Wie es aussieht, hat Karl uns die letzten Monate in übler Weise hintergangen und befürchtet, dass seine Schandtat aufgedeckt wird. Ludwig hat gestern Nachmittag Philipps Briefe gefunden, die Karl in seinem Zimmer versteckt hatte, Christoph wird Ihnen davon erzählt haben.«

»Das können wir doch alles später noch klären«, wehrte Ludwig ab.

Sänger blickte ihn an, als verstünde er ihn nicht.

»Das muss jetzt alles auf den Tisch!«

»Christoph ist unschuldig, Vater. Er sitzt im Gefängnis. Wir müssen ihm helfen, jetzt!«, warf Ludwig ein. Dann wandte er sich an Schmidt: »Haben Sie schon mit ihm gesprochen?«

Georg nickte.

»Vor wenigen Stunden war ich noch in seiner Arrestzelle und habe ihm eben einen Anwalt besorgt.«

Dann kam er gleich zur Sache, dankbar, dass Ludwig das Gespräch wieder auf Christoph gelenkt hatte. So knüpfte er gleich an Ludwigs Worte an und fragte ihn ohne Umschweife: »Wir bräuchten tatsächlich dringend Ihre Hilfe. Könnten Sie mich ins Polizeirevier begleiten, um das Messer zu identifizieren, das am Tatort gefunden wurde? Es gilt als hauptsächliches Indiz, das gegen Christoph verwendet wird.«

Ludwig stimmte sofort zu, während sein Vater ihn mit versteinerter Miene betrachtete, als nähme er gar nicht wahr, was da geredet wurde.

»Ich verstehe, dass Sie Zeit brauchen, um mit Ihrer Erschütterung fertig zu werden und Ihre Familienangelegenheiten zu ordnen«, wandte sich Georg Schmidt verständnisvoll Sänger zu. Dann nahm seine Stimme einen entschiedeneren

Ton an. »Aber ich bitte Sie, sich auch in meine Lage hineinzuversetzen. Ich möchte dafür sorgen, dass mein Sohn möglichst schnell zu seinem Recht kommt. Er sitzt zu Unrecht in Haft.«

Er beugte sich in seinem Stuhl vor und versuchte, Sänger etwas Hoffnung zu machen: »Vielleicht lebt Karl ja noch und vielleicht können Sie auch Ihren Sohn Philipp bald wieder in Ihre Arme schließen.«

Sänger nickte ergeben. Sein Gesicht war aschgrau. Hilflos zuckte er die Achseln, schloss die Augen und bedeckte sie für einen Moment mit seinen Händen. Nach zwei tiefen Atemzügen schien er sich zumindest äußerlich gefasst zu haben. Ein kurzes Lächeln huschte sogar über sein Gesicht, als er Schmidt antwortete: »Ich wünschte, wir wären uns bei unserem ersten Zusammentreffen unter anderen Vorzeichen begegnet. Wir stehen wohl schwer in Ihrer Schuld. Haben Sie etwas Geduld mit mir und meiner Frau und richten Sie Christoph einen Gruß von uns aus. Was auch immer in dieser unseligen Nacht an der Neckarbrücke geschehen ist – vielleicht werden wir nie die ganze Wahrheit erfahren – fest steht, dass Karl die Freundschaft zu Ihrem Sohn verraten und unser Vertrauen tief enttäuscht hat.«

Ächzend erhob er sich und reichte Schmidt zum Abschied die Hand. Ludwig begleitete ihn die Treppen hinunter vors Haus und bat ihn, einen Augenblick zu warten, bis er sein Pferd aus den Stallungen hinter dem Haus geholt hätte.

Auf dem Weg zum Polizeirevier unterrichtete er Georg davon, dass sein Vater auf eine Anzeige gegen Christoph verzichten wollte. Er erwähnte den vorausgegangenen Überfall auf Christoph, deutete an, dass vieles dafür spreche, dass Karl auch dafür verantwortlich sei, und versicherte ihm, dass seine Familie an der Zeugenaussage Wollenbergs unter diesen Umständen starken Zweifel hegte.

Als sie ins Polizeirevier kamen, dauerte die Befragung Wollenbergs durch den Haftrichter und Christophs Anwalt immer noch an. Man bat sie, im Vorzimmer Platz zu nehmen.

»Kennen Sie Annette Lußhardt?«, fragte Christophs Vater.

»Ich bin ja in ihrem Auftrag nach Heilbronn geritten«, erinnerte ihn Ludwig. »Sie liebt Ihren Sohn, aber ihr Vater ist gegen die Beziehung.«

»Weshalb?«, fragte Georg und runzelte die Stirn.

Ludwig zögerte, suchte nach den richtigen Worten. »Nun ja, Christoph hat – wie Sie vermutlich wissen – in der *Demokratischen Zeitung* Artikel zur Tagespolitik geschrieben und an der Universität Reden gehalten, in denen er sich für ein demokratisches Staatswesen eingesetzt hat, und Herr Lußhardt ist eben anderer Meinung und stellt sich seinen künftigen Schwiegersohn – sagen wir mal – eher etwas konservativer vor.«

Georg nickte, ging aber weiter nicht auf Ludwigs Erklärung ein, sondern erkundigte sich nach der Adresse von Lußhardt, ließ sich den Weg beschreiben, da öffnete sich die Tür und Wollenberg trat mit finsterem Gesicht aus dem Befragungszimmer. Kaum hatte er Georg erkannt, weiteten sich seine Augen und seine Gesichtszüge fielen in sich zusammen. Er blickte zu Boden und strebte schnell dem Ausgang zu.

Georg erhob sich und vertrat ihm den Weg. Er musterte ihn von oben bis unten.

»Ich hoffe, wir sehen uns heute das letzte Mal im Leben. Was bist du nur für ein Mensch! Meinen Vater hast du auf dem Gewissen und meinen Sohn willst du jetzt auch noch ans Messer liefern. Was haben wir dir denn getan?«

Wollenberg trat einen Schritt zurück und streckte seine Hände mit ausgespreizten Finger vor, als wolle er einen drohenden Angriff abwehren. Dann antwortete er mit heiserer Stimme: »Du siehst das alles in einem ganz falschen Licht. Ich bin nur meiner staatsbürgerlichen Pflicht gefolgt und habe ausgesagt, was ich gesehen habe, und auch im ersten Fall irrst du dich. Ich habe niemals versucht, dir oder deiner Familie zu schaden.«

Georg blickte ihn nur verächtlich an.

»Spar dir deine erbärmlichen Erklärungen. Du widerst mich an in deiner Jämmerlichkeit. Geh mir aus den Augen.«

Während Wollenberg aus dem Raum schlich, wurden sie ins Besprechungszimmer gerufen. Auf dem Schreibtisch des Untersuchungsrichters lag ein Dolch auf einem ausgebreiteten Stück Stoff.

Ludwig warf nur einen kurzen Blick auf die Waffe.

»Das ist Karls Jagdmesser.«

Zur Bestätigung verwies er auf die Initialen, K und S, die kunstvoll verschlungen auf einem Zierknopf am Griff eingraviert waren.

Mit einem Ausdruck von Genugtuung blickte der Anwalt den Richter an und begann sein Plädoyer.

»Ich stelle fest: Karl Sänger ist seit jener Nacht, in der er vom Geländersims der Neckarbrücke zu Heidelberg in den Neckar gefallen oder gesprungen ist, verschwunden. Aufwendige Suchaktionen der Polizei und der Eltern von Karl Sänger haben keinerlei Spuren von ihm zu Tage gebracht. Dass er sich selbst ans Ufer gerettet und anschließend davongemacht haben könnte, ist sowohl aufgrund seiner körperlichen Verfassung als guter Schwimmer und trainierter Reiter als auch angesichts der ungeheuren Beschuldigungen, die gegen ihn erhoben werden, durchaus plausibel.

Er musste damit rechnen, dass er in Kürze gegenüber seiner Familie des Betrugs und der Unterschlagung von Briefdokumenten überführt würde. Dass am Tatort Karl Sängers Waffe gefunden wurde, bestätigt außerdem den von Christoph Schmidt geschilderten Angriff auf ihn.

Die Zeugenaussage von Franz von Wollenberg ist, wie wir eben einvernehmlich festgestellt haben, zweifelhaft. Der Zeuge hat sich in einem Gewirr widersprüchlicher Aussagen verstrickt und hatte offensichtlich an jenem Abend ebenfalls eine beträchtliche Menge alkoholischer Getränke zu sich genommen. Dementsprechend beantrage ich die sofortige Freilassung meines Mandanten.«

Der Untersuchungsrichter nickte zustimmend. Da Christoph jedoch Ausländer sei, müsse er auf eine Kaution bestehen, bis der Fall endgültig abgeschlossen sei. Das akzeptierte Georg, und der Anwalt ließ umgehend eine entsprechende Schuldverschreibung aufsetzen.

»Bis die vorläufigen Entlassungspapiere ausgefertigt sind, müssen Sie sich aber noch etwas gedulden«, meinte der Richter, »aber heute Abend noch können Sie Ihren Sohn in Freiheit begrüßen.«

Er schaute auf seine Taschenuhr.

»In zwei Stunden müsste es soweit sein. Wenn Sie wollen, können Sie ihn gleich hier auf dem Polizeirevier abholen. Wir brauchen noch einige Unterschriften von ihm.«

Um die Wartezeit zu überbrücken, machte er sich zum Hause Lußhardt in der Hauptstraße auf. Mit Ludwig hatte er vereinbart, dass dieser den Rappen seines Freundes Kilian Albrecht, den Christoph auf seiner Reise nach Heidelberg geritten hatte, beim Polizeirevier vorbeibringen sollte, denn er wollte mit seinem Sohn noch in der Nacht Heidelberg verlassen. Jeden Tag wurde mit dem Durchbruch der Reichstruppen an der Neckarfront und mit dem Einmarsch der Preußen in Baden gerechnet.

Er fand das Haus, aber Lußhardts Laden war verschlossen. Auf sein Klopfen an der Haustüre reagierte niemand. Auch sein Rufen blieb erfolglos. Schließlich öffnete eine Frau aus dem Nachbarhaus das Fenster. Die Familie sei verreist, wohin, wüsste sie nicht.

So zog er unverrichteter Dinge wieder ab. Gerne hätte er Lußhardt gesprochen und ein gutes Wort für seinen Sohn eingelegt. Insgeheim hatte er auch darauf gehofft, kurz mit Annette und ihrer Mutter zusammenzutreffen.

Er ritt zu seinem Gasthof zurück, beglich seine Rechnung und packte seine Satteltasche, dann streifte er durch die Straßen und Gassen der Stadt, in denen zwar viele Menschen unterwegs waren, aber meist mit bangen und verschlossenen Gesichtern an ihm vorbeigingen. Von Ferne konnte man das dumpfe Grollen von Geschützen hören.

Mit einer Gruppe von Bürgern, die besorgt zum Heiligenberg hinübersahen, kam er schließlich doch noch ins Gespräch. General Mieroslawski sei dabei, die Neckarfront aufzugeben und nach Süden zu marschieren. Das Hauptquartier der badischen Revolutionstruppen sollte aus Heidelberg verlegt werden. Alles sähe danach aus, dass die Stadt aufgegeben werden sollte. Nachdem die Preußen über den Rhein Richtung Philippsburg vorgerückt seien, rechne man sehr bald mit einer Entscheidungsschlacht im Raum Schwetzingen.

»Die Freischärler wollen die Neckarbrücke verminen und in die Luft sprengen, wenn die Preußen kommen«, wusste einer seiner Gesprächspartner zu berichten.

»Ich habe gehört, dass ein paar beherzte Heidelberger heute Nacht die Pulverfässer bergen und in die Stadt schaffen wollen«, sagte darauf ein anderer.

»Das würde die Preußen auch nicht aufhalten. Mit ein paar Booten hätten sie schnell eine Pontonbrücke gebaut. Wenn wir es nur schon hinter uns hätten!«

»Der Heiligenberg ist noch von den badischen Truppen besetzt, sie sollen auch noch Schriesheim halten. Das kann noch tagelang so gehen.« Er zog eine Zeitungsseite hervor, die zur Hälfte abgerissen war. »Dieser Artikel aus der gestrigen *Darmstädter Zeitung* ist mir heute Morgen in die Hände gefallen. Er ist aus Sicht unserer Gegner geschrieben.«

Er las vor:

Seit dem Einrücken der Reichstruppen über die badische Grenze und dem Vordringen in weitere Positionen ist ein hartnäckiger Kampf entbrannt, welcher an die 36 Stunden

*dauerte und endlich mit Ermüdung beider Teile aufhörte,
nachdem unsererseits mit beispielloser Bravour die Positionen wieder eingenommen und gegenwärtig behauptet
werden, welche im Gewoge des Treffens wie vor dem An-
drange bedeutender Überzahl mehrmals verlassen wurden.
Das Hauptquartier befindet sich nach wie vor in Weinheim,
während der rechte Flügel von Viernheim aus ohne Hindernisse vorwärts gekommen ist und dort jedenfalls eine vorge-
rückte Stellung einnimmt. Auf dem Felde zwischen Ladenburg, Schriesheim, Heddesheim und Großsachsen fand die
Aktion unseres Zentrums gegen das Gros der feindlichen
Armee statt, wo das Treffen ein sehr hartnäckiges und sehr
langes war.*

»Aber bei Hirschhorn und Eberbach sind die badischen
Truppen zurückgeworfen worden. Die Neckarfront ist einge-
brochen. Das weiß ich von geflohenen Freischärlern!«

Es wird höchste Zeit, dass wir aus Heidelberg hinauskom-
men, dachte sich Georg, bestieg wieder sein Pferd und ritt die
Hauptstraße hinunter.

Als er zum Polizeirevier kam, stand Ludwig bereits mit dem
Rappen der Albrechts da und erwartete ihn. Wenig später erschien Christoph unter der Tür, lachte befreit, umarmte seinen Vater und drückte seinem Freund Ludwig glücklich die
Hand.

»Philipps Briefe haben uns alle sehr mitgenommen«, berichtete Ludwig mit ernster Miene. »Meine Mutter ist seitdem nicht mehr ansprechbar und hat sich in ihr Zimmer eingeschlossen, obwohl ihr Vater nur Weniges daraus vorgelesen
hat.«

»Wo hast du denn die Briefe gefunden?«

»Im untersten Fach von Karls Kleiderschrank, aber nicht
hier in Mannheim, wo wir sie zunächst vermutet hatten, sondern in unserem Gut in Dossenheim. Ich dachte, er hätte sie

nach Mannheim mitgenommen, als er in Dossenheim vor Tagen alles Wichtige zusammengepackt hatte.

In seinem letzten Brief an Karl hat Philipp angedroht, meinen Eltern zu schreiben, was sich bei diesem Jagdunfall im Odenwald tatsächlich abgespielt hatte. Da scheint der Schlüssel für sein unerklärliches Verhalten verborgen zu sein. Aber das wird nur Philipp selbst aufdecken können.«

»Sobald wie möglich reiten wir zusammen nach Straßburg«, erklärte Christoph, und sein Vater runzelte wortlos aber mit deutlicher Missbilligung die Stirn. Beklommen fragte Christoph: »Wie geht es deinem Vater?«

Georg antwortete anstelle von Ludwig.

»Heinrich Sänger lässt dich grüßen. Ich denke, in seinen Augen bist du rehabilitiert. Hoffen wir, dass Karl bald unversehrt wieder auftaucht.«

Zu Ludwig gewandt bat er um Verständnis: »Wir müssen los. Bevor es dunkel wird, möchte ich die Grenze nach Württemberg erreicht haben. Ich wünsche dir und deiner Familie viel Glück für die schwierige Zeit, wenn die Preußen kommen.«

Während sein Vater seine Tasche am Sattel befestigte, aufsaß und sein Pferd antraben ließ, nahm Christoph Ludwig etwas beiseite und sagte leise: »Sobald in Heidelberg die Lage wieder einigermaßen ruhig ist, kommst du nach Heilbronn. Ich bereite alles für die Reise nach Straßburg vor. Grüß deine Eltern von mir und gib diesen Brief hier Annette, wenn du sie wieder siehst.«

Er drückte ihm einen mehrfach gefalteten Bogen Papier in die Hand. Am Vormittag, noch in der Zelle, hatte er ihr geschrieben und angedeutet, er hoffe, dass er bald freikomme. Versiegeln konnte er dort freilich den Brief nicht.

Er saß auf, reichte seinem Freund noch einmal die Hand, dann ritt er seinem Vater hinterher.

Bei Justinus Kerner

Heilbronn, Weinsberg, 21. Juni bis 26. Juni 1849

Während die beiden sich in einem weiten Bogen an Sinsheim vorbei der württembergischen Grenze näherten, zog General Mieroslawski die badischen Truppen aus ihren Stellungen am Neckar ab und verlegte sein Hauptquartier nach Schwetzingen. Preußische Truppen waren an diesem Tag nach Weinheim vorgerückt und drauf und dran, die Front bei Schriesheim aufzubrechen.

Heilbronn befand sich immer noch im *Aufruhrzustand* und war von württembergischem Militär besetzt. Auch die Grenze nach Baden war mit württembergischen Soldaten gesichert, vor allem die Landstraßen.

Georg wählte denselben Schleichweg durch ein abgelegenes Waldstück zwischen Sinsheim und Rappenau, auf dem er bei seinem Ritt nach Heidelberg vor einigen Tagen schon einmal die grüne Grenze unbehelligt überwunden hatte. Aber nun, nach dem Zusammenbruch der Neckarfront, mussten sie mit einrückenden Reichstruppen rechnen.

Kurz nach Mitternacht erreichten sie das württembergische Bonfeld und gönnten sich und den Pferden eine Rast an einem Waldrand, von wo sie in der hellen Nacht die Umrisse der Häuser, des Schlosses und der Dorfkirche erkennen konnten.

Sie lagerten noch keine Viertelstunde, als sie Stimmen hörten. Christoph lief zu den Pferden, um sie in den Schutz des Waldes zu führen, sein Vater löschte rasch das eben aufgeflammte kleine Lagerfeuer. Unterdrückte Rufe und leises Stöhnen! Dem Waldrand entlang hasteten drei Gestalten auf sie zu. Einer von ihnen hinkte und beim Näherkommen sahen sie, dass sein Kopf notdürftig verbunden war.

»Das sind keine Verfolger, die sind selber auf der Flucht!«, sagte Christoph mit gedämpfter Stimme.

Sie blickten sich kurz an, nickten sich zu, dann traten sie hinter den Bäumen hervor. Sofort blieb die kleine Gruppe stehen. Die drei Männer schauten sie entsetzt an, da sprach Georg beruhigend auf sie ein.

»Wir sind keine Soldaten, vor uns braucht ihr keine Angst zu haben. Ihr habt einen Verwundeten dabei?«

Christoph lud sie ein, sich zu ihnen zu setzen. Sie waren alle etwa in seinem Alter oder etwas jünger und trugen badische Uniformen, die jedoch ziemlich mitgenommen aussahen. Der Verletzte trug kein Hemd unter seiner Jacke. Als er die verwunderten Blicke von Georg und Christoph auf sich gerichtet sah, meinte er stockend: »Brauchte was zum Verbinden. Ein Streifschuss über dem linken Ohr.«

»Das sollte aber schnell richtig versorgt werden«, ermahnte ihn Georg.

»Wir sind auf der Flucht«, erklärte sein Kamerad, der eine kaum verheilte Narbe auf der Stirn hatte.

»Von der Neckarfront?«, fragte Christoph.

»Seit heute Morgen sind wir unterwegs und wollen uns nach Heilbronn durchschlagen.«

Georg holte aus seiner Satteltasche ihren restlichen Proviant, eine Feldflasche mit Wasser, etwas Brot und Hartwurst und teilte es wortlos unter den drei geflüchteten Soldaten auf.

»Das tut gut, wir haben seit gestern nichts mehr gegessen«, sagte der Verwundete und streckte mit einem schmerzverzerrten Gesicht sein Bein aus. Als er Georgs besorgten Blick bemerkte, schüttelte er den Kopf.

»Nein, keine weitere Verwundung. Ich habe mir mein Knie verrenkt, als wir über einen Bach gesprungen sind. Aber das macht mir mehr zu schaffen als mein Streifschuss.«

Christoph konnte seine Neugier kaum zügeln: »Dann sind die Preußen schon über dem Neckar?«

»Wir sind ihnen knapp entkommen«, sagte der mit der Narbe auf der Stirn. »Wir haben die preußischen Ulanen schon hinter uns anrücken sehen. Aber sie wollten nichts von

uns wissen, haben uns laufen lassen. Sie ziehen wohl zunächst in Richtung Sinsheim, wo sie badisches Militär vermuten.«
Er wurde unruhig und machte Anstalten aufzustehen.

»Wir wollen mit unseren badischen Uniformen möglichst keiner württembergischen Einheit über den Weg laufen und sollten noch heute Nacht in der Stadt sein.«

»Ihr seid aus Heilbronn?«, fragte Christoph.

Der Verwundete nickte vorsichtig mit seinem verwundeten Kopf. »Gut zwei Wochen ist es her, da sind wir nach Baden ausgezogen, um die Revolution zu retten.«

»Mit August Bruckmann? Dann gehört ihr zur Heilbronner Turnerwehr?«

Erstaunt blickte ihn der Verwundete an. »Seid ihr auch aus Heilbronn?«

Christoph nickte. »Und wollen wie ihr heute Nacht noch dort sein.«

»Aber es wäre wohl besser, wenn wir nicht zusammenblieben«, entschied der Verletzte. »Wir wären euch ein Hindernis. Außerdem seid ihr zu Pferd viel schneller als wir!«

»Ich mache euch einen Vorschlag«, antwortete Georg und schaute in die Runde. »Wir bleiben bis Wimpfen zusammen, dort können wir schon in ein, zwei Stunden eintreffen.« Er wandte sich dem Verwundeten zu. »Du reitest auf meinem Pferd, deine Kameraden und ich gehen zu Fuß.«

Christoph protestierte. »Er bekommt mein Pferd und ich gehe zu Fuß!«

Georg schmunzelte.

»Jedenfalls kommt ihr heute sowieso nicht mehr bis Heilbronn und für uns bedeutet es nur eine kleine Verzögerung. In Wimpfen besorgt ihr euch morgen früh Zivilkleider, dann braucht ihr auch nicht zu befürchten, dass ihr von württembergischem Militär aufgegabelt werdet. Ihr könnt nach der Wunde sehen lassen und dann weiter nach Heilbronn ziehen, vielleicht sogar mit dem Dampfboot, oder es nimmt euch ein Treidelschiffer mit.«

Die drei blickten ihn verlegen an.

»Wir danken Ihnen, dass Sie uns helfen wollen«, sagte dann der mit der Narbe. »Ihr Angebot, uns nach Wimpfen zu begleiten, würden wir auch gerne annehmen, aber für andere Kleider haben wir längst kein Geld mehr!«

Entschlossen griff Georg zu seinem Geldbeutel, zog zwei Gulden heraus und drückte sie dem verdutzten Kameraden in die Hand. »Sucht euch einen Trödler in Wimpfen, dann wird es reichen.«

Die drei Flüchtlinge dankten ihm mit bewegten Worten, und wenig später zogen sie zu fünft Richtung Wimpfen los.

In der Morgendämmerung ritten Christoph und sein Vater über die Neckarbrücke in Heilbronn ein. Von den drei Heilbronner Turnern hatten sie sich vor den Toren Wimpfens verabschiedet. Keine Militärstreife hatte sie auf ihrem Ritt angehalten.

Sie banden ihre Pferde im Hof an den dafür vorgesehenen gusseisernen Ringen fest, Vater Schmidt weckte den Pferdeknecht, damit er die erschöpften, schweißnassen Tiere abtrocknen und sie mit Wasser und Hafer versorgen konnte.

Um Barbara nicht aufzuwecken, schlichen sie ins Haus. Christoph verzog sich gleich in sein Zimmer und fiel in seinen Kleidern aufs Bett. Es dauerte keine Minute, bis er fest eingeschlafen war.

Georg strich seiner Frau sanft übers Haar.

»Ich habe unseren Christoph mitgebracht, flüsterte er.«

Barbara war gleich hellwach. »Wo ist er? Wie geht es ihm?«

»Es ist alles in Ordnung«, beruhigte sie ihr Mann. »Aber wir sind beide hundemüde. Lass uns ein paar Stunden schlafen, dann berichten wir dir ausführlich.«

Auch er fiel sofort in Tiefschlaf. Mit Barbaras Nachtruhe war es jedoch vorbei. Unruhig wälzte sie sich von einer Seite auf die andere. Doch sie zwang sich dazu, nicht aufzustehen, um ihren Mann und ihren Sohn in Ruhe schlafen zu lassen.

Christoph schlief bis weit in den Vormittag hinein. Seine Mutter verwöhnte ihn mit einem ausgiebigen Frühstück, als er endlich gähnend in der Küche erschien, und überhäufte ihn mit Fragen, die er geduldig beantwortete. Dann führte er als erstes seinen Rappen zu den Albrechts.

»Bist du noch gut aus Heidelberg rausgekommen?«, empfing ihn Kilian Albrecht. »Man hört, dass die Stadt kurz vor der Übernahme durch die Reichstruppen steht?«

»In Baden herrscht Kriegsrecht«, erklärte ihm Christoph. »Wir hatten ein Riesenglück, dass wir auf unserem Weg keinen Soldaten begegnet sind. Die hätten uns womöglich für Spione aus dem Ausland gehalten und kurzen Prozess gemacht. Dass alles so gut abgegangen ist, haben wir auch Ihnen zu verdanken. Der Rappe hat mich überall gut durchgebracht.«

»Schon gut«, Albrecht winkte ab. »Wir helfen gerne, wo wir können. Wie geht es jetzt eigentlich nach deinem Examen weiter?«

»Das möchte ich auch gerne wissen. Es wird wohl noch Wochen dauern, bis ich darüber ernsthaft und in Ruhe nachdenken kann. Aber ich werde mich schon einmal umhören.«

Doch Albrecht ließ nicht locker und erkundigte sich weiter nach seinen Plänen, da kam Clara mit einem leeren Korb am Arm zur Tür herein.

»Wieder im Land?«, begrüßte sie ihn fröhlich. »Hat dich dein Vater den Revolutionären entrissen?« Ohne eine Antwort abzuwarten, griff sie seine Hand und zog ihn mit sich fort. »Komm mit auf den Markt, du musst mir alles genau erzählen.« Ihr Vater lachte und sah den beiden vergnügt nach.

In der Stadt herrschte eine gedrückte Stimmung. Fast alle Familien waren von den Gerichtsverfahren gegen die Bürgerwehrleute betroffen. Christoph schlenderte mit Clara über den Markt. Sie redete unablässig auf ihn ein, aber er konnte ihr nur mit halbem Ohr zuhören.

Er dachte an Annette. Sie hatte versprochen, bald wiederzukommen, als sie ihn am ersten Tag im Gefängnis besucht hatte. Warum hatte sie nicht Wort gehalten? Nahm sie ihm den Vorfall mit Karl doch übel? Hatte ihr Vater ihr den Umgang mit einem Kriminellen verboten, der unter Mordverdacht im Gefängnis saß? Und ihre Mutter? Warum sollte ausgerechnet sie sich jetzt noch für ihn einsetzen?

Nein, Frau Lußhardt würde sich nicht von ihrem Mann vorschreiben lassen, was sie zu denken hatte. Immerhin war sie es gewesen, die umgehend seinen Vater benachrichtigt und damit den ersten Schritt für seine Freilassung getan hatte. Das hatte ihm Annette selbst bei ihrem Besuch berichtet.

Er hatte so darauf gehofft, Annette wenigstens bei seiner Freilassung zu sehen! Wollte sein Vater nicht die Familie Lußhardt besuchen? Das hatte er in all dem Trubel ganz vergessen! Warum hatte ihn Vater während des Ritts nach Heilbronn nicht darauf angesprochen? Alles war so schnell gegangen. Vermutlich hatte er das Vorhaben aufgegeben und gar nicht mit Lußhardt gesprochen. Besser so!

Am Abend fragte er trotzdem seinen Vater danach und dieser antwortete ihm mit einem ratlosen Gesicht.

»Ich stand vor ihrem Haus, aber niemand war da, alle Fensterläden verschlossen. Eine Nachbarin meinte, die Familie sei verreist. Ich wollte dich nicht weiter beunruhigen. Deshalb habe ich gestern auch nichts davon erwähnt.«

»Verreist?«, fragte Christoph nach, als ob er ihn nicht richtig verstanden hätte. »In diesen Tagen verreist?«

»Vielleicht sind sie aus Heidelberg weggefahren, um vor den drohenden Kriegsereignissen zu fliehen. Du hast es ja selbst gehört, die badischen Truppen haben sich nach Süden zurückgezogen, die Neckarbrücke soll gesprengt werden, man stellt sich auf eine Verteidigung der Stadt ein, möglicherweise wird Heidelberg auch mit Artillerie beschossen, das wäre doch ein Grund gewesen, rechtzeitig aus der Stadt wegzugehen?«

Um ihn auf andere Gedanken zu bringen, griff sein Vater nach einem Brief, der auf seinem Schreibtisch lag, und winkte damit geheimnisvoll.

»Morgen Abend sind wir in Weinsberg bei den Kerners eingeladen. Ein Amerikaner namens George Ackermann möchte mit uns sprechen.«

»Ist das einer deiner amerikanischen Geschäftspartner oder ein Bekannter aus deiner Zeit in Philadelphia?«, fragte Christoph neugierig.

»Nicht ganz richtig geraten, aber fast«, antwortete Georg und meinte nachdenklich: »Sein Vater, Jacob Ackermann, ist auf demselben Schiff wie deine Mutter gefahren, auf der Hope, dem völlig überladenen alten Kasten. Erinnerst du dich an die schrecklichen Verhältnisse bei der Überfahrt, von denen sie dir immer wieder erzählt hat? Deine Mutter und Jacob hatten sich gemeinsam um die vielen Kranken gekümmert und sind sich dabei ziemlich nahe gekommen. Es hätte nicht viel gefehlt und er hätte mir damals Barbara weggeschnappt!«

»Dann ist der Vater von Kerners Amerikaner dieser Jacob, nach dem ihr unseren Jakob getauft habt?«

Georg nickte zustimmend und ergänzte: »Und wegen mir heißt dieser Gast aus den Staaten George. Offenbar hat er seinen Namen etwas dem Amerikanischen angepasst.«

»Dann wart ihr in dieser Zeit eng befreundet?«

»Jacob Ackermann hat sich nobel verhalten und hat uns drüben sehr unterstützt, und das, obwohl ihm deine Mutter einen Korb gegeben hat.«

Er lächelte verschmitzt. »Barbara ist schon ziemlich aufgeregt. Hoffentlich vor allem deshalb, weil sie davon ausgeht, dass er auch Nachricht von ihren Verwandten aus Germantown mitgebracht hat.«

Am Abend des folgenden Tages fuhren sie mit der Kutsche nach Weinsberg hinüber. Keine Wolke zeigte sich am Himmel und es war auch noch in der untergehenden Sonne drückend heiß, als sie durch die Weinberge hinauf zum Weinsberger Sattel kutschierten. Vor ihnen lag das Weinsberger Tal und hinter der Weibertreu konnte man den leicht schiefen Turm der Weinsberger Johanneskirche ausmachen.

Sie nahmen den direkten Weg durch die Hauptstraße zum Oberen Tor, wo sie nach rechts zum Grasigen Hag abbogen. Hier ließ Georg den Kutscher anhalten. Wenige Schritte vom Kernergarten entfernt stiegen sie aus und hörten schon fröhliche Stimmen. Ihren Kutscher bat Georg, auf dem Wiesengelände vor der Stadtmauer auf sie zu warten.

Der Garten des Kernerhauses grenzte im Westen an die Stadtmauer, in deren Nordostecke ein alter Turm saß, den Kerner – als er hier vor fast dreißig Jahren sein Haus baute – der Stadt abgekauft und in sein Anwesen einbezogen hatte. Im untersten Geschoss hatte er eine Waschküche einrichten lassen, darüber ein Gastzimmer und ganz oben eine Terrasse. Von hier schweifte der Blick über die Dächer des Städtchens, hinüber zur Weibertreu und weit hinunter ins Sulmtal.

Theobald Kerner kam ihnen mit ausgebreiteten Armen entgegen und führte sie in den Garten, wo vor dem Turm ein großer Tisch aufgestellt war. Zwei Mägde waren gerade dabei, eine Schar von Kindern ins Haus zu scheuchen.

»Die Kinder meiner Schwester«, erklärte ihnen Theobald Kerner und stellte ihnen seine Schwester Marie vor, die seit dem frühen Tod ihres Mannes wieder in ihrem Elternhaus lebte.

»Und diese Dame heißt auch Marie, darf ich Sie mit meiner Frau bekannt machen?« Dann hob er ein etwa dreijähriges Mädchen hoch und lachte: »Das ist Justina, unsere Tochter!« Er setzte sie wieder behutsam auf dem Boden ab, gab ihr einen Klaps, und sie wackelte den anderen Kindern hinterher ins Haus.

Der wohlbeleibte Dichterarzt erhob sich zur Begrüßung der Gäste etwas schwerfällig aus einem Lehnstuhl, den man für ihn in den Garten getragen hatte. Er trug eine wallende Mönchskutte, eine Kleidung, die er seit einigen Jahren nicht etwa wegen seiner besonderen Frömmigkeit, sondern eher aus Bequemlichkeitsgründen bevorzugte, vielleicht auch, weil er in seiner poetischen Fantasiewelt dem Mystischen zugeneigt war.

Kerner ließ es sich nicht nehmen, seine Gäste einzeln zu begrüßen und wortreich seiner Familie vorzustellen, was eigentlich nicht nötig gewesen wäre, denn die meisten von ihnen kannten sich ja seit Jahren.

Zuletzt führte er einen jungen Mann in ihre Mitte, der etwas verlegen am Ende des Tisches gesessen und der Begrüßungszeremonie zugeschaut hatte, und stellte ihnen George Ackermann vor, den jungen Arzt aus Philadelphia, der seit vorgestern sein Gast sei und beiläufig erwähnt habe, es gebe in Heilbronn gute Freunde seines Vaters.

Kerner lachte breit: »Da ließ ich es mir nicht nehmen, ein Treffen zu arrangieren!«

Der große, etwas hagere junge Mann, etwa in Christophs Alter, blickte sie mit einem neugierigen Lächeln an und stutzte etwas, als Barbara ihn mehr als einen Augenblick lang sprachlos anstarrte.

Georg klärte ihn auf: »Sie sehen Ihrem Vater erstaunlich ähnlich. Als wir ihn kennengelernt hatten, war er nur wenige Jahre älter als Sie.«

»Man spricht uns oft darauf an«, bestätigte George in fließendem Deutsch mit einem leichten amerikanischen Akzent. »Er hat mir viel von Ihnen erzählt, von der jungen Frau aus Löwenstein, die nur ihren Georg im Kopf hatte, obwohl dieser mehr als tausend Meilen in Deutschland von ihr getrennt war. Ich freue mich sehr, Ihre Bekanntschaft zu machen.«

»Wie geht es ihm und wie geht es Ihrer Mutter?«, fragte Barbara mit Tränen in den Augen.

»Beide sind wohlauf. Mein Vater unterrichtet jetzt an einer Schule in Germantown und ist Kollege von Christoph Pfitzer.« Er lachte Christoph zu. »Vermutlich hat man Sie nach ihm benannt, wie mich nach Ihrem Vater und Ihren Bruder nach meinem Vater?«

»Christoph Pfitzer ist doch mein Cousin!«, rief Barbara.

»Und er hat uns zusammengebracht!«, ergänzte Georg und erzählte die Episode mit Barbaras selbstgenähtem Ball im Flüchtlingslager beim Heilbronner Kranen. »Christoph war damals sieben Jahre alt und hat mich gefragt, ob ich sein Bäsle heiraten wolle. Was blieb mir da anderes übrig?«

Alle lachten und Friederike Kerner, die Hausfrau, nutzte die Gelegenheit, sie zu Tisch zu bitten. Sie füllte ihre Gläser mit Wein, Justinus Kerner erhob sein Glas und ließ sie auf dieses wundersame Zusammentreffen von guten Bekannten anstoßen, die sich noch nie im Leben gesehen hatten.

Während des Essens erzählte George von seiner Reise. Als er in Philadelphia sein Schiff bestiegen hatte, hatte es so ausgesehen, als ob sich in Deutschland die Wogen bereits geglättet hätten. Man hatte auch in den USA mit Interesse von der Revolution im März 1848 gehört und sich darüber gefreut, dass in Deutschland ein Parlament gewählt, eine freiheitliche Verfassung ausgearbeitet und sich der König von Preußen gerade überlegen würde, die Kaiserkrone, die ihm bald angetragen würde, anzunehmen.

Als er dann in Le Havre von Bord gegangen war, hörte er, dass in Baden erneut eine Revolution ausgebrochen sei und dort Krieg herrsche. Deshalb habe er seine Reisepläne kurzfristig geändert und sei zunächst in die Schweiz gereist. Über Basel und Schaffhausen sei er zum Bodensee gefahren, dann nach St. Gallen, von wo aus er den Säntis bestiegen habe.

»Ich habe immer mit einem Auge nach Deutschland hinübergesehen, und dann endlich habe ich es gewagt und bin über Konstanz nach Meersburg gefahren.«

»Dort hat er den Freiherrn von Lassberg besucht«, schaltete sich Justinus Kerner ein. »Der wohnt auf dem uralten sagenumwobenen Schloss hoch über dem See.«

»Also, wie gesagt, ich habe Medizin studiert, vor wenigen Monaten mein Examen gemacht und mich während meines Studiums mit dem berühmten Arzt Franz Anton Mesmer beschäftigt, der zuletzt in Meersburg gelebt hat«, erklärte George.

»Der Lassberg weiß eine Menge über den alten Mesmer!«, mischte sich Justinus Kerner wieder ein.

»Und Herr von Lassberg hat mir dringend empfohlen, den berühmten Arzt und Dichter Justinus Kerner in Weinsberg zu besuchen, der im Sinne von Mesmer weiterarbeitet.«

»Auch, aber nicht nur!«, korrigierte ihn Justinus Kerner, dem Georges schmeichelnde Worte sichtlich gut getan hatten.

»Wir knüpfen an seine Erkenntnisse an«, stellte Theobald Kerner klar. »Es geht um den Einfluss des Nervensystems beim Gesundungsprozess von Patienten.«

»Nur der von einer heilsamen Krise des Patienten selbst ausgelöste Heilungsprozess kann die Ursache der Krankheit wirklich überwinden«, begann Justinus Kerner zu dozieren.

»Es geht aber auch um den Einfluss elektromagnetischer Kräfte als Heilmethode, der diesen Prozess unterstützen kann«, fügte George Ackermannn hinzu.

»Fachsimpeln könnt ihr doch später wieder«, unterbrach Friederike Kerner ihren Disput. »Jetzt lasst den Herrn Ackermannn doch weiter von seiner Reise erzählen.«

»Ich bin ja schon fast am Ende«, lachte George. »Von Meersburg bin ich am See entlang nach Friedrichshafen gewandert und von dort streckenweise mit der neuen schwäbischen Eisenbahn über Ulm nach Stuttgart gefahren. Erst vor ein paar Wochen ist das Teilstück Friedrichshafen – Biberach eingeweiht worden. Dann ging's mit der Postkutsche weiter nach Ulm, anschließend über die Alb runter nach Stuttgart. Von dort war es nicht mehr weit zu meinen Verwandten in

Marbach, die ich zum ersten Mal in meinem Leben gesehen habe. Und jetzt bin ich hier. In diesem wunderschönen Haus in Weinsberg, bei diesem wunderbaren Arzt und Dichter, von dem mir mein Vater immer vorgeschwärmt hatte.« Er wandte sich Justinus Kerner zu: »Ich habe auf der Reise, mitten auf dem Atlantik, ihren Roman *Die Reiseschatten* gelesen und bin richtig darin versunken. Besonders hat mich das Lied des armen Handwerksgesellen kurz vor seiner Hinrichtung beeindruckt. Ich hab' es sogar auswendig gelernt. Es ist so schaurig schön.«

Er erhob sich und rezitierte:

Mir träumt', ich flog gar bange
Weit in die Welt hinaus,
Zu Straßburg durch alle Gassen,
Bis vor Feinsliebchens Haus.

Feinsliebchen ist betrübt,
Als ich so flieg', und weint:
Wer dich so fliegen lehrte,
Das ist der böse Feind.

Feinsliebchen weint und schreit,
Dass ich am Schrei erwacht';
Da lieg ich, ach! in Augsburg
Gefangen auf der Wacht.

Und morgen muss ich hangen,
Feinslieb mich nicht mehr ruft,
Wohl morgen als ein Vogel
Schwank' ich in freier Luft.

Die Gäste klatschten Beifall, George Ackermann verneigte sich leicht in Richtung des Dichters und deutete schelmisch grinsend zum Turm hinüber.

»Dieser Turm ist seit zwei Nächten meine Herberge. Doktor Kerner hat mir seine Geschichte erzählt. Früher waren hier die Verurteilten eingesperrt, bevor sie hingerichtet wurden. Malefizturm oder Diebsturm wird er hier in Weinsberg genannt, manchmal auch Geisterturm, weil die Geister der Hingerichteten hier umgehen sollen. Ich habe immer wieder an dieses Lied denken müssen, vor dem Einschlafen, und es war mir sehr gruselig zumute. Aber jeden Morgen bin ich munter und vergnügt aufgewacht.«

»Was haben Sie jetzt vor, wie soll Ihre Reise weitergehen?«, fragte ihn Christoph.

George zuckte die Schultern: »Eigentlich wollte ich den Neckar runter nach Heidelberg, am liebsten auf einem Floß. Aber das geht wohl nicht, solange da noch gekämpft wird.«

»Kommen Sie doch ein paar Tage zu uns nach Heilbronn«, lud ihn Barbara ein und Georg unterstützte sie dabei lebhaft.

Während Barbara sich weiter mit George Ackermann unterhielt, führte Theobald Kerner Christoph etwas von der Gesellschaft weg und fragte ihn nach Philipp Sänger.

Christoph berichtete ihm von den gefundenen Briefen, die Karl unterschlagen hatte, von dessen rätselhaftem Verschwinden nach ihrem Streit auf der Heidelberger Brücke und ihrem Vorhaben, so schnell wie möglich nach Straßburg zu reisen, wenn die Verhältnisse es zuließen, um Philipp zu suchen. Dann fragte er Theobald nach dessen politischen Plänen.

»Du weißt, ich kandidiere für die Landtagswahl am 1. August«, antwortete er, »genauer gesagt für die *Verfassungsrevidierende Landesversammlung*. Die Chancen für friedliche Reformen stehen in Württemberg gar nicht mal so schlecht. Minister Friedrich Römer ist kein Reaktionär, auch wenn er mitverantwortlich ist für die Auflösung der Nationalversammlung in Stuttgart. Er war ja selbst Abgeordneter in Frankfurt. Gegenwärtig wird im Landtag ein neues demokratisches Wahlgesetz beraten und soll in den nächsten Tagen verabschiedet werden: allgemeine, gleiche und direkte Wahlen für den württembergischen Landtag. Das gibt uns Demokraten ganz gute Chancen.«

»Meinst du, ich könnte mich in Stuttgart bei der Regierung oder beim Landtag um eine Stelle als juristischer Mitarbeiter bewerben?«

»Bestimmt«, sagte Theobald. »Am besten wäre es aber, du wartetest erst mal in Heilbronn in aller Ruhe das Wahlergebnis ab. Wenn die Demokraten sich durchsetzen, wird man viele junge Leute wie dich brauchen können.« Dann runzelte er die Stirn: »Ihr wollt in diesen Zeiten wirklich nach Straßburg?«

»So schnell wie möglich, wenn sich Philipp tatsächlich noch in Straßburg aufhält, muss er doch davon erfahren, dass das Verfahren gegen ihn längst niedergeschlagen ist. Er kann doch zurück zu seiner Familie nach Mannheim, auch wenn die Preußen im Land sind!«

Theobald Kerner dachte kurz nach. »Dann dürft ihr nicht mehr lange warten. Ich weiß aus sicherer Quelle, dass Mieroslawski nach dem Rückzug aus Nordbaden zwischen Schwarzwald und Rhein eine neue Front aufbauen will, die könnte eine Weile halten. So lange wäre der Weg über den Schwarzwald und das Kinzigtal prinzipiell frei. In der Gegend um Kehl müsstet ihr dann versuchen, über den Rhein zu kommen. Für Straßburg schreibe ich dir schon einmal ein paar Adressen auf, wo ihr nachfragen könnt.«

Die Dämmerung ging bereits in eine helle Nacht über, als sie mit George Ackermann zusammen nach Heilbronn zurückfuhren. Barbara hatte darauf bestanden, dass er gleich mitkam.

»Ich habe auch einen Brief von Ihrer Tante an Sie, das hatte ich gestern Abend ganz vergessen«, verkündete George am nächsten Morgen beim Frühstück und zog einen leicht zerknitterten, versiegelten Brief aus der Tasche.

Barbara öffnete ihn ungeduldig und las mit zunehmend fröhlicherem Gesicht, bis sie leise zu schluchzen begann, ihre Augen mit dem Handrücken abwischte und gleich wieder lachte. »Es geht ihnen gut«, rief sie. »Hans ist jetzt selbständig, hat die Flaschnerei in Germantown übernommen und aus Christoph ist wirklich ein richtiger Lehrer geworden!« Sie umarmte George und drückte ihn an sich. »Sie haben mir eine große Freude gemacht!«

»Ich war nur der Postbote«, sagte George etwas verlegen und nahm einen Schluck Kaffee.

Nach dem Frühstück schaute Clara bei ihnen vorbei, um zu fragen, ob Christoph nicht Lust auf einen kleinen Ausritt hätte. Barbara führte sie herein und stellte ihr George Ackermannn aus Philadelphia vor.

Clara blickte ihn überrascht an, ihre Miene wurde für einen kurzen Augenblick sehr ernst, dann weiteten sich ihre Augen und begannen zu glänzen. George lächelte sie zunächst etwas verwundert an, dann konnte er selbst seinen Blick kaum mehr von ihr lösen.

Barbara stand etwas abseits und verfolgte das Geschehen neugierig. Sie zwinkerte ihrem Sohn zu, doch der schien nichts von alledem bemerkt zu haben, was sich gerade in wenigen Sekunden zwischen den beiden abgespielt hatte.

»Wir hätten auch ein drittes Pferd im Stall bereit«, sagte Clara leise und schaute erwartungsvoll zu George auf.

Der strahlte sie an: »Wenn Sie mich so nett einladen, sehr gerne.«

Sie ritten nach Süden, neckaraufwärts über Sontheim Lauffen zu, dann in einem Bogen nach Talheim hinunter, das Schozachtal aufwärts bis zum Gruppenbach, dem sie bis Untergruppenbach folgten, dann nach Nordwesten durch dichten Laubwald, bis sie beim Jägerhaus wieder freie Sicht auf Heilbronn hatten.

Hier legten sie eine Rast ein und genossen den weiten Ausblick über das Neckartal. Clara erklärte George den Weg, den sie genommen hatten und der von hier oben ein gutes Stück nachzuverfolgen war, und George hörte ihr gebannt zu. Sein Blick wechselte ständig von den blauen Fernen hin zu Clara, die ihr Pferd ganz nah neben seines geführt hatte, sodass sich ihre Beine fast berührten.

Er half ihr vom Pferd und sie ließ es gerne geschehen. Auf einer Aussichtsbank setzten sie sich nieder und Christoph besorgte erfrischende Getränke aus der kleinen Wirtschaft, die sich etwas zurückgesetzt hinter einer uralten Eiche versteckte.

Er dachte über diesen seltsamen Ausflug nach, schüttelte den Kopf und konnte sich ein Grinsen nicht verkneifen. Den ganzen Ritt über waren die beiden nebeneinander in Gespräche vertieft vor ihm in gemächlichem Tempo geritten, hatten keine Silbe mit ihm gesprochen und Christoph war sich dabei beinahe überflüssig vorgekommen.

Doch im Grunde war er über diese unerwartete Wendung in Claras Gefühlswelt richtig erleichtert. So hatte er es auch tunlichst vermieden, sich in ihre Unterhaltungen einzumischen, ließ sein Pferd immer wieder etwas zurückfallen, blieb ein paar Längen hinter ihnen und die beiden bemerkten es nicht einmal. Clara hing an Georges Lippen – wenn sie nicht gerade selbst redete, was jedoch meistens der Fall war.

Vom Jägerhaus ritten sie durch die Weinberge hinunter zum Trappensee mit seinem kleinen Wasserschlösschen und erreichten am frühen Nachmittag wieder die Stadt.

Als sie sich von Clara verabschiedet hatten und hinüber zu ihrem Haus schlenderten, stand da ein gesatteltes Pferd, dessen Zügel flüchtig um den eisernen Ring neben der Haustür geschlungen war. Es war noch schweißnass und kam ihm irgendwie bekannt vor. Richtig! Der Sattel! Das war Ludwigs Pferd!

Flucht aus Heidelberg

Heidelberg, Gaiberg, 20. bis 25. Juni 1849

»Packt eure Sachen, aber nur das Nötigste! Wir fahren nach Gaiberg!«

Friedrich Lußhardt hieb mit der Zeitung auf den Tisch, dass die Tassen klirrten.

»Jetzt wollen doch die Freischärler Heidelberg mit allen Mitteln verteidigen! Es kommt genau so, wie ich es vorausgeahnt habe.«

Er schimpfte wie ein Pferdekutscher. Dann stieß er drohend den Zeigefinger in die Luft.

»Wir fahren in zwei Stunden. Ich hoffe, wir können in ein paar Tagen wieder zurück, wenn der Spuk endlich ein Ende hat!«

»Ich kann nicht einfach meinen Dienst im Lazarett aufgeben«, sagte Mathilde Lußhardt mit vorwurfsvollem Ton.

»Doch, das kannst du. Ich befehle es dir. Wenn du nicht Vernunft annimmst, wenn es um unsere Rettung geht, dann muss ich dich eben zwingen.«

Seine Frau gab noch nicht auf: »Willst du denn dein Geschäft ganz unbeaufsichtigt lassen, wenn die Preußen kommen?«

Lußhardt lachte grimmig: »Ich habe Vorsorge getroffen! Rechnungsbücher und Wertsachen nehmen wir mit. Die Waren habe ich im Keller eingeschlossen. Die Türen sind mehrfach verriegelt und mit zusätzlichen Schlössern gesichert. Den Knecht und die Magd habe ich für ein paar Tage heimgeschickt. Die Kutsche fahre ich selber.«

Lußhardt stürmte davon, während Annette in Tränen ausbrach.

»Ich kann ihn doch jetzt nicht allein lassen«, schluchzte sie.

Ihre Mutter tröstete sie. »Wir haben getan, was wir konnten. Sicher ist Christophs Vater schon in Heidelberg und kümmert sich um ihn. Mehr kannst du jetzt sowieso nicht für ihn tun.«

»Soll ich ihm einen Brief schreiben?«

Mathilde schüttelte den Kopf.

»Wenn er dich wirklich liebt, wirst du bald wieder von ihm hören. Er wird nicht so schnell aufgeben. Jetzt warten wir die paar Tage eben dort oben ab. Eigentlich hat Vater schon recht. Es ist besser, wenn wir noch rechtzeitig aus Heidelberg herauskommen. Wer weiß, wie der Kampf um die Stadt verlaufen wird.«

Wenig später fuhren sie in südwestlicher Richtung hinauf in das Bergland hinter Heidelberg und hatten nach drei Stunden das kleine Dorf im südlichen Odenwald erreicht.

Die Rodungssiedlung Gaiberg mit ihren Feldern und Wiesen war von allen Seiten mit Wald umgeben. Lußhardt lenkte den Zweispänner in die Pfarrgasse zu seinem Bruder, der den elterlichen Hof bewirtschaftete.

Es war eines der stattlichsten Fachwerkhäuser im Ort mit Scheune, Stall und Nebengebäuden. Annette sah, wie sich der Vorhang am Fenster neben der Haustür leicht bewegte, und wenig später trat Wilhelm Lußhardt auf die vierstufige Treppe, die in den Hof führte, und schaute verwundert auf den unerwarteten Besuch. Friedrich Lußhardt sprang vom Kutschbock und begrüßte seinen Bruder.

Annette und ihre Mutter verfolgten in der Kutsche das kurze Gespräch zwischen den beiden. Freilich könnten sie ein paar Tage bleiben, bis in Heidelberg wieder Ruhe eingekehrt sei.

Wilhelm Lußhardt rief nach seiner Frau, die wenig später mit zwei großen Blecheimern aus dem Stall kam, diese ruckartig absetzte, sodass das Wasser überschwappte, als sie die Kutsche sah.

Mit rudernden Armen lief sie auf Mathilde zu, rief sie und Annette beim Namen und war völlig außer sich. Inzwischen hatte Friedrich Lußhardt die Kutschentür geöffnet und seiner

Stieftochter beim Aussteigen geholfen. Ihre Mutter war noch lange damit beschäftigt, die tausend Fragen ihrer Schwägerin in aller Kürze zu beantworten, dass sie ihr erst später ins Haus folgte.

Wilhelm Lußhardt musterte Annette von oben bis unten.

»Sie ist ja schon eine richtige Frau geworden«, sagte er mit einem dünnen Grinsen zu seinem Bruder. »Hast du schon einen Bräutigam für sie ausgesucht? Mir scheint, es wird langsam Zeit!«

Der winkte ab. »Das ist eine leidige Geschichte. Den einen will sie nicht, der andere passt mir nicht. Aber vielleicht weißt du ja in Gaiberg eine gute Partie?«

Während sie laut loslachten und Annette einfach stehen ließen, kamen ihre Mutter und ihre Tante zu ihr herüber, schimpften über die Grobheit ihrer Männer und trösteten sie.

Nicht mal richtig begrüßt hat er mich, dachte sie, kein Wort hat er zu mir gesagt, nur mit Vater über mich gesprochen, wann ich denn endlich heiraten werde. Sie schluckte ihre Wut hinunter und folgte ihrer Mutter in die Wohnstube.

Sie kamen in den beiden Dachkammern unter, die Annette aus ihrer Kindheit noch gut kannte. Lußhardt hatte eine große Kiste mit Kaffee, Schokolade, Wein, Likör und anderen feinen Leckerbissen aus seinem Laden gepackt, die er zusammen mit seinem Bruder ablud und ins Haus schleppte, während die Frauen sich um die beiden Zimmer kümmerten.

Die Fenster gingen zur Straße und man sah über den halben Ort hinweg zum Wald. Trotz der luftigen Aussicht stellte sich ein banges Gefühl bei Annette ein, als sie ihr Gepäck in ihrer Kammer unterbrachte. Das Bett unter der Dachschräge, gegenüber eine kleine Kommode mit Waschschüssel und Wasserkrug, der kleine Nachttisch neben dem Bett mit dem geblümten Nachttopf, der Geruch nach altem Holz, der von den Dachbalken ausging, das gelegentliche Knacken im Gebälk – das alles löste Erinnerungen an ihre Kindheit aus und strich die Jahre, die inzwischen vergangen waren, gnadenlos zusammen.

Als kleines Mädchen hatte sie sich immer nur als geduldetes Anhängsel ihres Stiefvaters gefühlt, wenn sie hier oben für ein paar Tage Urlaub gemacht hatten. Sie war ja mit den Bauersleuten gar nicht verwandt und dass diese das ebenso empfanden, glaubte sie täglich zu spüren.

Außerdem gab es niemanden, mit dem sie spielen konnte. Ihr Onkel, wie sie ihn nennen musste, war zwar verheiratet, hatte aber keine Kinder, und so hatte sie sich meist allein in dem alten Fachwerkhaus oder der angrenzenden Scheune herumgetrieben, sich häufig in irgendeinem Winkel versteckt, viel gezeichnet und schließlich beschlossen, einmal Künstlerin zu werden.

Ihre Bilder schauten sich ihr Vater, ihr Onkel und ihre Tante flüchtig an, lobten sie auch manchmal, aber ohne eigentliches Interesse, mehr, um das Kind schnell wieder loszuwerden. Ihre Mutter suchte ihre Enttäuschung wiedergutzumachen und sprach mit ihr ausführlich über die Szenen aus dem dörflichen Leben, die sie in ihren Bildern dargestellt hatte. Annette hielt sich auch jetzt gegenüber den Bauersleuten zurück und erschien meist nur zu den Mahlzeiten in der Stube oder zur Arbeit in der Küche.

Hier oben im Wald schien sich die Welt überhaupt nicht verändert zu haben. Es herrschte tiefer Friede in ländlicher Idylle, aber auch eine schwer zu ertragende Eintönigkeit. Ihre Mutter hatte einige Bücher eingepackt, die *Reisebilder* von Heinrich Heine, Ludwig Börnes *Briefe aus Paris* und einige Novellen von Joseph von Eichendorff, in die sie sich gleich am ersten Abend vertiefte.

Friedrich Lußhardt ging abends noch ins Pfarrhaus hinüber, um sich bei seinem ehemaligen Seelsorger vorzustellen, aber auch vor allem deshalb, weil der betagte Pfarrer der Einzige im Dorf war, der eine Zeitung abonniert hatte, die mit der Postkutsche und einiger Verspätung geliefert wurde.

So erfuhr er mit entsprechender Verzögerung von der Schlacht bei Waghäusel, informierte sie am Abend in der Wohnstube seines Bruders von dem anfänglichen Sieg der badischen Truppen über die Preußen, die sich zunächst in der dortigen Zuckerfabrik verschanzt hatten und sich dann nach Philippsburg zurückziehen mussten. Die Zeitung hatte auch darauf hingewiesen, dass die badischen Truppen darauf verzichtet hätten, die Preußen zu verfolgen, da die erwartete Hilfe eines pfälzischen Revolutionsheeres ausgeblieben sei.

Mit diebischer Freude rieb sich Lußhardt die Hände, als er seinem Bruder berichtete, dass der Kommandant einer badischen Reiterabteilung mit 1 500 Reitern geflohen sei. Er habe die Situation völlig falsch eingeschätzt und glaubte, von preußischen Truppen umstellt zu sein. Deshalb hätte sich der anfängliche Sieg der Revolutionstruppen in eine Niederlage verwandelt, denn die preußischen Verbände, die über den Rhein nach Baden vorgedrungen waren, konnten nicht über den Rhein zurückgedrängt werden, wie Mieroslawski geplant hatte, und blieben nun in ihrem Rücken. Darauf hätten sich die badischen Truppen zuerst nach Heidelberg und von da nach Sinsheim zurückgezogen, um nicht abgeschnitten zu werden.

Das Kriegsgeschehen wogte hin und her, während hier oben in Gaiberg die Zeit stillzustehen schien. Tags darauf las Lußhardt in der Zeitung, dass Heidelberger Bürger im badischen Hauptquartier die Bitte vorgetragen hätten, die Stadt nicht gegen die von Hessen aus nachrückenden Preußen zu verteidigen, um Zerstörungen in der Stadt zu vermeiden. Da sich der badische Kriegsminister und Oberbefehlshaber Franz Sigel zuvor schon dazu entschlossen hatte, alle Truppen aus Heidelberg abzuziehen und nach Süden zu verlegen, hätte er noch am selben Tag Heidelbergs Bürgermeister Winter darüber verständigt, dass der Bitte stattgegeben würde.

»Endlich macht der Sigel mal was Vernünftiges!«, brummte Lußhardt zufrieden.

Am Abend desselben Tages marschierten die Preußen in Mannheim ein, nachdem sie vom Mannheimer Gemeinderat, der in letzter Minute auf die konterrevolutionäre Seite gewechselt war, dazu förmlich aufgerufen worden waren. »Die Preußen wären aber auch ohne diese Einladung gekommen«, kommentierte Friedrich Lußhardt mit ironischem Lachen, als er mit seinem Bruder darüber sprach.

Währenddessen tobte bei Sinsheim bereits ein weiterer Kampf. In der Nacht drohten 18 000 Mann der badischen Armee von den Preußen und den Reichstruppen in der Stadt eingeschlossen zu werden. Zwar konnten die badischen Truppen eine Einnahme Sinsheims in dieser Nacht verhindern, zogen aber am nächsten Vormittag ab, um zwischen Schwarzwald und Rhein an der Murg die neue, deutlich verkürzte Front zu eröffnen und den preußischen Vormarsch aufzuhalten.

An einem der folgenden Vormittage spazierte Annette mit ihrer Mutter durchs Dorf. Vor einem kleinen, einstöckigen Häuschen bemerkten sie einen Leiterwagen, voll mit Kisten und Säcken. Ein gutes Dutzend Gaiberger umringte ihn, während ein stämmiger Mann im Sonntagsanzug dabei war, eine Kuh als Zugtier anzuschirren. In die vielen Stimmen mischten sich Lachen und Schluchzen. Eine Frau mit drei kleinen Kindern, ebenfalls in Sonntagskleidung, war gerade dabei, auf dem Wagen einen Sitzplatz für sich und ihre Kinder einzurichten.

Direkt neben dem Wagen stand der Pfarrer. Sie blieben stehen und hörten dem Gespräch mit zunehmender Betroffenheit zu.

»Jetzt geht's also los auf die weite Reise«, sprach der Pfarrer mit ernstem Gesicht zu dem Mann, der, die Leine in der Linken, mit seiner Rechten nach einer Sprosse griff und sich auf seinen Wagen hochzog.

»Nochmals vielen Dank für Ihre Hilfe«, sagte er zum Pfarrer gewandt, als er auf dem Kutschbrett Platz genommen hatte. »Ohne die Unterstützung der Gemeinde hätten wir das Geld für die Auswanderung nicht zusammenbekommen. Danke auch für die Bürgschaft, die Sie für mich geleistet haben.«

»Es tut weh, euch so einfach wegziehen zu sehen«, seufzte der Pfarrer. »Deine Frau und dich habe ich vor vielen, vielen Jahren konfirmiert, deine Kinder getauft.«

Nach einer Pause fragte er: »Weißt du schon, wo du den Wagen und die Kuh lassen kannst?«

»Der Reiseagent hat mir eine Adresse in Mannheim gegeben. Er kümmert sich auch um das Gepäck. Übermorgen sind wir schon in Köln, dann geht's mit dem Zug nach Le Havre, und wenn wir Glück haben, sind wir nächste Woche schon auf See.«

Er drückte dem Pfarrer noch einmal zum Abschied die Hand. Seine Stimme zitterte, als er verbittert ausrief: »Nichts für ungut, aber der Abschied fällt mir nicht schwer. Sie sind ein guter Mann, aber die Zeit ist böse geworden. Haben Sie mitbekommen, wie der Schacher um unser Häuschen und unseren Garten losgegangen ist, kaum dass die Auswanderung beim Rathaus angezeigt war?«

Das Gerede der Nachbarn verstummte für einen Augenblick. Er blickte sich – ohne eine Antwort abzuwarten – zu seiner Frau und seinen Kindern um, vergewisserte sich, dass sie alle auf ihrem Platz saßen, dann ließ er die Leine auf den Rücken der Kuh klatschen, und mit einem leichten Ruck setzte sich das Gefährt in Bewegung. Ein paar Kinder liefen noch neben dem Wagen her, bis sie aus dem Dorf gefahren waren. Die Nachbarn winkten ihnen lange mit ihren Taschentüchern nach.

»Auf Besuch beim Schwager?« Der Pfarrer war zu ihnen getreten und begrüßte sie freundlich.

»Es ist ein Jammer«, sagte er dann, während er in die Richtung blickte, in welcher der Wagen eben aus ihrem Blickfeld verschwunden war. »Immer mehr müssen aufgeben, ihre letzte Habe verkaufen und in die Fremde ziehen. Seit Tagen haben sie darauf gewartet, endlich losfahren zu können. Wenigstens scheint jetzt der Weg nach Mannheim wieder frei zu sein. Seit vorgestern sind die Freischärler von dort abgezogen und stehen nun in der Gegend von Bretten.«

»Weshalb mussten die Leute denn weg?«, fragte Annette.

Der Pfarrer blickte sie traurig an.

»Vor drei Jahren hat die Not begonnen mit der Kartoffelkrankheit. Vor der Ernte sind uns die Knollen in der Erde verfault. Wer zuvor schon Schulden hatte, musste verkaufen, um Lebensmittel zuzukaufen und über den Winter nicht zu verhungern. Saatkartoffeln gab es bald nicht mehr, so fiel auch in den letzten beiden Jahren die Ernte aus. Die Gemeinde muss immer mehr arme Schlucker auf ihre Kosten durchfüttern.«

»Um so nobler, dass sie die Auswanderer unterstützt und ihnen das Geld für die Überfahrt bezahlt«, meinte Mathilde Lußhardt.

»Das ist immer noch billiger, als die Ortsarmen jahrelang über Wasser zu halten«, antwortete der Pfarrer mit grimmiger Miene. »Was bleibt uns denn anderes übrig? Manche Gemeinde im Land hat schon ihren Wald dafür verkauft, ihre Armen endlich loszuwerden.«

»Warum haben sie denn ihre Sonntagskleider angezogen?«, wollte Annette wissen.

»Sie dürfen ja nur die paar Kisten mitnehmen«, erklärte ihr der Pfarrer. »Was sie am Leib tragen, nimmt keinen Platz weg.«

Beim Abendessen brachte Annette das Gespräch auf die Auswanderer. Wilhelm Lußhardt nickte. Immer mehr arme Schlucker machten sich auf den Weg nach Amerika. Dann zeigte er mit dem Messer auf seinen Bruder.

»Da lässt sich jetzt manch gutes Geschäft machen. Die Grundstücke und Äcker werden von der Gemeinde versteigert, aber viele Bieter gibt es nicht. Also, wenn du was anlegen willst? Ich hab' gerade ein paar Hektar Wald sehr günstig dazugekauft.«

Friedrich winkte ab. »Ich müsste es ja doch verpachten und wenn überall Land billig zu haben ist, wer zahlt da schon einen guten Pachtzins? Das rentiert sich für mich nicht.«

Wilhelm kaute zu Ende, schluckte seinen letzten Bissen hinunter und wies jetzt mit seinem Messer auf Annette.

»Aber denk doch mal an ihre Mitgift. Ihre Chancen bei so manchem reichen Bauernsohn könnten beträchtlich wachsen. Ich wüsste auch schon, bei wem! Der Älteste vom Huberbauer hat sich gestern sehr interessiert nach unserem Besuch aus der Stadt erkundigt. Sie sieht ganz manierlich aus, bringt was mit«, er rieb Daumen und Zeigefinger seiner Linken aneinander, während er sich mit der Rechten ein Stück Brot aus dem Korb holte. »Ich an deiner Stelle würde nicht mehr lange zuwarten. So jung ist sie nicht mehr!«

Annette stand von ihrem Platz auf und floh in ihr Zimmer. Auf der Treppe verfolgte sie das dröhnende Lachen ihres Onkels und ihres Stiefvaters über irgendeinen Witz auf ihre Kosten, wie sie vermutete.

Wie widerte sie das an! Wie auf dem Viehmarkt! Nie und nimmer ließe sie sich hier oben verheiraten! Ihre Mutter kam ihr nach, entschuldigte sich für die Grobheit der Männer.

»Wann können wir hier endlich weg?«, schluchzte Annette, und ihre Mutter nahm sie in den Arm.

»Es wird nicht mehr lange dauern, das hast du doch heute Morgen gehört. Mannheim und Heidelberg sind geräumt, die badischen Truppen abgezogen und die Preußen und ihre Verbündeten rücken nach. Bald herrschen auch in Heidelberg wieder geregelte Verhältnisse. Aber ein besonderer Grund zur Freude ist das nicht! Der Traum von der Freiheit ist nun wohl ausgeträumt!«

Annette trocknete ihre Tränen, schnäuzte sich und sah ihrer Mutter in die Augen.

»Dass du das all die Jahre ausgehalten hast!«

»Er hat für uns immer gut gesorgt!«, widersprach sie ihrer Tochter.

»Aber um welchen Preis! Siehst du nicht, dass er nur an sich und sein Geld denkt? In dir sieht er doch nur einen Teil seines Geschäfts! Solange du für ihn arbeitest und nebenbei noch den Haushalt machst, ist er zufrieden. Aber wehe, du widersprichst ihm einmal.«

»Bisher habe ich mich ganz gut durchsetzen können«, meinte Mathilde, »auch wenn er es manchmal gar nicht gemerkt hat und ich scheinbar nachgegeben habe. Aber mach dir keine Sorgen, was dich betrifft, da werde ich keine Kompromisse eingehen.«

Tatsächlich kam Lußhardt tags darauf mit der Neuigkeit zurück, dass die Preußen nun auch in Heidelberg eingerückt seien. Die Bürgerwehren seien aufgelöst, die Revolution in Heidelberg zu Ende.

Lußhardt ließ seine Frauen wieder packen, sein Bruder half ihm beim Anschirren der beiden Pferde, und unter dem Schutz preußischer Truppen zog die Familie am Abend wieder in ihr Haus in der Hauptstraße ein. Lußhardt eröffnete am nächsten Morgen gut gelaunt sein Geschäft, während Annette sich auf den Weg zum Gefängnis machte.

»Christoph Schmidt?«, der Beamte zog einen Band aus dem Regal und blätterte darin. »Der ist schon seit Tagen entlassen worden, hier steht's: am 20. Juni. »Christoph Schmidt aus Heilbronn auf Kaution entlassen.« Der wird sich beeilt haben, nach Württemberg zu kommen, bevor die Preußen einmarschiert sind. Tut mir leid, da kann ich Ihnen keine andere Auskunft geben.«

Annette war erleichtert – und gleichzeitig ergriff sie eine tiefe Trauer. Sie kannte ja Christophs politische Auffassung. Jetzt war er in den Augen ihres Vaters nicht nur ein möglicher Mörder, sondern auch ein gefährlicher Anarchist. Hauptsache, er ist frei, versuchte sie sich einzureden, aber die lähmende Trostlosigkeit, die sie nun befiel, verstärkt von dem schlechten Gewissen, ihn während seiner Haft alleingelassen zu haben, drohte ihr den Boden unter den Füßen wegzuziehen.

Ganz in Gedanken machte sie sich auf den Heimweg und bemerkte nicht einmal Ludwig Sänger, der vor ihrem Haus auf sie wartete. Mit einem leisen Pfiff machte er sich bemerkbar. Annette fuhr herum, sah erschrocken zu ihm hinüber.

»Ich habe vor einer halben Stunde mit deiner Mutter im Laden geredet«, sprach er sie gleich an. »Sie hat mir gesagt, ich solle am besten hier auf der Straße versuchen, dich abzupassen.« Mit einem spöttischen Grinsen fügte er an: »Dein Vater scheint ja ein ziemlicher Haustyrann zu sein.«

Annette brauchte einen Augenblick, um aus ihren Gedanken aufzutauchen.

»Wo ist Christoph?«, rief sie dann, und während Ludwig zu den Fenstern des Kolonialwarengeschäfts hinüberschaute und den Finger auf die Lippen legte, fragte sie leise nach: »Wie geht es ihm, ist er in Heilbronn?«

Ludwig nickte und zog Christophs Brief aus der Tasche.

»Da steht alles drin. Ich glaub es ist besser für dich, wenn ich jetzt schnell verschwinde, und pass auf, dass dein Vater den Brief nicht zu Gesicht bekommt.«

»Warte einen Moment«, bat ihn Annette und machte eine leichte Kopfbewegung in Richtung Torbogen, der zum Hauseingang führte. Ludwig verstand und folgte ihr nach, als er sah, dass sie im Torbogen auf ihn wartete.

»Ich konnte ihn nicht mehr im Gefängnis besuchen«, sagte sie leise. »Mein Vater ist mit uns aus der Stadt geflohen. Ich musste mit und konnte Christoph nicht mehr Bescheid geben. Könntest du in einer halben Stunde noch einmal wiederkommen? Dann habe ich den Brief gelesen und ein paar Zeilen für ihn aufgesetzt.«

Ludwig nickte. »Aber beeil dich, ich muss mich gleich wieder auf den Weg nach Heilbronn machen.«

Eigentlich hätte er längst aus Heidelberg verschwunden sein müssen. Aber ohne den Brief Annette ausgehändigt zu haben, hätte er nicht abreisen können. Die badische Front hatte sich wie geplant bei der Murg aufgebaut, die Preußen standen vor Karlsruhe. Wenn es noch gelingen sollte, nach Straßburg zu reiten und Philipp zu suchen, bevor sich der Krieg in das südliche Baden verlagern würde, müssten sie jetzt handeln.

Alles wäre verloren, wenn Philipp sich zusammen mit Friedrich Hecker – enttäuscht von der Niederlage der Revolution – wieder auf den Weg zurück nach Amerika gemacht hätte, bevor er mit ihm in Straßburg hätte reden können.

Noch heute wollte Ludwig auf der rechten Seite des Neckars versuchen, nach Württemberg durchzukommen. Die Neckartalstraße lag ja jetzt weit hinter der Front. Die Strecke über Sinsheim konnte er nicht nehmen. Dort lauerten die Preußen auf versprengte badische Soldaten oder Freischärler.

Mit seinen Eltern war alles so weit abgesprochen. Alle Vorbereitungen für dieses waghalsige Unternehmen waren schon getroffen. Er sollte sich mit Papieren des Handelshauses Sänger als Geschäftsreisender auf den Weg nach Heilbronn machen und hatte dafür auch einen Pass zur Ausreise nach Württemberg bekommen.

Dass er nicht mit dem Dampfschiff sondern mit dem Pferd unterwegs war, müsste er allerdings den Grenzbeamten erklären, denn der Schiffsverkehr lief wieder planmäßig. Aber sein Pferd brauchte er für die geplante Reise nach Straßburg.

Während er unruhig vor dem Haus auf und ab ging, lehnte Annette mit klopfendem Herzen in ihrem Zimmer an der Innenseite der Tür und brach hastig Christophs Brief auf:

Liebe Annette,

mein Vater hat dafür gesorgt, dass ich in Freiheit bin. Wir sind gleich nach Heilbronn geritten. Ich hoffe, Ludwig kann

Dir möglichst bald diesen Brief überreichen. Von Karl konnte bisher trotz intensiver Suche keine Spur gefunden werden und möglicherweise ist er sogar noch am Leben, was ich sehnlichst hoffe, obwohl er unsere Freundschaft schmählich verraten hat. Der Hauptbelastungszeuge hat sich als unglaubwürdig erwiesen und deshalb konnte mein Anwalt in kurzer Zeit meine Freilassung bewirken. Ich bin Dir und Deiner Mutter von Herzen dankbar, dass Ihr meinen Vater so schnell unterrichten ließet!

Anscheinend seid Ihr bald nach Deinem Besuch bei mir im Gefängnis aus Heidelberg abgereist. Ich hoffe sehr, dass sich an Deinen Gefühlen, an unserer Liebe nach diesen schlimmen Begebenheiten nichts geändert hat. Ich liebe Dich von ganzem Herzen und die Trennung schmerzt mich sehr. Möglichst bald will ich nach Heidelberg kommen und Dich in die Arme schließen, aber es kann noch einige Tage, vielleicht sogar Wochen dauern. Ich denke jeden Tag, jede Stunde an Dich!

In Liebe
Dein Christoph

Erleichtert ließ sie den Brief sinken, dann setzte sie sich in aller Eile an den Tisch und schrieb mit fliegender Feder einige Zeilen, die sie Ludwig mitgeben wollte.

Die Suche nach Philipp

Heilbronn, Straßburg, Dossenheim,
Heidelberg, 27. Juni bis 2. Juli 1849

»Wir haben leider keinen Platz mehr im Stall«, sagte Georg Schmidt entschuldigend, als sein Sohn wie entgeistert auf das Pferd blickte, das vor ihrem Haus an einem eisernen Ring angebunden war.

Er war gerade mit George von ihrem Ausritt mit Clara zurückgekommen. George betrachtete kritisch Ludwigs Pferd. »Das sollte aber versorgt werden«, meinte er, lockerte den Sattelgurt und tätschelte ihm aufmunternd den Hals.

»Jakob ist von seiner Geschäftsreise zurück, jetzt ist der Pferdestall wieder voll«, setzte sein Vater hinzu, als er Christophs überraschtes Gesicht sah. »Vermutlich hast du es gerade selbst bemerkt – dein Freund aus Heidelberg ist vor einer halben Stunde angekommen, Barbara hat ihm eben ein Vesper gerichtet.«

»Also habe ich doch richtig vermutet, das ist Ludwigs Pferd!«, rief Christoph erfreut und wollte gleich ins Haus laufen.

»Lass ihn erst einmal in Ruhe essen«, meinte sein Vater geheimnisvoll und bat die beiden, ihm in den Stall hinter dem Haus zu folgen. Neben den Pferden für ihre Kutsche tänzelten zwei braune Reitpferde mit schwarzer Mähne und blickten ihnen mit rollenden, weiß leuchtenden Augen entgegen.

Während Christoph verwundert seinen Vater anblickte und auf eine Erklärung wartete, lief George Ackermann zu den Boxen und strich den beiden Braunen über den Nasenrücken.

»Sehr schöne Pferde, rassig und voller Temperament«, lobte er.

»Sie sind noch etwas nervös in der fremden Umgebung«, meinte Schmidt und tätschelte dem einen beruhigend den

Hals. »Es war längst Zeit, dass ich mich nach zwei neuen Pferden umsehe, und jetzt, nachdem ihr so viel unterwegs seid, habe ich endlich Nägel mit Köpfen gemacht. Sättel und Zaumzeug sind auch dabei.« Mit einem Seitenblick zu George sagte er: »Ludwigs Pferd draußen können wir über Nacht bei Albrechts unterstellen. Ich komme gerade von Kilian, er hat nichts dagegen.«

Er rief den Knecht und trug ihm auf, sich um Ludwigs Pferd zu kümmern.

Christoph gab sich Mühe, seine Freude zu zeigen. Er wollte seinen Vater nicht enttäuschen, nachdem dieser ihn so unterstützt und sich offenbar damit abgefunden hatte, dass er bald mit Ludwig nach Straßburg reiten wollte. Aber er brannte darauf, endlich mit seinem Freund reden zu können.

Hatte Ludwig Annette getroffen und ihr den Brief übergeben können? Welche Neuigkeiten hatte er von der Kriegslage in Heidelberg mitgebracht?

Dennoch zähmte er seine Neugier, strich mit ausgestreckter Hand über den Hals eines der Pferde und bedankte sich bei seinem Vater, der ihm sogleich versicherte, er könne von nun an, ohne sich irgendwo ein Ross ausleihen zu müssen, ausreiten, so lange und wohin er wolle, mit George oder auch mit Clara, vielleicht ja auch einmal mit ihm, fügte er lachend an.

Christoph lobte den muskulösen Körperbau der jungen Hengste, die Kraft und die Energie, die unter der straffen Haut zu ahnen waren. Beide Tiere trugen eine weiße Blesse auf dem Nasenrücken.

»Sie haben dieselbe Mutter«, erklärte sein Vater. »Es wird eine Weile dauern, bis sie sich an uns gewöhnt haben, aber ich denke, sie werden uns nicht enttäuschen. Sie sind sieben und acht Jahre alt, bereits eingeritten, aber noch formbar. Ein bisschen aufpassen muss man schon mit Pferden im Flegelalter, dafür machen sie einem aber mehr Spaß.«

Endlich konnte sich Christoph loseisen. Er rannte über den Hof ins Haus. George und Christophs Vater folgten ihm

nach. Jakob war erst seit einer Stunde von seiner Geschäftsreise zurück. Er sprach gerade mit Ludwig über dessen Ritt
nach Heilbronn, da betraten auch schon Georg Schmidt und
George Ackermann den Salon.

»Noch ein unbekanntes Gesicht!«, staunte Jakob und sein
Vater stellte ihm den Gast aus Amerika vor. Während die drei
fröhlich miteinander zu plaudern begannen, warf Christoph
Ludwig einen erwartungsvollen Blick zu.

George bemerkte nach dem kurzen Wortwechsel der Begrüßung gleich, dass die beiden darauf brannten, sich zu besprechen, deshalb schlug er Jakob vor, die neuen Pferde doch
gleich einmal auszuprobieren. Vater Schmidt verstand den
Wink und lobte Georges Vorschlag.

»Das ist eine ausgezeichnete Idee. Ich komme mit!«

Er ließ es sich nicht nehmen, die beiden in den Stall zu
begleiten.

Als sie unter sich waren, legte Ludwig gleich los, als ob sie
nur wenige Minuten Zeit für ihr Gespräch hätten.

»Das Wichtigste zuerst: Annette ist wieder in Heidelberg.
Sie hat deinen Brief erhalten und mir ein paar Zeilen für dich
mitgegeben.«

Er zog ihren Brief aus der Tasche, den Christoph sofort
aufbrach. Seine Augen jagten über die Zeilen.

»Gott sei Dank! Sie nimmt mir die Geschichte mit Karl
nicht übel«, stöhnte Christoph erleichtert.

Ludwig hetzte weiter: »Weißt du Bescheid über die Entwicklung in Mannheim und Heidelberg?«

Christoph zuckte die Schultern.

»Die Preußen sind wohl durchgebrochen und haben
Mannheim und Heidelberg besetzt?«

»Befreit!« Ludwig lachte gallig. »Du kannst dir gar nicht
vorstellen, wie schnell die noblen Mannheimer und Heidelberger Bürger nun nichts mehr von Demokratie und Freiheit
wissen wollen. Die ersten Verhaftungen sind schon vollzogen,
die Bürgerwehren werden zurzeit entwaffnet. Wollenberg ist

obenauf und denunziert, wo er kann. Gegen dich intrigiert er auch, du seist einer der radikalsten demokratischen Wortführer der Heidelberger Studentenschaft gewesen.«

»Da werden meine Chancen beim alten Lußhardt nicht gerade steigen«, unterbrach ihn Christoph missmutig.

»Der Sturm wird sich legen«, versuchte Ludwig ihn zu beruhigen. »Aber jetzt zur aktuellen Lage: »Mieroslawski und Sigel bauen an der Murg zwischen Schwarzwald und Rhein eine Verteidigungsstellung auf. Karlsruhe wird wohl bereits in die Hand der Preußen gefallen sein. Gestern zog Prinz Friedrich schon mit einer Einheit kurz vor die Stadt. Er lässt es sich nicht nehmen, mit den Preußen persönlich in Karlsruhe einzumarschieren. Der Großherzog steht schon in den Startlöchern, um sich von seinem Schwiegervater, dem preußischen König, wieder auf seinen badischen Thron heben zu lassen. Einen neuen Regierungschef hat er auch schon in seinem Gefolge dabei. Bisher gibt es auf badischer Seite kaum Verluste, aber immer mehr Deserteure!«

»Dieser Tage kommen sie scharenweise auch durch Heilbronn«, bestätigte Christoph. »Der bayerische König hat den Freischärlern aus seinen Ländern Amnestie versprochen, wenn sie die badischen Fahnen verlassen und zurückkehren.«

»Viel Terrain ging verloren!«, fuhr Ludwig fort. »Die ganze alte Kurpfalz ist von den Preußen besetzt.« Dann setzte er vorsichtig hinzu: »Zurzeit wäre allerdings der Weg nach Straßburg noch frei.«

Christoph nickte.

»Ich weiß. Theobald Kerner hat die Entwicklung vorausgeahnt und mir den Rat gegeben, durch den Schwarzwald an die badische Grenze und dann das Kinzigtal hinunter bis Kehl zu reiten.«

Ludwig sah ihn unsicher an.

»Wärst du denn noch bereit dazu, nach allem, was inzwischen passiert ist?«

Christoph legte die Hand auf den Arm seines Freundes. »Daran darfst du nicht zweifeln. Ich bin froh, wenn ich dir bei deiner Suche nach Philipp helfen kann. Jetzt erst recht, nachdem du dich so für mich und Annette eingesetzt hast! Morgen früh geht's los!«

»Das hatte ich mir schon gedacht, als Ludwig bei uns angeklopft hat«, seufzte Barbara, während Christoph seine Reisepläne mit seinen Eltern am Abend besprach. »Aber ich verstehe euch ja, manchmal darf man eben nicht warten, wenn es gilt, einem Freund zu helfen.«

Jakob hatte ihrem Gespräch missmutig zugehört.

»In Baden herrscht Krieg«, sagte er beinahe vorwurfsvoll. »Die neue Front an der Murg kann morgen schon überrannt werden. Außerdem wird auch hinter der Front Kriegsrecht herrschen und jeder Verdächtige erst einmal festgenommen und verhört werden. Ihr geht dieses Risiko völlig unnötig ein!«

»Das kannst du doch gar nicht beurteilen!«, brauste Christoph auf.

»Ich denke schon«, antwortete sein Bruder kühl. »Ihr wisst doch, dass sich Philipp im Umfeld von Friedrich Hecker aufhält. Dass dieser bald wieder in die USA, nach Illinois, zurückreisen wird, davon geht ihr auch aus. Heckers Adresse drüben lässt sich vermutlich leicht feststellen. Er hat ja Verwandte in Mannheim und sein Vater ist doch Rentamtmann in Eichtersheim gewesen. Also – mein Vorschlag: schreibt Hecker einen Brief an seine Adresse in Amerika, legt einen Brief an Philipp bei und bittet ihn, diesen an ihn auszuhändigen. So einfach ginge das!«

»Ich muss mit Philipp persönlich reden!«, widersprach Ludwig heftig. »Da ist so viel geschehen, das lässt sich nicht in ein paar Zeilen ausdrücken!«

»Außerdem wäre dein vorgeschlagener Weg ziemlich unsicher«, unterstützte ihn Christoph. »Erstens wissen wir gar nicht sicher, ob sich Philipp tatsächlich drüben in der Nähe von Hecker angesiedelt hat, oder vielleicht in New York oder Philadelphia, wo sich auch viele deutsche Auswanderer niedergelassen haben. Zweitens können wir nicht sicher davon ausgehen, dass Hecker den Briefboten spielen würde, und wenn doch, dann wäre Philipp erst in Wochen oder Monaten darüber informiert, dass er in Baden gar nicht verfolgt wird. Jetzt ist er hier und bräuchte nicht mehr nach Amerika fahren und dann womöglich wieder zurück nach Europa, um seine Eltern zu sehen.«

»Christoph hat recht!«, sagte George Ackermann und begann sich eingehend nach Philipps Auswanderung zu erkundigen. Von Friedrich Hecker hatte er in den Staaten bereits gehört, aber dass dieser mit einigen Getreuen noch einmal ins alte Europa aufgebrochen sei, um dort die Revolution zu unterstützen, überraschte ihn doch.

Während Georg Schmidt inzwischen eine Landkarte von Südwestdeutschland aus dem Schrank holte, um mit Ludwig und Christoph die Route zu besprechen, verdrückte sich Jakob in sein Zimmer, nachdem er mit knappen Worten allen eine gute Nacht gewünscht hatte.

Schmidt breitete die Karte auf dem Tisch aus, und zu dritt überlegten sie sich die günstigsten Straßen und Wege über den Schwarzwald und durch die Rheinebene bis an die französische Grenze.

George verfolgte ihr Gespräch mit zunehmendem Interesse und schließlich fragte er ganz spontan: »Diese Tour würde mir auch gefallen, würde es euch etwas ausmachen, wenn ich mitkomme?«

»Das wird aber keine Vergnügungsreise!«, sagte Ludwig mit einem fragenden Unterton in der Stimme.

»Das denke ich mir«, lachte George, »aber es hätte für euch auch einen Vorteil, nicht nur dass ihr während des Ritts unter ärztlicher Aufsicht steht.« Er schaute beide nacheinander auffordernd an, dann erklärte er: »Wenn wir auf eine

Streife stoßen, könntet ihr sagen, ihr wolltet eurem Besucher aus Amerika den schönen Schwarzwald zeigen und wärt auf der Reise nach Straßburg, um ihn dort zu verabschieden.«

»Diesmal habe ich sogar gültige Reisepapiere nach Baden, die habe ich mir vorgestern auf gut Glück schon besorgt«, lachte Christoph.

»Und ich wäre ja ganz offiziell auf der Rückfahrt von meiner Geschäftsreise«, rief Ludwig.

Vater Schmidt war nicht gerade begeistert, aber er musste zugeben, dass Georges Argumente nicht von der Hand zu weisen waren. Mit einem Aufseufzen und leiser Ironie sagte er: »Jetzt weiß ich, warum ich heute die beiden Braunen gekauft habe.«

»Sie laufen übrigens prächtig«, schwärmte George, »ich würde mich freuen, sie einmal länger zu reiten.« Flüchtig schaute er zur Standuhr an der Wand, dann zu Barbara, die ihr Gespräch bei einer Handarbeit mit ernster Miene still verfolgt hatte: »Meinst du, ich kann so spät noch rüber zu den Albrechts?«

Barbara schaute verwirrt auf: »Willst du etwa noch ein viertes Pferd mitnehmen und Clara gleich dazu?«

George wurde etwas verlegen. »Ich wollte mich noch von Clara verabschieden, wir haben uns heute etwas angefreundet.«

Barbara überlegte kurz. »Da habe ich was für dich.« Sie legte ihr Nähzeug weg, stand auf und holte aus der Kommode eine Schachtel mit Konfekt. »Damit lassen sie dich sicher rein«, meinte sie mit einem schelmischen Lächeln.

In aller Frühe brachen sie auf, ritten zunächst neckaraufwärts bis Lauffen, schwenkten ins Zabergäu ein und folgten dem Flüsschen bis zu seinem Ursprung nach Zaberfeld. Über die Höhen des Strombergs ging es nach Sternenfels hinüber, und gegen Mittag erreichten sie Mühlacker, wo sie sich in einem Gasthof an der Enz eine Mittagspause gönnten.

»Das weißt du ja noch gar nicht! Karl ist nicht tot«, rief Ludwig plötzlich und schlug sich an die Stirn.

Christoph sprang auf. »Weißt du das ganz bestimmt?«, rief er außer sich.

»Ein Knecht hat ihn auf unserem Gut bei Dossenheim gesehen«, sagte Ludwig. »Er war sich sehr sicher und hat beteuert, sogar kurz mit ihm gesprochen zu haben.«

»Warum sagst du mir das erst jetzt! Ich stehe immer noch unter Mordverdacht wegen des Streits auf der Neckarbrücke. Kannst du dir nicht denken, was diese Nachricht für mich bedeutet?«, rief Christoph aufgebracht, während George immer neugieriger zu ihnen herüberschaute.

»Ja, doch, du wirst erleichtert sein«, seufzte Ludwig und sein schlechtes Gewissen war ihm deutlich anzumerken. »Eigentlich sollte es mir ebenso gehen, irgendwie bin ich es ja auch, aber ich fürchte mich vor der Auseinandersetzung, die mir und meinen Eltern nun bevorsteht, falls Karl es tatsächlich wagen sollte, bei uns aufzukreuzen. Er hat wohl die Briefe Philipps gesucht und weiß jetzt, dass sie gefunden wurden. Umso wichtiger ist es, dass wir bald etwas über Philipp erfahren. Tut mir leid, dass ich vergessen hatte, dir gleich gestern davon zu erzählen, aber es ist in so kurzer Zeit so viel passiert und gestern Abend haben wir gleich nur noch über die Reise nach Straßburg gesprochen!«

Nun konnte sich George nicht mehr zurückhalten. Er platzte vor Neugier und forderte, dass sie ihn in diese mysteriöse Begebenheit einweihten.

Christoph schilderte ihm den Kampf auf der Heidelberger Brücke und George hörte mit offenem Mund zu.

»Bei euch geht's ja zu wie im Wilden Westen«, spottete er dann. »Aber dass dieser Karl dich als Mörder hat dastehen lassen und als tot gelten wollte, um sich klammheimlich davonzustehlen und vielleicht eine ganz neue Identität anzunehmen, das ist schon ein starkes Stück.«

So hatte es Christoph noch gar nicht gesehen und Ludwig nickte grimmig zur Bestätigung dessen, was George gerade erklärt hatte. »Karl ist gefährlich«, sagte er. »Wir dürfen ihn nicht unterschätzen und müssen uns vorsehen. Möglicherweise folgt er uns sogar nach Straßburg oder ist uns dort schon zuvorgekommen.«

Am Nachmittag ritten sie weiter nach Süden. Sie waren noch nicht lange unterwegs, da kamen sie durch ein kleines Dorf mit auffällig geraden Straßen.

»Pinache«, erklärte Ludwig.

George wunderte sich über den gar nicht deutsch klingenden Namen.

»Glaubensflüchtlinge aus Savoyen wurden hier vor 150 Jahren angesiedelt«, dozierte Ludwig und war sichtlich stolz, mit seinen Geschichtskenntnissen glänzen zu können. »Bis heute sprechen die Leute zu Hause noch ihre eigene Sprache. Es klingt wie eine Mischung aus Französisch und Italienisch. Aber ganz in der Nähe liegt auch ein Ort, der durch die Zerstörungen im Dreißigjährigen Krieg fast menschenleer war und dann von österreichischen Vertriebenen wieder aufgebaut wurde. Er heißt Schützingen und ist nicht der einzige Ort in Württemberg, wo Flüchtlinge aus Österreich angesiedelt wurden.«

»Weshalb wurden sie denn aus Österreich vertrieben?«, fragte George.

»Es waren Protestanten, die sich in der Zeit der Gegenreformation geweigert hatten, wieder katholisch zu werden. Zu Tausenden strömten sie nach Württemberg und in andere protestantische Fürstentümer in Deutschland, die sie aufnahmen und ihnen Siedlungsland zuwiesen.«

»Und bei den Flüchtlingen aus Savoyen hier in Pinache war es ebenso?«

»Das waren protestantische Waldenser aus dem italienisch-französischen Grenzgebiet, die vor die Wahl gestellt wurden, katholisch zu werden oder auszuwandern. Einige wurden lieber wieder katholisch – zumindest taten sie so – andere zogen es vor auszuwandern, um endlich Ruhe vor weiteren Verfolgungen zu haben. Übrigens – es gibt noch eine ganze Reihe solcher Waldenserdörfer hier in der Umgebung, zum Beispiel Perouse, Serres oder Corres, aber nicht alle tragen französische Namen.«

George wunderte sich immer mehr über die merkwürdigen Verhältnisse im Königreich Württemberg. Es hatte also Zeiten gegeben, in denen die Menschen aus diesem Land nicht auswanderten, sondern sogar Flüchtlinge aus anderen Ländern bei sich aufnahmen!

Steil ging es hinunter in das tief eingeschnittene Tal der Nagold, die sie schließlich bei Hirsau erreichten. Ludwig wies George auf die mit Gebüsch überwucherten Ruinen hin und erzählte ihm, dass hier einst ein reiches Kloster gestanden hatte. Dessen mächtige Mauerreste machten auf George einen großen Eindruck.

»Vor 150 Jahren wurde es – wie Heidelberg – von den Franzosen zerstört«, erklärte Ludwig.

»Warum baut man es nicht mehr auf, sondern lässt es immer weiter verfallen?«, fragte George.

»Württemberg ist schon vor 300 Jahren evangelisch geworden, da braucht man keine Klöster mehr«, antwortete Christoph leichthin und George nickte, als ob er seine Begründung verstanden hätte. Aber er konnte trotzdem nicht begreifen, warum am Rande eines Städtchens diese mächtige Ruine vor sich hindämmerte.

Gegen Abend erreichten sie Liebenzell. In einem Gasthof unten an der Nagold fanden sie ein Zimmer für die Nacht.

»Siehst du die langen Stämme am anderen Ufer?«, fragte Christoph.

George sah hinüber zu den übereinander gestapelten und für den Transport vorbereiteten Baumriesen.

»Sie werden zu Flößen zusammengebunden und über die Nagold, die Enz, den Neckar und den Rhein bis nach Amsterdam gebracht, wo sie für den Haus- und Schiffsbau dringend gebraucht werden.«

Christoph erinnerte George an die Floßlände an der Heilbronner Neckarbrücke, die er ihm am Morgen gezeigt hatte.

Am nächsten Tag ging es die Nagold aufwärts durch das immer enger werdende Tal bis zu der kleinen Kirche bei Urnagold in der Nähe von Besenfeld. Dort legten sie eine Pause ein, vor allem wegen der Pferde, die sie gestern und heute auf einer weiten und anstrengenden Strecke geduldig getragen hatten.

Ludwig äußerte sich überrascht, dass man ihnen die Strapazen kaum ansah, nahm einen Heubüschel und begann sein Pferd abzureiben. Seine Freunde taten es ihm gleich. Dann ließen sie die Hengste an langer Leine auf einer Waldwiese weiden und setzten sich in den Schatten einer uralten Tanne.

Christoph kannte die Sage vom Bau dieser Kirche auf den Schwarzwaldhöhen und erzählte seinen beiden Begleitern von der Grafentochter, die sich einst im Wald hierher verirrt hatte und nicht mehr zurückfand. Schließlich traf sie auf einen Köhler, der sie wieder nach Hause brachte. Zum Dank dafür stiftete der Graf das Kirchlein.

»Da wird sich der Köhler aber gefreut haben«, lachte George.

Kurz hinter Freudenstadt kamen sie ins Kinzigtal. Sie ritten bergab durch eine enge Klinge und gegen Abend fanden sie einen schönen Gasthof in Alpirsbach. Christoph führte seine Begleiter zum Kloster mit dem mächtigen Kirchturm und dem hochgezogenen gotischen Chor.

»Wir sind doch noch im evangelischen Württemberg?«, versicherte sich George.

Ludwig nickte und blickte ihn erstaunt an.

»Dann sag mir jetzt doch bitte, warum dieses Kloster hier nicht zerfallen ist.«

Ludwig lachte über Georges vorwurfsvollen Ton.

»Das kann ich dir gerne erklären. Die Herzöge von Württemberg haben hier nach der Reformation eine Klosterschule eingerichtet, um ihre künftigen evangelischen Pfarrer auszubilden. Danach wurde das Kloster Sitz eines Verwaltungsbezirks.«

George nickte bedächtig und meinte lakonisch: »Alles klar: Im protestantischen Württemberg werden zukünftige evangelische Pfarrer im katholischen Kloster erzogen.«

Christoph schüttelte erheitert den Kopf über diese merkwürdige Konversation zwischen Ludwig und George, musste sich aber eingestehen, dass er sich über solche Fragen noch nie Gedanken gemacht hatte.

Nach dem Abendessen besprachen sie die weitere Reise.

»Am besten folgen wir der Kinzig bis zu ihrer Mündung bei Offenburg«, schlug Christoph vor, nach einem Blick in die Karte, die sein Vater ihm mitgegeben hatte. »Wir reiten zwar in einem weiten Bogen auf Straßburg zu, aber hier unten im Tal treffen wir bessere Wege an, als wenn wir Abkürzungen über die Berge suchten. Wenn wir Glück haben und die Pferde durchhalten, könnten wir schon morgen Abend am Rhein sein.«

In einem Dorf hinter Offenburg erfuhren sie, dass die Preußen sich der Front langsam näherten und auf dem Weg nach Rastatt seien. Die badische Regierung sei aus Karlsruhe abgezogen und nach Freiburg ausgewichen.

»Jetzt wird es höchste Zeit, dass wir hinüber nach Frankreich kommen!«, drängte Ludwig.

»Ja, richtig, Straßburg liegt schon in Frankreich«, stellte George für sich fest, fragte dann aber doch etwas verwirrt nach: »Müssen wir jetzt französisch sprechen? Dann war der Handwerksbursche in Justinus Kerners Lied also ein Franzose?«

»Wie man's nimmt«, lachte Ludwig. »Straßburg gehört seit gut 150 Jahren zu Frankreich, aber deutsch spricht man immer noch. Deshalb leben hier ja so viele Asylanten aus Deutschland. Auch in Frankreich gab es letztes Jahr eine Revolution und der König wurde abgesetzt. Die Franzosen haben jetzt eine Republik. Ihr Staatspräsident ist Charles Louis Napoleon Bonaparte, ein Neffe des großen Franzosenkaisers.«

»Der Neffe des Kaisers Präsident der Republik?«

George schüttelte den Kopf und beschloss, sich über die deutschen und französischen Verhältnisse nicht mehr zu wundern.

Noch bevor es Abend wurde, hatten sie Altenheim am Rhein erreicht und fanden noch einen Fährmann, der sie ans französische Ufer nach Plobsheim übersetzte. Nun waren es nur noch wenige Kilometer bis Straßburg.

Aus Richtung Süden näherten sie sich der Stadt. Vor den Mauern der alten Befestigungswerke saßen sie ab, betraten Straßburg beim Metzgertor, führten die Pferde am Zügel und sahen sich zuerst einmal suchend um.

Sie standen auf dem Metzgerplatz. Gleich gegenüber lud sie der Gasthof *Zur Stadt Basel* ein, wo sie nach einem Nachtquartier fragten und ihre Pferde unterstellten. Zu Fuß machten sie sich bei Sonnenuntergang auf, um die Stadt zu erkunden, überquerten den Metzgerplatz Richtung Innenstadt und erreichten bald einen der Stadtkanäle, den *Niklausstaden*, wo rechts und links flache Kähne in langen Reihen schwankten.

Unter den hohen Fachwerkhäusern zogen sie weiter, immer geradeaus, über den Fischmarkt, und sahen hinter der Spießgasse bereits den Münsterturm emporragen.

»Überall blitzt er hervor«, sagte George, als sie ein paar Straßen weiter waren, »aber wo ist denn der zweite Turm geblieben?«

»Der wurde nie gebaut«, sagte Ludwig, um keine Antwort verlegen, »und vor sechzig Jahren, während der Französischen Revolution, sollte der eine Turm auch abgerissen werden, als Zeichen der Gleichheit.«

»Zuerst aufbauen, dann wieder abreißen«, meinte George und zuckte hilflos die Schultern. »Warum haben sie den anderen dann nicht fertig gebaut? Das wäre auch ein Zeichen der Gleichheit gewesen!«

Auf diese Frage wusste selbst Ludwig keine Antwort.

In der Wirtschaft *Zum Münster* erkundigten sie sich, ob Friedrich Hecker schon angekommen sei. Ja, der Hecker sei unterwegs nach Straßburg, aber jetzt sei es wohl zu spät. Die Preußen räumten ja gerade mächtig auf in Baden, da könne er jetzt auch nicht mehr helfen, sagte der Wirt, als er ihnen ihren Wein brachte, elsässischen Weißen, herb und würzig, vom Rande der nahen Vogesen.

Wo denn die Flüchtlinge aus Baden untergekommen seien, fragte Ludwig und der Wirt gab ihnen bereitwillig Auskunft.

»Die meisten Flüchtlinge aus Deutschland treffen sich im *Rothen Männel* oder im *Rheinischen Hof*. Wenn ihr jemanden Bestimmten sucht, fragt doch da mal nach!«

Er wünschte, dass ihnen der Wein schmecken möge, und schlurfte zurück hinter seinen Schanktisch.

»Wenn Hecker noch gar nicht da ist«, sagte Ludwig grenzenlos enttäuscht, »ist Philipp auch noch nicht in Straßburg!«

»Dann müssen wir hier eben auf ihn warten«, gab ihm Christoph zur Antwort. »Lange kann es nicht mehr dauern. Vielleicht wissen die Asylanten im *Rothen Männel* oder im *Rheinischen Hof* mehr als der Wirt?«

Ludwig stand vom Tisch auf und wollte sofort aufbrechen, Christoph hielt ihn nur mühsam zurück.

»Es wird bald dunkel, meinst du nicht, wir sollten bis morgen warten?«

»Philipp kann morgen früh bereits in Straßburg sein und möglicherweise kehrt er mit Hecker sofort wieder um!«, entgegnete Ludwig erregt und griff nach seiner Jacke neben ihm auf der Holzbank.

»Hecker wird sicher Freunde und Bekannte treffen wollen, vielleicht auch seine Familie und Verwandte, die ihn in Straßburg besuchen kommen«, widersprach ihm Christoph.

»Was meinst du, wie viele Kneipen, Hotels und Gasthöfe es hier gibt«, sprang George Christoph zur Seite. »Du suchst eine Nadel im Heuhaufen! Alle Wirtschaften können wir heute nicht mehr durchkämmen.«

»Morgen auch nicht!« Ludwig bestand darauf, sich noch an diesem Abend in der Stadt umzusehen, und als sie ihren Weißen getrunken und eine Kleinigkeit gegessen hatten, gaben seine Freunde sich schließlich geschlagen.

Als sie auf den Münsterplatz traten, ihre Köpfe nach oben reckten, um zum Turm hinaufzuschauen, schimmerte das Münster im Nachglanz der bereits untergegangenen Sonne. George konnte seinen Blick kaum abwenden, so ergriff ihn dieses Bauwerk, dessen filigrane Steinpfeiler zum Himmel strebten. Mit einem Mal störte es ihn überhaupt nicht mehr, dass das Münster nicht fertig gebaut war. Durch den fehlenden zweiten Turm erhielt das gewaltige Bauwerk eine seltsame Dynamik, welche die Schwere seiner massigen Vorderfront aufzulösen schien. Wie der mahnende Zeigefinger einer riesigen Hand deutete der Münsterturm zum Himmel.

Sie umrundeten das Münster und das daneben liegende Schloss der Fürstbischöfe Rohan, schauten immer wieder andächtig zum Turm hoch, bewunderten die Steinmetzkunst von allen Seiten und kamen schließlich zu den *Schiffleutstaden*, der Fortsetzung des Ill-Kanals, den sie bereits zuvor überquert hatten.

Oben auf der Brücke blieben sie stehen und beobachteten einen Fischer, der in der Nähe des Hauses *Zum Raben* gerade dabei war, sein Boot zu vertäuen. Eine Gruppe Schaulustiger am Ufer sah ihm dabei zu.

»Das ist doch …!«, begann Ludwig aufgeregt. »Das ist Philipp«, schrie er laut und die Männer dort drüben drehten sich nach ihm um. Einer von ihnen löste sich zögernd aus der Gruppe, machte ein, zwei Schritte in ihre Richtung, schaute fassungslos zu ihnen herüber, doch Ludwig rannte bereits auf ihn zu. Von der Brücke aus sahen Christoph und George, wie sich die beiden Brüder in die Arme fielen.

»Great, großartig!«, sagte George und stieß Christoph seinen Ellbogen in die Seite. »Er hat nicht aufgegeben und seine Intuition hat ihn genau zur rechten Zeit an die richtige Stelle geführt. Kann das Zufall gewesen sein?«

Heftig diskutierend kamen die Sängerbrüder auf sie zu. Philipp schien etwas zögerlich, ließ sich aber von Ludwigs Freude mitreißen.

»Es wird sich alles aufklären«, versicherte ihm Ludwig mit leuchtenden Augen. »Dein Verfahren wurde zurückgezogen. Du bist ein freier Mann, wenn du nach Baden zurückkommst!«

Philipp blickte ihn ungläubig an, als zweifelte er an seinem Verstand. Doch Ludwig ließ nicht locker. »Wir gehen zu unserem Gasthof am Metzgerplatz«, rief er den Freunden zu, als sie noch drei Schritte von ihnen entfernt waren.

Philipp Sänger fiel auf durch eine hochaufgeschossene, etwas schlaksig wirkende Statur, strohblondes Haar und ernste Gesichtszüge, in die sich bereits einige Falten eingegraben hatten. Das Haar über der hohen Stirn wirkte schon etwas schütter und sein kurzer Schnurrbart, der in den ebenfalls kurz gehaltenen Kinnbart überging, ließ ihn deutlich älter erscheinen, als er eigentlich war.

Ludwig stellte ihm rasch seine Reisegefährten vor, und Philipp fragte verwundert nach, als Ludwig ihm berichtete, dass sie drei Tage quer durch Württemberg und den Schwarzwald geritten seien, als ob er das, was er gerade gehört hatte, nicht fassen könnte: »Ihr seid nur wegen mir nach Straßburg gekommen? Das glaube ich nicht! Woher habt ihr denn gewusst, dass ich hier bin? Ich bin ja erst vorgestern angekommen!«

»Das ist eine lange Geschichte«, lachte Ludwig aufgekratzt. »Die erzählen wir dir, wenn wir in der *Stadt Basel* gemütlich bei einem Glas Wein sitzen.«

»Aber in Baden herrscht doch Krieg! Die Preußen verfolgen die badischen Truppen und besetzen das Land!«

»Die Front an der Murg scheint bisher zu halten«, mischte sich Christoph ein. »Aber es ist wohl nur eine Frage der Zeit, bis sie sich weiter zurückziehen müssen. Erlauben Sie aber auch mir eine Frage: Wollten Sie nicht mit Friedrich Hecker nach Straßburg reisen?«

»Sie sind ja wohl informiert!« Philipp Sänger nickte ihm anerkennend zu. »Tatsächlich hatte ich das vor, aber dann hat mich meine Ungeduld gepackt und ich bin Hals über Kopf aufgebrochen. In New York musste ich nicht lange warten und habe einen schnellen Dampfsegler nehmen können. Hecker wird wohl noch ein bis zwei Wochen brauchen.« Traurig setzte er hinzu: »Aber er wird zu spät kommen, wie ich!«

Während Ludwig mit Philipp vorauseilte und dieser seinem Bruder von seiner Flucht nach Straßburg und weiter nach Amerika erzählte, blieben Christoph und George einige Schritte zurück, um die beiden in den ersten Augenblicken ihres Wiedersehens ungestört zueinander finden zu lassen.

Als sie das große Wirtshausschild ihrer Unterkunft erblickten, blieb George stehen und zupfte Christoph am Ärmel.

»Basel liegt aber in der Schweiz«, sagte er bestimmt. »Das weiß ich ganz sicher. Da bin ich bei meiner Fahrt durch Frankreich über die Grenze gekommen. Warum nennt sich unser Gasthof nach dieser Stadt?«

»Das Metzgertor, gleich da drüben, führt nach Süden, auf die Landstraße, auf der man schließlich nach Basel kommt«, erklärte Christoph geduldig. »Wenn Schweizer Kaufleute in Straßburg ankommen, werden sie gleich mit einem heimischen Gruß empfangen. Das belebt das Geschäft!«

Sie setzten sich an einen Tisch in der Gaststube der *Stadt Basel* und Ludwig informierte seinen Bruder in aller Kürze vom eigentlichen Grund ihrer Reise. Philipps Gesichtszüge wechselten zwischen Erstaunen, Erschrecken, Wut und Heiterkeit, bis sie in verhaltenem Zorn verharrten.

»Da habe ich wegen diesem Mistkerl über ein Jahr in banger Ungewissheit gelebt, geglaubt, meine Heimat nie wieder sehen zu dürfen, weil ich in Baden politisch verfolgt würde und meine Eltern nichts mehr von mir wissen wollten. Da bin ich Tausende Kilometer übers Meer gefahren, um ein neues Leben zu beginnen …«

»Und?«, unterbrach ihn George neugierig. »Haben Sie es im freien Amerika denn nicht gefunden? Was hat sie eigentlich dazu gebracht, wieder zurück ins alte Europa zu fahren, die lange Reise ein zweites Mal auf sich zu nehmen?«

Versonnen blickte Philipp George an, dann antwortete er: »Genau genommen, das Heimweh. Es ging mir eigentlich recht gut drüben in den Staaten. In St. Louis, einer Stadt am Mississippi, in der viele Deutschen leben, habe ich in einem großen Handelsgeschäft gearbeitet, gute Dollars verdient und war drauf und dran, mir ein eigenes Haus zu kaufen. Aber nachts, wenn ich allein auf meinem Zimmer war und an die Heimat dachte, wurde ich oft ein bisschen schwermütig. Ich glaube, ich habe die ganze Zeit über nach einem Grund gesucht, wieder rüber nach Europa zu fahren, und als ich hörte, Hecker sei nach Baden zurückberufen, weil dort eine zweite Revolution begonnen habe, gab es kein Halten mehr für mich.«

Er nahm einen Schluck Wein, George Ackermann betrachtete ihn nachdenklich, dann winkte Philipp ab.

»Wie gesagt, wir sind zu spät gekommen. Eigentlich hatten wir vor, uns schon gestern auf die Rückreise zu machen, aber wir wollten mit Hecker und auch noch mit ein paar anderen Freunden reden. Manche von ihnen sind extra aus Baden herübergekommen, um Hecker zu treffen.«

Er seufzte. »Wozu das alles? Jetzt sitzen wir hier in Straßburg und über dem Rhein werden unsere badischen Freunde von den Preußen zusammengeschossen, ohne dass wir ihnen

wirklich helfen können. Ich hatte mir unsere Rückkehr wahr-
haftig anders vorgestellt und jetzt soll ich mich entscheiden,
zurück nach St. Louis zu reisen und die Heimat endgültig
zurückzulassen oder nach Mannheim, wo mich die Auseinandersetzung mit meinem Bruder Karl erwartet und wo mir
das Jahr in Amerika als hinterhältig gestohlene Zeit erscheinen muss.«

Christoph hob sein Weinglas, drehte es hin und her, betrachtete den Widerschein, den die Kerze auf ihrem Tisch im
Glas erzeugte, womit sie den Wein in wechselnden Nuancen
zum Funkeln brachte.

»Dieses Licht«, begann er nachdenklich, wobei er zu Philipp hinüberblickte, »dieses Licht spielt in vielen Facetten.
Auch Ihr Schicksal lässt sich unter verschiedenen Blickwin-
keln betrachten. Suchen Sie sich nicht den ungünstigsten aus!
Sie haben es der Beharrlichkeit und Entschlossenheit Ihres
Bruders Ludwig zu verdanken, dass die Zeit des bangen War-
tens für Sie nun ein Ende hat, dass Sie heimkehren können
zu Ihrer Familie und an Ihr altes junges Leben anknüpfen
können. Wenn sich Ihre Enttäuschung dann gelegt hat – und
das wird, denke ich, nicht sehr lange dauern, werden Sie dieses Jahr, das Sie jetzt als ein verlorenes betrachten, anders
sehen.«

Er nahm einen großen Schluck und setzte sein Glas ge-
räuschvoll ab.

Es wurde still an ihrem Tisch, dann räusperte sich Philipp,
rückte etwas verlegen sein Glas zur Seite und blickte Christoph betroffen an.

»Das war eine wohlverdiente Standpauke, die Sie mir da
eben gehalten haben!« Ein Anflug von Neugier blitzte dann
aus seinem Gesicht. Aber jetzt müssen Sie mir endlich davon
erzählen, wie Sie und Ihr Freund aus Amerika eigentlich in
diese Geschichte hineingezogen worden sind.«

»Das erzähle ich Ihnen gerne, wenn wir endlich zum *Du*
übergegangen sind«, grinste Christoph, und Philipp hatte

noch manch weitere Anlässe zum Staunen, als ihm Christoph von ihrer Spurensuche in Sinsheim, von ihrem Zusammentreffen dort mit Gustav Mayer, von Christophs Gesprächen über Philipps Verbleib mit Theobald Kerner in Weinsberg und schließlich von ihrem Ritt über den Schwarzwald, knapp hinter der kämpfenden Front, bis nach Straßburg erzählte.

Es wurde ein langer Abend, bis sich Philipp verabschiedete und zu seiner Unterkunft im Hause des alten Dichters August Lamey aufmachte, wo er vor einem Jahr Theobald Kerner und dessen Frau kennengelernt und mit Lamey Freundschaft geschlossen hatte.

Er wollte auch noch am *Rheinischen Hof* vorbei, um sich von seinen Gefährten zu verabschieden, die bereits dabei waren, ihre Koffer zu packen und sich wieder auf die Reise nach Amerika zu machen, denn er hatte nach ihrem ausführlichen Gespräch den Entschuss gefasst, so schnell wie möglich mit den neu gewonnenen Freunden und seinem Bruder zu seinen Eltern aufzubrechen.

Sie verabredeten sich auf den nächsten Morgen, um möglichst bald – auf französischer Seite – an den kämpfenden Truppen vorbei durch das Elsass in den bereits besetzten Teil der Rheinpfalz und schließlich von Norden her nach Baden zu gelangen.

»Schade, dass ich nicht mehr Zeit habe, diese wunderschöne Stadt zu durchstreifen«, seufzte George, als Philipp sich schließlich auf den Weg gemacht hatte. »Aber diese Reise, dieses Abenteuer, das wird mir immer in Erinnerung bleiben.«

»Morgen reiten wir ja noch einmal durch Straßburg«, tröstete ihn Ludwig.

»Wie kam es eigentlich dazu, dass eine deutsche Stadt wie Straßburg französisch wurde?«, fragte George versonnen.

Der Heidelberger Geschichtsstudent wusste einigermaßen Bescheid: »Ludwig XIV. wollte die französische Grenze bis zum Rhein vorschieben. Nach und nach hat er sich Gebiete im Elsass und in Lothringen geholt, und als der Kaiser gegen die Türken kämpfen musste, die wieder einmal bis nach Wien vorgedrungen waren, hat er sich auch Straßburg geschnappt.«

»Aber die deutsche Sprache ist geblieben«, schob George nachdenklich ein.

»Die Sprachgrenze verläuft nach wie vor auf dem Kamm der Vogesen. Es kamen natürlich französische Beamte, aber auch an der Straßburger Universität hat sich noch lange Deutsch als Sprache gehalten. Dichter und Gelehrte wie Goethe oder Herder waren hier an der Uni und während der Französischen Revolution sind viele Demokraten aus Deutschland nach Straßburg gekommen, auch Georg Kerner, ein Bruder von Justinus Kerner, den du in Weinsberg besucht hast.«

»Und die Menschen hier stört es nicht, dass sie zu einem fremden Land gehören?«

»Frankreich ist für die Elsässer kein fremdes Land«, gab ihm Ludwig geduldig zu verstehen. »Seit der Revolution vor 60 Jahren ist Frankreich neben England das freieste Land in Europa. Die Elsässer sprechen zwar noch ihre deutsche Mundart und sind auch protestantisch geblieben, aber im Herzen sind sie gute französische Patrioten geworden.«

In der Nacht fuhren sie aus ihrem Schlaf auf.

»Was ist denn das? Kommen die Preußen jetzt auch nach Straßburg?« George stürzte zum Fenster und riss es auf. Der Metzgerplatz lag ruhig vor ihm, nur schwach erhellt von einigen Öl-Laternen. Der entsetzliche Krach kam aus einer Seitengasse.

Schlaftrunken brummte Christoph: »Dieses Rattern ist ja unerträglich!«

»Still, das sind Pulverwagen und Kanonen!«, rief George und trat wieder einige Schritte ins Zimmer zurück.

Jetzt hörten sie zwei dunkle Männerstimmen: »Hast du geladen?«

»Ich bin fertig!«

»Ich auch!«

Dann rumpelten die Wagen direkt unter ihr Fenster und es begann grässlich zu stinken – aber nicht nach Pulver!

»Das sind Abtrittwägen!« Ludwig war aus seinem Bett gesprungen und ans Fenster gestürmt, schlug es zu, hielt sich die Nase zu und grinste. »Die säubern hier die Latrinen!«

Während George sich mit einem unverständlichen Grummeln wieder in sein Bett verkroch, lief Christoph, endlich wach geworden, ebenfalls ans Fenster und blickte durch die verschlossenen Scheiben.

George hatte die langgezogenen Güllewagen aus der Ferne für Pulverwagen gehalten. Zwei große Stalllaternen standen auf dem Metzgerplatz und spendeten den Arbeitern Licht. Während er die Vorhänge zuzuziehen begann, war es ihm, als würde er beobachtet.

Er schaute über den Platz und nahm im Lichtschein der Laternen eine schwarze Gestalt wahr, die zu ihrem Fenster hinaufschaute, aber – als sie Christoph im Fensterausschnitt stehen sah – sich eilig entfernte. Nur für einen kurzen Augenblick hatte er in das Gesicht des Mannes geblickt und dabei hatte ihn ein Stich durchzuckt. War das nicht Karl gewesen? Bestürzt zog er den Vorhang vollends zu. Er musste sich getäuscht haben!

Aber es ließ ihm keine Ruhe. In Windeseile zog er sich an, schlich aus dem Zimmer, um seine Freunde nicht zu wecken, und sauste die Treppe hinunter. Draußen sah er sich nach allen Seiten um. Da war die schwarze Gestalt wieder. Sie kam von den Pferdeställen. Er konnte sie nur schemenhaft ausmachen. Aber bald würde sie ins Licht der Straßenlaternen treten.

»Karl!«, rief Christoph.

Der Mann blieb wie angewurzelt stehen, drehte sich um und war in Windeseile verschwunden.

»Karl!«, rief Christoph noch einmal und rannte hinüber zu den Pferdeställen, aber er sah keine Spur mehr von ihm. Er horchte in die dunkle Nacht. Nur das unruhige Wiehern und

Stampfen der Pferde war zu hören. Enttäuscht machte er sich auf den Weg zurück in ihr Zimmer und schlüpfte unbemerkt hinein.

Während George längst wieder vor sich hin schnarchte und sich Ludwig unruhig in seinem Bett von der einen auf die andere Seite wälzte, konnte Christoph lange nicht einschlafen. Wenn die dunkle Gestalt da unten tatsächlich Karl Sänger gewesen war? Wenn er sie schon abends beobachtet hätte, vielleicht sogar in der Schankstube des Gasthofs? Dann wusste er jetzt womöglich, dass es ein Gespräch – die entscheidende Aussprache zwischen Ludwig und Philipp – gegeben hatte!

Müsste er nicht die beiden vor dieser drohenden Gefahr warnen? Er zerbrach sich den Kopf. Was könnte Karl im Schilde führen? War es ihm zuzutrauen, dass er seine Brüder aus dem Weg räumen wollte?

Aber musste Karl nicht davon ausgehen, dass auch seine Eltern inzwischen längst Bescheid wussten? Oder suchte er nur eine günstige Gelegenheit, sich endlich mit Philipp und Ludwig auszusprechen?

War er vielleicht schon mit Philipp zusammengetroffen, als sich dieser vor einer Stunde auf den Weg zum *Rheinischen Hof* gemacht hatte? Sollte er Ludwig jetzt wecken und ihm von seiner Beobachtung berichten?

Nein, entschied er, dazu war er sich nicht sicher genug. Vermutlich hatte er sich getäuscht, redete er sich ein, hatte vielleicht kurz davor von Karl geträumt und war noch gar nicht richtig wach gewesen, und unten auf der Straße hatte er vielleicht nur einen Dieb verjagt. Andererseits war auch nicht auszuschließen, dass Karl ihnen in Straßburg nachstellte. Sie müssten vorsichtig sein.

Als Christoph und George am nächsten Morgen ihre Pferde sattelten, fiel Christoph am Sattelgurt Ludwigs ein zusammengerollter Zettel auf. Er war durch eine Öse geschoben, an welcher der rechte Steigbügel befestigt war. Ihm schwante etwas. Sollte er nachschauen?

Trotz unbändiger Neugier verwarf er den Gedanken gleich wieder. Ludwig war nach dem Frühstück zu Philipps Unterkunft geeilt, um seinen Bruder abzuholen. Die beiden würden jeden Moment zurückkommen und Ludwig könnte selbst danach sehen. So führte er zusammen mit George die Pferde nach draußen und wartete. Ein Zeitungsjunge kam vorbei, Christoph kaufte ihm ein Blatt ab und begann zu lesen.

Ludwik Mieroslawski hat den Oberbefehl über die badische Armee niedergelegt. Die Festung Rastatt ist von den Preußen eingeschlossen. Badische Truppen ziehen sich in Richtung Schweiz zurück. Regierungschef Brentano hat abgedankt und ist in die Schweiz ausgereist.

Christoph wurde flau im Magen. Zu George sagte er mit einem Zittern in der Stimme: »Es ist so weit. Die Revolution in Baden ist zu Ende.«

Wenig später traf Ludwig mit Philipp ein. Christoph machte ihn auf die Papierrolle an seinem Sattel aufmerksam. Ludwig zog sie rasch heraus, wickelte sie auf und wurde blass. Stockend las er den Freunden vor:

Ich habe schwere Schuld auf mich geladen. Das ist mir auf der Flucht hierher immer deutlicher geworden. Ich werde in Baden nicht mehr leben können und mache mich noch heute auf den Weg nach Amerika. Grüßt die Eltern in Mannheim und richtet ihnen aus, dass ich sie um Vergebung bitte. Auch Philipp bitte ich aus tiefstem Herzen um Verzeihung für das Leid, das ich ihm durch mein rücksichtsloses Verhalten zugefügt habe. Nichts wünsche ich mir jetzt mehr, als dass ihr ihn in Straßburg findet und er mit euch nach Hause zurückkehren kann.

Karl

Christoph hatte sich also doch nicht geirrt! Philipp und Ludwig schauten sich bestürzt an.

»Er hat keinen Mut gefunden, mit uns zu reden«, sagte Ludwig vorwurfsvoll und mit verächtlichem Ton, faltete den Brief zusammen und steckte ihn in die Tasche.

Philipp zuckte die Achseln und meinte wortkarg: »Ist vielleicht besser so.«

»Um Mutter mache ich mir Sorgen, die wird nicht so schnell darüber hinwegkommen«, sagte Ludwig heiser und stützte sich an der Hauswand ab. Für einen Augenblick sah es so aus, als drohe er in sich zusammenzusinken.

»Sollen wir ihn denn suchen, ihm nachreiten? Selbst wenn wir das wollten, wir wissen ja gar nicht, welchen Weg er nimmt!«, rief Philipp erregt. Auch ihm war anzusehen, dass er das eben Vernommene nicht so leicht wegsteckte, wie er wohl zugeben wollte.

»Er würde wohl nicht mit euch zurück nach Mannheim reisen«, gab ihm Christoph recht und George bestätigte ihn in dieser Auffassung.

»Seine Entscheidung ist bestimmt nicht erst heute Nacht gefallen. Immerhin wollte er euch und seine Eltern nicht im Unklaren lassen. Es wird ihm nicht leicht gefallen sein, diesen Brief zu schreiben und an Ludwigs Sattel zu stecken. Er sucht einen Neubeginn, drüben in den Staaten. Hoffen wir, dass es ihm gelingt. Wenn er wieder Kontakt zu seiner Familie aufnehmen will, wird es für ihn ein Leichtes sein, euch zu schreiben.«

Betroffen sahen sich die Sänger-Brüder an, aber was blieb ihnen anderes übrig, als Karls Entschluss einfach hinzunehmen?

»Wir können froh sein, dass er uns überhaupt eine Botschaft geschickt hat«, sagte Philipp.

Sie saßen auf und ritten – jeder in seine Gedanken versunken – im Schritt durch die Spießgasse und die Judengasse zum Illkanal. Über den Judensteg beim Judentor verließen sie Straßburg nach Norden.

Christoph hatte sich beim Wirt der *Stadt Basel* ausführlich nach dem Weg erkundigt und dieser hatte ihm bereitwillig über Nacht eine Karte des unteren Elsass geliehen. Christoph hatte einen Bogen Papier genommen und im Licht einer Kerze auf ihrem Zimmer mit Bleistift ihre Route nachgezeichnet.

Seinen ursprünglichen Plan, einfach entlang des Rheins nach Norden zu ziehen, hatte er schnell aufgegeben. Die Pfalz und Baden waren inzwischen von den Preußen besetzt, womöglich wurde bereits nach ihm gefahndet, und eine erneute Verhaftung wollte er ebenso wenig riskieren wie ihre Reise nach Mannheim gefährden.

Gültige Papiere hatten sie sowieso nicht mehr. Ihre Ausweise waren ihnen ja nur für eine Reise von Württemberg nach Baden ausgestellt und auch George müsste erklären, weshalb er nicht auf direktem Weg von Straßburg nach Le Havre reisen wollte. Ihre Reise war und blieb ein Wagnis und einer Polizei- oder Militärstreife sollten sie lieber nicht begegnen. Aber vielleicht gerieten ihnen die Wirren der Kriegszeit sogar zum Vorteil? Wenn sie die dichter besiedelte Rheinebene mieden, könnten sie sich vielleicht im Windschatten des Krieges unbehelligt bis nach Dossenheim durchschlagen. Die militärischen Operationen der Preußen würden sich zunächst auf die Zentren der badischen Revolution konzentrieren.

Bei Weißenburg würden sie Frankreich verlassen und dann im Schutze des Pfälzer Waldes immer weiter nach Norden ziehen, schließlich südlich von Worms über den Rhein ins Badische übersetzen und am Rande des Odenwalds Dossenheim ansteuern. Der Weg durch die Rheinebene und über den Rhein würde der gefährlichste Abschnitt ihrer Reise werden. Dort war die Gefahr am größten, in eine Militärkontrolle zu geraten.

Nachdem er den Reiseweg mit seinen Gefährten gründlich durchgesprochen hatte, erklärten Ludwig und Philipp sich einverstanden, wenngleich die Reise ein oder zwei Tage länger dauern würde, als wenn sie den direkten Weg nähmen. George zeigte sich begeistert, nun auch den Pfälzer Wald, die Bergstraße und den Odenwald kennenzulernen und schließlich sogar doch noch nach Heidelberg zu kommen.

Über Brumath und Hagenau erreichten sie am späten Nachmittag Weißenburg, wo sie etwas abseits der kleinen Grenzstadt eine längere Rast einlegten, um in der späten Dämmerung über die grüne Grenze in den Pfälzer Wald einzutauchen.

Sie ritten in gemächlichem Tempo, solange sie auf den Waldwegen und kleinen Sträßchen den Weg noch erkennen konnten, bis zu einem kleinen Dorf namens Böllenborn, das auf einer Rodungsinsel mitten im Wald lag. In dem kleinen Dorfgasthaus konnten sie übernachten und sich nach dem Weg zu ihrer nächsten Etappe erkundigen.

Erst am späten Nachmittag des nächsten Tages zogen sie weiter und erreichten gegen Mittag Annweiler am Trifels, wo Ludwig George die sagenumwobene alte Reichsburg zeigte, in der die Reichskleinodien der mittelalterlichen Kaiser aufbewahrt wurden, und ihm die Geschichte erzählte vom unglücklichen englischen König Richard Löwenherz, der hier nach seinem Kreuzzug ins Heilige Land gefangen saß. Der Sage nach hatte sein getreuer Gefährte Blondel, der jede Burg im weiten Umkreis aufgesucht und vor den Verliesen gesungen hatte, ihn hier schließlich gefunden und befreit. Richard Löwenherz hatte ihm singend aus dem Kerker geantwortet. George fand diese Geschichte großartig.

Als die Dämmerung ihnen die Sicht zu nehmen drohte, erreichten sie das Dorf Lindenberg im Schlangenbachtal. Von Ort zu Ort hatten sie sich nach dem Weg erkundigt, vorgegeben, sie seien mit ihrem Freund aus Amerika auf einer mehrtägigen Tour und wollten am Rande des Pfälzer Waldes entlang nach Norden reiten.

Dabei hatten sie von den Einheimischen manchen nützlichen Hinweis erhalten. Nein, die Preußen oder die Bayern seien hier noch nicht erschienen. Die hätten drunten in der Rheinebene, in den Städten, noch viel zu tun. Von der Revolution hätten sie hier oben auch wenig mitbekommen. Christoph fühlte sich in seiner Reiseplanung bestätigt.

Am frühen Abend des nächsten Tages kamen sie nach Eisenberg am nördlichen Rand des Pfälzer Waldes. Hier mussten sie den Schutz der Wälder aufgeben und sich auf den direkten Weg durch die Rheinebene machen. Ein Vorteil war, dass Philipp und Ludwig ab jetzt die Wege von ihren vielen Ausritten von Dossenheim hinüber zum Pfälzer Wald vertraut waren.

In vier Stunden könnten sie den Odenwald auf der anderen Seite der Ebene erreichen, schätzte Philipp, dann noch eine Stunde nach Süden und, wenn alles gut ging, kämen sie schon am Abend nach Dossenheim. Wären sie erst drüben an der Bergstraße, könnten sie auch in der Dunkelheit reiten, meinte Philipp, den Weg finde er sogar im Schlaf.

»Aber zuerst müssen wir irgendwo über den Rhein«, gab Ludwig zu bedenken.

»Ich kenne einen Fischer in Mörsch, nördlich von Frankenthal«, sagte Philipp. Wenn wir uns beeilen, setzt er uns noch über, bevor es dunkel wird.«

Der Fischer musste zweimal fahren, brachte sie aber gegen ein großzügig bemessenes Fährgeld sicher hinüber. Nun hatten sie das badisch-hessische Grenzgebiet erreicht und mussten höllisch aufpassen, dass sie keiner Militärstreife begegneten. Aber Philipp und Ludwig waren zuversichtlich. Sie kannten einige Schleichwege an den Dörfern vorbei.

Kurz hinter Mörsch ritten sie zu einem niedrigen Auenwald hinüber, wo sie sich sicher wähnten.

»Still!«, unterbrach George ihr Gespräch und hielt sein Pferd an. »Hört ihr das nicht?«

Sie lauschten in die Stille der Dämmerung. In der Ferne ertönte ein Hornsignal.

»Ein Jagdhorn war das nicht«, überlegte Philipp.

»Nein, es klang viel heller«, meinte Ludwig.

»Ich höre Pferdehufe. Sie reiten Galopp, das sind mindestens fünf Reiter!«, raunte George. »Was machen wir nun?«

»Wir bleiben hier im Wald«, sagte Christoph. »Nehmt eure Pferde und führt sie etwas weiter ins Unterholz hinein.«

Bald hörten sie nichts mehr von den Reitern. George bot sich an, die Lage zu erkunden, und pirschte sich an den Rand des kleinen Wäldchens. Nach kurzer Zeit war er schon wieder zurück.

»Sie sind von ihren Pferden abgesessen und schauen sich unsere Spuren an. Es wird keine Viertelstunde dauern, dann sind sie hier!«

Philipp stieg auf sein Pferd und bedeutete mit einem kurzen Wink seinen Gefährten, es ihm gleich zu tun.

»Dann bleibt uns nur die Flucht nach vorne. Wir müssen versuchen, unseren Vorsprung zu halten!«

In geduckter Haltung ritten sie auf freies Feld. Das Gebüsch des Wäldchens würde ihnen noch für kurze Zeit Sichtschutz gewähren, aber dann würden ihre Verfolger sie vor sich davonreiten sehen.

»Wir teilen uns«, entschied Philipp. »George reitet mit mir, Christoph mit Ludwig.« Dann lenkte er kurz sein Pferd an Ludwigs Seite. »Ich nehme den Weg über Schriesheim, du über Hirschberg! Wir versuchen uns getrennt nach Dossenheim durchzuschlagen!«

Christoph jagte hinter Ludwig her, blickte sich um und sah, dass die Verfolger ihnen auf den Fersen waren. Philipp und George hatten wohl von ihrem Manöver profitiert. Im Dämmerlicht glaubte er preußische Uniformen ausgemacht zu haben. Schnell versuchte er zu Ludwig aufzuschließen und brüllte: »Sie sind hinter uns her, bald sind wir in ihrer Schussweite!«

Ludwig hielt auf ein paar Häuser zu, die den Rand eines Dorfes ankündigten. Da hörten sie wieder dieses Hornsignal, nur viel lauter und nach kurzer Zeit tauchte aus dem Dorf eine zweite Reitergruppe auf, die direkt auf sie zusteuerte. Ludwig änderte die Richtung, ließ sein Pferd seitlich ausbrechen.

Wenn doch endlich die Dunkelheit über sie herabsänke! Christoph jagte eine Pferdelänge hinter Ludwig auf eine Baumgruppe zu. Noch einmal wagte er einen Blick zurück und sah, wie sich ihre Verfolger zu einer Gruppe vereinigten. Sie waren etwas zurückgefallen, schienen sich mit Gesten zu verständigen.

Da knallte ein Schuss! Aber die Entfernung war zu groß, als dass die Kugel hätte treffen können. Hinter den Bäumen tat sich eine kleine Senke auf, die ihnen für kurze Zeit Deckung gab. Ludwig nutzte diesen Vorteil geschickt. Er blickte sich kurz nach Christoph um, vergewisserte sich, dass er aufgeschlossen hätte, dann ließ er sein Pferd wieder in nördliche Richtung laufen und Christoph folgte ihm. Nun versanken sie endlich in der zunehmenden Dämmerung.

Nach einiger Zeit ließ Ludwig sein Pferd in Trab fallen und rief zu Christoph hinüber: »Wir haben sie abgehängt! Mit diesem Schuss haben sie wohl die Verfolgung aufgegeben.«

»Weißt du jetzt, wo wir sind?«, fragte Christoph keuchend.

Ludwig grinste ihn an. »Siehst du da drüben die schwarzen Dächer? Das ist Dossenheim!«

Da näherten sich ihnen von Westen zwei Reiter.

Christoph lachte zurück: »Und das sind Philipp und George!«

Sie begrüßten sich erleichtert und Ludwig berichtete Philipp, wie sie ihren Verfolgern im letzten Augenblick entkommen waren. Wohlbehalten, aber todmüde trafen sie kurz darauf auf dem Landgut in Dossenheim ein.

Im Haus brannte noch Licht. Philipp schaute mit Tränen in den Augen hinüber, als sie gemächlich die Allee entlangritten, und sagte leise zu Ludwig: »Sie sitzen noch im Wohnzimmer.«

Ludwig entschied sich vorauszugehen, um seine Eltern schonend auf die unerwartete Begegnung vorzubereiten. Philipp, Christoph und George wollten inzwischen die Pferde in den Stall führen und für die Nacht versorgen.

Sie waren gerade dabei, die Pferde mit Strohbüscheln trocken zu reiben, als sie Stimmen hörten. Heinrich und Luise Sänger erschienen in der offenen Tür, zögerten einen Moment, bis sie im schwachen Schein der Stalllaterne die drei Männer bei den Pferden erkannten. Philipp blickte auf, warf den Strohballen weg und lief ihnen entgegen.

»Philipp«, flüsterte Luise Sänger, »endlich bist du da.« Sie schluchzte und drückte ihren Sohn an sich.

Heinrich Sänger nahm darauf seinen Sohn in die Arme. »Wie geht es dir?«, fragte er mit tränenerstickter Stimme.

Philipp löste sich von ihm. »Jetzt bin ich erst mal froh, dass ich wieder zu Hause bin.« Dann fügte er bitter hinzu. »Ich wäre gerne früher gekommen.«

Sein Vater nickte schuldbewusst. »Ich hätte gleich selbst nach Straßburg reisen sollen, als wir hörten, dass du ins Elsass geflohen wärst. Du weißt ja, die Briefe …«

Philipp nickte.

»Ihr konntet ja nicht ahnen, dass Karl sie alle unterschlagen hat.«

Sänger räusperte sich und fragte unsicher: »Weißt du, weshalb Karl sie abgefangen hat?«

Philipp seufzte. »Ich kann es mir denken.«

»Jetzt kommt doch erst einmal ins Haus«, rief da seine Mutter, die inzwischen auch Christoph und George begrüßt hatte.

Nachdem sie etwas gegessen und getrunken hatten, versammelten sie sich im Rauchsalon. Luise Sänger räumte das

Geschirr in die Küche, ließ aber die Türen weit offen, um ja kein Wort ihres Gesprächs zu versäumen. Sie erzählten von der Reise, von ihren Umwegen und von ihren Befürchtungen, dass gegen Christoph bereits ermittelt würde.

Sänger unterbrach sie und wandte sich an Christoph.

»Da läuft tatsächlich eine unangenehme Geschichte. Wollenberg arbeitet derzeit fleißig mit der neuen Militärverwaltung zusammen und liefert beflissen Hinweise für manche Verfahren, die jetzt eingeleitet werden. Leider hat er auch Sie schwer belastet.«

Ludwig sprang auf.

»Wollenberg hat dich die ganze Zeit hintergangen«, rief er zornig. »Er wusste von Philipps Briefen! Immer steckte er mit Karl zusammen!«

Sänger hob seine rechte Hand, um ihn zu besänftigen, und ließ sie gleich wieder resigniert sinken.

»Jedenfalls, soweit ich weiß, wird eine Anklage gegen Sie vorbereitet, wegen Aufrufs zum Hochverrat. Wenn es tatsächlich dazu kommen sollte, droht Ihnen eine mehrjährige Haftstrafe.«

Christoph spürte einen Kloß in der Kehle. Das hieße, dass er sich in nächster Zeit nicht in Heidelberg sehen lassen konnte. Und Annette? Würde sich ihre Familie darauf einlassen, dass sie ihm nach Württemberg folgte? Jetzt, nachdem er auch noch ein weiteres Gerichtsverfahren am Hals hatte? Nie im Leben!

»Jetzt warten Sie erst mal ab«, versuchte ihn Sänger zu beruhigen. »Sicherheitshalber sollten Sie aber hier auf dem Gut bleiben und sich nicht in der Stadt sehen lassen, bevor Sie sich zur Reise nach Heilbronn entschließen.«

Dann wandte er sich an Philipp.

»Du hast vorhin angedeutet, du wüsstest einen Grund für Karls merkwürdiges Verhalten?«

Bevor Philipp antworten konnte, rief Ludwig: »Wir haben in Straßburg ein Lebenszeichen von ihm erhalten!«

Er zog Karls Brief aus der Tasche.

Luise Sänger erschien in der Tür mit erschrockenem Gesicht und trocknete sich rasch die Hände an ihrer Schürze ab.

Sänger überflog den Brief und wischte sich über die Augen. »Was für ein Tag!«, rief er erregt. »Der eine Sohn kehrt zurück, der andere hat sich feige aus dem Staub gemacht.«

Er reichte seiner Frau wortlos Karls Brief. Dann blickte er auffordernd zu Philipp, der etwas mit der Antwort zögerte.

»Sollen wir euch alleine lassen?«, bot Christoph gleich an, blickte zu George hinüber und beide machten Anstalten, sich von ihren Sesseln zu erheben.

Philipp schüttelte den Kopf.

»Setzt euch wieder hin. Ihr habt in den letzten Wochen so viel für mich und meine Eltern getan, da solltet ihr auch erfahren, wie sich diese Geschichte wirklich abgespielt hat.«

Er schaute fragend zu seinem Vater, der bedächtig zustimmend nickte. Sein Gesicht hatte eine fahle Färbung angenommen, man spürte hinter der gleichmütigen Maske seine Erregung, die er nur mühsam zurückhalten konnte.

Inzwischen hatte auch Luise Sänger den Brief gelesen, ihre Gesichtszüge versteiften sich, mit steinerner Miene setzte sie sich neben ihren Mann und ergriff seine Hand, um Halt zu finden. Die blanke Angst sprach aus ihren Augen.

»Erinnert ihr euch an den Jagdunfall vor zwei Jahren?«, begann Philipp und wartete ihre Antwort erst gar nicht ab. »Nicht Karl hat mir damals das Leben gerettet, wie er es erzählt hat. Nicht unser Knecht Hermann hatte diesen Reitunfall. Es war Karls Pferd, das vor dem Abgrund gescheut und Karl dann abgeworfen hatte. Er hing an diesem Felsüberhang und unser Knecht hat versucht ihn zu retten. Er hätte es auch geschafft, Hermann hatte ihm den rettenden Riemen bereits zugeworfen. Karl hätte nur seinen Anweisungen folgen müssen. Ich war gerade zu ihnen hinübergelaufen, um ihn mit Hermann gemeinsam über das Felsstück emporzuziehen. Doch ich kam einen Augenblick zu spät. Aus vielleicht dreißig Metern Entfernung musste ich mit ansehen, wie Karl in wilder Panik an diesem Riemen zog. Hermann stand vor der Wahl, loszulassen und Karl in den sicheren Tod stürzen zu sehen oder selbst von ihm über den Abgrund gezogen zu werden. Vergeblich hatte ich Karl zugerufen ruhig zu bleiben und zu warten, bis ich Hermann zu Hilfe kommen könnte und wir ihn dann gemeinsam, Stück für Stück aus dem Abgrund hochgezogen hätten. Doch Karl riss weiter in Todesangst an diesem Gurt, während Hermann bis zuletzt festgehalten hat, aber unaufhaltsam auf den Abgrund zustolperte. Als ich endlich bei ihm war, ließ Karl den Riemen plötzlich los und klammerte sich verzweifelt an diesen Felsüberhang. Dadurch verlor Hermann das Gleichgewicht. Ich wollte nach seinem Arm greifen, ihn festhalten, aber da war er schon an Karl vorbei in den Abgrund gestürzt.

Karl heulte auf, ich stand da, starr vor Schreck. Schließlich konnte ich Karl dann alleine bergen, indem ich mich flach auf den Boden legte, ihm erneut einen Riemen zuwarf und ihn dann Zentimeter für Zentimeter hochzog. Für Herrmann aber kam jede Hilfe zu spät. Wir kletterten zu ihm hinunter, aber er war schon tot. Er hat den Sturz nicht überlebt. Den Riemen, mit dem er Karl bergen wollte, hielt er noch fest umklammert in seiner Rechten.«

Luise Sänger schlug sich die Hand vor den Mund.

»Mit dieser furchtbaren Lüge musste Karl die ganze Zeit leben!«

Philipp entgegnete bitter: »Deshalb wollte er mich weit weg wissen, am liebsten Tausende von Kilometern weit über dem Meer, drüben in Amerika.«

»Deshalb war er alles andere als begeistert, als er hörte, Hecker sei mit einigen seiner Getreuen auf dem Weg nach Baden!«, rief Ludwig.

»Und weil ich in Heilbronn und Weinsberg nach Spuren gesucht habe, hat er auch mich zu hassen begonnen«, fügte Christoph leise an.

»Er bereut seine Tat und trägt schwer an seiner Schuld«, bemühte sich George als Außenstehender zu vermitteln.

»Er hat uns bitter enttäuscht!«, stieß Sänger tonlos hervor. »Und was noch schlimmer ist, er hat ein Menschenleben auf dem Gewissen.«

»Es war ein Unfall, in diesem Augenblick konnte er nicht klar denken«, versuchte ihn Ludwig zu verteidigen.

Sänger sank in sich zusammen und sein Gesicht wurde aschfahl. »Jetzt habe ich wirklich einen Sohn verloren.«

»Aber ein verloren geglaubter ist heute zu Ihnen zurückgekehrt«, tröstete ihn George.

Luise Sänger weinte leise in ihr Taschentuch, dann verließ sie wortlos das Zimmer. Wenig später hörte man sie in der Küche hantieren.

Christoph griff nach Georges Arm und bedeutete ihm mit einem Kopfnicken, dass es wohl besser sei, Sänger mit seinen beiden Söhnen nun alleine zu lassen.

Er begann leise zu gähnen.

»Es war heute ein anstrengender Tag, nehmen Sie es mir nicht übel, wenn ich mich jetzt zurückziehe.«

George hatte verstanden und erhob sich ebenfalls. Er wünschte eine gute Nacht und verließ kurz hinter Christoph das Zimmer.

Am Morgen machte Ludwig den Vorschlag, für Christoph nach Heidelberg zu reiten, um Annette zu benachrichtigen, dass er in Dossenheim sei. Er erinnerte ihn an die Warnung seines Vaters, sich besser nicht in der Stadt sehen zu lassen, wenn bereits nach ihm gefahndet würde.

»Kann ich da mitkommen?«, fragte George beherzt. »Ich könnte mich inzwischen etwas in Heidelberg umsehen.«

»Du brennst darauf, endlich in die Stadt deiner Träume zu kommen«, sagte ihm Christoph auf den Kopf zu, aber Ludwig beteuerte, er freue sich über seine Begleitung sehr, und gleich nach dem Frühstück ritten sie los.

Christoph wurde bang ums Herz. Wie würde Annette reagieren? Was würde sie ihm ausrichten lassen? Um sich abzulenken, half er Philipp und seinem Vater bei der Aufnahme der Schäden, die während der Besetzung des Gutes durch die feindlichen Truppen vor einer Woche angerichtet worden waren.

Es waren glücklicherweise keine großen Zerstörungen zu beklagen. Das Haus war größtenteils verschont geblieben, aber die Stallungen, Scheunen und Schuppen hatten zur Unterbringung von Mannschaften und Pferden hergehalten und mussten so bald wie möglich wieder in Ordnung gebracht werden.

Sängers eigene Pferde, die Karl noch vor seinem Verschwinden auf die versteckte Wiese im Wald gebracht hatte, hatten zwei Knechte bereits vorgestern unversehrt zurückführen können.

Es war schon gegen Mittag, als plötzlich Poldi laut zu bellen begann. Überrascht schaute Christoph auf, als er eine Kutsche auf das Gut zufahren sah. Vorsichtshalber duckte er sich etwas hinter einen dicken Baum und spähte vorsichtig hinüber. Wurde er bereits von den Behörden gesucht?

Heinrich Sänger ging auf die Kutsche zu und half zwei Damen beim Aussteigen. Christoph blieb fast das Herz stehen. Das waren Annette und ihre Mutter! Er trat hinter dem Baum hervor, Annette erkannte ihn gleich und stürzte auf ihn zu. Sie flog in seine Arme und drückte ihn wortlos an sich.

Mathilde Lußhardt lächelte ihm freundlich zu.

»Ludwig und Herr Ackermann streifen noch durch Heidelberg. Mein Mann kommt erst heute Abend wieder aus Mannheim zurück, da haben wir uns zu einem kleinen spontanen Ausflug nach Dossenheim entschlossen.«

Philipp wies den Kutscher der Lußhardts an, wo er die Kutsche hinfahren, die Pferde versorgen und auf seine Herrschaft warten könne, und folgte dem Besuch ins Haus.

Annette schmiegte sich an Christoph, während ihre Mutter ihn zu seiner wohlbehaltenen Rückkehr beglückwünschte.

»Glauben Sie mir, ich freue mich ebenso wie meine Tochter, dass Sie wohlbehalten von Ihrer Reise zurück sind. Sie haben in den letzten Tagen ja wahre Heldentaten vollbracht, nach dem zu schließen, was mir Ludwig Sänger heute Morgen berichtet hat.«

Sie blickte zu ihrer Tochter und nickte ihr aufmunternd zu. Dann wandte sie sich wieder Christoph zu.

»Aber Sie können sich vermutlich denken, dass es nicht einfach werden wird, meinen Mann davon zu überzeugen, dass ihr beide zusammengehört.«

»Er will mich so schnell wie möglich mit einem anderen verheiraten, dem nächstbesten, Hauptsache, ich bin schnell unter der Haube!«, rief Annette wütend. »Aber das lasse ich mir nicht gefallen! Selbst wenn er mein richtiger Vater wäre. Aber der hätte bestimmt nichts gegen Christoph gehabt!«

»Wohl kaum, aber wir müssen das in aller Ruhe angehen«, versuchte sie ihre Mutter zu beschwichtigen, dann fragte sie Christoph: »Was haben Sie jetzt vor? Werden Sie wieder nach Heilbronn gehen?«

Christoph nickte. »Es wird mir wohl nichts anderes übrig bleiben. In Baden muss ich mit einer Anklage wegen Aufrufs zum Hochverrat rechnen.«

Annette blickte ihn entgeistert an und brach in Tränen aus. Da mischte sich Heinrich Sänger, der aus zwei Schritten Entfernung ihrem Gespräch gefolgt war, in ihr Gespräch ein und meinte, dass ja noch nichts dergleichen entschieden sei.

»Das alles nur wegen Ihrer Zeitungsartikel und dieser Reden in der Universität?«, fragte Mathilde Lußhardt mit hochgezogenen Augenbrauen. »Da müssten ja Hunderte in Heidelberg vor Gericht gestellt werden, Zeitungsleute, Studenten und sogar Professoren!«

»Jetzt warten Sie zuerst einmal in Ruhe ab, bis sich die erste Aufregung gelegt hat«, beschwichtigte Sänger. »Christoph bleibt so lange unser Gast, bis er wieder nach Heilbronn reist. Wir sind ihm sehr dankbar. Er hat uns unseren verloren geglaubten Sohn wieder zurückgebracht.«

»Und was ist mit Karl?«, fragte Mathilde Lußhardt.

Auf Sängers Gesicht machen sich Sorgenfalten breit. »Er will wohl nach Amerika auswandern.«

»Aber er steht doch kurz vor seinem Examen?«

Sänger zuckte die Schultern, sichtlich darum bemühte, dieses leidige Thema zu beenden.

»Darf ich Sie zu einer kleinen Erfrischung einladen?«

Annette hatte sich wieder gefasst, blickte kurz zu ihrer Mutter, dann nahm sie Christoph am Arm

»Zeig mir doch dein neues Pferd. Es soll genauso aussehen wie das deines Freundes George?«

Als ihre Mutter mit Heinrich Sänger im Haus verschwunden war, fiel sie ihm um den Hals.

»Ich lass dich nicht mehr weg oder ich komme gleich mit nach Heilbronn!«

»Und was würde deine Mutter dazu sagen?«

»Weiß ich nicht«, antwortete sie, »aber es wäre ihr bestimmt lieber, als dass ich jemand heiraten müsste, den ich nicht kenne und nicht liebe.«

»Hat dein Vater schon jemanden für dich gefunden?«

»Ich glaube nicht. Aber ich habe schon seit Tagen nicht mehr mit ihm geredet. Mutter hat mir jedenfalls nichts davon gesagt.«

»Würdest du mir tatsächlich nach Württemberg folgen, wenn ich nicht mehr nach Baden dürfte?«

»Ich habe das eben in vollem Ernst gesagt!«, antwortete Annette trotzig und drückte ihm zur Bestätigung einen lauten Kuss auf die Wange.

Am späten Nachmittag, als Annette längst wieder mit ihrer Mutter nach Heidelberg gefahren war, kamen Ludwig und George aus Heidelberg zurück. Christoph traf sie am Ende der Allee, wo er mit Philipp zusammen einen Zaun ausbesserte.

»Er hat mir die ganze Stadt gezeigt, das Schloss, die Heiliggeistkirche, die Neckarbrücke und das *Bremeneck* – von außen, davor stand eine Wache Posten und keiner durfte hinein. In der Universität waren wir auch, dort beginnt langsam der Betrieb wieder. Es ist eine herrliche Stadt«, schwärmte George. »Diese einmalige Lage, das tief eingeschnittene Neckartal und der rote Sandstein, der hier überall zum Bauen verwendet wird. Nur das Schloss müsste endlich wieder aufgebaut werden!«

Christoph lachte. »Gerade die Ruinen sind doch so romantisch, sie künden von einer längst vergangenen alten Zeit, das regt die Fantasie an.« Dann fragte er Ludwig: »Wie sieht es denn in der Stadt aus? Seid ihr vielen Besatzern begegnet?«

»Äußerlich herrscht Ruhe in Heidelberg – Friedhofsruhe«, antwortete Ludwig grimmig. »Wenn man nicht überall auf Soldaten in preußischen Uniformen stoßen würde, könnte man glauben, in den letzten Wochen sei nichts geschehen – verordneter Normalzustand! Morgen sitze ich wieder in der Vorlesung, das Leben geht weiter, auch mit flauem Gefühl im Magen. Studieren unter preußischer Aufsicht!«

Dann schaute er seinen Freund neugierig an.

»Du strahlst ja so, waren sie etwa schon hier?«

Christoph nickte. »Sie liebt mich, das hat sie mir deutlich zu verstehen gegeben, und ihre Mutter war auch sehr freundlich zu mir, aber der alte Lußhardt ...«

»... mach dir darüber mal keine Gedanken«, tröstete ihn Ludwig. »Ich habe mit ihrer Mutter kurz im Laden geredet. Das sieht gut aus, sehr gut sogar! Schau, dass du in Heilbronn oder in der Umgebung schnell eine schöne Stelle bekommst, dann wird der Alte schnell klein beigeben und einsehen, dass seine Tochter bei dir gut aufgehoben ist.«

Ludwig und George brachten ihre Pferde zum Stall, ihre beiden Freunde begleiteten sie.

Philipp klopfte Christoph auf die Schulter und meinte: »Ludwig hat recht. Sei froh, dass du dein Studium hier schon

257

abgeschlossen hast. Ich würde nicht riskieren, die Verfolgung der Demokraten, die in Mannheim schon in vollem Gange ist, hier in Heidelberg abzuwarten. Noch stehst du nicht unter Anklage und bist ein freier Mann, aber das kann sich schnell ändern.«

»Und du? Wirst du noch einmal vor Gericht erscheinen müssen?«

Philipp schüttelte den Kopf.

»Ich habe heute Morgen lange mit Vater gesprochen. Es gibt wohl tatsächlich nichts mehr zu befürchten. Meine Anklage wurde ja schon letztes Jahr im Juni zurückgezogen und jetzt konzentriert sich die Justiz auf die Vorkommnisse nach der Flucht des Großherzogs. Alles, was mit dem Heckerzug zu tun hatte, gilt als abgeschlossen. Gefährlich erscheint dem Großherzog und seinen Schergen vor allem, wer mit der provisorischen Regierung zusammengearbeitet hat.«

Christoph dachte über seine Worte nach. Philipp hatte recht. Er sollte so schnell wie möglich nach Württemberg zurück und hoffen, dass Baden keinen Auslieferungsantrag stellen würde. Aber wegen der paar Zeitungsartikel und Reden, in denen er sich für eine neue Verfassung eingesetzt hatte?

Hochverrat

Heilbronn, 3. bis 13. Juli 1849

George hatte etwas gemurrt, dass er so schnell wieder aus Heidelberg abreisen sollte, gab sich aber zufrieden, als ihm Christoph eine schöne Reise durch das Neckartal mit vielen romantischen Burgen aus rotem Sandstein in Aussicht stellte. So packten sie schon am Abend ihre Sachen und verabschiedeten sich von den Sängers, da sie am Morgen zeitig aufbrechen wollten.

Christoph gab Ludwig wieder einen Brief an Annette mit, in dem er ihr seine Hoffnung ausdrückte, dass sie sich schon bald in Heilbronn wieder treffen könnten und dann nie wieder getrennt würden.

Sie ritten im Morgengrauen noch einmal über die Neckarbrücke in die Stadt ein, dann durch die Hauptstraße unter dem Schloss vorbei nach Osten, am erst vor wenigen Jahren neu erbauten Bahnhof vorbei, bis sie Heidelberg beim Karlstor Richtung Neckartal wieder verließen.

Während ihres Rittes am Ufer entlang begegneten sie schwer beladenen Lastkähnen, die mit der Strömung gemächlich neckarabwärts zogen. Sie trafen auf Flöße aus langen Schwarzwaldstämmen, mit Wieden zusammengebunden, und Christoph fragte George, ob er sich noch an die langen Stämme erinnern könne, die sie an der Nagold gesehen hatten, bereit zur Flößerei aus dem Schwarzwald, über Nagold, Enz und Neckar zum Rhein. Die seien bestimmt schon seit Tagen unterwegs.

»Was geschieht weiter mit diesen Flößen?«, fragte George.

»Bei Mannheim werden sie zu riesigen Floßplattformen zusammengefügt«, erklärte Christoph. »Die Schwarzwälder ziehen dann zu Fuß wieder heim. Die Riesenflöße treiben dann auf dem Rhein weiter bis nach Holland.«

George betrachtete interessiert die Schiffe, die flussaufwärts von Pferden und Maultieren an langen Seilen gezogen wurden. Sie reichten von der Spitze der Masten bis zum Ufer, wo sie mit dem Geschirr der Zugtiere verbunden waren.

»Das ist aber eine mühselige Arbeit«, meinte er, »vor allem für die Tiere.«

Christoph nickte.

»Bald gehört das wohl der Vergangenheit an. Siehst du dahinten das Dampfschiff? Jetzt wird es vor allem zur Personenbeförderung eingesetzt. Aber auf dem Rhein werden schon heute die meisten Lasten damit transportiert.«

Gegenüber von Hirschhorn legten sie ihre erste Rast ein. George betrachtete fasziniert das Stadtbild über dem Neckar, die Zeile der spitzen Hausgiebel am Ufer, dahinter die Kirche, das alte Karmeliterkloster und die halb zerfallenen Mauern, die zur Burg hinaufführten, die den Ort malerisch krönte.

»Hirschhorn liegt bereits im Großherzogtum Hessen«, erklärte Christoph. »Vor fünfzig Jahren gehörte es noch zur Kurpfalz.«

»Der Kurfürst von der Pfalz«, murmelte George nachdenklich und erinnerte sich daran, dass ihm Ludwig bei ihrem Bummel durch Heidelberg von den mächtigen und reichen Fürsten erzählt hatte, die vor 240 Jahren ihre Residenz von Mannheim nach Heidelberg verlegt, ihr Schloss im großen Stil neu gebaut und per Dekret aus einem kleinen Dorf eine ganze Stadt hatten wachsen lassen.

Dann fragte er nach: »Dieser Kurfürst von der Pfalz regierte sein Land doch ursprünglich von Heidelberg aus und hat im Schloss gewohnt, als es noch nicht zerfallen war. Aber Hirschhorn sei hessisch, hast du gesagt, und Heidelberg ist doch badisch? Wo ist das Land des Kurfürsten von der Pfalz denn geblieben?«

Christoph lachte.

»Es ist weg! Kaiser Napoleon hat es einfach verschwinden lassen. Die Rheinpfalz, durch die wir vor ein paar Tagen gezogen sind, gehört jetzt zu Bayern, Baden hat den anderen

Teil gefressen, die Hessen haben nur ein kleines Stück vom Kuchen abbekommen.«

»Aber Bayern liegt doch viel weiter im Osten, hinter Württemberg!«, entgegnete George. »Das gibt doch keinen Sinn!«

»Schon«, gab Christoph zu, »aber ihre Fürsten, die Wittelsbacher, waren früher eben mal auch Kurfürsten in der Pfalz.«

»Ah ja«, antwortete George nachdenklich und verzichtete auf weitere Fragen, aber Christoph sah ihm an, dass er diesen Länderschacher schwer nachvollziehen konnte. So fügte er hinzu: »Deshalb wollen wir ja, dass Deutschland endlich geeint wird, die Grenzen zwischen den Ländern wegfallen und die Menschen sich überall frei bewegen können, aber die Fürsten haben es wieder einmal geschafft, die Entwicklung in die Zukunft hinein aufzuhalten.«

Er seufzte. »Jetzt stehen wir fast wieder am Anfang.«

Südlich von Eberbach erreichten sie Zwingenberg, dessen rote Burg auf der anderen Seite des Neckars durch den tiefgrünen Wald zu ihnen herüberleuchtete. Sie kletterten ein Stück die Wolfsschlucht hinauf. Der Weg führte über Baumstämme, Felsgestein, manchmal auch durch den Bach hindurch, der reichlich Wasser führte. Ihre Pferde hatten sie unten am Ufer festgebunden.

Obrigheim war der erste Ort auf ihrer Uferseite, den sie nach Eberbach erreichten. Das Neckartal begann sich nun zu weiten, der Wald wich zurück, Felder und Wiesen breiteten sich aus. Drüben, jenseits des Flusses, grüßten sie die Fachwerkhäuser von Mosbach.

»Es gibt hier zu wenige Brücken«, stellte George entschieden fest. »Der Neckar ist eine Verkehrsstraße für Schiffe aber auch ein Hindernis für Reisende wie uns. Wie gerne wäre ich heute Morgen kurz nach Hirschhorn hinübergeritten oder jetzt nach Mosbach.«

»Dafür gibt es Fähren«, meinte Christoph.

»Viel zu umständlich!«, winkte George ab. Glaub mir, es wird eine Zeit kommen, wo man sie nicht mehr braucht, weil man endlich genug Brücken gebaut hat.«

Da die Dämmerung bereits eingesetzt hatte, suchten sie sich in Obrigheim ein Gasthaus.

»Morgen sind wir in Heilbronn«, sagte Christoph, »falls wir nicht an der Grenze nach Württemberg doch noch geschnappt werden. Davor müssten wir bei Wimpfen noch ein Stück durch Hessen reiten, aber ich glaube, wir machen hier lieber einen kleinen Bogen vom Neckar weg nach Westen und bleiben bis kurz vor Heilbronn noch im Badischen.«

»Nach Hessen?«, fragte George verwirrt. »Die Grenze zu Hessen war doch ganz oben bei Hirschhorn!«

»Wimpfen gehört aber trotzdem zu Hessen«, erklärte Christoph. »Man nennt das *Exklave*, das heißt ein eingeschlossenes Stück Land, umgeben vom Großherzogtum Baden und dem Königreich Württemberg.«

»Ach ja?«, meinte George und verzichtete auf weitere Fragen.

Hinter Heinsheim verließen sie am nächsten Morgen das Neckartal und ritten ein Stück auf Rappenau zu, Christoph vermied jedoch, durch den Grenzort zu reiten, und schlug einen Waldweg ein, der sie südöstlich um das Dorf herumführte. Vorsichtig versuchten sie Deckung zu halten und sahen sich immer wieder nach Grenzkontrollen um.

Bald darauf erreichten sie bei Bonfeld württembergischen Boden. Christoph hatte sich an den schmalen Weg durch das Waldstück erinnert, wo er mit seinem Vater auf die Freischärler aus Heilbronn getroffen war. Würde er in Heilbronn noch einmal mit ihnen zusammentreffen? Er nahm sich vor, sich nach ihnen zu erkundigen.

Niemand hatte sie aufgehalten. Gegen Mittag ritten sie über die Neckarbrücke in Heilbronn ein.

An einem der nächsten Tage kam Christoph gegen Abend todmüde von einem weiten Ausritt mit George zurück.

»Ich habe mit Oberamtsrichter Rümelin gesprochen«, begrüßte ihn sein Vater und faltete sorgfältig das *Heilbronner Tagblatt* zusammen, als sein Sohn zu ihm in das Raucherzimmer getreten war. »Er wirkte nicht uninteressiert, sagte, du solltest mal bei ihm vorbeikommen und dich vorstellen.«

Christoph nickte bloß, ließ sich in einen Lehnstuhl fallen. »Theobald Kerner meinte, ich solle das Ergebnis der Landtagswahlen abwarten, vielleicht ergäbe sich auch eine Stelle für einen jungen Juristen wie mich in Stuttgart.«

»Du setzt auf einen Sieg der Demokraten?« Vater Schmidt legte die Zeitung auf den Tisch. »Die Chancen dafür stehen nicht einmal schlecht. Trotzdem: In den kommenden Jahren wird die Regierung sich dem reaktionären Klima, das sich jetzt in Deutschland ausbreitet, nicht entziehen können. Ich jedenfalls würde mich bei einer Bewerbung um ein Amt politisch lieber zurückhalten.«

»Rümelin hält wohl auch nicht viel von den Demokraten, ist es das, was du mir damit sagen willst?«, stichelte Christoph.

Sein Vater nickte. Es tat ihm leid, so offen mit seinem Sohn über dessen nicht gerade rosig erscheinenden Zukunftsaussichten sprechen zu müssen.

»Du strebst eine Stelle im Staatsdienst an, dann bist du Beamter und dem Staat zur Loyalität verpflichtet. Dieser Staat wird bald anders aussehen, als wir es uns vor einem Jahr gewünscht haben. Selbst Römer wird sich als Regierungschef auf Dauer nicht halten können und auch eine demokratische Mehrheit im Landtag wird keinen großen Einfluss auf die Regierung haben, die der König uns vorsetzt. Wenn du darauf spekulierst, bei den Demokraten im Landtag eine Stelle zu bekommen, setzt du aufs falsche Pferd. Apropos Pferd: Wie haben sich denn die beiden Braunen auf eurer Reise nach Straßburg gemacht?«

Er versuchte ihr ernstes Gespräch wieder in freundlichere Bahnen zu lenken.

Christoph geriet ins Schwärmen, lobte das Temperament und die Ausdauer der Hengste, die sie die letzten Wochen mehrere hundert Kilometer durch Baden, das Elsass, die Pfalz und Württemberg getragen hatten und jeden Morgen ausgeruht und munter gewesen waren.

»Mit George hast du dich angefreundet?«, fragte Schmidt.

»Es ist, als ob wir uns seit einer Ewigkeit kennen würden«, sagte Christoph mit leuchtenden Augen. »Ich kann mich auf ihn verlassen, auch wenn's mal brenzlig wird.«

»Er ist ja schon wieder bei den Albrechts drüben, meinst du, da bahnt sich was an?«

»Hat sich schon«, lachte Christoph. »Er denkt schon darüber nach, wie er Clara dazu überreden kann, mit ihm nach Amerika zu gehen.«

»Und wie steht's mit deiner Annette?«

»Das wird ja ein richtiges Verhör«, sagte Christoph erheitert, wurde aber gleich darauf wieder sehr ernst und erklärte wortkarg: »Wir sind uns einig. Ihre Mutter hätte nichts dagegen, aber der Vater.«

Schmidt seufzte. »Er nimmt dir deine demokratischen Reden und Artikel übel.«

Barbara kam herein und hatte wohl die letzten Worte mitgehört. »Er muss dich ja nicht heiraten«, bemerkte sie trocken. »Frau Lußhardt scheint aber eine ganz patente Frau zu sein. Soll ich ihr mal einen Brief schreiben?«

»Bloß nicht«, wehrte Christoph den Vorstoß seiner Mutter ab, »haltet euch da bitte raus, das müssen wir selbst in die Hand nehmen.«

»Da habt ihr aber was vor!«, entgegnete Schmidt und griff wieder zur Zeitung.

Barbara gab ihrem Sohn einen Wink und Christoph folgte ihr in die Küche.

»George scheint mit Clara ernste Absichten zu haben«, erklärte sie. »Frau Albrecht hat Andeutungen gemacht und mich nach ihm ausgefragt, nach seinen Eltern, seinen Verwandten in Marbach, ob er drüben schon eine Stelle als Arzt hätte.«

»Er hat eine feste Zusage, in Philadelphia in einem Krankenhaus beginnen zu können, wenn er wieder drüben ist«, wusste Christoph. »Aber das soll er den Albrechts lieber selbst erzählen.«

»Clara ist erstaunlich schnell von dir abgerückt«, bemerkte Barbara und blickte ihn von der Seite an.

»Ich habe ihr klargemacht, dass ich vergeben bin«, sagte Christoph deutlich und entschieden.

»Dann ist es zwischen dir und Annette wirklich etwas Ernstes?«

»Warum fragt ihr mich denn heute so aus?«, entgegnete Christoph etwas missmutig.

Seine Mutter nahm seine Hände.

»Weil wir dein Glück wollen und dir helfen möchten. Was ihr vorhabt, wird alles andere als leicht werden. Unseren Segen habt ihr, obwohl ich Annette nur aus deinen Schilderungen kenne. Aber entscheidend ist leider heutzutage immer noch, wie der Brautvater dazu steht. Den umzustimmen, werdet ihr allein nicht schaffen.«

In den nächsten Tagen berichteten die Zeitungen von den Rückzugsgefechten der badischen Truppen, die immer weiter nach Süden, Richtung Schweizer Grenze abgedrängt wurden. Eine letzte große Volkserhebung, wie sich die Demokraten erhofft hatten, war ausgeblieben.

Gustav Struve war kurz nach Lorenz Brentano am 3. Juli in die Schweiz geflohen, Franz Sigel verschanzte sich mit dem Rest der badischen Truppen in der Gegend von Donaueschingen, während Adolph Majer, der Journalist aus Heilbronn, im Raum Konstanz versuchte, die militärische Kontrolle zu behalten.

Am 11. Juli schließlich führte Franz Sigel, der nach dem Rücktritt Mieroslawskis wieder den alleinigen Oberbefehl übernommen hatte, bei Schaffhausen das badische Heer in die Schweiz, unter ihnen auch die Kämpfer der *Schwäbischen Legion* aus Heilbronn wie August Ruoff, Ludwig Pfau, Emil Herwig und Nepomuk Winkle.

In Heilbronn und seinem Umkreis, dem Oberamtsbezirk, wurde der Aufruhrzustand aufgehoben, aber das Militär sollte noch monatelang auf Kosten der Stadt in Heilbronn stationiert bleiben, und die Untersuchungsverfahren gegen Heilbronner Bürger wegen Beihilfe zum Hochverrat liefen auf Hochtouren.

»Wie geht es denn Fritz Mayer?«, fragte Christoph seinen Vater, als sie eines Abends zusammen an der Rosenapotheke vorbeikamen.

»Der sitzt schon seit über einer Woche auf dem Hohenasperg«, klagte sein Vater. »In Handschellen haben sie ihn von Eppingen, wo er verhaftet worden ist, nach Heilbronn gebracht, die Leute sind zusammengelaufen und haben auf die Verräter geflucht, die das zugelassen hatten. Jetzt wartet er da droben auf seinen Prozess!«

Christoph war bestürzt. Der Apotheker von der Rosenapotheke, der Freund seines Vaters, war doch kein Verbrecher!

»Du warst heute Morgen bei Rümelin?«

Christoph nickte und berichtete seinem Vater von seinem Antrittsbesuch auf dem Heilbronner Oberamtsgericht. Sein Gespräch mit Oberamtsrichter Rümelin war erfreulich verlaufen. Er könne ihm zwar keine Zusagen machen, seine Bewerbung würde im Ministerium entschieden, aber er würde sie wohlwollend prüfen und ihn zur Anstellung empfehlen. Politische Fragen hatte er gar nicht angesprochen und Christoph hatte das Thema ebenfalls vermieden.

Mitte Juli kam ein Brief von Annette. Christoph stürzte in sein Zimmer und riss ungeduldig das Siegel auf. Noch im Stehen begann er zu lesen:

Lieber Christoph,
leider gibt es keine guten Nachrichten. Vater will mich an
den Sohn eines Geschäftsfreundes in Mannheim verheiraten.
Mutter ist dagegen, aber er ist nicht davon abzubringen. Sie
reden seit Tagen nicht mehr miteinander und gehen sich aus
dem Weg. Vater droht, mich auf den Bauernhof seines Bru-
ders in den Odenwald bringen zu lassen, wo wir während
des Krieges waren. Dort soll ich zur Vernunft kommen, wie
er sich ausdrückt.
Gestern stand in der Zeitung, dass neue Anklagen vorbe-
reitet werden. Auch Dein Name wurde genannt. Du seist der
Sprecher der demokratischen Studentenschaft gewesen und
hättest zum Hochverrat aufgerufen. Vater hat getobt.
Ich weiß nicht, wie es jetzt weitergehen soll. Ich wollte, wir
könnten uns sehen, aber Du kannst ja nicht nach Heidelberg
kommen.
Weißt Du einen Ausweg?

In Liebe
Deine traurige Annette

Er las den Brief ein zweites, ein drittes Mal. Sollte er Annette schreiben, sie bitten, heimlich nach Heilbronn zu kommen? Doch wie sollte es dann anschließend weitergehen?
Während er unruhig in seinem Zimmer auf und ab ging,
stand plötzlich sein Vater in der Tür. Er machte ein besorgtes Gesicht.

»Der Gerichtsdiener war gerade hier. Du sollst dich Mitt-
woch nächster Woche auf dem Amtsgericht melden. Hast du
eine Ahnung ...?

Christoph unterbrach ihn erregt und hielt den Brief in die
Höhe. »Ja, doch, ja! Annette schreibt mir gerade, dass in Heidelberg ein Verfahren gegen mich wegen Aufrufs zum Hochverrat eröffnet wurde.«

Sein Vater wurde blass.

»Dieselbe Anklage wird gegen Theobald Kerner vorbereitet, der jetzt auf seinen Prozess wartet. Deine Anstellung im Staatsdienst kannst du dann vergessen!«

»Wenn es nur das wäre!«, Christoph blickte zu Boden. »Die Staatsanwaltschaft in Heidelberg wird ein Ersuchen auf Amtshilfe an das Oberamtsgericht in Heilbronn gestellt haben. Sie werden mir bei dieser Vorladung nächsten Montag die Anklagepunkte zur Kenntnis bringen, mich dazu anhören und wenn ich Pech habe, werden sie mich auf der Stelle nach Baden ausliefern.«

»Meinst du, die sperren dich ein?«

»Das kann ich nicht beurteilen, ich kenne ja die Anklagepunkte nicht im Einzelnen. Aber wenn sie sich extra darum bemühen, mich in Heilbronn aufzustöbern ...« Christoph rang um seine Fassung. »Ich hab doch nur gesagt, was alle Studenten, was die meisten Bürger auch gedacht hatten!«, ereiferte er sich.

Dann ließ er sich entnervt auf einen Stuhl fallen.

»Das Verfahren wegen meines Streites mit Karl ist auch noch nicht eingestellt und Wollenberg hetzt weiter gegen mich in Heidelberg. Außerdem könnte erhöhte Fluchtgefahr festgestellt werden. Meine Zeitungsartikel liegen dem Staatsanwalt vor, womöglich hat jemand den Inhalt meiner Reden sogar mitgeschrieben, sicher auch manches dabei überspitzt, aber solche Aussagen sind dann gerichtsverwertbar!«

Am Nachmittag besprach er sich mit George.

»Fahr doch mit mir rüber nach Amerika. Du wolltest doch sowieso einmal deine Verwandtschaft in Germantown kennenlernen.«

Christoph blickte ihn vorwurfsvoll an.

»Mir ist nicht nach Scherzen zumute!«

»Ich meine das ernst«, sagte George. »Meine Zeit hier ist vorüber. Mit Clara habe ich mich gestern ausgesprochen. Sie ist nicht bereit, mir nach Amerika zu folgen, in Deutschland bleiben möchte ich auch nicht und im Herbst trete ich meine

Stelle im Krankenhaus in Philadelphia an. Machen wir uns
morgen früh wieder auf den Weg nach Straßburg! Wir könnten schon übermorgen in Frankreich sein.«

»Red' doch keinen Unsinn! Ich lass doch nicht Annette in
Heidelberg zurück!«, brauste Christoph auf.

»Dann nimm sie doch mit!«

»Du meinst, einfach mal so entführen, vielleicht in einem
großen Koffer mit Luftlöchern drin!«, rief Christoph und begann an seinem Freund zu zweifeln.

»Jetzt bleib doch mal entspannt«, versuchte ihn George
zu beruhigen. »Das ließe sich doch irgendwie einfädeln. Ihre
Mutter ist auf deiner Seite und hat sich mit ihrem Mann zer-
stritten, innerlich sogar längst schon von ihm getrennt. Sie
würde euch vielleicht sogar helfen. Jemand sollte mit ihr und
Annette möglichst bald sprechen. Wenn du willst, fahre ich
morgen mit dem Dampfschiff nach Heidelberg und erledige
das. Dann müsstest du dir so schnell wie möglich Ausreisepa-
piere besorgen, Annette natürlich auch.«

»Das könnte in beiden Fällen ziemlich schwierig werden«,
seufzte Christoph, dem allmählich Georges Vorschlag gar
nicht mehr so abwegig vorkam.

»Vielleicht kennt dein Vater jemanden auf dem Amt, vielleicht hat auch Annettes Mutter in Heidelberg entsprechende
Beziehungen. Ihr müsst ja nicht gleich offiziell die Auswanderung beantragen mit allem was dazugehört, es geht ja zunächst nur um eine Reise zu Bekannten oder Verwandten,
also braucht ihr nur einen Reisepass. Das Weitere könnt ihr
dann in Frankreich erledigen. Noch bist du – in Württemberg
zumindest – ein freier Mann, das könnte sich nächste Woche
nach deiner Anhörung schnell ändern!«

Christoph wurde nachdenklich. Mit einem Mal begann er
sich mit Georges Vorschlag anzufreunden und bald ging es
ihm nur noch darum, wie er ihn umsetzen könnte.

Gegen Abend saß er mit Jakob allein im Raucherzimmer
und deutete an, was George ihm vorgeschlagen hatte.

Jakob sah ihn nachdenklich an.

»Du kannst doch nicht dein Leben lang untertauchen, einfach davonlaufen. Drüben in Amerika müsstest du ganz von vorne anfangen. Denk an Theobald Kerner, der schon nach wenigen Monaten aus Straßburg wieder zurückgekommen ist und jetzt auf seinen Prozess wartet. Geh doch nach Heidelberg und stell dich der Polizei. Gegen Kaution kannst du dann in Freiheit auf deinen Prozess warten. Die Kaution übernehmen wir schon für dich.«

Christoph schüttelte den Kopf.

»Auch hier müsste ich von vorne anfangen. Als vorbestrafter Jurist hätte ich schlechte Aussichten. Dann gehe ich lieber ins Exil!«

»Du kannst jederzeit hier bei uns im Geschäft mitarbeiten«, bot ihm Jakob an. »In die Bilanzen hast du dich schnell eingearbeitet. Nach deinem Prozess baust du dir eine Filiale auf, meinetwegen auch in Heidelberg mit deiner Annette zusammen. Die Nachfrage nach Rauchtabak wächst ständig und das Zigarrengeschäft ist im Kommen. Du wirst sehen, mehr als ein paar Monate werden sie dir nicht aufbrummen.«

»Annette ist bis dahin längst verheiratet. Ihr Vater hat schon einen Mann für sie ausgesucht. Es freut mich, dass du mir helfen willst, aber so, wie die Dinge liegen, nehme ich Georges Vorschlag an. Wenn Annette nicht darauf eingeht, mit mir auszuwandern, dann überlege ich mir noch einmal gründlich, was du mir gerade angeboten hast, das verspreche ich dir!«

Dann ging er ins Wohnzimmer und fragte George, ob er den Botendienst für ihn übernehmen wolle.

»Mit Vergnügen«, grinste George. »So komme ich noch einmal nach Heidelberg!«

Fluchtpläne

Heidelberg , Dossenheim, Karlsruhe, 15. und 16. Juli 1849

So hatte sie ihre Mutter selten erlebt. Bebend vor Neugier stand sie vor ihr und rang um Fassung.

»Eben war dieser junge Mann im Laden, der Amerikaner, den Ludwig damals mitgebracht hat, und hat mir diesen Brief von Christoph für dich gegeben. Er hat uns eingeladen, heute Nachmittag zum Landgut der Sängers nach Dossenheim zu kommen, dort könnten wir ungestört Weiteres besprechen. Nun mach schon den Brief auf!«

Annette lief es heiß und kalt über den Rücken. Was hatte Christoph vor? Sollte sie jetzt doch nach Heilbronn kommen? Wie würde Lußhardt darauf reagieren? Sie riss den Brief auf und las im Stehen ihrer Mutter halblaut vor:

Liebe Annette,
die Unglückssträhne will nicht abreißen. Nächste Woche soll ich in Heilbronn vor dem Amtsgericht erscheinen, vermutlich wegen einer Anklage, die gegen mich in Heidelberg erhoben wird. Ich befürchte, dass ich nach Baden ausgeliefert werden soll. Auf Hochverrat stehen lange Zuchthausstrafen. Meine Hoffnungen auf eine Anstellung als Jurist habe ich schon auf-gegeben. Ich muss wohl davon ausgehen, dass ich in Deutsch-land beruflich keine Zukunft mehr habe.

George Ackermann, der Dir den Brief überbringt, ist ein Freund unserer Familie, ein junger Arzt aus Philadelphia, der uns auf seiner Deutschlandreise in Heilbronn besucht hat und jetzt wieder zurück in die Staaten fährt. Ich werde ihn in die USA begleiten und hoffe inständig, dass Du einen Weg findest mit mir zu kommen. Wir beide könnten drüben ein neues glückliches Leben beginnen. Ich habe Verwandte in Germantown und mein Vater viele Freunde in Philadelphia, die uns am Anfang unterstützen werden. Gib mir möglichst

bald Bescheid. George Ackermann wird mir Deine Antwort
nach Heilbronn bringen.

Voller Hoffnung, dass unsere Liebe Dir die Kraft dazu geben
wird, diesen Schritt zu wagen,

in Liebe
Dein Christoph

Sie ließ den Brief sinken. Ein verschwörerisches Funkeln in
den Augen ihrer Mutter verwunderte sie. Anstatt sich über
Christophs Vorschlag aufzuregen und energisch zu widersprechen, huschte sogar ein Lächeln über ihr Gesicht! Wäre
sie bereit dazu, sie mit Christoph nach Amerika auswandern
zu lassen?

Der Abschied aus Heidelberg würde ihr selbst nicht
schwerfallen. Die Pläne ihres Vaters wären ein für alle Mal
durchkreuzt, dachte sie voller Genugtuung, aber ihre Mutter
müsste sie hier allein zurücklassen, bei diesem Kolonialwarenhändler, den sie immer schwerer ertragen konnte. Es wäre
ein Abschied für immer!

Mathilde Lußhardt schien ihre Gedanken erraten zu haben. »Einmal hätte ich dich sowieso hergeben müssen«,
seufzte sie. »Aber selbst wenn ich an die wochenlange Überfahrt nach Amerika denke, wäre mir bei dem Gedanken
wohler, dass du mit Christoph anschließend drüben in einem
freien Land ein glückliches Leben beginnen kannst, als wenn
ich mir ausmale, was dich hier erwartet, wenn Friedrich sich
durchsetzt.« Kurz entschlossen ergriff sie Annettes Hände.
»Wir fahren wieder nach Dossenheim! Friedrich ist mit dem
Zug nach Mannheim zum Rheinhafen, um neue Ware zu be-
gutachten, und kommt nicht vor heute Abend wieder. Wenn
wir zeitig aufbrechen, sind wir sogar vor ihm schon wieder
zu Hause.«

Annette fiel ihr um den Hals und brach in Tränen aus.

»Möchtest du nicht?«, fragte ihre Mutter erstaunt und schob sie etwas von sich weg, um in ihr Gesicht zu sehen.

»Doch, doch!«, schluchzte Annette. »Aber wie sollen wir das denn schaffen?«

»Wir finden eine Lösung«, beruhigte ihre Mutter sie und nahm sie wieder in den Arm. »Vielleicht bedeutet es den endgültigen Bruch zwischen mir und Friedrich, vielleicht wird er mich verstoßen, aber unsere Ehe besteht sowieso nur noch auf dem Papier. Deine Zukunft ist mir auf jeden Fall wichtiger!«

Gleich nach dem Mittagessen ließ Mathilde Lußhardt anspannen und eine Stunde später fuhren sie bereits durch die Allee auf das Gutshaus der Familie Sänger zu. Philipp kam ihnen entgegen, half ihnen aus dem Wagen und bat sie in den Salon, wo sie von Heinrich und Luise Sänger freundlich begrüßt wurden.

»Schön, dass Sie gleich gekommen sind«, begann George das Gespräch, nachdem sie zunächst über Allgemeines, die Fahrt und den seltsamen Anlass ihres Besuchs gesprochen und sich für die Einladung bei Heinrich und Luise Sänger herzlich bedankt hatten.

»Wie Sie wissen, ist Christoph in einer üblen Lage und hat sich entschlossen, mit mir nach Amerika zu reisen. Zurzeit kann er sich in Württemberg noch frei bewegen, aber in ein paar Tagen sieht das womöglich ganz anders aus, deshalb wird die Zeit ein bisschen knapp. Gestern bin ich in Heilbronn aufgebrochen und morgen reise ich schon wieder zurück, um Christoph Bescheid zu geben.«

Er blickte Annette, dann ihre Mutter an und wartete auf eine Antwort. Die beiden Frauen fanden zunächst keine Worte. George sprach so ungezwungen über diese Angelegenheit, die ihr ganzes Leben mit einem Schlag verändern würde, als ob es sich um eine Ferienreise handeln würde.

»Das kommt sicher alles sehr unerwartet für Sie«, versuchte Luise Sänger die Pause zu überbrücken, »freilich gibt es da viel zu bedenken und zu bereden. Wenn Sie wollen, können wir Sie auch eine Weile alleine lassen, damit Sie sich frei miteinander besprechen können.«

Mathilde Lußhardt lächelte sie an.

»Das ist sehr freundlich von Ihnen, aber das ist bereits ausführlich heute Vormittag und auf der Fahrt hierher geschehen.«

»Sie können mir glauben, wir möchten Sie unterstützen, wo wir nur können«, mischte sich Heinrich Sänger ein. »Wir sind froh, wenn wir uns ein kleines bisschen dafür revanchieren können, was Christoph für unsere Familie getan hat. Was ist das nur für eine Zeit!« Er breitete seine Arme aus. »Letztes Jahr musste Philipp ins Exil nach Frankreich gehen und jetzt muss Christoph selbst aus seiner Heimat fliehen.«

Philipp versicherte ihnen: »Ich habe gute Freunde in Straßburg und würde auch selbst mit nach Straßburg kommen, um sie Ihnen vorzustellen und mich dann von Christoph persönlich zu verabschieden. Die einzige Schwierigkeit sehe ich darin: Christoph muss ein Stück durch Baden reiten, wenn er nach Straßburg will. Wir müssen davon ausgehen, dass ein Haftbefehl gegen ihn ergangen ist und er bereits polizeilich gesucht wird. Das Land steckt voller Soldaten!«

»Andererseits haben wir uns vor einigen Tagen schon einmal durch die Pfalz und durch Baden geschlagen und keine Streife hat uns aufgehalten«, wandte George nicht ohne Stolz ein.

Annette hielt dieses Hin und Her nicht mehr aus. Sie redeten von Christoph, von Straßburg! Wie sollte sie denn mit ihm dort zusammenkommen? Ihr Vater versuchte sie seit Tagen einzusperren. Der Magd und dem Knecht hatte er eingeschärft, sie nicht aus dem Hause zu lassen, es sei denn, ihre Mutter begleitete sie. Doch bevor sie ihre Fragen formulieren konnte, ergriff Mathilde Lußhardt das Wort.

»Wenn ich Sie richtig verstehe«, sagte sie zu Philipp, »denken Sie daran, dass wir in Straßburg mit Christoph zusammentreffen sollen?«

Annette horchte auf und sah ihre Mutter hoffnungsvoll an. Offenbar dachte sie darüber nach, sie nach Straßburg zu begleiten. Doch wie sollten sie da hinkommen?

Während Philipp ihrer Mutter auf einer Skizze das Haus des Dichters August Lamey beschrieb, wo sie zusammentreffen könnten, überstürzten sich ihre Gedanken. Was ihr heute Mittag noch so unvorstellbar erschienen war, begann langsam denkbar zu werden.

Aber die Hindernisse türmten sich immer noch unüberwindbar vor ihr auf. Nie und nimmer würde ihr Vater sein Einverständnis zu diesem Abenteuer geben, und war ihre Mutter wirklich stark genug, sich gegen ihn durchzusetzen? Dass sie von Beginn an den Plan Christophs nicht von sich gewiesen, sondern ihr sogar Mut gemacht hatte, verwirrte sie zwar immer noch, gab ihr aber auch Zuversicht.

Während Philipp mit ihrer Mutter sprach, stand George auf und trat neben sie.

»Christoph vermisst Sie sehr«, sagte er leise. »Es ist sein größter Wunsch, dass Sie mit ihm kommen. Natürlich weiß er, wie schwer es fällt, sich in so kurzer Zeit für einen solchen Schritt zu entscheiden.«

»Diese Entscheidung fällt mir nicht schwer«, antwortete ihm Annette trotzig. »Wenn ich nur schon in Straßburg wäre!«

George lachte erleichtert auf.

»Ein bisschen müssen Sie sich da noch gedulden. Und ganz ungefährlich ist Christophs Reise durch Baden und über die Grenze sicher nicht. Aber die Liebe wird ihm die Kraft geben, diese Herausforderung zu meistern. Vertrauen Sie darauf!«

Auf dem Rückweg war ihre Mutter auffallend schweigsam. Schließlich hielt Annette die innere Spannung, die sie zwischen ihnen spürte, nicht mehr aus.

»Du überlegst dir, wie es nun weitergehen soll?«

Ihre Mutter wies mit einer mahnenden Kopfbewegung in Richtung ihres Knechtes auf dem Kutschbock und legte ihren

Zeigefinger an die Lippen. Dann sagte sie laut mit gespielter Fröhlichkeit: »Es war doch ein netter Nachmittag, Frau Sänger war ja so reizend und hat uns noch Kuchen für Vater mitgegeben. Ihr Sohn Philipp ist ein vielversprechender junger Mann, meinst du nicht auch? Was unser Gespräch mit ihm angeht, bin ich gerade dabei, mir was zu überlegen, und ich hab da auch schon eine Idee.«

Während der Knecht die Pferde versorgte und die Kutsche in die Remise brachte, ging Mathilde Lußhardt mit ihrer Tochter ein paar Schritte vor ihrem Hause die Hauptstraße hinunter, sodass sie ungestört miteinander sprechen konnten.

»Ich vertraue Friedrich nicht mehr, seit ich herausgefunden habe, dass er regelmäßig die Magd und den Knecht über dich ausfragt. Wir müssen vorsichtig sein«, gab sie Annette zu verstehen. »Deshalb konnte ich auf deine Frage vorhin auf der Rückfahrt nicht richtig eingehen.«

Annette hielt ihr ungeduldig vor: »Du riskierst einen Riesenkrach mit Vater, wenn du dich auf Christophs Pläne einlässt!«

»Den Streit haben wir doch schon längst – unterschwellig, immer nur oberflächlich unterdrückt. Am liebsten würde ich mich ganz von ihm trennen. Ich halte diese Engstirnigkeit nicht mehr aus. Doch so einfach ist das leider nicht in unserer Zeit, in der die Männer noch das Sagen haben. Aber das wird mich nicht davon abhalten können, nun endlich die Sache in die Hand zu nehmen.« Ihre Augen funkelten verschwörerisch. Sie ergriff Annettes Hand und drückte sie.

»Wir reisen morgen nach Karlsruhe zu deinem Onkel und deiner Tante. Christian Weiß hat mir schon lange geschrieben, dass wir einmal zu ihnen kommen sollen, um über das Testament zu reden. Jetzt ist die rechte Zeit dafür gekommen.«

»Was für ein Testament?«, fragte Annette.

»Das erkläre ich dir später in aller Ruhe«, versicherte ihr ihre Mutter. »Zunächst nur so viel: Dein leiblicher Vater,

Gottlieb Weiß, war ja Buchhändler und Verleger in Karlsruhe und hat sein ganzes Kapital in sein Geschäft gesteckt. Er hat dir testamentarisch einen Teil seines Vermögens vermacht, für den Fall, dass du heiratest, sozusagen als Aussteuer. Da Friedrich dich ja nun unbedingt verheiraten will, wird er einsehen, dass wir darüber mit deinem Onkel Christian sprechen müssen.«

»Aber wird er das nicht selbst tun wollen?«

»Das müssen wir ihm ausreden und ich weiß auch schon, wie.«

»Kommt nicht in Frage«, polterte Friedrich Lußhardt, als ihm seine Frau am Abend ihre Reisepläne dargelegt hatte. »Das werde ich mit diesem Christian Weiß allein aushandeln! Das ist keine Angelegenheit für Frauen!«

»Lass mich zunächst mit ihm reden«, bat ihn seine Frau. »Du kennst ja das Testament. Da gibt es einige Passagen, die nicht so eindeutig sind und wo es auf viel Verhandlungsgeschick ankommt. Deshalb wäre es auch gut, wenn Annette mich begleitet, damit ihm klar wird, dass es schließlich um das Glück seiner Nichte geht. Ich will ihn ja nur schonend darauf vorbereiten, dass er in absehbarer Zeit Kapital aus dem Geschäft nehmen muss, das geht nicht von heute auf morgen, du weißt das selbst am besten. Außerdem kenne ich mich im Verlagsgeschäft gut aus, ich habe ja lange selbst mitgearbeitet, bevor Christian die Geschäftsführung übernommen hat. Die Einzelheiten kannst du dann anschließend mit ihm besprechen.«

»Dann fahr du allein«, brummte der Alte. »Annette geht solange nach Gaiberg zu meinem Bruder und meiner Schwägerin, da kann sie auch noch was für die Hauswirtschaft lernen. Ich hab sie dort schon angemeldet.«

»Annette darf ja wohl ihre engsten Verwandten einmal besuchen, du kannst sie doch nicht einsperren. Ich bin ja ständig mit ihr zusammen!«

Schließlich gab sich Lußhardt geschlagen und am nächsten Morgen fuhren Mutter und Tochter mit dem Zug über Mannheim nach Karlsruhe.

Ihr Onkel war ziemlich überrascht, als seine Schwägerin und seine Nichte ohne Ankündigung plötzlich in seiner Buchhandlung auftauchten, hieß sie aber herzlich willkommen. Seine Frau Martha begrüßte sie überschwänglich und wies sofort die Magd an, das Gästezimmer für sie herzurichten.

»Endlich habt ihr den Schwung bekommen und besucht uns«, rief sie, »mit der Bahn ist es ja auch keine Weltreise mehr. Ihr bleibt doch ein paar Tage?«

Mathilde war erleichtert über die ungezwungene offene Aufnahme, die sie im Hause ihres verstorbenen Mannes antraf. Vor über zehn Jahren hatte Christian Weiß als junger Buchhändler das Geschäft seines Bruders übernommen und über zwei Jahre gut mit seiner Schwägerin Mathilde zusammengearbeitet. Während dieser Zeit hatte er seine spätere Frau Martha kennengelernt und die beiden Frauen waren schnell Freundinnen geworden. So fiel es Mathilde auch nicht sonderlich schwer, Martha im vertrauten Gespräch in den eigentlichen Grund ihres Besuches einzuweihen.

Ihre Ehe habe sich recht unerfreulich entwickelt, klagte Mathilde, seit Lußhardt immer herrschsüchtiger geworden sei.

»Er versteht mich nicht, gönnt mir meine Lektürestunden nicht mehr, denkt nur ans Geld und daran, dass ich ihm eine preiswerte Arbeitskraft bin.«

Über Annette verfüge er, als wäre sie seine wirkliche Tochter. Deshalb habe sie sich entschlossen, vorerst nicht nach Heidelberg zurückzukehren.

»Du kannst hier so lange wohnen bleiben, wie du möchtest!«, bot Martha ihr sofort an. »Wenn du willst, kannst du auch bei uns im Geschäft wieder mitarbeiten. Christian würde das bestimmt freuen. Und was das Testament betrifft, mach dir da keine Sorgen. Christian will schon lange die Sa-

che regeln. Er hat euch deshalb ja auch schon mehrmals an-
geschrieben.«

Mathilde Lußhardt fiel ein Stein vom Herzen. Sie hatte auf
die Hilfsbereitschaft ihres Schwagers gesetzt, aber dass auch
ihre Schwägerin sie so herzlich in ihre Hausgemeinschaft aufnehmen wollte, hatte sie doch nicht erwartet.

»Du bringst mich jetzt fast etwas in Verlegenheit, das werde ich dir nie vergessen«, bedankte sie sich gerührt. Dann erklärte sie: »Wir wollen morgen gleich weiter nach Straßburg
und wenn alles gut geht, wäre ich in ein paar Tagen schon
wieder hier.«

Am Abend besprachen sie sich mit Annettes Onkel.

»Gegen drei Frauen, die genau wissen, was sie wollen,
habe ich schlechte Karten«, lachte er. »Aber da habt ihr euch
was vorgenommen! Bist du sicher, dass du deinen Mann so
hintergehen willst?«

»Ich muss! Ich kann gar nicht anders und bin so froh, dass
ihr mir helfen wollt, wieder auf eigene Füße zu kommen.«

»Zwingen kann er dich wohl nicht, wieder nach Heidelberg zurückzukommen. Die Zeiten sind – Gott sei Dank –
vorbei, als geflohene Ehefrauen von der Polizei zu ihren Ehe-
männern zurückgebracht wurden, aber du wirst wohl damit
rechnen müssen, dass er die Ehe auflösen will«, sagte Martha.

»Nichts lieber als das«, seufzte Mathilde, »auch wenn ich
als geschiedene Frau gesellschaftlich immer geächtet sein
werde.«

»Aber nicht bei uns!«, versicherte ihr Martha.

Schließlich sprachen sie auch über das Testament.

»So einfach, wie ihr euch das vorstellt, wird es nicht gehen«, gab Christian Weiß zu bedenken. »Die Auszahlung ist
ja zweckgebunden und ob eine spätere Heirat in Amerika
vom Notariat anerkannt wird, sehe ich sehr skeptisch.«

»Könnt ihr euch nicht anderweitig einigen?«, fragte Martha und schaute ihren Mann beinahe vorwurfsvoll an.

Der zog die Stirn in Falten, dachte nach und meinte schließlich: »Es gäbe da vielleicht eine Möglichkeit. Wenn Annette bzw. ihr Vormund beantragt, das Testament vor dem Notar umzuwandeln und wir bei ihm eine gesonderte Vereinbarung treffen, könnte es einen Weg geben.«

Er dachte einen Augenblick weiter nach, während die drei Frauen ihn erwartungsvoll anblickten.

»Red mal mit Leopold«, unterbrach ihn dabei seine Frau. »Ihr seid doch schon seit Jahren miteinander befreundet.«

»Genau an den hatte ich eben gedacht«, stimmte ihr der Buchhändler zu. »Aber die entscheidende Frage ist doch, ob er als Notar darauf bestehen muss, dass der alte Lußhardt zustimmt. Ich gehe morgen früh gleich zu ihm, am besten kommt ihr mit.«

»Wie könnte denn so eine Vereinbarung aussehen?«, erkundigte sich Mathilde und runzelte die Stirn.

»Wir könnten die Angelegenheit vielleicht so regeln, dass Annette nicht ausbezahlt wird, sondern stattdessen Geschäftsanteile erhält – als stille Teilhaberin. Wenn sie auswandert, könnte sie dich mit der Wahrnehmung ihrer Interessen beauftragen. So wärt ihr dann auch am Geschäftsgewinn beteiligt, natürlich nur, wenn Annette bereit wäre, dir davon was abzutreten.«

»Alles, sie kann gerne alles haben«, rief Annette sofort.

»Dazu wärst du bereit?« Mathilde strahlte ihren Schwager an. »Damit hätte ich ja gleichzeitig eine Grundlage für einen Neuanfang!«

»Du tätest mir damit sogar einen Gefallen. Wir würden alle drei davon profitieren. Das Kapital bliebe im Geschäft und über deine Mitarbeit würde ich mich auch sehr freuen! Ein großzügiges Reisegeld für Annette kriegen wir auf diese Weise auch noch zusammen.«

Annette fiel ihrem Onkel um den Hals. Der wehrte ab, zunächst müsse man ja den Notar dazu hören.

Sie hatten Glück. So, wie das Testament von ihrem leiblichen Vater verfügt worden war, könne der Ziehvater in diesem Fall wohl nicht widersprechen, meinte der Notar. Außerdem bestünde aus der Zeit vor Mathildes erneuter Heirat noch eine Vormundschaft ihres Onkels für Annette. Die sei nie aufgehoben worden, auch nach der Heirat nicht. Lußhardt hatte wohl versäumt oder auch kein Interesse daran gehabt, Annette offiziell zu adoptieren. Vermutlich auch aus Erbschaftsüberlegungen. Also sei Christian Weiß immer noch ihr gesetzlicher Vormund.

Schwieriger sei es, was die Aufsetzung des Zusatzvertrages anginge, aber wenn man den Geschäftsvorgang als Wandlung eines bereits bestehenden Vertrages betrachte, könne man einen solchen Schritt rechtfertigen. Mathilde Lußhardt müsse aber damit rechnen, dass ihr Mann den Vertrag anfechte.

»Das werde ich schon mit ihm regeln. Der soll froh sein, wenn er mir nach der Trennung keinen Unterhalt zahlen muss«, meinte Mathilde.

Der Notar brachte sogar das Kunststück fertig, noch am Vormittag die nötigen Reisepapiere nach Straßburg und für eine Weiterreise Annettes in die Staaten zu beschaffen, nachdem ihm sein Freund die Dringlichkeit der Angelegenheit deutlich gemacht hatte. Aber ein Antrag zur Auswanderung sei das nicht, betonte der Notar, das müsste sie dann in Frankreich oder spätestens drüben in den USA bei einem Konsulat nachholen und das würde nicht so einfach werden.

So konnten Annette und ihre Mutter schon am nächsten Tag den Nachmittagszug nach Offenburg nehmen und mit der Postkutsche noch am selben Abend hinüber nach Straßburg fahren.

Flucht aus dem Neckartal

Heilbronn, durch den Schwarzwald nach Baden,
14. bis 18. Juli 1849

»Sie kommt mit und erwartet dich sehnsüchtig in Straßburg. Philipp will auch nach Straßburg reisen und euch persönlich zu August Lamey bringen!«

George schlug seinem Freund Christoph auf die Schultern, der an der Schiffslände in Heilbronn ungeduldig auf die Ankunft des Dampfschiffes aus Heidelberg gewartet hatte.

»Besser konnte es gar nicht laufen!« Dann zog er ein bedenkliches Gesicht, konnte aber ein Grinsen nicht verkneifen: »Mathilde Lußhardt ist eine bemerkenswert selbstbewusste Frau. Mein lieber Freund, da bekommst du keine leichte Schwiegermutter!«

George berichtete ihm auf dem Weg nach Hause ausführlich, was sie in Dossenheim besprochen hatten.

»Du bist dir sicher, dass der alte Lußhardt die beiden Frauen allein nach Straßburg reisen lässt?«, fragte Christoph skeptisch.

»Sicher ist nur das Amen in der Kirche. Aber so wie Frau Lußhardt mit uns gesprochen hat, gehe ich davon aus, dass sie einen Weg findet, und Annette wird auch nichts aufhalten. Sie wäre am liebsten heute schon in Straßburg, hat sie mir gesagt.«

Sie gingen ins Wohnzimmer, und während sich George aufs Sofa setzte, begann Christoph unruhig auf und ab zu gehen. George sah ihm dabei belustigt zu.

»Ich hab noch keinen Reisepass und übermorgen soll ich aufs Amtsgericht. Eigentlich müsste ich schon morgen abreisen, ich weiß nicht, wie lange ich mich in Württemberg noch frei bewegen kann! Hoffentlich hat das Amtsgericht noch nicht die Passstelle über die Vorladung benachrichtigt.«

Als Barbara ins Zimmer trat und George frisch und fröhlich bei ihrem Sohn sitzen sah, wusste sie bereits, was auf sie zukommen würde.

»Es wird also ernst«, meinte sie betroffen, »wir werden uns bald verabschieden müssen.«

»Es wird kein Abschied für immer sein«, tröstete Christoph sie. »Die neuen Dampfsegler brauchen gerade mal zwei Wochen für die Überfahrt und irgendwann müssen sie doch die Flüchtlinge wieder zurückkommen lassen, vielleicht schon bald, wenn die Demokraten die Landtagswahlen gewinnen und eine Amnestie durchsetzen.«

Barbara nickte stumm, sah ihren Sohn nur traurig an, dann machte sie wortlos kehrt und verließ das Zimmer.

Am Abend berieten sie das weitere Vorgehen. Georg Schmidt hatte am Nachmittag noch einmal auf dem Rathaus nachgefragt, geschäftliche Gründe vorgebracht, weshalb der Reisepass für Christoph unbedingt heute noch ausgefertigt werden müsse. Sein Sohn müsse am nächsten Tag dringend mit George Ackermann in die Staaten abreisen, es handle sich um eine größere Menge von Tabaklieferungen, die ihm günstig in Philadelphia angeboten worden seien, sonst platze das Geschäft. Das zeigte endlich Wirkung. Kurz vor Amtsschluss konnte Christoph seinen Pass persönlich abholen.

»Ich reite wieder über den Schwarzwald, bleibe möglichst lange auf württembergischer Seite, damit ich nur ein kurzes Stück durch Baden muss, und irgendwo lasse ich mich dann wieder von einem Fischer über den Rhein bringen.«

»Ich werde dir mit George zusammen nachreisen, vermutlich eher vorausreisen«, berichtigte sich sein Vater, »zunächst mit dem Dampfschiff bis Heidelberg, dann mit dem Zug über Mannheim bis Offenburg. Bei Kehl setzen wir über den Rhein und sind schon in Straßburg. Auf dem Rückweg kann ich dann dein Pferd nehmen.«

»Du weißt gar nicht, was mir das bedeutet«, bedankte sich Christoph mit bewegter Stimme. »Schade, dass Mutter nicht mitkommen kann.«

»Wer sagt denn das?«, rief Barbara energisch dazwischen. »Freilich reise ich mit euch nach Straßburg und mache mich dann mit Philipp und Frau Lußhardt auf den Rückweg. Das ist doch heutzutage keine große Angelegenheit mehr. Wozu haben wir denn die neuen Verkehrsmittel?«

Georg lachte und gab seiner Frau einen Kuss.

»Das ist meine Barbara, wie ich sie seit dreißig Jahren kenne. Dann machen wir uns morgen also alle vier auf die Reise!«

Christoph wählte denselben Weg, den sie auf ihrem ersten Ritt nach Straßburg eingeschlagen hatten, durch das Zabergäu über den Stromberg nach Mühlacker und durch das Strohgäu ins Nagoldtal.

Es war eine weite und anstrengende Strecke, für das Pferd wie für den Reiter, und Christoph war froh, als er sein Tagesziel endlich erreicht hatte. In Hirsau fragte er nach einer Übernachtungsmöglichkeit.

Nun folgte der härteste Teil seines Rittes. Über Teinach ging es am nächsten Morgen steil bergauf auf die Schwarzwaldhöhen. Die Straßen und Wege wurden immer schlechter und waren teilweise mit Prügeln belegt, damit sie der Morast nicht verschluckte.

Er passierte nur wenige einzelne Bauernhäuser und kleine Weiler, bis er endlich oben auf der Höhe war, kam wieder durch Urnagold, Besenfeld und Igelsberg und erreichte am frühen Nachmittag eine schöne Rodungsinsel bei Untermusbach.

Jetzt musste er seinem Pferd eine längere Pause gönnen. Die Wiesen waren gemäht, sauber aufgeschichtete Heuhaufen verströmten einen süßlichen Duft. Hier oben auf den Höhenwiesen des Schwarzwaldes fand die Heuernte recht spät im Jahr statt und die Bauern hatten Glück, wenn sie Ende August noch eine zweite Ernte einbringen konnten.

Er legte sich unter einen Baum und sah seinem Pferd zu, das aus einem Heuhaufen einen Büschel nach dem anderen herauszog. Gegen Abend ritt er in Freudenstadt ein. In der Wirtsstube des Löwen brütete er noch lange über der Landkarte seines Vaters. Wenn er wieder – wie bei der ersten Reise – den Weg durch das Kinzigtal nähme, käme er bald hinter Alpirsbach an die badische Grenze, müsste durch eine Reihe von Städten – Schiltach, Wolfach, Hausach, Gengenbach – oder diese jeweils über den Wald umreiten. Außerdem war die Strecke deutlich länger, als wenn er von Freudenstadt direkt über den Kniebis, Peterstal, Oppenau und Oberkirch auf Kehl zuritte. Das könnte er an einem Tag schaffen!

Die württembergische Grenze hätte er dann allerdings schon am Kniebis erreicht und müsste länger durch badisches Gebiet reiten. Er würde sich auf dem alten Fernhandelsweg bewegen, dem »Schwabenweg«, der sich von Ulm über den Schwarzwald bis nach Straßburg zog, dafür müssten nur wenige Städte umritten werden. Schließlich entschied er sich für den direkten Weg und brach am frühen Morgen zeitig auf.

Die württembergisch-badische Grenze oben am Pass passierte er mühelos, genoss die weite Aussicht, die sich auf seinem Weg in die Täler hinunter immer wieder bot, und ritt zügig durch die hohen Tannen das junge Renchtal abwärts durch das Bad in Peterstal, immer dem Bachlauf nach.

An manchen Lichtungen mit weitem Ausblick ins Tal hinunter glaubte er in der Ferne die dünnen Konturen der Vogesen zu erkennen, und vor ihm dort unten lag irgendwo Straßburg. Er kniff seine Augen zusammen und suchte in der Ferne vergeblich die Konturen des Münsterturms. Es mussten noch etwa fünfzig Kilometer sein bis zum Ziel seiner Reise.

Ob Annette mit ihrer Mutter und seine Eltern dort bereits auf ihn warteten? Als er die ersten Häuser von Oppenau auftauchen sah, folgte er einem Seitenweg, um die Stadt westlich zu umreiten.

Schon glaubte er, wieder ins Renchtal einschwenken zu können, als er einen Ruf hinter sich hörte. Erschrocken drehte er sich um und sah eine Gruppe von Reitern auf sich zupreschen. Sie trugen Uniformen und ihr Anführer forderte ihn unmissverständlich dazu auf, stehen zu bleiben.

Es blieb ihm nichts anderes übrig, als dieser Aufforderung Folge zu leisten. Alles andere hätte ihn verdächtig gemacht. So wartete er auf seinem Pferd, bis der Offizier zu ihm herangeritten war, und begrüßte ihn freundlich.

Wohin er denn wolle?

Nach Straßburg, antwortete Christoph spontan und wusste bereits, dass er einen großen Fehler begangen hatte. Hätte er doch nur gesagt, er befände sich auf einem Spazierritt rund um Oppenau, wo er heute eine Rast auf seiner Geschäftsreise nach Straßburg einlege; vielleicht hätten sie dann keinen Verdacht geschöpft!

Die nächste Frage ahnte er schon. Warum er denn dann so verschlungene Wege reite und nicht auf der Straße geblieben sei, was er denn in Straßburg wolle?

»Ich treffe dort meine Verwandten, die eine Reise mit dem Zug dorthin machen, ich wollte aber lieber über den Schwarzwald reiten«, log Christoph. Wenn er jetzt noch sagen würde, er wolle über Straßburg nach Le Havre und schließlich in die Staaten reisen, wie es in seinem Visum vermerkt war, würde der Offizier erst recht Verdacht schöpfen.

»So ganz allein über den Schwarzwald, nur so aus Freude an der Natur?«

Der Offizier machte durch die Betonung seiner Frage deutlich, dass er Christoph kein Wort glaubte. Er verlangte seine Papiere, die ihm Christoph zögernd aushändigte. Sein Visum für die Reise in die USA behielt er allerdings in seiner Brusttasche.

Der Offizier steckte seinen Ausweis ein, nachdem er ihn flüchtig durchgesehen und in sein Notizbuch einige Stichworte notiert hatte.

»So, so! Eine Vergnügungsreise in diesen Zeiten von Heilbronn über den Schwarzwald?« Er pfiff durch die Zähne, warf ihm einen spöttischen Blick zu, wendete sein Pferd und forderte Christoph mit scharfer Stimme auf, ihm zu folgen. »Wir müssen Meldung nach Offenburg machen.«

Als er Christophs erschrockenen Blick bemerkte, fügte er in freundlicherem Ton hinzu: »Wenn nichts gegen Sie vorliegt, können Sie morgen früh gleich wieder losziehen und weiter die Natur genießen.«

Christoph fuhr es eiskalt über den Rücken. Bedeutete das schon das Ende seiner Reise? Seine Gedanken überstürzten sich. Wusste die Polizei in Offenburg schon von seiner Anklage? Mit Sicherheit! Er versuchte seine Angst zu unterdrücken und seine Lage objektiv zu betrachten. Wenn es den üblichen Weg ginge, müssten die Behörden in Heidelberg ja erst die Stellungnahme des Heilbronner Oberamts abwarten, bevor sie ihn in Baden zur Festnahme ausschrieben. Die badischen Behörden waren ja offensichtlich davon ausgegangen, dass er sich im württembergischen Heilbronn aufhielt. Und seine Befragung dort sollte erst morgen stattfinden.

Handelte es sich also nur um eine routinemäßige Überprüfung eines Ausländers? Er versuchte sich weiter Mut einzureden. Sicher war die Situation auf den Ämtern nach dem Regierungswechsel noch ziemlich verworren. Der Einmarsch der Preußen und die Rückkehr des Großherzogs lagen ja noch nicht lange zurück. Auch hatten sie in Offenburg vermutlich andere Probleme, als sich ausgerechnet um verdächtige Ausländer wie ihn zu kümmern.

Oder doch nicht? Sie machten Jagd auf Demokraten, Umstürzler, Anarchisten, wie sie die Anhänger der badischen Republik bezeichneten! Es war eine verteufelte Situation und er musste so tun, als ob es sich um einen harmlosen Aufschub seiner Reise handelte, damit er sich nicht verdächtig machte!

Wo bleibt Christoph?

Straßburg, Mitte Juli bis Anfang August 1849

Sie ließen sich im Hause Lamey melden und Philipp kam ihnen schon auf der Treppe entgegen.

»Das ist ja eine freudige Überraschung! Ich kann Ihnen gar nicht sagen, wie erleichtert ich bin, dass Sie hier gut eingetroffen sind. Sie haben also Ihre Reise wie geplant beginnen können.«

Er lächelte und fügte geheimnisvoll hinzu: »Ich bin schon seit gestern hier und habe noch jemanden mitgebracht.«

In diesem Augenblick trat Ludwig in das schmale Treppenhaus des hohen Fachwerkgebäudes und winkte den beiden Damen freudig zu, die sich mit Philipp auf den Weg zu ihm nach oben machten.

»Ich wollte unbedingt dabei sein, wenn Christoph seine Annette in die Arme schließt«, rief er fröhlich. Als sie das obere Stockwerk erreicht hatten, sagte er: »Christophs Eltern und George Ackermann sind auch schon angekommen, sie sind im *Rheinischen Hof* abgestiegen. Dort haben wir ein Zimmer für Sie beide reservieren lassen. Aber nun müssen Sie unbedingt den Hausherrn kennenlernen.«

Er führte sie in die Wohnung des greisen Dichters, der sie in seiner geräumigen Bibliothek empfing. An den Wänden reihten sich endlos hohe Bücherregale, und wo das eine oder andere Plätzchen frei geblieben war, hingen Ölbilder und alte Stiche. Lamey war ein begeisterter Kunstsammler.

Der rüstige Siebziger, schwarz gekleidet mit einer schwarzen randlosen Mütze über dem langen weißen Haar, erhob sich gemächlich aus seinem Lehnstuhl und begrüßte die Damen mit einer angedeuteten Verneigung.

»Willkommen in meinem bescheidenen Hause. Hatten Sie eine angenehme Reise?«

Mathilde Lußhardt dankte ihm für die freundliche Aufnahme und berichtete, dass sie heute von Karlsruhe hergefahren seien, wo sie vor vielen Jahren schon einmal das Vergnügen gehabt hätten, mit ihm zusammenzutreffen.

Lamey hob die buschigen Augenbrauen, musterte sie nachdenklich, schien zu grübeln, dann lächelte er etwas hilflos und zuckte bedauernd die Schultern.

»Verzeihen Sie, mein Gedächtnis ist leider nicht mehr das Beste. Da müssen Sie mir jetzt doch ein bisschen auf die Sprünge helfen.«

Mathilde Lußhardt zögerte nicht lange.

»Bevor ich vor vielen, vielen Jahren nach Heidelberg gezogen bin, war ich in Karlsruhe in erster Ehe mit Gottlieb Weiß verheiratet, dem Karlsruher Verleger und Buchhändler, an den Sie sich bestimmt noch erinnern. Und das«, sie zeigte auf Annette, »ist unsere gemeinsame Tochter Annette.«

Lamey schaute fassungslos zuerst auf Annette, dann auf Mathilde.

»Freilich erinnere ich mich, aber Gottliebs Tochter war damals ein ganz kleines, entzückendes Kind und jetzt sehe ich hier zwei reizende Damen, die man für Schwestern halten könnte.« Dann seufzte er. »Gottlieb Weiß, der Buchhändler und Verleger. Er ist so früh gestorben.«

Doch nach wenigen Augenblicken strahlte er Mathilde Lußhardt wieder aus seinen hellen blauen Augen an.

»Umso mehr freue ich mich, der Tochter meines guten Freundes nun in einer besonderen Situation helfen zu können, sei es auch nur, dass ich sie hier mit ihrem Verlobten zusammenführen darf. Er könnte ja schon heute Abend bei uns eintreffen.«

Er lud sie ein, bei ihm ein- und auszugehen, wie es ihnen beliebte, nichts sei für ihn angenehmer, als wenn Leben im Hause sei.

Nach einem kurzen Gespräch über die jüngsten Vorgänge in Heidelberg und Karlsruhe und über die Vorzüge der neuen Reisemöglichkeiten mit der Eisenbahn verabschiedeten sie sich, und Philipp begleitete die Damen zum *Rheinischen Hof*, wo sie mit Georg und Barbara Schmidt zusammentreffen wollten. Ludwig wollte bei Lamey auf Christoph warten, damit er unterrichtet wäre, wenn er in der Zwischenzeit ankäme.

»Du kennst August Lamey aus unserer Zeit in Karlsruhe?«, fragte Annette auf dem Weg zum *Rheinischen Hof.*

»Er hat uns dort einige Male besucht. Erinnerst du dich nicht? Während der Französischen Revolution war er im Elsass und in Deutschland sehr populär. Er ist ein überzeugter Demokrat. Viele seiner Gedichte sind im Elsass damals zu richtigen Volksliedern geworden. Später war er viele Jahre Richter in Colmar und in Straßburg. An eines seiner Gedichte aus der Revolutionszeit kann ich mich noch erinnern, warte.«

Sie dachte kurz nach, dann begann sie einige Verse daraus zu rezitieren:

> *Gar trefflich steht's nun um den Staat,*
> *Nun lässt sich's herrlich leben!*
> *Ist unser Gott ein Demokrat,*
> *Wer mag uns widerstreben?*

Philipp hatte ihr ebenfalls aufmerksam zugehört.

»Lamey nimmt auch heute noch großen Anteil an der Entwicklung in Baden und hat mir versichert, wenn die Freiheitsbewegung in diesen Wochen auch eine bittere Niederlage erleide, sie würde wiederauferstehen, die Zeit der Fürsten sei vorbei, auch wenn diese das noch gar nicht wahrhaben wollten.«

Sie hatten den *Rheinischen Hof* erreicht und schon von außen hörten sie die Rufe: »Hecker hoch!« Als sie die drängend volle Gaststube betraten, sahen sie ihn, dicht umringt von den Freunden, die sehnsüchtig auf seine Rückkehr aus Amerika gewartet hatten. Hecker hob die Hand, stieg auf einen Stuhl und begann zu reden:

»Ja, liebe Freunde, unsere Hoffnungen wurden bitter enttäuscht. Mit dem Dampfschiff legte ich in gerade mal zwei

Wochen die 6 000 Meilen zurück, um eine Revolution, der so gewaltige Mittel zur Verfügung standen, niedergeworfen zu sehen. Wie hatte mich die Nachricht der Provisorischen Regierung, ich solle nach Baden zurückkehren, um unseren gemeinsamen Kampf zu einem siegreichen Ende zu bringen, aufgerüttelt. Der Großherzog geflohen, die badische Armee an der Seite der Revolution, Erhebungen in der Pfalz und auch im benachbarten Württemberg die Solidarität der Bürgerwehren – endlich schien sich die zweite Welle des Volksaufstandes in ganz Deutschland anzukündigen, auf die wir so schmerzlich gewartet hatten. Mit diesem Hochgefühl näherte ich mich der Küste des alten Europa – um dann nach der Landung in Le Havre vor wenigen Tagen von der Niederlage unserer Truppen gegen die preußischen Invasoren zu erfahren. Es gab keinen Aufschrei in Deutschland gegen den Krieg, den der Großherzog mithilfe der Preußen gegen sein eigenes Land vom Zaun gebrochen hat. Baden wurde von den anderen deutschen Ländern im Stich gelassen und muss nun einsam verbluten. Dennoch wollte ich noch einmal zurück an den Rhein, um meinen lieben Freunden ein letztes Mal Lebewohl zu sagen und ihnen zuzurufen: Der Tag der Freiheit wird kommen, und auch in Deutschland werden die Menschen schließlich das Joch der Knechtschaft abschütteln und frei sein wie heute schon im fernen Amerika.«

Nachdem Hecker geendigt hatte, legte sich zunächst bleierne Stille über den Saal, dann brach verhaltener Beifall aus. Hecker hatte seinen Freunden schonungslos die Lage deutlich gemacht und letzte Hoffnungen, dass mit seiner Hilfe das Blatt doch noch gewendet werden könnte, weggefegt.

Dennoch wurde er gleich von vielen seiner Anhänger umarmt, schließlich nahm er wieder an seinem Tisch Platz und der Lärm zahlloser Gespräche erfüllte den Raum mit einem anschwellenden Brausen. Philipp zeigte mit einer aufmunternden Geste hinüber zum Wirt und ließ die Damen stehen. Er bahnte sich einen Weg zu Heckers Tisch.

Annette sah, wie sich der hagere Mann mit den ausdrucks-
starken Augen erhob und Philipp in seine Arme nahm. Sie
dachte nicht daran, sich beim Wirt nach Christophs Eltern zu
erkundigen, wie Philipp ihr wohl eben hatte andeuten wollen,
so fasziniert war sie von der Atmosphäre dieser Versammlung
vertriebener Republikaner und der Rede, die Hecker gerade
gehalten hatte. Sie folgte Philipp hinüber zu Heckers Tisch –
und ihre Mutter folgte ihr nach.

Vor etwas über einem Jahr, Anfang März 1848, hatte sie
den Mannheimer Rechtsanwalt Friedrich Hecker in Heidelberg gesehen, als sich dort Volksvertreter aus ganz Deutschland
getroffen hatten, um die Forderungen für eine Neugestaltung
Deutschlands zu diskutieren. Wie hatte sich Hecker seit diesen sechzehn Monaten verändert! Damals war er ihr als junger
Mann erschienen, der mit dem Feuer der Begeisterung seine
Vorstellungen verkündet hatte. Nun stand ihm die Enttäuschung ins Gesicht geschrieben und er schien um Jahre gealtert.

Sie mischten sich unter die Leute, die Heckers Tisch um-
ringten. Der sprach gerade auf Philipp ein.

»Baden hatte so gute Voraussetzungen. Ich kann Brentano und seinen Leuten keinen Vorwurf machen. Aber gerade,
dass trotzdem in wenigen Wochen alles zu Ende ging, gerade
dies zeigt, dass es der Masse des Volkes an wahrem revolutionären Enthusiasmus und an der notwendigen Kraft fehlte
– und seinen Führern an jenem eisernen Willen, mit dem man
Begeisterung und Anstrengung zur Tat hervorruft. Was bleibt
uns nun zu tun? Fahren wir wieder zurück nach Amerika und
beackern unsere Felder als freie Bürger eines freien Landes.«

»Ich weiß noch nicht, ob ich mitkomme«, wandte Philipp
ein. »Ich werde wohl erst einige familiäre Angelegenheiten
regeln müssen.«

»Das werde ich auch tun!«, sagte Hecker und für einen
Moment huschte ein fröhliches Lächeln über sein Gesicht.
»In wenigen Tagen treffe ich meine Frau und meine drei Kin-
der in Le Havre und nehme sie mit hinüber. Drüben in Ame-

rika blüht meinen Kindern eine wirkliche Zukunft. Wozu würden sie hier im alten Deutschland denn erzogen? Zu unterdrückten Dienern, Kleinkrämern, allenfalls misstrauisch beargwöhnten Advokaten, wie ich einer war.«

Philipp sah kurz auf, bemerkte Annette und entschuldigte sich für einen Moment. Dann begleitete er die beiden zu den Gastzimmern.

George Ackermann, Barbara und Georg empfingen sie mit großem Hallo und luden sie ein, mit ihnen zu Abend zu essen. Philipp führte sie in ein gemütliches Wirtshaus in der Nähe des Münsterplatzes, wo es nicht so laut zuging wie bei den Flüchtlingen im *Rheinischen Hof.*

Doch eine entspannte Stimmung wollte nicht aufkommen, so sehr Philipp auch versuchte, die Damen durch Anekdoten aus dem alten Straßburg zu unterhalten. Alle beschäftigte die einzige Frage, warum Christoph noch nicht eingetroffen sei und wie es ihm auf seinem gefährlichen Weg durch Baden an den Rhein wohl erginge.

»Müsste er nicht längst schon in Straßburg angekommen sein?«, fragte Annette schließlich ängstlich in die Runde und blickte Georg Schmidt besorgt an.

Der bemühte sich, nach außen hin Ruhe zu bewahren, aber er machte sich ebenfalls schon ernsthafte Sorgen. Christoph wollte die Strecke von Heilbronn nach Straßburg ursprünglich in drei Tagen schaffen, dann hätte er bereits gestern Abend in Straßburg eintreffen müssen. Aber hatte er ihm nicht selbst dazu geraten, lieber einen Tag mehr einzuplanen, sein Pferd nicht zu überanstrengen?

»Christoph muss vorsichtig sein, wenn er durch Baden reitet«, antwortete er Annette und versuchte seiner Stimme einen beruhigenden Ton zu geben. »Er kann nicht die großen Chausseen benutzen, muss größere Orte umreiten und dann muss er ja auch noch irgendwie mit dem Pferd über den Rhein. Das wird nicht ganz einfach werden!«

Als Christoph auch am nächsten Tag nicht in Straßburg erschien, saßen sie alle mit bangen Gefühlen bei Lamey zusammen, der ihnen Mut zu machen versuchte.

»Er wird bestimmt kommen, wenn nicht noch heute Abend oder in der Nacht, dann eben morgen. Das spüre ich, außerdem hat Philipp versprochen, dass Christoph mir Grüße aus Weinsberg mitbringt, von meinem lieben Freund Justinus Kerner und seinem Sohn Theobald. Wenn ich daran denke, welche verschlungenen Wege Theobald und seine Frau letztes Jahr genommen haben, als sie Hals über Kopf aus Württemberg hatten fliehen müssen. Bis die endlich bei mir in Straßburg angekommen waren!«

Ludwig bot sich an, am nächsten Tag nach Offenburg zu reiten, um sich umzuhören, aber Georg Schmidt wollte dies nicht annehmen.

»Wir müssen uns noch etwas gedulden. Wenn er bis morgen Abend nicht hier sein sollte, fahre ich mit der Bahn nach Heidelberg, denn dorthin würde er ja gebracht werden, falls man ihn unterwegs aufgegriffen hätte.«

Währenddessen dachte Christoph darüber nach, wie er sich aus seiner misslichen Lage befreien könnte. Jetzt nicht die Nerven verlieren, sagte er sich und folgte geduldig und bemüht entspannt der Patrouille nach Oppenau. Er erlaubte sich sogar eine kurze Unterhaltung mit dem Offizier über seine Reiseroute, die unsicheren Zeiten, die Besatzungstruppen im Land und dass er das in Württemberg, wo ja alles ruhig sei, so nicht vorausgeahnt hätte.

»Heute Abend müssen Sie mit einer einfachen Herberge Vorlieb nehmen, dafür ist sie kostenlos«, meinte der Offizier nicht unfreundlich, als sie absaßen und er Christoph ins Polizeirevier führte.

Er machte dem Wachtmeister Meldung, der legte nach einem kurzen Blick in die Papiere Christophs Ausweis auf seinen Schreibtisch und beachtete ihn nicht weiter. Während die beiden sich noch über dies und jenes besprachen, folgte Christoph einer plötzlichen Eingebung und schob seinen Ausweis geistesgegenwärtig in die Tasche, als ob es die selbstverständlichste Sache der Welt wäre. Mehr als einen Anpfiff würde er nicht riskieren. Schlimmstenfalls könnte er sich damit herausreden, dass der Offizier ja längst Einblick genommen und sich Aufzeichnungen gemacht und der Wachtmeister ebenfalls seinen Ausweis inspiziert hätte.

Schließlich verabschiedete sich der Offizier mit einem »guten Tag allerseits« und der Wachtmeister begleitete ihn nach draußen. Christoph konnte es kaum fassen: So eine Chance bietet sich nicht noch einmal!, sagte er sich.

Er lief zur Tür, die der Wachtmeister in der Sommerhitze hatte offen stehen lassen, blickte vorsichtig hinaus und sah die Patrouille weit hinten auf der Hauptstraße in einer Staubwolke davonreiten.

Der Wachtmeister stand etwas abseits an einem Baum und verrichtete, indem er ihm den Rücken zuwandt, in aller Ruhe sein Geschäft.

Da schlich sich Christoph hinaus, band in Windeseile sein Pferd los und führte es leise hinters Haus. Als er kurz darauf das verwunderte Rufen des Wachtmeisters vernahm, der wohl gerade in seine Wachstube zurückgekommen war und sein Fehlen bemerkt hatte, saß er auf und preschte davon, hinaus aus dem Städtchen und so schnell wie möglich hinein in den Wald, egal in welcher Richtung.

Sein Herz raste. Wie lange würde es dauern, bis sie ihm auf den Fersen wären? Tiefer und tiefer drang er in die Wildnis des Waldes ein, stieg schließlich ab, als der Weg in einen schmalen Pfad überging und sich immer mehr hohe Wurzeln über den Boden zogen.

Vorsichtig führte er sein Pferd durchs Unterholz, traf schließlich in einer eng eingeschnittenen Talklinge auf einen schmalen Bachlauf und beschloss, hier im Schutze des Dickichts abzuwarten und sich erst bei Dunkelheit wieder auf den Weg zu wagen.

Er wusch sich das Gesicht in dem klaren kalten Wasser des Baches ab, trank ausgiebig davon und allmählich legte sich seine Erregung. Er hatte genau das Richtige getan. Wenn er brav im Revier auf die Rückkehr des Polizeiwachtmeisters gewartet hätte, wäre alles verloren gewesen. Er stellte sich dessen verdutztes Gesicht vor, als er seine Stube leer vorgefunden hatte, und konnte nun sogar über seinen spontanen Streich schmunzeln. Das war buchstäblich Rettung in letzter Sekunde gewesen!

Unter einer mächtige Tanne, deren Äste fast bis zum Boden reichten, legte er sich aufs weiche Moos. In der Kühle des Waldes ließ es sich gut aushalten, jedenfalls besser als in der stickigen Polizeistube oder einer Arrestzelle.

Er überlegte: Die Patrouille war vermutlich gerade auf dem Weg nach Offenburg. Dort würde sich der Offizier heute Abend nach einem gewissen Christoph Schmidt aus Heidelberg erkundigen und möglicherweise noch in der Nacht nach Oppenau zurückkommen.

Aber so wichtig werde ich ihnen nicht sein, verdrängte er diesen Gedanken gleich wieder. Vielleicht werden sie erst morgen früh Erkundigungen einziehen und in diesem Fall frühestens gegen Mittag wieder in Oppenau eintreffen – wenn überhaupt in Offenburg schon etwas gegen ihn vorlag! Da sollte er bereits über dem Rhein und im sicheren Straßburg sein.

Aber wenn der Polizist in Oppenau eben doch sofort nach seinem Verschwinden nach Offenburg Meldung gemacht hätte? Das würde dann auch einige Zeit dauern, sprach er sich Mut zu, und außerdem müsste der Wachtmeister sich dann in Offenburg unbequeme Fragen nach seinem leichtsinnigen Verhalten gefallen lassen.

Wenn er Glück hatte, würde er erst einmal gar nichts unternehmen, einfach abwarten und darauf hoffen, dass es sich bei ihm um einen harmlosen Reisenden gehandelt hätte, sonst müsste er ja erklären, wie es geschehen konnte, dass er einen gesuchten Verbrecher so kläglich hatte entkommen lassen.

Zufrieden kaute er an einem Grashalm. Bisher war alles ruhig geblieben, keine Stimme war zu hören, nichts als stiller Friede um ihn herum.

Doch seine bohrenden Gedanken ließen ihm keine Ruhe und gewannen allmählich wieder die Oberhand. Spätestens heute Abend hatte er in Straßburg eintreffen wollen, das schaffte er auf keinen Fall mehr. Seine Eltern und Annette würden sich Sorgen machen und ungeduldig auf ihn warten. Aber daran war jetzt nichts zu ändern. Er musste froh sein, dass er der badischen Polizei entkommen war. Um ein Haar hätten sie ihn nach Heidelberg gebracht und ins Gefängnis gesteckt!

Als es endlich dunkel war, nahm er sein Pferd am Halfter und führte es vorsichtig auf den Weg zurück. Von Ferne hörte er die Kirchenuhr in Oppenau zehnmal schlagen. Er fand den Weg zur Rench, die westlich des Ortes vorüberfloss, und ritt im Schritt in weitem Bogen an den letzten Häusern der Stadt vorbei, deren Konturen sich dunkel gegen den noch hellen Nachthimmel abhoben.

Erst als er Oppenau schon weit hinter sich gelassen hatte, ließ er das Pferd laufen, erreichte nach einer knappen Stunde die nächste Ortschaft und wusste, dass er sich nun Oberkirch näherte. Hier musste er wieder besonders achtgeben.

Da hörte er Stimmen und Pferdegetrappel. Waren sie also doch schon hinter ihm her? Wen sollten sie sonst verfolgen – mitten in der Nacht! Der Polizist hatte also doch diensteifrig einen Boten nach Oberkirch geschickt oder war selbst hinübergeritten, während er sich im Wald versteckt hatte!

Nein! – Sie kamen ihm entgegen, waren nur noch ein paar hundert Meter von ihm entfernt! Hatten sie ihn schon bemerkt? Sollte er kehrtmachen und es auf eine Verfolgungsjagd ankommen lassen? Seinem Braunen würde er schon zutrauen, dass er die Soldaten abhängen könnte. Doch sie kannten sich hier besser aus. Da würde er den Kürzeren ziehen! Sollte er sich wieder verstecken? Aber dabei würde ihm sein Pferd hinderlich sein.

Er schaute sich verzweifelt um, knappe 50 Meter abseits des Weges entdeckte er eine Feldscheune. Spontan lenkte er sein Pferd hinüber und redete ihm leise zu. Er blieb im Sattel, dicht an die Hinterwand der Scheune gepresst, um notfalls doch noch einen Fluchtversuch wagen zu können.

Atemlos hörte er die Reiter näher kommen. Sie ritten im Galopp an der Scheune vorbei, er hörte die Hufschläge leiser werden. Eine Frage quälte ihn: Warum nur waren sie ihm entgegengeritten? Sie müssten doch befürchten, dass er längst an Oberkirch vorbei auf dem Weg zum Rhein war! Hatten sie mehrere Streifen losgeschickt? Wenn das der Fall war, dann hieße das, dass er nur abseits der Wege und Straßen eine Chance hätte, ihnen zu entwischen!

Also ritt er über die Wiese zum Waldrand hoch und hielt sich im Schutz der Bäume – immer mit dem Blick hinunter ins Tal auf die Straße, die er eigentlich hätte nehmen wollen. Bald sah er Oberkirch in der hellen Nacht unter sich liegen.

Den Schwarzwald hatte er nun schon fast hinter sich gelassen. Die Landschaft vor ihm weitete sich, er kam an ersten Weinbergen vorbei und hielt sich immer noch ganz oben am Saum der Berge zwischen Waldrand und Rebhügeln, ritt ein Stück in nordöstliche Richtung, um dann hinunter in die Rheinebene einzuschwenken. Am Morgen hatte er noch einmal genau die Karte studiert und festgestellt, dass er, wenn er sich nordöstlich der Rench hielt, auf seinem Weg zum Rhein nur auf wenige kleine Dörfer stoßen würde.

Die helle Nacht wurde ihm jetzt zum Vorteil, er konnte sich in der Landschaft besser orientieren, aber das Mondlicht machte ihn auch für seine Verfolger sichtbar. Der Mond stand bereits tief im Westen über dem Rhein und würde vielleicht in einer halben oder spätestens in einer Stunde untergehen. So lange müsste er immer wieder aufs Neue Deckung suchen und sich im Schutz von Bäumen und Buschwerk halten.

Aber nun galt es erst einmal, durch die Weinberge hinunter in die Ebene zu kommen. Dafür musste er sich ein Stück auf die Landstraße wagen, die er nach einer guten Viertelstunde erreicht hatte. Nun suchte er einen Pfad, dem er weiter nach Nordwesten folgen konnte.

Da hörte er wieder Hufgetrappel, diesmal hinter sich. Hatten sie ihn bereits ausgemacht? War es dieselbe Streife, die ihn vorhin beinahe erwischt hätte? Fieberhaft sah er um sich, doch weit und breit kein Wäldchen, kein Gebüsch, keine Feldscheune! Noch einmal wagte er einen Blick zurück, schätzte den Abstand zu seinen Verfolgern ab. In spätestens fünf Minuten hätten sie zu ihm aufgeschlossen! Da drückte er seinem Pferd die Fersen in die Seiten, trommelte kurz mit den Fingern seiner linken Hand auf seinen Hals und jagte querfeldein.

Im hellen Mondlicht versuchte er, so gut es ging, möglichen Hindernissen auszuweichen, setzte über Wassergräben, hielt auf eine Baumgruppe zu, um gleich danach abrupt nach Norden abzubiegen. Vielleicht konnte er sie so abhängen? Noch einmal wagte er einen kurzen Blick. Sie waren immer noch hinter ihm her! Jetzt schwenkten einige Reiter aus. Nur noch einer verfolgte ihn direkt, ein zweiter wollte ihm wohl den Weg abschneiden, ein dritter schien seitwärts an ihm vorbeijagen oder Verstärkung holen zu wollen.

Schmerzlich wurde ihm bewusst, dass sie durch ihre Ortskenntnis einen entscheidenden Vorteil hatten. Er orientierte sich nur am untergehenden Mond, der irgendwo im Westen versinken würde. Vielleicht in einer Viertelstunde?

Da tauchten die schwarzen Silhouetten eines Dorfes vor ihm auf. Hier wollten sie ihn stellen! Noch einmal versuchte er den Lauf seines Pferdes zu beschleunigen. Doch der Abstand zu seinem unmittelbaren Verfolger wurde kleiner.

Schon hörte er seine Stimme. Er rief ihm irgendetwas zu, was er nicht verstand, aber er konnte sich denken, wozu er ihn aufforderte. Wie ein gehetztes Tier jagte er durch die Nacht. Würde der Soldat auf ihn schießen? Er drehte sich instinktiv um und sah tatsächlich dessen Flinte auf sich gerichtet. Aber sein Verfolger war inzwischen deutlich zurückgefallen. Sein Griff nach der Waffe hatte ihn wohl Zeit gekostet. Er würde ihn nicht mehr einholen und dass er ihn traf, falls er überhaupt noch schießen würde, war unwahrscheinlich.

Während er auf das Dorf zujagte, fiel ihm ihre Flucht in der Nacht bei Schriesheim ein, kurz bevor sie Sängers Landgut erreicht hatten. Hier hatte ihn derselbe Fehler seines Verfolgers gerettet! Plötzlich wich die Angst von ihm und machte einer fast übermütigen Heiterkeit Platz.

Jetzt hatte er die Straße zum Dorf erreicht und sein Brauner galoppierte, als ob er frisch und ausgeruht wäre! Er legte sich dicht über seinen Hals, fegte durch das menschenleere Dorf und erreichte beim schwachen Licht des fast schon untergegangenen Mondes die letzten Gärten. Noch eine kleine Weile ließ er sein Pferd galoppieren, dann zog sich schwarze Nacht über den östlichen Himmel, nur noch im Westen erhellte der Nachschimmer des versunkenen Mondes schwach die vor ihm liegende Rheinebene. Wieder war er seinen Verfolgern entkommen!

Immer weiter drang er in die Rheinauenlandschaft vor, stieß häufiger auf kleine Bäche, Wassergräben und Teiche und tastete sich von Dorf zu Dorf, wobei er wie zuvor im Schwarzwald um jede Ortschaft sicherheitshalber einen großen Bogen machte. Schließlich wurden die Wasserläufe breiter, immer häufiger musste er kleinen Seen und Altwasserarmen ausweichen, die ihm anzeigten, dass er sich dem Hauptstrom des Rheins näherte. Das Gelände wurde nun schwieriger und er sah nur wenige Meter weit. Einzelne Sterne zeigten sich am sonst bewölkten Nachthimmel, sodass ihm eine Orientierung an Sternbildern nicht möglich war.

Da traf er endlich auf einen breiten Weg und hoffte inständig, dass er zum Rhein führte. Die meisten Wolken hatten sich verzogen und er konnte wieder die Konturen von Baumgruppen erkennen. Gemächlich ließ er sein Pferd traben. Das Glücksgefühl, seine Jäger abgehängt zu haben, war inzwischen längst verebbt und hatte düsteren Gedanken Platz gemacht. Wie sollte er bloß hinüber nach Frankreich kommen? Was sollte er machen, wenn ihn dieser Weg nicht zum Rhein führte?

Aber es blieb keine Wahl, als ihm zu folgen! Wenigstens die Richtung stimmte. Er konnte nun am Sternbild des großen Wagens und am Polarstern die Himmelsrichtungen erschließen. Sein Weg schien in die richtige Richtung zu führen, nach Westen. Wenn er ihn wieder verließe, würde er irgendwann in diesem schwarzen, glucksenden Morast versinken. Aber selbst, wenn er bald den Rhein erreicht hätte – darauf zu hoffen, dass er am Ufer mitten in der Nacht ein Boot fände, mit dem er am frühen Morgen hinüber nach Frankreich rudern könnte, war so gut wie aussichtslos. Sollte er versuchen zu schwimmen? Und sein Pferd? Sollte er es einfach laufen lassen und hoffen, dass es irgendwo einen Stall bei einem neuen Besitzer fände? Entmutigt ließ er sein Pferd in den Schritt fallen.

Da hörte er plötzlich Stimmen und das Rattern eines Wagens. Waren sie ihm schon wieder auf den Fersen? So kurz vor dem Ziel? In aller Eile saß er ab und versuchte, sein Pferd im Unterholz des Auenwaldes zu verstecken. Der Wagen hielt an. Zwei Männerstimmen konnte er unterscheiden.

»Hast du das gehört?«

»Eine Streife kann es nicht sein, die hätten uns längst aufgehalten.«

»Sollen wir zurück?«

»Zu spät! Wenn sie uns auflauern, warten sie nur darauf, dass wir uns verdächtig machen!«

Ihm fiel ein Stein vom Herzen. Die Männer auf dem Wagen wollten wohl selbst zum Rhein und hatten Angst vor möglichen Verfolgern! Diese beiden würden ihm nicht gefährlich werden! Er nahm all seinen Mut zusammen und trat, sein Pferd am Zügel, auf die Straße vor das Fahrzeug.

Wie groß war seine Überraschung, als er auf dem Kutschbock neben einem jungen Mann eine ältere Frau erkannte! Hatte er nicht zwei Männerstimmen gehört?

Nun setzte er alles auf eine Karte. Wenn er die Situation richtig einschätzte, hatte er hier ebenfalls zwei Flüchtlinge vor sich. Es war wohl das Beste, sich auch als Verfolgter zu erkennen zu geben. Also fackelte er nicht lange und stellte sich als Journalist aus dem württembergischen Heilbronn vor, der wegen seiner politischen Reden und Zeitungsartikel gesucht würde und jetzt so schnell wie möglich über den Rhein nach Frankreich zu entkommen suchte, sich aber hier zwischen all den Wasserläufen verfranst hätte.

Der Jüngere grinste die Frau neben sich an, die jetzt mit einem dröhnenden Bass loslachte.

»Da glaubten wir schon, eine Streife würde uns stellen, jetzt treffen wir einen armen, verirrten Demokraten aus Württemberg. Nimm dein Pferd, Bruder, und reite hinter uns her!«

Das war ein als Frau verkleideter Mann! Christoph folgte der Kutsche, die nach zwei, drei Abbiegungen in wenigen Minuten den Hauptstrom des Rheins erreichte.

Der Mann in Frauenkleidern stieg ab und stellte sich vor.

»Johann Georg Hummel aus Diersheim, eigentlich bin ich Müllermeister, aber ich war auch Ratsschreiber und Bürgermeister in meinem Dorf und zuletzt Abgeordneter für das Hanauerland in der Verfassunggebenden Landesversammlung in Karlsruhe. Jetzt bin ich ein Flüchtling wie Sie, Asylant in Straßburg, und ab und zu fahre ich nachts über den Rhein zu meiner Familie und meiner Mühle, um nach dem Rechten zu sehen. Mein Sohn bringt mich gerade wieder zurück.«

Dann drehte er sich um und half, während er sich verabschiedete, dem Jüngeren die Kutsche auf dem schmalen Weg zu wenden. Ohne zu zögern packte Christoph mit an.

»Was machen wir nur mit Ihrem Pferd«, murmelte Hummel und kratzte sich am Hinterkopf, »das bekommen wir nicht in mein kleines Boot hinein.«

Er zögerte einen Augenblick, dann hellte sich seine Miene auf.

»Etwas weiter unten weiß ich eine Furt, da könnten wir es versuchen.«

Er zeigte auf einen flachen Rheinkahn. »Für uns beide reicht's, aber das Pferd müssen wir im Schlepptau über den Rhein bringen. Reiten Sie ein Stück flussabwärts, ich fahre am Ufer entlang, bis wir die Furt erreicht haben.«

Er band das Boot los, Christoph hielt es kurz fest, während Hummel mit einem großen Schritt einstieg und es gleichzeitig kraftvoll vom Ufer abstieß.

Christoph führte sein Pferd auf dem schmalen Uferstreifen und ließ das Boot nicht aus den Augen. Was, wenn der Diersheimer Müller sich nicht mehr um ihn kümmerte und allein hinüberfuhr? Doch nach etwa einer Viertelstunde steuerte Hummel das Ufer wieder an.

»Wie vertraut sind Sie mit Ihrem Pferd?«

»Es hat mich sicher von Heilbronn nach Straßburg und Heidelberg getragen, über den Schwarzwald und durch den Pfälzerwald.«

»Scheut es vor dem Wasser?«

»Davon habe ich nie etwas bemerkt. In einem größeren Boot hat es den Rhein bei Worms schon einmal überquert.«

»Na, Sie waren ja weit im Land unterwegs. Alles im Auftrag Ihrer Zeitung?«

Bevor Christoph zu einer Antwort ansetzen konnte, rief Hummel ihm zu: »Halten wir keine Volksreden! Jetzt versuchen wir's einfach. Nehmen Sie das Pferd am Zügel und führen Sie es vorsichtig zum Kahn. Dann steigen Sie ein und behalten es fest am Riemen. Die meiste Zeit wird es den Boden am Grund spüren können, aber ein Stück weit muss es schwimmen.«

Christoph redete seinem Braunen gut zu, der ihm nur widerstrebend in den schwarz glänzenden Strom folgen wollte. Dann nahm er den Platz im Heck des Bootes ein und hielt das Halfter fest in der Hand. Kurz vor der Mitte des Flusses verlor es offensichtlich den Halt am Grund und begann nun kräftig mit den Beinen zu rudern. Den Kopf streckte es hoch aus dem Wasser, blähte seine Nüstern und riss die angstvollen Augen weit auf.

»Gut so, gleich haben wir es geschafft!«, rief Hummel und ruderte kräftiger, bis das Pferd wieder Grund unter den Füßen verspürte und zusehends aus dem Wasser auftauchte.

»Wir sind drüben – und in Sicherheit! Gönnen Sie ihrem Pferd eine Pause, flussaufwärts erreichen Sie bald Wantzenau, dann die Straße immer geradeaus weiter und Sie sind in einer Stunde in Straßburg!«

Hummel zog den Kahn ans Ufer und vertäute ihn unter einer alten Weide.

»Ich mach mich gleich auf den Weg. Ruhen Sie sich ein bisschen aus, warten Sie, bis es hell wird, und viel Glück auf Ihrem weiteren Ritt in die Freiheit!«

Am liebsten wäre er gleich mit Hummel losgezogen, aber der Diersheimer Müller hatte recht. Nach dieser Strapaze durfte er das seinem Pferd nicht zumuten. So setzte er sich unter die knorrige Weide, schlug seinen Kragen hoch und zog die Jacke enger um seine Schultern. Dichter Nebel begann sich über dem Rhein auszubreiten. Da drüben irgendwo lag Deutschland, das er nun hinter sich gelassen hatte, um sich auf den Weg nach Amerika zu machen.

Das befreiende Glücksgefühl, das er mitten auf dem Rhein verspürt hatte, als ihm bewusst geworden war, dass seine Flucht gelungen war, war längst verflogen. Es ist ja zunächst einmal eine Reise, keine endgültige Auswanderung, sagte er sich, um die aufkeimende Wehmut zu unterdrücken. Außerdem wird mich Annette begleiten und George.

Er versuchte sich weiter Mut zuzureden: Ich werde den Spuren meiner Eltern folgen, die vor über dreißig Jahren über den Atlantik gefahren sind, in eine völlig ungewisse Zukunft! Wie viel besser werden wir es haben. Mich und Annette werden drüben Freunde und Verwandte empfangen!

Doch sein flaues Gefühl im Magen konnte er auch mit diesen Betrachtungen nicht überwinden. Wie Verbrecher mussten er und die vielen Tausend Demokraten aus Baden und Württemberg, aus der Pfalz und anderen deutschen Staaten aus ihrer Heimat fliehen und darauf hoffen, dass man ihnen Asyl in fremden Ländern gewährte. Dabei hatten sie sich ehrlichen Herzens für die Nationalversammlung, die Reichsverfassung und für die Grundrechte des deutschen Volkes eingesetzt, in der Hoffnung, die engen Grenzen und die despotischen Verhältnisse der vielen deutschen Fürstentümer zu überwinden und ihr Vaterland endlich vereint zu sehen.

Er stand auf, ihn fröstelte. Drüben im Osten, in der Rheinebene, dem Schwarzwald zu, begann sich mattes Grau auszubreiten. Der Nebel verzog sich langsam. Es dämmerte.

Als die rötliche Sonne über der graublauen Mauer des Schwarzwalds aufstieg, legte er seinem Pferd den Sattel auf. Mit dem beginnenden Tag wichen seine trüben Gedanken. Er war in Freiheit und hatte den schwierigsten Teil seiner Reise hinter sich gebracht! Wenig später machte er sich in gemächlichem Schritttempo auf den Weg, den ihm Hummel beschrieben hatte.

War er vielleicht spät in der Nacht schon angekommen? Annette lief unruhig durch die morgendlichen Gassen zum Hause Lamey hinüber. Erst langsam begannen sich die Straßen und Plätze der Stadt mit Leben zu füllen. Immer wieder geriet ihr der Münsterturm ins Blickfeld, der wie ein Zeigefinger Gottes mahnend zum Himmel wies.

Was sollte sie tun, wenn Christoph gar nicht nach Straßburg kam, wenn er unterwegs verhaftet worden war und jetzt in irgendeinem Gefängnis saß? Dann werde ich in Karlsruhe bleiben und auf ihn warten! Zu Lußhardt nach Heidelberg konnte und wollte sie nicht zurück. Aber wenn ihre Mutter angesichts der veränderten Lage ihre Pläne aufgab, sich von ihrem Mann zu trennen? Nein, sagte sie sich, auch dann nicht!

Sollte sie etwa mit George allein nach Amerika reisen, darauf warten, dass ihr Christoph nachkäme, sobald er seine Strafe abgesessen hätte? Sie verwarf auch diesen Gedanken schnell wieder. Sie konnte doch Christoph nicht im Stich lassen, gerade wenn er im Gefängnis sitzen sollte!

Sie hatte schon fast das Haus des Dichters erreicht, da hallte Hufgeklapper über die mit Kopfsteinen gepflasterte Gasse. Aus einer Seitengasse näherte sich ein Reiter. Kurz vor ihr bog er zu Lamey hin ab.

Eine ihr bisher unbekannte Unruhe ergriff ihren ganzen Körper. Sie sah den Reiter nur von hinten aus etwa hundert Metern Entfernung. Aber sie war sich mit einem Mal sicher.

»Christoph!«, schrie sie und rannte los, ohne dass sie sein Gesicht gesehen hätte, es gab für sie keinen Zweifel mehr.

Der Reiter wandte sich zu ihr um, hielt jäh sein Pferd an und saß mitten auf der Gasse in einem Schwung ab.

»Annette!«

Sie flog in seine Arme, weinte und lachte. Er strich ihr sanft übers Haar.

»Hast du dir große Sorgen gemacht? Ich wollte schon viel früher hier sein.«

»Du bist da!«, lachte sie und drückte ihn fest an sich.

Christoph band sein Pferd an einen Ring vor Lameys Haus.

»Lassen wir die Freunde noch ein bisschen schlafen, dieser Morgen gehört uns ganz allein.«

Er legte seinen Arm um sie und beide bummelten überglücklich zu den Schiffleutstaden an die Ill, setzten sich in eines der leeren Boote und erzählten sich die Geschehnisse der letzten Tage. Zwei Stunden später standen sie wieder vor dem Haus des Dichters. Sein Pferd war verschwunden. Doch bevor er sich darüber erregen konnte, kam ihnen Ludwig von den Hintergebäuden entgegen.

»Hab ich mir's doch gedacht!«, begrüßte er Christoph. »Dein Pferd hat dich verraten. Ich habe es in den Stall gebracht und ihm einen Sack mit Hafer umgehängt. Du bist mir der Richtige! Die Freunde zappeln lassen und erst mal mit der Braut spazieren gehen! Wo bist du denn so lange geblieben?«

»Das erzähle ich dir, wenn wir alle endlich vereint zusammensitzen. Ich muss jetzt zuerst zu meinen Eltern in den *Rheinischen Hof*. Kann ich mein Pferd einstweilen hier bei euch stehen lassen?«

»Freilich, warte! Ich komme gleich mit«, rief Ludwig. »Ich sag nur schnell Philipp Bescheid.«

Freudestrahlend begrüßten ihn seine Eltern, George und Mathilde Lußhardt schlossen sich an, und als sie am Abend bei Lamey zusammensaßen, setzte Christophs Vater eine ernste Miene auf.

»Wir haben heute Mittag über eure Zukunft gesprochen, Barbara, Mathilde und ich, und wir meinen, bevor ihr euch auf eine so weite Reise begebt, die ein wichtiger Wendepunkt auf eurem Lebenswege sein wird, solltet ihr auch offiziell den Bund fürs Leben schließen.«

»Heiraten?«, fragten Annette und Christoph gleichzeitig und Christoph fügte übermütig an: »Nichts lieber als das, den Gefallen tun wir euch gerne!«

Er sah zu Annette, die ihm fröhlich beipflichtete. »Aber wie soll das gehen, hier im Ausland?«

Der alte Herr lächelte sie belustigt an.

»Gerade hier wird es viel schneller und leichter zu verwirklichen sein als zu Hause bei euch im schönen Heidelberg – oder drüben in den Staaten. Ich habe einen guten Freund, einen Pfarrer, drüben in Schiltigheim, der hat auch schon andere Flüchtlingspärchen getraut, die bei mir gewohnt haben, und ihr habt ja sogar eure Eltern und Freunde gleich dabei. Wenn ihr wollt, fahre ich morgen mit euch rüber zu ihm, dann können wir Weiteres besprechen.«

Wenige Tage später fand die Hochzeit statt. Dann folgten Reisevorbereitungen und schon nach einer Woche machten sie sich mit George Ackermann gemeinsam auf den Weg über Paris nach Le Havre.

Le Havre

Mitte Auguswt 1849

Am strapaziösesten war die Fahrt mit der Diligence, einer Reisekutsche, die sie über die Landstraßen durch das Elsass und durch Lothringen bis nach Nancy brachte, denn die Bahnstrecke von Paris nach Straßburg war noch nicht durchgängig zu befahren. Sie kamen nur langsam voran und mussten mehrmals in Dorfgasthäusern übernachten.

In Nancy bekamen sie endlich Anschluss an die Eisenbahn. Vor dem Bahnhof drängten sich Auswanderer aus Baden, der Pfalz und Württemberg in Scharen. Sie lagerten auf dem Vorplatz und in den Anlagen, denn wegen des Ansturms der Menschen, die zu den Auswandererschiffen nach Le Havre wollten, wurden Sonderzüge in der Nacht eingesetzt, damit die fahrplanmäßigen Züge tagsüber nicht überlastet würden.

Annette, Christoph und George reisten im Unterschied zu den Flüchtlingen relativ komfortabel und mit wenig Gepäck. George, der die Reiseführung übernommen hatte, entschied schon in Straßburg, erst einmal nur bis Paris zu fahren, wo sie sich ein paar Tage von den Strapazen der Reise erholen und sich für die Überfahrt ausrüsten konnten.

Von dort brachte sie die Eisenbahn direkt zu den Schiffen in Le Havre. Die Stadt war voll von Auswanderern, die sich hier zum Teil noch mit Proviant für die Überfahrt versehen mussten. Windige Agenten versprachen günstige Schiffskarten für diejenigen, die nicht schon zu Hause gebucht hatten.

Manchen Auswanderern hatte man vorgegaukelt, sie könnten Geld sparen, wenn sie ihre Lebensmittel selbst in Le Havre besorgten. Aber die Händler nutzten die immense Nachfrage derart aus, dass die Preise ins Unermessliche stiegen.

Als sie den Bahnhof verließen, fiel ihnen ein Flugblatt in die Hände, auf dem in deutscher Sprache verzeichnet war, was Auswanderer – wenn sie die Reise ohne Verpflegung gebucht hatten – laut Gesetzesbeschluss auf ihr Schiff mitbringen mussten:

50 Pfund Schiffszwieback, 160 Pfund Kartoffeln, 20 Pfund gesalzenes oder geräuchertes Fleisch, 10 Pfund Stockfisch, 30 Pfund Reis, 10 Pfund Mehl, 30 Pfund Erbsen, Bohnen oder Linsen, 2 Pfund Salz, 2 Pfund Butter, ein Maß Weinessig. 50 Pfund Zwieback und 75 Pfund Kartoffeln werden jedem hinzugegeben. Kartoffeln dürfen nicht mit von der Heimat genommen werden, Wein und Branntwein muss wegen Aufenthalts bei den Zollbehörden 10 Tage vorausgesendet werden.

Brot, Kochgeschirr, 4–5 Säcke, eine geflochtene Essigflasche und Bett hat jeder selbst mitzubringen.

»Wie soll das denn funktionieren?«, ereiferte sich Annette. »Das sind ja Berge von Lebensmitteln!«

»Ganz einfach«, antwortete George, »wenn alles bezahlt ist, liefern die Händler direkt aufs Schiff! Aber wir müssen uns – Gott sei Dank! –darum nicht kümmern.«

Gleich nach ihrer Ankunft bei den Schiffsanlegestellen sahen sie sich nach den neuen Dampfern und Dampfseglern um. Sie waren um einiges teurer als die bauchigen Segelschiffe, die aber immer noch die Hauptmasse der Auswanderer in ihren dunklen Zwischendecks verstauten.

Während George in einem Reisebüro verschwand, bummelten sie zu den Landeplätzen hinüber. Annette war bestürzt, wie viele Menschen mit sorgenvollen Mienen vor den Schiffen auf einen Platz für die Überfahrt warteten. Dazwischen die Ausrufer, die in französischer und deutscher Sprache ihre Angebote anpriesen: Schlafplätze für die Wartezeit, günstige Einkaufsmöglichkeiten oder Restplätze auf Segelschiffen.

Christoph verfolgte beklommen, wie die Zwischendeckpassagiere an Bord eines Schiffes zogen, Familien mit Kindern und sogar Säuglingen, mit abgehärmten Gesichtern, aus denen man die Entbehrungen der langen Anreise ablesen konnte. So hatte seine Mutter ihre Fahrt über den Atlantik angetreten und noch nicht einmal das Fahrgeld dafür bezahlen können, das sie drüben in jahrelanger Arbeit abverdienen sollte!

Da kam George mit fröhlichem Gesicht aus einem Büro der Cunard-Line, die ihren Hauptsitz zwar in Liverpool hatte, aber seit neuestem regelmäßig von Le Havre nach New York fuhr. Er hatte drei Plätze auf dem modernen Raddampfer *America* bekommen. Mitte August sollte er ablegen.

Christoph lächelte ihm dankbar zu, aber das Schicksal dieser armen Menschen, die sich so ein Schiff nicht leisten konnten, ließ bei ihm keine wirkliche Freude aufkommen. Wie gut hatten sie es dagegen als bevorzugte Reisegäste auf einem modernen Schiff, das freilich auch mehr als das Doppelte gegenüber der einfachen Überfahrt auf einem Segelschiff kostete. Dafür dauerte die Passage auch weniger als halb so lang und mit Verzögerungen wegen des Wetters und der Winde musste man nicht mehr rechnen. Sein Vater hatte sich spendabel gezeigt und allen dreien die Reisekosten erster Klasse nach Paris überwiesen – als Hochzeitsgeschenk.

»Schon in einer Woche geht's los!«, rief George und wedelte mit den Karten.

»Und was machen wir so lange hier in Le Havre?«, fragte Annette mit bangem Blick.

»Ach was, Le Havre! Wir fahren mit der Eisenbahn zurück nach Paris!«, rief George. »Warten müssen wir sowieso, dann lieber in Paris, der idealen Stadt für Frischvermählte!« Er zwinkerte Christoph und Annette zu: »Dann könnt ihr in der Stadt der Liebe noch ein bisschen eure Flitterwochen genießen!«

Pünktlich trafen sie wieder in Le Havre ein, konnten sich gleich an Bord ihres Dampfers einschiffen, und schon am nächsten Morgen begann ihr Schiff auszulaufen.

Stunden später standen sie an der Reling im Wind und schauten zum Festland hinüber, das mehr und mehr hinter dem weiten Horizont versank.

Christoph dachte an den Abend zurück, als sie bei Lamey mit Gustav Mayer zusammengetroffen waren, der inzwischen ebenfalls in Straßburg angekommen war. Er hatte von Ludwig Pfau erzählt, der mit den letzten Getreuen der Schwäbischen Legion im badischen Heer von Gustav Sigel Mitte Juli die Schweiz erreicht hatte, nachdem sie von den Preußen durchs Land gejagt worden waren. Über viertausend Freiheitskämpfer waren an einem Tag geschlossen in die Schweiz übergetreten und hatten dort um politisches Asyl gebeten.

Vor ihnen hatten schon Scharen von Flüchtlingen ihre Heimat verlassen, um in Frankreich Aufnahme zu finden oder gleich in die Vereinigten Staaten weiterzuziehen. Es würden ihnen noch Tausende folgen.

Annette zog einen Brief aus der Tasche, spannte ihn wegen des Windes an Deck zwischen beide Hände und las ihn zum dritten Mal. Barbara hatte ihr nach Paris geschrieben und neben vielen guten Ratschlägen am Ende ihres Briefes auch von einer großen Sammelaktion Heilbronner Frauen für die »Verbannten in der Schweiz« berichtet, wie man die Flüchtlinge in Heilbronn nannte:

Eigentlich sollte auch eine große Lotterie für die Verbannten eingerichtet werden, aber das hat die Kreisregierung verboten. Darauf haben wir ein großes Fest in der Stadt veranstaltet und ein weiteres Mal gesammelt. Die Spenden sollen vor allem den vielen Heilbronner Soldaten der Turnerwehr zugutekommen, die ohne alle Mittel in der Schweiz angekommen sind.

Wir wünschen euch allen eine gute Reise und hoffen auf ein baldiges gesundes Wiedersehen!

Nachdenklich faltete sie den Brief zusammen. Wann würde endlich die Zeit kommen, wo jeder – ganz gleich, ob arm oder reich, ob adelig oder aus dem einfachen Volk, ob Mann oder Frau – frei und sicher in seinem jeweiligen Heimatland leben konnte?

Da nahm Christoph seine Frau in den Arm, strich ihr die Sorgenfalten von der Stirn und zeigte zum Horizont.

»Hier versinkt gerade das alte Europa, erkennst du noch den dünnen Streifen? Jetzt wollen wir endlich nur noch nach vorne blicken!«

Nachwort

Hauptsächlich handelnde Personen im Roman:

Fiktive Personen:
Georg Schmidt*, Heilbronner Tabakfabrikant, und seine Frau **Barbara*** sowie deren Söhne **Christoph Schmidt** und **Jakob Schmidt**

Clara Albrecht aus Heilbronn, Jugendfreundin von Christoph

Friedrich Lußhardt, Kolonialwarenhändler in Heidelberg, seine Frau Mathilde sowie deren Tochter Annette, Freundin von Christoph

Fanny Winter, Freundin von Annette Lußhardt

Heinrich Sänger, Kaufmann aus Mannheim und Landgutsbesitzer in Dossenheim, seine Frau Luise und deren Söhne Karl, Ludwig und Philipp

Franz von Wollenberg*, Privatier in Mannheim

George Ackermann aus Philadelphia, Sohn von Jacob Ackermann* aus Marbach

*Bekannt aus dem Roman: *Die Seelenverkäufer im Neckartal*

Historische Personen:

Friedrich Mayer aus Heilbronn, Apotheker der *Rosenapotheke* in Heilbronn, war führender Demokrat in seiner Heimatstadt. Als Kommandeur des Ostkorps der Heilbronner Bürgerwehr leitete er dessen Ausmarsch aus der Stadt, um der Entwaffnung durch württembergisches Militär zu entgehen, und plante mit Gustav Sigel und Ludwig Pfau einen Aufstand der Bürgerwehren im nördlichen Württemberg. Nach dem Scheitern dieser Pläne floh er nach Baden und diente der provisorischen Regierung als Kriegsberichterstatter, bis er in Eppingen nach dem Einmarsch der preußischen Truppen verhaftet wurde. Nach wochenlanger Haft auf dem Hohenasperg kam er auf Kaution frei, floh in die USA, kehrte jedoch nach einiger Zeit zurück und stellte sich seinem Hochverratsprozess, in dem er schließlich in zweiter Instanz freigesprochen wurde. Danach lebte er wieder als Apotheker der *Rosenapotheke* in Heilbronn.

Gustav Mayer aus Heilbronn, Bruder von Friedrich Mayer, Apotheker in Sinsheim und dort führender Demokrat, floh nach seinem erfolglosen Versuch, im Frühjahr 1848 in Heidelberg die Republik auszurufen, nach Straßburg. Im Mai 1849 kehrte er zurück, wurde von der badischen provisorischen Regierung als Zivilkommissär im Amtsbezirk Sinsheim eingesetzt und stellte anschließend ein Freiwilligenregiment zusammen. Als Kommandeur einer deutsch-polnischen Legion kämpfte er gegen die preußischen Invasionstruppen. Nach der Niederlage der badischen Truppen floh er über Straßburg in die USA und eröffnete in St. Louis wieder eine Apotheke.

Robert Mayer aus Heilbronn, Stadtarzt und Physiker, gründete mit seinem Bruder Friedrich Mayer und anderen Heilbronnern am 30. März 1848 einen *Vaterländischen Verein*, dessen Ausschuss er aber nur bis zum 11. April angehörte. Er vertrat im Gegensatz zu seinen beiden Brüdern eine gemäßigte Reformpolitik. Nach der Flucht seines Bruders Friedrich im Juni 1849 nach Baden begleitete er seine Schwägerin nach Sinsheim, um ihn zu suchen, und wurde dort als vermeintlicher Spion festgenommen, vor ein Kriegsgericht gestellt und schließlich nach Heidelberg gebracht, von Franz Sigel, dem Kriegsminister der provisorischen Regierung, jedoch mit neuen Papieren versehen und zusammen mit seiner Schwägerin nach Württemberg zurückgeschickt.

Theobald Kerner aus Weinsberg, Arzt, Dichter, Demokrat, war Kommandeur einer Bürgerwehrkompagnie in seiner Heimatstadt Weinsberg und Redner auf Volksversammlungen im Raum Heilbronn / Schwäbisch Hall. Durch einen Freund erfuhr er im Spätsommer 1848 von seiner drohenden Verhaftung, floh nach Straßburg, kehrte jedoch im Frühjahr 1849 zurück, um sich seinem Prozess zu stellen. Wegen Aufrufs zum Hochverrat wurde er auf dem Hohenasperg inhaftiert.

Justinus Kerner, Vater von Theobald Kerner, Dichter und Arzt in Weinsberg, zu Beginn der Revolution ebenfalls mit Reden und Zeitungsartikeln für die Ziele der Märzrevolution engagiert, rief 1848 ein Hilfsprojekt für die verarmten Bauern im Mainhardter Wald ins Leben. Er verfocht einen gemäßigten Reformkurs und war entschiedener Gegner einer Republik. Seinen Sohn Theobald bekniete er, aus seinem Exil in Straßburg zurückzukehren.

Ludwig Pfau aus Heilbronn, Dichter und Publizist, war 1849 an der Führung der württembergischen Volksvereine beteiligt und plante gemeinsam mit dem badischen General Franz Sigel eine Erhebung der Bürgerwehren im nördlichen Württemberg. Später kämpfte er mit der »Schwäbischen Legion« aufseiten der badischen Revolutionsarmee und floh nach deren Niederlage gegen die preußischen Invasoren mit den Resten des badischen Heeres in die Schweiz, gejagt von den preußischen Truppen und ihren Verbündeten. In Frankreich erhielt Pfau politisches Asyl. Nach der Amnestie für die Achtundvierziger in Württemberg kehrte er 1863 zurück und wurde Mitbegründer der Volkspartei, aus der schließlich die DVP und die FDP hervorging. 1891 wurde er Ehrenbürger seiner Heimatstadt Heilbronn.

August Lamey aus Straßburg, Dichter und Jurist, Anhänger der Französischen Revolution, nahm Flüchtlinge aus Baden und Württemberg wie Theobald Kerner in seinem Haus in Straßburg auf.

Friedrich Hecker aus Mannheim, Rechtsanwalt, führender badischer Revolutionär, floh nach dem gescheiterten Heckerzug im Frühjahr 1848 über Straßburg in die USA. Von dort berief ihn die provisorische Regierung Badens im Mai 1849 zurück. Nach der endgültigen Niederwerfung der Revolution reiste Hecker wieder auf seine Farm bei St. Louis. Während des amerikanischen Bürgerkriegs kommandierte er auf der Seite der Nordstaaten ein eigenes Regiment von deutschen Auswanderern.

Franz Sigel aus Sinsheim, Offizier, 1849 Kriegsminister der provisorischen Regierung Badens, führte die Reste des badischen Heeres in die Schweiz. Nach einer Zeit des Exils in London wanderte er 1852 nach Amerika aus. Im amerikanischen Bürgerkrieg kämpfte er zuletzt als General in der Armee der Nordstaaten.

Johann Georg Hummel aus Diersheim, Abgeordneter des Hanauerlandes in der Badischen Landesversammlung, Müller und Bürgermeister in Diersheim, floh nach der Niederwerfung der Revolution nach Straßburg, dann in die USA, kehrte jedoch wieder nach Baden zurück und stellte sich seinem Hochverratsprozess. Er wurde zu einer langjährigen Zuchthausstrafe verurteilt und starb kurz nach seiner Entlassung.

Historischer Hintergrund – Der Exodus der Demokraten nach der Revolution 1848/49

Die Massenauswanderung aus Baden und Württemberg im Jahrzehnt nach der blutigen Niederwerfung der Revolution betraf im Wesentlichen drei Gruppen:

Die verfolgten Demokraten, die sich durch ihre Flucht langjährigen Zuchthausstrafen entziehen wollten,

verarmte Landbevölkerung, die durch Missernten an den Rand ihrer Existenz gedrängt waren und den finanziellen Druck nicht mehr aushielten, als nach der Revolution die Steuern und Abgaben erhöht wurden,

sowie viele Bürger, die von der politischen Entwicklung in Deutschland bitter enttäuscht ein Leben im freien Amerika den repressiven Verhältnissen in ihrer Heimat vorzogen, wo die Regierungen in den Jahren der Reaktion beispielsweise die Grundrechte abschafften und die Pressezensur wieder einführten.

Zunehmend sah der Staat in der Auswanderung auch eine einfache Lösung der sozialen Frage. Um 1850 begannen Gemeinden damit, ihre Ortsarmen in Sammeltransporten zur Auswanderung abzuschieben, wie z. B. Wimpfen oder die heute zu Leingarten gehörende Ortschaft Schluchtern, die dafür sogar einen Gemeindewald verkaufte. Ein Blick in die Passagierlisten der Auswandererschiffe zeigt, dass rund 40 Prozent der Auswanderer weiblichen Geschlechts und rund ein Drittel Kinder waren.

Drei Viertel der Auswanderer aus Südwestdeutschland fuhren in dieser Zeit über Le Havre, das zum größten Teil mit der Bahn erreichbar war. 1852 nahmen 46 000 deutsche Auswanderer ihren Weg über Le Havre, 1853 waren es 54 000.

Da in den 1840er-Jahren das Auswandererelend in Le Havre überhandgenommen hatte und die verzweifelten Menschen bettelnd durch die Straßen zogen, verlangten die

Behörden bei der Einreise nach Frankreich ab 1850 ein gültiges Ticket für die Überfahrt nach Amerika. Staatlich konzessionierte Auswandereragenturen wie die des ehemaligen Notars Johann Christoph Stählen in Heilbronn organisierten die Auswanderung und lenkten die Ströme zu den Auswandererhäfen.

Um 1850 dauerte die Überfahrt mit den Segelschiffen, die immer noch den Großteil der Auswanderer transportierten, sieben bis zehn Wochen, und die Todesraten auf See waren weiterhin relativ hoch. Von Le Havre fuhren aber seit Ende der 1840er-Jahre auch schon mehrere Dampfschiffe und Dampfsegler regelmäßig in die USA, was die Fahrtzeit auf etwa zwei Wochen verkürzte, wesentlich komfortabler, aber auch deutlich teurer war. Erst um 1870 setzten sich Dampfschiffe auch für den Transport ärmerer Auswanderer durch. Wegen der besseren Eisenbahnverbindungen bevorzugten die Auswanderer seit dieser Zeit deutsche Häfen wie Bremen und Hamburg.

Die Geschichte der Revolution 1848/49 ist – jeweils für sich genommen – sowohl in der badischen als auch in der württembergischen Landesgeschichte spätestens seit dem Jubiläumsjahr 1998 gut aufgearbeitet. Weniger untersucht sind jedoch die vielfältigen Wechselbeziehungen zwischen den Geschehnissen in den beiden Landesteilen Baden und Württemberg. Doch gerade sie zeigen, dass die revolutionären Vorgänge, die zwar im zweiten Quartal des Jahres 1849 zweifellos in Baden kulminierten, keine rein badische Angelegenheit war, sondern den ganzen deutschen Südwesten, einschließlich der damals bayerischen Pfalz umfasste. Besonders deutlich lässt sich das in der Geschichte der ehemaligen Reichsstadt Heilbronn feststellen.

Während des Kampfes um die von der Nationalversammlung verabschiedete Reichsverfassung forderte die Heilbronner Bürgerwehr die *rebellischen Fürsten und verräterischen*

Regierungen ultimativ auf, die Beschlüsse der Nationalversammlung umzusetzen. Außerdem kündigte sie an – wie viele weitere Bürgerwehren im Land–, sich der Nationalversammlung, die nun in Stuttgart tagte, voll und ganz zur Verfügung zu stellen.

König Wilhelm betrachtete dies als staatsfeindliche Aktion und ließ Heilbronn von württembergischen Truppen besetzen. Die Bürgerwehr sollte durch das Militär zwangsweise entwaffnet werden. Diese entzog sich jedoch durch einen bewaffneten Ausmarsch der Anordnung. Ein Teil von ihr schloss sich den badischen Truppen an, wie zuvor schon die Heilbronner Turnerwehr.

Doch die württembergischen, pfälzischen und badischen Demokraten waren dem wachsenden militärischen Druck der Monarchien, welche die Vorgänge in Baden zum Anlass nahmen, der Freiheitsbewegung in ganz Deutschland ein Ende zu setzen, nicht gewachsen. Prinz Wilhelm, der Bruder König Friedrich Wilhelms IV. von Preußen, sein späterer Nachfolger und erster Kaiser des neuen Deutschen Reiches von 1871, tat sich bei der Niederwerfung der Revolution besonders hervor. Deshalb wurde ihm in Baden der Beiname »Kartätschenprinz« verpasst. Mit Kartätschen, d. h. Kanonen, wurde Baden Zug um Zug erobert.

Das Kräfteverhältnis der Armeen, die sich zunächst an der Neckarfront gegenüberstanden, zeigt eine dreifache Überlegenheit der Invasoren.[1] So konnte sich die Neckarfront nicht lange halten und die badischen Truppen den Vormarsch der Preußen und ihrer Verbündeten auch an der Murg, der zweiten Frontlinie, nicht aufhalten. Am 11. Juli 1849 führte der Oberbefehlshaber der badischen Armee Franz Sigel seine verbliebenen 4 000 Soldaten in die Schweiz, zur dortigen Internierung, wohin auch die Heilbronner Turner geflohen waren.[2]

---

1 Wolfgang Hug, Geschichte Badens, Stuttgart 1992, S. 256
2 Wilhelm Steinhilder, Die Heilbronner Bürgerwehren 1848 und 1849 und ihre Beteiligung an der badischen Mai-Revolution des Jahres 1849, Veröffentlichungen des Archivs der Stadt Heilbronn, Heft 5, 1959, S. 151

Die Folgen der niedergeschlagenen Revolution 1848/49 zwangen Tausende Badener und Württemberger zur Auswanderung. In den Jahren 1849 bis 1852 verließen über 60 000 Württemberger[3], zwischen 1848 und 1855 über 65 000 Badener[4] ihre Heimat. Vermutlich liegen die Zahlen noch um einiges höher, denn etwa die Hälfte der Auswanderer zog illegal aus Baden oder Württemberg über den Rhein und wurde von den Statistiken nicht erfasst.[5]

Die Rolle Großherzog Leopolds von Baden ist umstritten. Konservative Historiker stellen ihn eher als Opfer der Revolutionsereignisse dar. Doch schon zeitgenössische Quellen attestieren ihm ein schlaues politisches Kalkül. Durch seine Flucht entzog er sich dem politischen Druck der Männer um Lorenz Brentano und ließ diese als Putschisten erscheinen. Jedenfalls bat der außer Landes geflohene Großherzog Preußen und andere deutsche Länder um militärische Unterstützung – gegen sein eigenes Volk.

Der Einmarsch der fremden Truppen in Baden musste nach der Niederwerfung der Revolution von allen Badenern teuer bezahlt werden. Die badische Staatskasse veranschlagte die gesamten Kriegskosten auf 7 564 067 Gulden[6], das war mehr als ein Drittel des badischen Staatshaushaltes von damals rund 20 Millionen Gulden.[7] Allein 1,5 Millionen Gulden gingen an den preußischen König dafür, dass er dem Großherzog mit seinen Interventionstruppen wieder auf den Thron in Karlsruhe verholfen hatte. Diese Kriegskosten finanzierte der Großherzog aus dem eingezogenen Vermögen der verurteilten Demokraten und aus Sondersteuern bzw.

---

3 Wolfgang v. Hippel, Auswanderung aus Südwestdeutschland. Studien zur württembergischen Auswanderung und Auswanderungspolitik im 18. und 19. Jh., Stuttgart 1984, S. 137

4 Wolfram Siemann, Asyl, Exil und Emigration, in: Dieter Langewiesche (Hg), Demokratiebewegung und Revolution 1847–1849, Karlsruhe 1997, S. 74

5 Auswandererdatenbank des Landesarchivs Baden-Württemberg, www.auswanderer-bw.de

6 Wolfgang v. Hippel, Auswanderung aus Südwestdeutschland. Studien zur württembergischen Auswanderung und Auswanderungspolitik im 18. und 19. Jh., Stuttgart 1984, S. 74

7 Wolfgang Hug, Geschichte Badens, Stuttgart 1992, S.257

Zwangsanleihen, die alle Bürger seines Landes noch viele Jahre schwer belasteten. Beispielsweise mussten die 19 Gemeinden des Amtsbezirks Sinsheim allein im Jahr 1850 einen Beitrag von 31 000 Gulden zu den Kosten beisteuern, die für den Krieg gegen die badische Revolutionsarmee ausgegeben worden waren.[8] Das war auch für diejenigen, die selbst kein Gerichtsverfahren zu befürchten hatten, ein Motiv, ihrer Heimat den Rücken zu kehren. Über 10 Prozent der Bevölkerung verließen nach der Beendigung der Revolution den Amtsbezirk Sinsheim zur Auswanderung[9], hauptsächlich in die USA.

Die Ermittlungen und Gerichtsverfahren zogen sich bis weit in die fünfziger Jahre des 19. Jahrhunderts hinein. In Heilbronn wurden beispielsweise über 1 300 Bürger wegen Hochverrats verhört.[10] Das war – bei einer Einwohnerzahl von damals knapp über 12 000 – jeder Zehnte.

Die militärische Besetzung Heilbronns dauerte bis zum 23. Februar 1850.[11] Die preußischen Truppen in Baden blieben bis 1852 im Land. Sie waren nicht beliebt, wie folgender Kinderreim beweist, der noch lange im Land kursierte:

Hecker, Struve, Sigel, Blum
Kommt und bringt die Preußen um.[12]

Ludwig Pfau hat in seinem *Badischen Wiegenlied,* das er 1849 bereits im Exil verfasst hat, die Stimmung, die in Baden herrschte, eindrucksvoll festgehalten. Die erste Strophe lautet:

8 Holger Friedrich, Für Freiheit, Recht und Einigkeit, Sinsheim zur Zeit der badischen Revolution 1848/49, Sinsheim 1997, S. 58
9 Ebenda, S. 55
10 Christhard Schrenk, Heilbronn, in: Revolution im Südwesten, Stätten der Demokratiebewegung 1848 / 49 in Baden-Württemberg, herausgegeben von der Arbeitsgemeinschaft hauptamtlicher Archivare im Städtetag Baden-Württemberg; Karlsruhe 1997, S. 256
11 Christhard Schrenk, Von Helibrunna nach Heilbronn. Eine Stadtgeschichte, Veröffentlichungen des Archivs der Stadt Heilbronn, Band 36, 1998, S.142
12 So überliefert im Deutschen Volksliedarchiv in Freiburg

Schlaf, mein Kind, schlaf leis,
Dort draußen geht der Preuß,
Deinen Vater hat er umgebracht,
Deine Mutter hat er arm gemacht,
Und wer nicht schläft in guter Ruh,
Dem drückt der Preuß die Augen zu.
Schlaf, mein Kind, schlaf leis,
Dort draußen geht der Preuß.

Quellen und Literatur

Quellen:

Bestände aus dem Stadtarchiv Heilbronn, besonders die Sammlung sämtlicher Ausgaben des *Heilbronner Tagblatts* aus dem Jahr 1849

Bestände aus dem Staatsarchiv Ludwigsburg zur Auswanderung aus dem Raum Heilbronn in den Jahren um 1849

Revolution im Südwesten, Stätten der Demokratiebewegung 1848 / 49 in Baden-Württemberg, Herausgegeben von der Arbeitsgemeinschaft hauptamtlicher Archivare im Städtetag Baden-Württemberg, Karlsruhe 1997

Der Rhein-Neckar-Raum und die Revolution von 1848 / 49, Revolutionäre und ihre Gegenspieler, herausgegeben vom Arbeitskreis der Archive im Rhein-Neckar-Dreieck, Ubstadt-Weiher, 1998

Friedrich Lautenschlager, Volksstaat und Einherrschaft, Dokumente aus der badischen Revolution 1848 / 49, Konstanz 1920

Literatur:

Nikolaus Back, Revolution in Württemberg 1848 / 49. Schwaben im politischen Aufbruch, Karlsruhe 2014

Bernd Brunner, Nach Amerika. Die Geschichte der deutschen Auswanderung, München 2009

Friedrich Dürr, Chronik der Stadt Heilbronn 741–1895, 2. Auflage Heilbronn 1926, unveränderter Nachdruck Stadtarchiv Heilbronn 1986

Holger Friedrich, Steven Engle, Franz Sigel, eine biographische Skizze, Sinsheim o.J.

Holger Friedrich, Für Freiheit, Recht und Einigkeit. Sinsheim zur Zeit der Badischen Revolution 1848/49, Sinsheim 1997

Franziska Güthler, Heilbronn 1848/49. Die Rolle von Militär und Bürgerwehr in der Revolution, Quellen und Forschungen zur Geschichte der Stadt Heilbronn 16, Stadtarchiv Heilbronn 2003

Kurt Hochstuhl, Friedrich Hecker. Revolutionär und Demokrat, Stuttgart 2011

Tim Klein (Hrsg), 1848. Der Vorkampf deutscher Einheit und Freiheit. Erinnerungen, Urkunden, Berichte, Briefe, München und Leipzig 1914

Reinald Ullmann, Ludwig Pfau. Monografie eines vergessenen Autors, Frankfurt am Main 1997

Die Seelenverkäufer im Neckartal

von Ulrich Maier
320 Seiten, Euro 12,95

Heilbronn, Mannheim 1817: Tausende Badener und Württemberger strömen zu den Landeplätzen am Neckar, um aus ihrer Heimat zu fliehen, die sie nicht mehr ernähren kann. Seelenverkäufer haben den Armutsflüchtlingen das Blaue vom Himmel versprochen, wenn sie auf ihre Angebote zur Auswanderung nach Amerika eingehen. Ihr Weg führt flussabwärts zu den Auswandererhäfen in den Niederlanden. Unter ihnen sind Barbara und Georg, die sich im Auswandererlager von Heilbronn kennengelernt haben. Beide geraten in das Netz von skrupellosen Seelenverkäufern und Deutschenhändlern. Während Georg in Mannheim nach den Mördern seines Vaters sucht, der einer Schleuserbande auf die Schliche gekommen war, fährt Barbara mit ihrer Familie auf einem überfüllten Auswandererschiff von Amsterdam nach Philadelphia. Trotz getrennter Wege können sie ihre Liebe nicht vergessen. Gibt es ein Wiedersehen im Land ihrer Träume und Hoffnungen?

www.wellhoefer-verlag.de

Jakob der Flösser

von Hans-Henrik von Köller
448 Seiten, Euro 12,80

Schon als kleiner Junge kommt der Waise Jakob Hassler in die Obhut des Schwarzwälder Hauptschiffers Ridinger. Kaum volljährig übernimmt er die Leitung einer riskanten Flößer-Fahrt auf dem Rhein. Schnell gerät er in einen Strudel aus Macht, Missgunst und Intrigen. In großer Gefahr, trifft er eine folgenschwere Entscheidung, die sein weiteres Leben prägen wird.

Der Autor nimmt den Leser mit auf eine packende Zeitreise – hinein in die Täler des Schwarzwalds und entlang des großen, reißenden Stroms, dem Rhein.

Es waren die Schwarzwälder Flößer des späten Mittelalters, die mit ihren weiten Reisen den Rhein hinab dazu beitrugen, den westeuropäischen Kulturraum weiter zu erschließen und gleichzeitig enger miteinander zu verbinden.

www.wellhoefer-verlag.de

Der Protestant

von Michael Landgraf
420 Seiten, Euro 14,95

Jakob Ziegler, Sohn eines Weinhändlers, erlebt den Beginn der Reformation. Zunächst als Kind in den Ängsten seiner Zeit gefangen, begegnet er Humanisten und Reformatoren, die ihm eine neue Welt vor Augen führen. Als Jurist und Spion des kurpfälzischen Kanzlers ist er auf dem Wormser Reichstag, wird verstrickt in den Bauernkrieg und in die Verfolgung der Täufer. Seinem Herzen folgend hat er den Mut, mit der Liebe seines Lebens eigene Wege zu gehen. Schließlich gehört er auf dem Speyerer Reichstag 1529 zu den Protestanten, die für ihren Glauben einstehen.

Der historische Roman von Michael Landgraf spielt zwischen 1500 und 1529. Er spiegelt die gesellschaftlichen Verhältnisse an der Wende zur Neuzeit. Die Romanfigur begegnet Martin Luther sowie Persönlichkeiten, die die Reformation im Süden Deutschlands, im Elsass und in der Schweiz prägten.

Michael Landgraf ist Autor aus Neustadt an der Weinstraße, Fortbildungsdozent und Vorsitzender des Verbandes deutscher Schriftsteller – Rheinland-Pfalz. Aus seiner Feder stammen viele Erzählungen und Sachbücher, auch zu historischen Themen.

www.wellhoefer-verlag.de